三國志演義

4

삼분천하

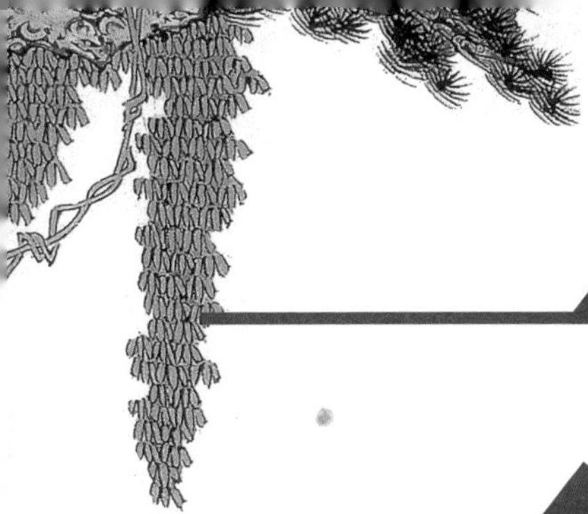

三國志演義

Romance of the Three Kingdoms

나관중 지음 김민수 옮김

삼분천하

제 4 권

솔과학

주요 인물 소개

유비劉備

161-223

자는 현덕玄德이며 탁현涿縣 출신이다. 소열황제昭烈皇帝로 촉한을 건국했다. 황건적의 난이 일어나자 관우·장비와 함께 도원결의를 맺고 군사를 일으켜 공을 세우고 서주목, 예주목, 좌장군 의성정후에 봉해졌으나 세력이 약해 각지를 전전하다 삼고초려 끝에 제갈량을 얻은 뒤 뜻을 펼치며 촉을 유장에게 빼앗고 한중 땅을 차지한 뒤 황제가 되어 국호를 촉한蜀漢이라 했다. 관우의 복수를 위해 오나라를 치러 갔다가 이릉전투에서 패하고 백제성에서 죽었다.

관우關羽

?-219

자는 운장雲長이며 하동 해량解良 출신으로 충의忠義와 무용武勇의 상징으로 현재도 관성제군關聖帝君으로 숭배되고 있다. 술이 식기 전에 화웅을 베고 원소의 명장 안량과 문추를 죽였으며, 조조의 온갖 회유에도 유비를 찾아 다섯 관을 지나며 여섯 장수를 베었다. 적벽대전에서 의리 때문에 조조를 살려 보내 주었으며 형주를 지키던 중 자신을 너무 과신하다 결국 죽음을 맞고 말았다.

장비張飛

?-221

자는 익덕翼德, 축군涿郡 출신으로 유비·관우와 함께 의형제를 맺고 평생 의리를 저버리지 않았다. 성격이 괄괄하고 술을 좋아해 여포에게 성을 빼앗긴 적도 있지만 장판교 다리 위해서 기개 하나로 홀로 조조의 백만 대군을 물리친 적도 있다. 관우의 복수를 위해 오를 칠 준비를 하다가 불같은 성정을 못 이기고 결국 부하에게 암살되었다.

제갈량諸葛亮

181-234

자는 공명孔明이며 낭야 양도현陽都縣 출신이다. 별호는 와룡臥龍, 시호는 충무忠武, 작위는 무향후武鄉侯이다.
유비의 삼고초려로 초야에서 나와 손권과 연합하여 적벽대전을 승리로 이끌어 천하삼분지계의 기초를 닦았다. 유비를 촉한의 황제로 만들고 승상이 되었으며 유비가 죽은 뒤에도 남만정벌을 한 뒤, 출사표를 내고 여러 차례 위를 공격했지만 성공하지 못하고 결국 오장원에서 병사하였다.

조운趙雲

?-229

자는 자룡子龍이며 상산군 진정현眞定縣 출신이다. 처음 원소의 휘하에 들어갔다가 원소의 그릇이 크지 않음을 알고 공손찬에게 갔다가 다시 유비의 휘하로 들어갔다. 그는 당양 장판 전투에서 조조의 백만 대군 사이에서 유비의 아들을 구하는 등 수많은 전투에서 혁혁한 공을 세워 관우나 장비와 동등한 대우를 받았다. 조운은 무예는 물론 학식과 통찰력까지 갖춘 인물로 무모한 전투에는 서슴지 않고 간언했다. 제갈량의 북벌 시에는 70세가 넘는 나이에도 출정하여 적장을 다섯이나 베었다.

황충黃忠

?-220

자는 한승漢升이며 형주 남양군南陽郡 출신이다. 원래 유표의 장수였으나 장사에서 관우와 싸우다 유비 휘하로 들어갔다. 유비가 촉으로 들어갈 때 늘 선봉에 서서 큰 공을 세웠으며 정군산에서 하후연을 무찔렀다. 관우·장비·조운·마초와 함께 오호대장이다. 222년 이릉전투에참가 중 나이 먹은 노장이라는 말에 무모하게 적진 깊숙이 들어갔다가 마충의 화살에 맞아 죽었다.

마초馬招

176-222

자는 맹기孟起이며 우부풍 무릉현茂陵縣 출신이다. 복파장군伏波將軍 마원馬援의 후예이며 서량 태수 마등의 아들로 장비나 허저 등과 며칠을 싸워도 승부가 나지 않을 정도로 무예가 뛰어나다. 이회의 설득으로 유비에 귀순하여 서촉의 유장을 치는 싸움에서 큰 공을 세웠다. 유비가 한중왕이 된 후 그는 좌장군이 되었다가 나중에 표기장군으로 승진했다.

강유姜維

202-264

자는 백약伯約이며 천수군 기현冀縣 출신이다. 원래 위나라 중랑장이었으나 제갈량의 제 1차 북벌 때 촉으로 귀순했다. 제갈량이 그의 재능을 인정하여 후계자로 키웠으며 제갈량이 죽자 촉의 병권을 잡아 대장군이 되었다. 그는 제갈량의 북벌을 계승하여 수차례 출전하였지만 큰 공을 세우지 못했다. 위의 침공으로 성도의 유선이 항복하며 칙명에 의해 그도 항복했다. 종회에게 귀순한 척 하며 촉의 재건을 도모했지만 결국 실패하고 죽었다.

조조曹操

155-220

본성은 하후夏侯이며 자는 맹덕孟德이고 패국沛國 초현譙縣 출신이다. 황건적의 난을 진압하며 공을 세우고 동탁을 제거하기 위해 원소 등과 제휴하여 대권을 장악했다. 이후 수많은 전투에 참가하여 여러 차례 죽을 고비를 넘기며 여포·원소·유표 등을 차례로 평정하여 중국 북부를 통일했다. 난세의 간웅으로서 문무를 모두 겸비했으며 상황 판단과 결단력이 빠르고 휘하에 유능한 모사와 장수들이 많아 위나라를 세울 기틀을 마련했다.

장료張遼

169-222

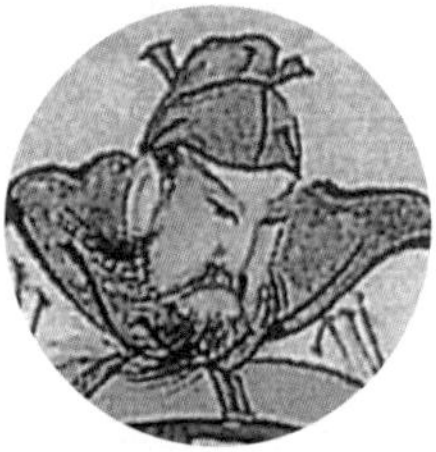

자는 문원文遠이며 안문군 마읍현馬邑縣 출신이다. 원래 여포의 부장이었으나 여포가 패하고 죽을 때 조조에게 귀순한다. 서주에서 유비가 조조에게 지고 달아나고 관우가 고립무원이 되었을 때 장료가 세 가지 죄를 들어 관우를 설득하여 항복하게 한다. 관우가 유비를 찾아 나서며 오관참육장을 하고 하후돈과 싸우려 할 때 조조의 명을 알리며 싸움을 말린다. 장료는 주로 동오와의 싸움에서 수많은 공을 세웠다.

사마의司馬懿

179-251

자는 중달仲達이며 하내군 온현溫縣 출신이다. 경조윤京兆尹을 지낸 사마방의 둘째 아들로 태어난 그는 조조뿐만 아니라 조비, 조예, 조방 등 4대에 걸쳐 보필하며 공을 세워 무양후에 봉해졌다. 위의 대장군이 되어 수차례 촉군과 맞서 싸우며 제갈량과 맞섰다. 한때 조상이 그의 군권을 빼앗으려 하자 병이 든 것처럼 위장하여 정변을 일으켜 조상을 살해하고 군권을 장악했다. 손자인 사마염이 진나라를 세운 뒤 선제先帝로 추존되었다.

등애鄧艾

197-264

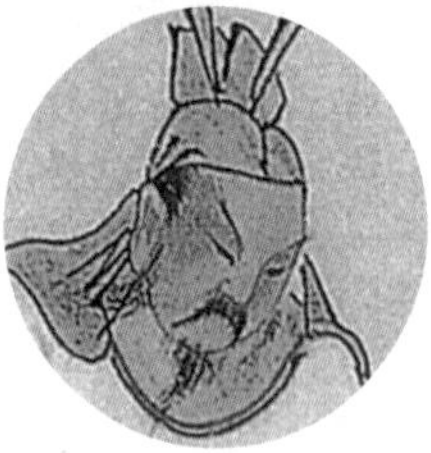

자는 사재士載이며 의양군 극양현棘陽縣 출신이다. 어릴 때 시골에서 송아지를 기르며 지형을 살피고 그림을 그리며 군사작전을 연구했다. 말더듬이로 주위의 비웃음도 받았지만 사마의에게 발탁되어 상서령이 되었다. 강유가 이끈 촉군을 수차례 패퇴시켜 진서장군으로 승진한 뒤 종회와 함께 서촉 정벌에 나서 먼저 성도로 들어가 유선의 항복을 받아 냈다. 종회의 모함으로 압송되다가 억울하게 죽음을 맞이했다.

손권孫權

182-252

자는 중모仲謀이며 오군 부춘富春 출신으로 오나라 초대 황제이다. 손견의 둘째 아들로 형 손책이 죽자 그 뒤를 이어 주유 등의 보좌를 받아 강남을 경영했다. 조조가 형주를 장악하고 압력을 가하자 주유의 건의에 따라 유비와 손잡고 조조의 대군을 맞아 적벽대전에서 대승을 거두었다. 그 뒤 형주의 귀속 문제로 유비와 대립하다 다시 조조와 결탁하여 관우의 목을 베어 조조에게 보냈다.

육손陸遜

183-245

자는 백언伯言이며 오군 오현吳縣 출신이다. 소패왕 손책의 사위로 어려서부터 지략이 뛰어나 여몽과 함께 공안을 함락하고 관우를 사로잡아 죽였다. 유비가 복수하러 왔을 때 어린 나이에 대도독이 되어 노장들의 반대를 무릅쓰고 침착하게 작전을 수행하여 7백리 영채를 불바다로 만들어 승리로 이끌었다. 후에 형주목을 거쳐 승상까지 지냈으며, 유비 사후에는 촉의 사신 등지의 의견을 받아들여 우호 관계를 회복하고 위에 함께 대항했다.

맹획孟獲

?-?

남만족의 지도자로 남만왕으로 불렸으나 실존 여부는 확실하지 않다. 다만 본 책에서는 위나라 조비의 권유로 촉한을 공격했다가 제갈량의 계략에 빠져 패배하여 남만으로 퇴각한다. 그 뒤 건녕 태수 옹개와 합세하여 반란을 일으키지만 곧 평정되고 본격적으로 제갈량의 남만정벌이 시작된다. 일곱 번 사로잡혔다가 일곱 번 풀어 주는 이른바 칠종칠금 뒤에 비로소 제갈량에게 항복한다.

화타華佗

?-208

자는 원화元化이며 패국 초현譙縣 출신이다. 동한 말 의사로 편작과 더불어 명의를 상징하는 인물로 꼽힌다. 그는 손권의 부탁으로 생명이 위독한 주태를 수술하여 살리고, 독화살이 박힌 관우의 어깨를 칼로 째고 뼈에 스며든 독을 긁어내어 치료했다. 잦은 편두통을 호소하던 조조에게 뇌수술을 권했다가 도리어 살해하려는 의도로 의심을 받아 목숨을 잃었다.

차례

Contents

삼국시대 행정 지도

량주
주천
장애
서
고장
서평
강
저
흉
노
상곡
어양
요서
대
탁
계
유주
북평
안문
중산
장무
익주
신흥
발해
상산
하간
낙릉
동래
진양
신도
평원
임치
청주
서하
낙평
청하
낙안
제
성양
병주
광평
재남
태산
상당
위
동암
사예
등구
노
낭야
조가
동
제음
하동
하남
연주
패국
동해
금성
안정
산양
하비
협도
신평
북지
좌풍익
관도
진류
농서
광위
낙양
홍농
초
팽성
서주
오장원
장안
천수
영천
양국
옹주
우부풍
진
여양
무도
남향
남양
예주
수춘
건업
음평
한중
위흥
신야
여남
회남
융중
의양
오
재동
신성
양양
형주
양주
채석
문산
파서
파동
강하
여강
성도
동광한
탕거
이릉
강하
신시
회계
한가
강릉
적벽
의도
남
거춘
건위
파
부릉
무릉
파구
파양
예장
양주
장사
남광
월준
익주
형주
주제
여릉
장가
영릉
계양
영창
운남
건영
흥고
무철
임하
창오
번우
서수
계림
광주
고량
하포
교주
용연
구진

서기 220년 마침내 삼국시대로

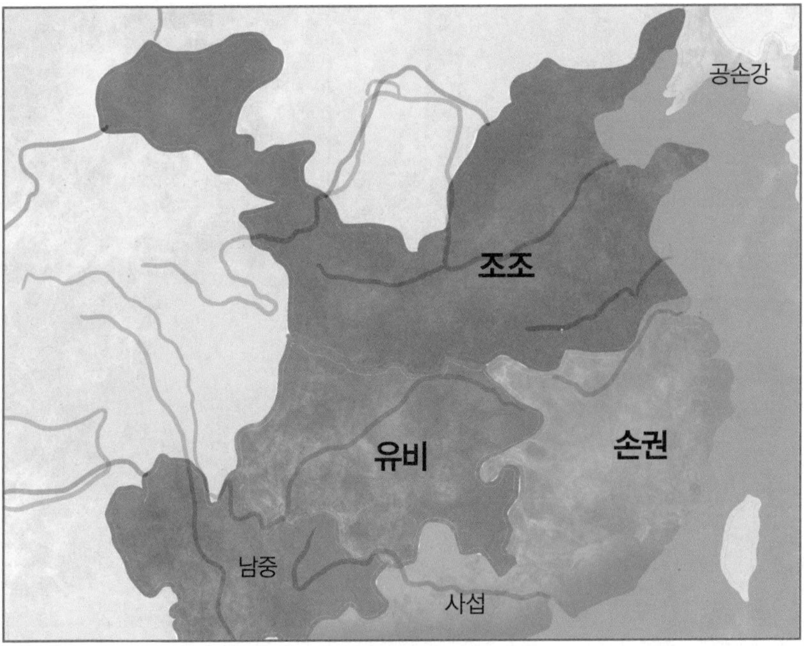

關雲長刮骨療毒

제4권

삼분천하 三分天下

천하삼분지계는 유비의 입장에서 최대한 힘을 길러 조조와 대적하기 위한 필수 전략이다. 비록 적벽대전의 승리로 유비가 형주를 차지하고 있었으나 그 땅은 손권에게 잠시 빌린 것에 불과했다. 더구나 당시 익주의 유장은 익주를 지킬 능력이 없어 조조에게 넘길 생각까지 하고 있으니 유비가 익주를 먼저 차지하지 않았더라면 조조가 익주를 차지하여 천하삼분지계는 물거품이 되고 말았을 것이다.

제 61 회

조운은 강둑을 가로막아 아두를 빼앗고
손권은 서신을 보내서 조조를 물리치다

趙雲截江奪阿斗

孫權遺書退老瞞

방통과 법정은 연회 자리에서 유장을 죽여야만 서천을 힘들이지 않고 얻을 수 있다고 강하게 권했다.

현덕 曰: "내가 이제 막 촉 땅에 들어와서 아직 백성들에게 은덕도 베풀지 못하고 신의도 쌓지 못했는데 그런 일은 절대 할 수 없소."

두 사람이 재삼 설득해 보았지만 현덕은 결코 따르려 하지 않았다.

다음 날 유장의 초청으로 다시 성 안으로 들어간 현덕은 유장과 함께 연회 자리에 앉아 서로의 속마음을 털어놓는데 나누는 정이 마치 피를 나눈 친형제보다 더 두터웠다.

술자리의 분위기가 어느 정도 무르익자 방통과 법정이 상의하기를: "일이 이미 이 지경에 이른 바에야 무조건 주공만 따를 수는 없지 않겠나!"

그러고는 곧바로 위연(魏延)에게 당상에 올라가 검무를 추다가 기회를 보아 유장을 죽이도록 했다.

위연이 칼을 뽑아들고 앞으로 나가며 말하기를: "연회의 흥을 돋우기 위해 제가 검무를 추어 보겠습니다."

방통은 즉시 무사들을 불러 모아 당 아래에 대기시켜 놓고 유연이 손을 쓰기만 기다리도록 했다.

유장의 수하 장수들은 유연이 당상에서 칼춤을 추는데다 당 아래에서는 현덕의 무사들이 손에 칼을 쥐고 대기하고 있는 것을 보자 분위기가 심상치 않다 여겼다.

유장의 종사(從事) 장임(張任) 역시 칼을 빼어 들고 나서며 말하기를: "검무에는 원래 상대가 있어야 합니다. 제가 위 장군과 더불어 춤을 추어 보겠습니다."

두 사람이 연회석 앞에서 서로 상대가 되어 검무를 추었다. 위연이 위봉(魏封)에게 눈짓을 하자, 유봉도 칼을 빼어 들고 올라와 춤을 도왔다.

이를 본 유괴(劉璝)·냉포(冷苞)·등현(鄧賢) 등 세 사람이 일제히 칼을 빼들고 나서며 말하기를: "저희도 군무(群舞)로 흥을 돋우어 보겠습니다."

크게 놀란 현덕이 자리에서 박차고 일어나 옆에 있는 시종의 허리에서 칼을 빼 들고 말하기를: "우리 형제가 상봉하여 어떠한 의혹도 없이 유쾌하게 술잔을 나누는데, 여기가 홍문회(鴻門會)의 자리도 아닌데 어째서 검무가 필요하단 말이냐? 당장 칼을 내려놓지 않으면 누구든지 이 자리에서 목을 벨 것이다!"

유장 역시 호통을 치기를: "형제끼리 즐기는 자리에 칼을 들 필요가 어디 있느냐? 당장 내려놓아라!"

그러고는 시위(侍衛)들에게 명령하여 그들의 칼을 모두 거두어 가도록 하니 그제야 양쪽 장수들이 모두 당 아래로 내려갔다.

현덕은 모든 장수들을 당 위로 불러올려 술을 한 잔씩 따라주며 말하기를: "우리 두 사람은 한 조상의 피와 뼈를 물려받은 형제지간이다. 함께 의논하여 큰일을 하려는 것일 뿐 다른 마음이 없으니 그대들은 추호도 의심하지 마라."

장수들은 모두 절을 하며 고마움을 나타냈다.

유장은 현덕의 손을 잡고 눈물을 흘리며 말하기를: "형님의 크신 은혜를 맹세코 잊지 않겠습니다."

두 사람은 즐겁게 술을 마시다 밤이 되어서야 헤어졌다.

영채로 돌아온 현덕이 방통을 질책하며 말하기를: "공들은 어찌하여 이 유비를 불의(不義)에 빠뜨리려 하는가? 앞으로는 절대 이런 일이 있어서는 안 될 것이오!"

방통은 탄식하며 물라갔다.

한편 영채로 돌아온 유장에게 유괴 등이 말하기를: "주공께서도 오늘 연회 자리에서 보셨지요? 속히 성도로 돌아가셔서 후환을 면하셔야 합니다."

유장 曰: "내 형님 현덕을 다른 사람과 비교하지 말라."

여러 장수들이 말하기를: "비록 현덕에게 그럴 마음이 없다고 해도 수하 장수들은 모두 서천을 손에 넣어 부귀영화를 누리고자 합니다."

유장 曰: "그대들은 우리 형제 사이의 정을 이간시키려 하지 말라!"

유장은 끝내 듣지 않고 날마다 현덕과 즐겁게 지냈다.

그때 장로(張魯)가 군사를 일으켜 가맹관(葭萌關)으로 쳐들어온다는 보고가 들어왔다. 유장은 곧바로 현덕에게 그들을 막아달라고 청했다. 현덕은 흔쾌히 수락하고 당일로 본부 군사를 이끌고 가맹관을 향해 출발했다.

유비가 가맹관으로 떠나자 유장의 장수들은 유장에게 현덕의 군사들이 언제 변란을 일으킬지 모르니 곳곳의 요충지에 장수들을 파견하여 굳게 지켜야 한다고 권했다.

유장은 처음에는 그들의 말을 따르려 하지 않았지만, 여러 장수들이 들고 일어나 강력히 권하자 백수(白水) 도독 양회(楊懷)와 고패(高沛) 두 사람을 부수관(涪水關)으로 보내 지키게 했다. 그리고 유장 자신은 성도로 돌아갔다.

가맹관에 도착한 현덕은 백성에 피해가 가지 않도록 군사들을 엄히 단속하고 널리 은혜를 베풀어 백성들로부터 인심을 얻었다.

이러한 소식은 오래지 않아 동오의 손권에게도 보고되었다.

손권이 여러 모사와 장수들을 모아 놓고 상의를 하는데, 고옹(顧雍)이 먼저 나서서 말하기를: "유비가 군사를 나누어 멀리 험준한 산들을 넘어갔으니 돌아오기가 쉽지 않을 것입니다. 우리가 군사를 보내 강어귀를 지켜 현덕이 돌아오는 길을 막아놓고 동오의 군사를 일으킨다면 한 번의 공격으로 형주와 양양을 되찾을 수 있을 것입니다. 이는 놓칠 수 없는 절호의 기회입니다."

손권 曰: "그 계책 아주 절묘하군!"

바로 그때 갑자기 병풍 뒤에서 한 사람이 큰 소리로 호통을 치며 나와서 말하기를: "이 계책을 올린 자의 목을 베라! 그 자는 내 딸의 목숨을 해치려는 자가 아니냐?"

모든 사람들이 깜짝 놀라 바라보니 그 사람은 바로 오 국태(吳國太) 부인이었다.

국태가 화를 내며 말하기를: "내 평생 딸 하나를 얻어 유비에게 시집보냈는데 너희들이 유비를 상대로 군사를 움직인다면 내 딸의 목숨은 어찌 되란 말이냐?"

다시 손권을 꾸짖으며 말하기를: "너는 아비와 형의 기업(基業)을 물려받아 가만히 앉아서 81개 주(州)나 다스리게 되었으면서도 아직도 모자라 작은 이익을 얻으려고 피붙이도 저버리려 한단 말이냐?"

손권은 그저 '네, 네,' 하며 대답하기를: "늙으신 어머님의 가르침을 어찌 감히 어기겠습니까!"

그러고는 여러 관원들을 꾸짖어 물리쳤다. 오 국태 부인은 더는 말을 하지 않았지만, 화가 덜 풀린 듯 원망의 눈빛이 역력한 채 안으로 들어 갔다.

손권은 처마 아래에 서서 혼자 생각하기를: '이런 좋은 기회를 놓치면 형주와 양양을 언제 얻을 수 있겠는가!'

한창 생각에 잠겨 있는데 마침 장소가 들어와서 묻기를: "주공께서는 무슨 걱정이 있으십니까?"

손권 曰: "방금 전에 있었던 일 때문에 그러네."

장소 曰: "그 일이야 별로 어려운 일이 아닙니다. 지금이라도 심복 장수 한 명을 시켜 군사 5백 명만 데리고 형주로 몰래 잠입하게 하여 군주(郡主: 손부인)께 '국태께서 병환이 위중하신데 따님을 보고 싶어 하신다.'는 밀서를 전달하게 하십시오. 그러면서 손 부인을 밤에 몰래 모시고 동오로 돌아오게 하십시오. 오실 때는 현덕의 하나밖에 없는 아들을 데려오라고 하시면 됩니다. 그렇게 하면 현덕은 틀림없이 자신의 아들 아두(阿斗)와 형주를 교환하자고 할 테고, 만약 그렇게 하지 않으면 그때 가서 군사를 움직이시면 무슨 문제가 있겠습니까?"

손권 曰: "그것 참 대단한 묘책이군! 마침 내게 그곳에 보낼 적당한 인물이 생각났소. 주선(周善)이라는 사람인데 담력이 아주 크고 어려서부터 우리 집안과 매우 친하게 지냈을 뿐만 아니라 형님을 수행하기도 했으니 그를 보내면 되겠소."

장소 曰: "이 일은 절대로 밖으로 새어 나가서는 안 됩니다. 지금 곧바로 보내도록 하십시오."

이리하여 손권은 주선을 은밀히 보내면서 군사 5백 명을 장사치로 꾸며 배 다섯 척에 나누어 태우고 떠나게 했다. 주선은 검문에 대비하여 가짜 국서까지 작성하여 소지하고 배 안에는 병장기를 몰래 감추고 형주로 가는 물길을 따라 올라갔다.

선박이 강변에 이르자 주선은 혼자 형주 성으로 들어가 문지기로 하여금 손 부인께 보고하도록 했다. 손 부인이 주선을 불러들이니 주선이 들어가서 부인에게 밀서를 올렸다.

국태의 병이 위중하다는 내용을 읽은 손 부인이 눈물을 뿌리며 병세를 묻자 주선이 엎드려 절을 하며 아뢰기를: "국태께서는 병환이 대단히 위중하시어 밤낮으로 오로지 부인만을 생각하고 계십니다. 만일 서둘러 떠나지 않으시면 생전에 만나 뵙기 어려울 지도 모릅니다. 가실 때 부인께서는 아두 도련님도 데리고 가셔서 할머니가 손자도 한 번 만나 보도록 하십시오."

부인 曰: "황숙께서 군사를 이끌고 원정을 가셨으니 내가 지금 돌아가려면 반드시 군사(軍師: 공명)에게 알린 뒤에나 갈 수 있네."

주선 曰: "만약 군사가 황숙께 보고하여 먼저 허락을 받아야만 배에 오를 수 있다고 하시면 그때는 어쩌시려고요?"

부인 曰: "그렇다고 알리지 않고 떠나면 그들이 도중에 길을 막고 보내지 않을 것이오."

주선 曰: "강 가운데 이미 모시고 갈 배가 준비되어 있으니 부인께서 수레에 오르셔서 성문만 나가시면 됩니다."

모친께서 위독하시다는데 어찌 당황하지 않겠는가! 배가 이미 준비되어 있다는 말을 들은 손부인은 앞뒤를 잴 겨를도 없이 곧바로 일곱 살 난 아두를 수레에 태우고 따르는 자 30여 명에게 각기 칼을 차게 하고 말에 올라 형주성을 빠져나와 곧바로 동오의 군사들이 대기하고 있는 강변으로 달려갔다.

부중(府中)의 사람이 이 사실을 공명에게 알렸을 때에 손부인은 이미 사두진(沙頭鎭)에 도착하여 배 안에 타고 있었다.

주선이 막 배를 출발시키려고 할 때 강기슭에서 한 사람이 큰 소리로 외치기를: "부인께 전별 인사를 할 것이니 출발을 잠시 멈추시오."

그는 바로 조운이었다. 근방을 순찰 중이던 조운이 이 소식을 듣고 깜짝 놀라 4~5명의 기병만 데리고 회오리바람처럼 강가로 급하게 달려온 것이다.

주선이 손에 긴 창을 들고 호통치기를: "네놈이 대체 누구기에 감히 주모(主母)를 뵙겠다는 것이냐?"

각 배에 호령하여 일제히 배를 출발시키고 무기들을 끌어내어 배 위에 포진시켰다. 배는 순풍에다 급류를 타고 쏜살처럼 달려 내려갔다.

조운이 강둑을 따라가며 소리치기를: "부인께서는 가시더라도 제 말 한 마디만 듣고 가십시오!"

들은 체도 하지 않은 주선은 배의 속력을 더 내라고 재촉했다.

강둑을 따라 10여 리나 따라 가던 조운은 문득 모래톱에 비스듬히 묶여 있는 어선 한 척을 발견했다.

조운은 말을 버리고 창을 잡고 어선에 뛰어올라 어부와 단 둘이서 노를 저어 부인이 타고 있는 가장 큰 배를 쫓아갔다.

주선이 군사들에게 화살을 쏘게 하였으나 조운은 창으로 그 화살을 다 막아내니 화살들은 모두 물에 떨어졌다.

부인이 탄 큰 배와의 거리가 한길 남짓 되자 동오의 군사들이 창으로 마구 찔러댔다. 조운은 창은 작은 배 위에 버려두고 차고 있던 청강검을 뽑아서 찔러대는 창들을 헤치면서 동오의 배로 훌쩍 몇 번 뛰어오르니 조운은 이미 부인이 탄 큰 배에 올라 있었다. 기겁을 한 동오의 군사들은 모두 뒤로 나자빠져 버렸다.

조운이 선실 안으로 들어서자 아두를 품에 안고 있는 부인이 조운에

게 꾸짖기를: "어찌 이리도 무례하시오?"

조운이 칼을 칼집에 넣으면서 공손하게 말하기를: "주모(主母)께서는 어디로 가려 하십니까? 어찌 군사께도 알리지 않으신 겁니까?"

부인 曰: "모친께서 위독하시다고 하여 급히 가느라 알릴 겨를이 없었네."

조운 曰: "모친 병문안을 가시면서 작은 주인은 왜 데려가십니까?"

부인 曰: "아두는 내 아들일세. 형주에 남겨 두면 누가 돌본단 말인가!"

조운 曰: "그건 잘못 생각하셨습니다. 우리 주공께서는 평생에 혈육이라고는 이 작은 주인 한 분 뿐이십니다. 소장이 당양(當陽) 장판파(長坂坡)에서 백만 대군 속에서도 구출해 냈는데 오늘 부인께서 작은 주인을 아무 말도 없이 데려가신다는 것은 도리가 아닙니다."

부인이 화를 내며 말하기를: "부대의 일개 무부(武夫)에 불과한 주제에 어찌 감히 주인의 집안일까지 참견하려 드느냐?"

조운 曰: "부인께서 가시는 것은 말리지 않겠으나 작은 주인은 두고 가셔야 합니다."

부인이 호통치기를: "네가 나의 가는 길을 막고 배에 뛰어든 것은 모반이라도 하겠다는 것이냐?"

조운 曰: "작은 주인을 넘겨주지 않으신다면 저는 만 번을 죽더라도 부인을 보내드릴 수 없습니다!"

손부인은 시비(侍婢)들에게 조운을 붙잡아 끌어 내리라고 호통을 쳤지만 조운은 재빨리 그들을 밀어 재치고 부인에게 다가가서 아두를 빼앗아 품에 안고 뱃머리로 나왔다.

그러나 그 다음이 문제였다. 배를 몰아 강기슭으로 가야 작은 주인을 데려갈 수 있는데 그를 도와줄 사람이 없었다. 그렇다고 배 안의 동오의 군사를 모두 죽이자니 그 또한 도리에 어긋나니 이러지도 저러지도 못하고 있는데 손부인은 시비들에게 아두를 빼앗아 오라고 소리를 치고 있었다. 하지만 조운이 한 손으로는 아두를 꼭 안고 한 손으로는 칼을 쥐고 있으니 누구도 감히 접근을 하지 못했다.

그러는 사이 주선은 배 뒤쪽에서 키를 조종하여 배를 강 가운데로 몰아 순풍에 급물살을 타고 빠르게 동오를 향해 달려가고 있었다. 그러나 한 손바닥으로는 소리를 낼 수 없듯이(孤掌難鳴) 혼자 힘으로는 어찌해 볼 도리가 없으니, 조운은 그저 아두만 보호하고 있을 뿐 어찌 배를 강가로 댈 수 있겠는가!

이 위급한 상황에서 갑자기 강 하류 쪽 포구에서 10여 척의 배가 나란히 늘어서 거슬러 올라오는 것이 아닌가! 배 위에서는 깃발을 흔들고 북소리도 요란하게 울리고 오고 있었다.

조운은 속으로 생각하기를: '이번에야말로 동오의 계략에 빠지고 말았구나!'

그런데 고개를 들어 자세히 보니 뱃머리에 대장 한 사람이 손에 긴 창을 들고 서서 큰 소리로 외치기를: "형수님께서는 조카를 두고 가시오!"

순찰 중이던 장비가 이 소식을 듣고 급히 유강(油江) 어귀로 오다가 마침 동오의 배들과 마주치자 급히 그들의 가는 길을 막고 나선 것이다.

장비는 즉시 칼을 들고 동오의 배에 올랐다. 장비가 배에 오른 것을 본 주선이 칼을 들고 장비에게 달려들었으나 장비가 한 칼에 그의 목을 베어 손부인 앞에 던지니, 손 부인이 깜짝 놀라 말하기를: "아주머님? 어찌 이리 무례하시오!"

장비 曰: "형수님께서는 저의 형님 생각은 하지 않으시고 몰래 친정으로 돌아가려는 것보다 더 무례한 것이 어디 있소."

부인 曰: "친정어머니께서 병환이 깊어 위중하시어 형님의 회답을 기

趙雲截江奪阿斗

다리다가는 일을 그르칠 것이 분명하여 길을 서둘렀을 뿐 몰래 가려는 의도는 없었소. 만약 끝내 나를 보내 주지 않으면 나는 강물에 몸을 던져 죽어 버리고 말겠소."

장비가 조운과 상의하기를: "우리가 부인을 핍박하여 돌아가시게 하는 것은 신하의 도리가 아니니 우리는 아두나 보호하여 우리 배로 건너가 돌아가세."

장비가 부인에게 말하기를: "우리 형님은 대한(大漢)의 황숙이시니 형수님을 욕보일 수는 없소. 형수님은 오늘 떠나시더라도 황숙의 은의(恩義)를 생각하여 가능한 한 빨리 돌아오시우."

말을 마친 장비는 아두를 품에 안고 조운과 함께 배로 돌아가고 손부인 일행의 배 다섯 척은 보내 주었다.

후세 사람이 조자룡을 찬탄한 시를 지었으니:

지난날 당양에서 작은 주인 구하더니	昔年求主在當陽
오늘은 몸을 날려 장강에 뛰어들었네	今日飛身向大江
배 위의 동오 군사 간담 다 떨어지니	船上吳兵皆膽裂
조자룡의 영용함 세상에 둘도 없구나	子龍英勇世無雙

또 장비를 칭찬한 시도 지었으니:

장판교에서 분노한 기운이 등등하여	長坂橋邊怒氣騰
범의 포효 소리로 조조 대군 이기고	一聲虎嘯退曹兵
오늘은 강 위에서 작은 주인 구하니	今朝江上扶危主
청사에 그 이름 적어 만세에 전하리	青史應傳萬載名

두 사람이 기뻐하며 돌아오는데, 몇 리도 채 못 가 큰 배들을 이끌고 오는 공명을 만났다. 아두를 무사히 데리고 돌아오는 것을 본 공명은 크게 기뻐했다. 세 사람은 말머리를 나란히 하고 돌아왔고 공명은 즉시 글을 작성하여 가맹관의 현덕에게 이 일을 알렸다.

한편 동오로 돌아온 손부인은 장비와 조운이 주선을 죽이고 강을 막고 아두를 빼앗아 간 사실을 자세히 설명했다.

손권은 매우 화가 나서 말하기를: "내 누이가 돌아왔으니 이제 유비와는 더 이상 친척이 아니다. 주선을 죽인 원수를 어찌 갚지 않을 수 있겠느냐!"

즉시 여러 문무 관원들을 불러 놓고 형주를 칠 계획을 상의했다. 이때 갑자기 보고가 들어 왔는데 조조가 40만 대군을 이끌고 지난번 적벽에서 패한 원수를 갚으러 온다는 것이다. 깜짝 놀란 손권은 형주 칠 일은 제쳐두고 조조를 막을 일을 상의했다.

이때 다시 보고가 들어오기를 그간 병으로 사직을 하고 고향에 돌아가 요양하고 있던 장사(長史) 장굉(張紘)이 죽으면서 남긴 유서를 가지고 왔다고 했다. 손권이 그 유서를 읽어 보니, 도읍을 말릉(秣陵)으로 옮기라는 것이다. 말릉은 산천에 제왕의 기운이 서려 있으니 속히 도읍을 그곳으로 옮겨 만세의 기업으로 삼으라는 내용이었다.

그 유서를 다 읽고 난 손권은 크게 곡을 한 뒤 문무 관원들에게 말하기를: "장자강(張子綱: 장굉)이 나에게 말릉으로 천도(遷都)하라고 권하는데 내 어찌 그의 뜻을 따르지 않을 수 있겠는가!"

손권은 즉시 명을 내려 건업(建業: 말릉의 명칭을 천도 후 건업으로 부름)으로 도읍을 옮기고 그곳에 석두성(石頭城)을 쌓도록 했다.

여몽이 나서며 말하기를: "조조의 대군이 내려오는데 유수(濡須)의 수구(水口)에 토성을 쌓아 그들을 막아야 합니다."

여러 장수들이 모두 말하기를: "강기슭으로 올라가 적을 공격하다가 여차하면 맨발로 뛰어 내려와 배를 타면 되는데 토성은 쌓아서 무엇 하겠소?"

여몽 曰: "싸우다 보면 전세가 유리할 수도 불리할 수도 있으며, 싸운다고 늘 이기는 것만도 아니오. 만약 느닷없이 적을 만나 보병과 기병이 서로 뒤섞이다 보면 미처 물가까지 갈 시간도 없는데 어느 참에 배에 오른단 말이오?"

손권 曰: "그렇소. 사람은 앞날을 고려하지 않으면 반드시 가까운데 우환이 생기는 법(人無遠慮, 必有近憂)이니, 자명(子明: 여몽)이 멀리 내다본 것 같소."

곧 군사 수만 명을 동원하여 유수에 작은 토성을 쌓도록 했는데, 밤낮으로 공사를 하여 기일 내에 완성했다.

한편 허도에 있는 조조는 권세와 위풍이 갈수록 당당해졌다.

하루는 장사(長史) 동소(桐昭)가 나서며 말하기를: "자고(自古)로 신하된 자로서 그 공적이 승상만한 인물이 없으니 비록 주공(周公: 주나라 개국공신)이나 여망(呂望: 강태공)이라 할지라도 승상에게는 미치지 못할 것입니다.

승상께서는 30여 년간 바람으로 머리를 빗질하고 비로 몸을 씻는 즐풍목우(櫛風沐雨)하며 역도들을 소탕하여 백성들을 위해 해(害)를 제거하고 쓰러져가는 한(漢) 황실을 다시 일으켜 세우셨으니 어찌 다른 신하들과 더불어 재상의 자리에 나란히 서실 수 있겠습니까? 마땅히 위공(魏公)의 지위에 오르시고 구석(九錫)의 예우를 더하셔서 승상의 공덕을 빛내야 할 것입니다."

구석은 무엇을 말하는가?

첫째는 수레와 말이다. 대로(大輅)와 융로(戎輅)가 각 한 채씩으로 대로는 검은 암소 두 마리가 끄는 황금으로 칠한 큰 수레이며 융로는 여덟 필의 황마(黃馬)가 끄는 군사용 병거(兵車)이다.

둘째는 의복(衣服)이다. 곤룡포(袞龍袍)를 입고 면류관(冕旒冠)을 쓰며 붉은 가죽신(赤舃)을 신으니 왕의 의복과 같다.

셋째는 악현(樂懸)이다. 악현은 왕의 음악을 말한다.

넷째는 주호(朱戶)이다. 이는 거처하는 집의 대문을 붉은 색으로 칠하여 다른 신하들의 집과 구별할 수 있는 대우이다.

다섯째는 납폐(納陛)이다. 납폐는 어전에 오르는 계단을 말하며 왕만이 오를 수 있는 이 계단을 마음대로 오르내릴 수 있는 대우이다.

여섯째는 호분(虎賁)이다. 호분은 집을 호위하는 군사로 3백 명의 군사를 두어 문을 지키게 한다.

일곱째는 부월(斧鉞)이다. 부는 작은 도끼로 금으로 만들고, 월은 부(斧)보다는 좀 큰 도끼로 은으로 만들며 군사 지휘권을 상징한다.

여덟째는 활과 화살(弓矢)이다. 붉은 활 한 벌과 붉은 화살 백대, 검은 활 10벌에 검은 화살 1천 대를 사용한다.

아홉째는 거창(秬鬯)과 규찬(圭瓚)이다. 거창은 검은 수수로 만든 향기로운 술이며 규찬은 종묘 제사에 쓰는 옥으로 만든 제기(祭器)를 말한다. 즉 조상에 제사를 지낼 때 종묘에서만 사용하는 거창과 규찬을 사용할 수 있는 특전이다.

시중 순욱이 말하기를: "아니 됩니다. 승상께서 본래 의병을 일으키신 것은 한(漢) 황실을 바로잡으려는 것이었으니, 마땅히 충정의 뜻을 지키시어 겸손하게 사양하는 절조를 지켜야 합니다. 군자는 덕으로써 백성을 사랑해야지 그러한 특권으로 위세를 누리지 마십시오."

순욱의 입에서 이런 말이 나온다는 것은 정말 의표를 찌르는 것이었다. 조조의 안색이 갑자기 변하고 말았다.

동소 曰: "어찌 한 사람이 여러 사람의 뜻을 막을 수 있겠습니까?

마침내 조조를 위공으로 삼고 구석의 특전을 내려 달라는 표문을 황제에게 올렸다.

순욱이 탄식하며 말하기를: "내 오늘과 같은 일이 벌어질 줄은 몰랐구나!"

순욱의 말을 전해 들은 조조는 자신을 도와주지 않는다고 생각하고 그를 미워하는 마음이 깊어졌다.

건안 17년(서기 212년) 10월, 조조는 군사를 일으켜 강남을 치러가면서 순욱에게 동행할 것을 명했다. 순욱은 이미 조조가 자신을 죽이려는 마음이 있다는 것을 알고 병을 핑계로 수춘에 머물렀다. 그러던 어느 날, 갑자기 조조가 사람을 시켜 순욱에게 음식 한 합(盒)을 보내왔다. 합 뚜껑에는 조조가 직접 쓴 서신이 봉해져 있었다. 합을 열어 보니 그 안에는 아무것도 들어 있지 않았다. 조조의 뜻을 깨달은 순욱은 스스로 독약을 마시고 죽었다. 그의 나이 50세였다.

후세 사람이 이를 탄식한 시가 있으니:

순욱의 뛰어난 재주 천하에 알려졌지만	文若才華天下聞
가련하게도 권문에 발을 잘못 디뎠으니	可憐失足在權門
뒷사람들 그를 장자방에 비교하지 마라	後人休把留侯比
죽을 때 한나라 황제 볼 면목 없었으리	臨歿無顏見漢君

순욱의 아들 순운(荀惲)이 조조에게 부고를 띄우니 조조는 깊이 뉘우치며 그를 후히 장사 지내 주도록 하고 순욱에게 경후(敬侯)라는 시호를 내렸다.

한편 조조의 대군은 유수(濡須)에 이르렀다. 먼저 조홍으로 하여금 철갑기병 3만 명을 거느리고 강변으로 가서 적정(敵情)을 살펴보도록 했다.

그가 돌아와서 보고하기를: “멀리 강 연안을 따라 깃발은 무수히 펄럭이고 있으나 군사들은 어디에 있는지 보이지 않습니다.”

보고를 받은 조조는 마음이 놓이지 않아 자신이 직접 군사를 거느리고 앞으로 나아가 유수 어귀에 진을 친 뒤 군사 1백여 명만 데리고 산언덕 위로 올라가서 바라보니 멀리 동오의 전선(戰船)들이 대오(隊伍)를 지어 나누어 늘어섰는데, 오색 깃발과 병기들이 선명했다. 중앙의 큰 배 위에는 푸른 비단으로 만든 일산 아래 손권이 앉아 있고 그 좌우로 문무 관원들이 시립하고 있었다.

조조가 채찍을 들어 손권을 가리키며 말하기를: “아들을 낳으려면 손중모(孫仲謀: 손권) 같은 자식을 낳아야지, 유경승의 자식들은 개돼지와 다름없지!”

그때 문득 포성 소리가 울리더니 남쪽의 배들이 일제히 달려오고 유수의 토성 안에서 또 한 무리의 군사들이 뛰쳐나와 조조의 군사들을 덮쳐왔다. 놀란 조조의 군사들은 뒤로 물러나더니 그저 달아나기 바빴다. 조조가 멈추라고 호령을 해도 멈추지 않고 달아났다.

게다가 갑자기 천여 명의 기병들이 산기슭을 향해 쫓아오는데 선두에서 그들을 지휘하는 장수는 푸른 눈에 자주색 수염을 한 손권이 아닌가!

손권이 몸소 한 무리의 부대를 이끌고 조조를 잡으러 온 것이다. 몹시 놀란 조조가 말머리를 돌려 달아나려 할 때 동오의 대장 한당과 주태가 곧장 말을 달려 산비탈 위로 치달아왔다.

조조의 등 뒤에 있던 허저가 뛰쳐나가 칼을 휘두르며 두 장수와 맞붙어 싸우는 틈에 조조는 겨우 빠져나와 영채로 돌아올 수 있었다. 허저는 두 장수와 30합을 싸우고 나서야 돌아왔다.

영채로 돌아온 조조는 허저에게 후한 상을 내리고 다른 장수들에게는 심하게 질책하기를: "적을 만나 싸워보지도 않고 물러나 군사의 사기를 꺾어버리다니! 이후 다시 이런 일이 있을 때는 모두 참할 것이다!"

이날 밤 이경(二更: 밤 9시에서 11시) 무렵, 갑자기 영채 밖에서 함성이 크게 일었다. 조조가 급히 말에 올라 둘러보니 사방에서 불길이 치솟으며 동오의 군사들이 영채를 급급습해 온 것이다. 뜻밖의 기습에 당황한 조조의 군사들은 날이 밝아올 때까지 싸웠지만 결국 50여 리나 후퇴하여 영채를 세울 수밖에 없었다.

조조가 답답한 마음에 병서를 보고 있는데 정욱이 들어와서 말하기를: "승상께서는 병법을 잘 아시면서 어찌 '용병에는 신속함이 가장 중요하다(兵貴神速).'는 것을 잊으셨습니까? 이번에 군사를 일으키시면서 공연히 날짜를 끈 까닭에 손권에게 방비할 기회를 주어 유수 어귀에 토성을 쌓았기 때문에 우리가 공격하기 어려워진 것입니다. 일단 군사를 물리어 허도로 돌아가서 좋은 계책을 세우는 것이 어떻겠습니까?"

조조가 아무런 반응을 보이지 않으니 정욱은 물러나올 수밖에 없었다.

조조가 침상에 엎드려 있다가 깜빡 잠이 들었다. 갑자기 강의 물결이 거세지면서 수만 마리의 말들이 앞을 다투어 달리는 듯한 소리가 들린다. 조조가 깜짝 놀라 바라보니 강 한복판에 붉은 해가 솟아오르며 눈이 부시게 광채가 번쩍인다. 우러러 하늘을 바라보니 두 개의 태양이 서로 마주보며 빛을 발하고 있다. 그때 갑자기 강 한복판에서 떠오르던 붉은 해가 곧장 날아오르면서 우레와 같은 소리를 내며 영채 앞에 있는 산

속으로 떨어지는 것이 아닌가! 깜짝 놀라 깨어보니 꿈이었다.

막사 앞의 군사가 오시(午時: 오전 11시에서 오후 1시)가 되었음을 알렸다. 조조는 곧 말을 준비하라고 일러 5십 명의 기병만 데리고 꿈에서 보았던 해가 떨어진 산으로 갔다. 한창 살펴보고 있는데 문득 한 무리의 군사들이 보였는데 앞선 장수는 황금 투구에 황금 갑옷을 입고 있었다. 조조가 보니 그는 바로 손권이었다.

조조가 온 것을 본 손권은 전혀 당황한 기색이 없이 산 위에 말을 멈춘 채 채찍으로 조조를 가리키며 말하기를: "승상은 넓은 중원을 차지하고 있어 부귀가 더할 나위 없으면서 무엇이 부족해 우리 강남을 침범하러 온 것이오?"

조조가 대답하기를: "그대는 신하된 자로서 감히 황실을 섬기고 있지 않으니 내 천자의 명을 받들어 특별히 그대를 토벌하러 왔느니라!"

손권이 비웃으며 말하기를: "당신이 천자를 끼고서 제후들을 호령하고 있음은 천하가 다 아는 사실인데 그렇게 말하는 게 부끄럽지도 않은가? 나는 한 황실을 받들지 않은 것이 아니라 바로 너를 쳐서 한나라를 바로잡으려는 것이다!"

몹시 화가 난 조조가 여러 장수들에게 산에 올라가서 손권을 붙잡으라고 호통을 쳤다.

그때 갑자기 북소리가 울리더니 산 뒤의 양쪽에서 군사들이 뛰쳐나왔다. 오른쪽에서는 한당과 주태가, 왼쪽에서는 진무와 반장이 이끄는 3천 명의 궁노수들이 일제히 화살을 쏘아대니 화살이 마치 비 오듯 쏟아졌다. 조조는 급히 여러 장수들을 데리고 말을 돌려 달아나는데 네 명의 장수가 뒤에서 바짝 쫓아왔다. 다행히 도중에 허저가 호위군을 이끌고 와서 적을 막아주니 조조를 구해 돌아갈 수 있었다. 동오의 군사들은 큰 성과를 올리고 유수로 돌아갔다.

영채로 돌아온 조조는 속으로 생각하기를: '손권은 예사 인물이 아니다. 꿈에 본 붉은 해가 바로 손권일 테니 뒷날 틀림없이 제왕이 될 것이다.'

조조는 마음속으로는 군사를 물려 허도로 돌아가고 싶었지만 그러면 동오 사람들로부터 비웃음을 살까 봐 함부로 군사를 되돌릴 수도 없었다. 그야말로 진퇴양난에 빠진 것이다. 양쪽 군사들은 한 달 넘게 버티면서 서로 이기고 지는 싸움을 몇 차례 치렀지만, 어느 한쪽도 결정적인 승기를 잡지 못했다.

어느덧 해가 바뀌어 정월이 되자 연일 봄비가 내리니 이곳저곳이 모두 물바다로 변해 군사들은 진흙탕 속에서 고생이 이만저만이 아니었다.

조조의 고민이 깊어지는 가운데 여러 모사들을 불러 상의했지만, 일부는 군사를 거두어 돌아가자고 권하고 또 일부는 지금 날씨가 따뜻해지고 있으니 돌아가면 안 된다고 주장하여 조조는 결정을 내리지 못하고 있었다.

그때 갑자기 동오에서 사신이 손권의 서신을 가지고 왔다는 보고가 들어왔다. 조조가 그 글을 읽어 보니 내용은:

"나와 승상은 모두 한 황실의 신하인데, 승상은 백성을 편안하게 하여 나라에 보답할 생각은 하지 않고 함부로 군사를 일으켜 백성들을 참혹하게 죽이고 있으니, 이 어찌 어진 사람이라 하겠소. 이제 봄이 되어 물이 불어나고 있으니 그대는 속히 돌아가는 게 좋을 것이오. 만일 그렇지 않으면 다시 지난번 적벽에서와 같은 화를 당할 터이니 그대는 잘 생각하기를 바라오."

그리고 서신 뒤에는 두 줄의 글이 따로 있었으니:

"그대가 죽지 않으면 나도 편안하지 않으리(足下不死, 孤不得安)"

조조는 편지를 읽고 나서 크게 웃으며 말하기를: "손중모가 나를 속이지는 않는군!"

조조는 서신을 가지고 온 사자에게 후한 상을 주고 곧바로 회군 명령을 내렸다. 그리고 여강(廬江) 태수 주광(朱光)에게 환성(皖城)을 잘 지키도록 당부한 뒤 직접 군사를 거느리고 허도로 돌아가자 손권 역시 군사를 거두어 말릉(秣陵)으로 돌아갔다.

손권이 여러 장수들과 상의하기를: "조조는 이제 북으로 돌아갔고 유비는 가맹관에서 아직 돌아오지 않았으니, 조조를 막으려던 군사로 형주를 취하는 게 어떻겠는가?"

장소가 계책을 올리며 말하기를: "당분간 군사를 움직여서는 안 됩니다. 제게 한 가지 계책이 있으니, 유비가 형주로 돌아오지 못하게 하겠습니다."

이야말로:

조조의 대군이 북으로 물러가자	孟德雄兵方退北
손권이 또 남쪽을 도모하려하네	仲謀壯志又圖南

장소의 계책이 무엇인지 궁금하거든 다음 회를 기대하시라.

제 62 회

양회와 고패는 부관에서 참수를 당하고 황충과 위연은 낙성에서 공적을 다투다

取涪關楊高授首

攻雒城黃魏爭功

장소가 계책을 올리며 말하기를: "당분간 군사를 움직이지 마십시오. 우리가 군사를 움직여 형주를 친다면 조조가 틀림없이 다시 내려올 것입니다. 차라리 편지 두 통을 써서 유장과 장로에게 보내는 편이 낫습니다. 유장에게는 유비가 동오와 결탁하여 서천을 취하려 한다고 하십시오. 그럼 유장은 유비를 의심하여 공격할 것입니다. 장로에게는 형주가 지금 비어 있으니 형주를 취하라고 하십시오. 그러면 유비는 양쪽으로 적을 맞이하는 셈이니 선두 부대와 후미 부대가 서로 호응하지 못할 것입니다. 그런 다음에 우리가 군사를 일으켜 형주를 친다면 쉽게 차지할 수 있습니다."

손권은 장소의 계책에 따라 즉시 유장과 장로에게 사자를 보냈다.

한편 현덕은 가맹관에 오래 머물면서 그곳 백성들의 인심을 두텁게 얻고 있었다. 또한 공명으로부터 서신을 받고 손 부인이 동오로 간 사실과 조조가 군사를 일으켜 동오의 유수를 치러 온 소식도 알고 있었다.

현덕은 방통과 의논하기를: "조조와 손권이 유수에서 싸우면 누가 이긴다 해도 그들이 형주를 가만 놔두지 않을 텐데 이 일을 어찌하면 좋겠소?"

방통 曰: "주공께서는 염려하지 마십시오. 공명이 그곳에 있는 한 손권은 형주를 치지 못할 것입니다. 차라리 이참에 유장에게 서신을 이렇게 보내시지요. '조조가 손권을 공격해 오니 손권이 형주에 구원을 요청해 왔소. 나와 손권은 순치(脣齒)의 관계이니 서로 돕지 않을 수 없소. 장로는 자신의 땅이나 지키고 있는 도적에 불과하여 저들이 침공을 당하지 않으면 감히 쳐들어오지는 못할 것이오. 나는 이제 군사를 거느리고 형주로 돌아가서 손권과 연합하여 조조를 치려고 하오. 그런데 군사는 적고 양식이 부족하니, 바라건대 종친으로서의 정의(情誼)을 생각하여 정예병 3~4만 명과 군량 10만 섬만 도와주시오. 꼭 들어주기를 바라오.'라고 하십시오. 유장이 군사와 군량을 보내오면 그때 다시 의논하시지요."

현덕은 방통의 말에 따라 사람을 성도로 보냈다. 사자가 부수관(涪水關)에 이르자 양회(楊懷)와 고패(高沛)는 이 사자가 무슨 일로 가는 줄 이미 눈치를 채고 고패는 남아서 성을 지키고 양회는 사자와 함께 성도로 갔다. 사자가 유장에게 현덕의 서신을 올리자 유장은 서신을 보고 나서 양회에게 묻기를: "그대는 무엇 때문에 사자와 함께 왔는가?"

양회 曰: "오직 그 편지 때문에 왔습니다. 유비는 서천(西川)에 들어온 이후 널리 은덕을 베풀며 서천 백성들의 민심을 얻고 있는데 그 속셈이 매우 수상합니다. 지금 군사들과 군량미를 요구하는데 절대로 주어서는 안 됩니다. 지금 그를 도와주는 것은 불길에 마른 장작을 던져주는 격입니다."

유장 曰: "나와 현덕은 이미 형제의 정을 나누었는데 어찌 돕지 않을 수 있겠는가?"

그때 한 사람이 나서며 말하기를: "유비는 야심이 많은 효웅(梟雄)이니 우리 촉 땅에 오래 머물게 하는 것은 범을 방 안으로 불러들인 것이나 마찬가지인데 이제 다시 그에게 군사와 물자를 도와준다면 그것은 범에게 날개를 달아주는 것과 무엇이 다르겠습니까?"

그는 영릉(零陵) 증양(烝陽) 사람으로 성은 유(劉), 이름은 파(巴), 자는 자초(子初)였다. 유파의 말을 들은 유장은 주저하며 결정을 내리지 못했다. 그때 황권이 다시 강력히 반대를 했다.

유장은 마침내 늙고 약한 군사 4천 명과 쌀 1만 섬만 보내기로 하고 글을 써서 사자에게 주어 현덕에게 가서 보고하게 했다. 그러면서 양회와 고패에게 부수관을 단단히 지키도록 했다.

유장의 사자가 가맹관에 도착하여 현덕에게 글을 올렸다. 현덕은 유장의 서신을 읽고 몹시 화를 내며 말하기를: "나는 너희를 위해 적을 막아주려고 힘을 다해가며 애쓰는데 너희는 도리어 재물을 쌓아 놓고 이처럼 인색해서야 어찌 군사들에게 목숨을 걸고 싸우라고 할 수 있겠는가!"

현덕은 곧바로 유장의 답신을 찢어 버리고 크게 꾸짖으며 자리를 박차고 일어나니, 놀란 사자는 도망치듯 성도로 돌아갔다.

방통 曰: "주공께서는 지금까지 오로지 인의(仁義)만을 중히 여겨 오셨는데 오늘은 서신까지 찢으시고 화를 내시니, 이전의 정의(情誼)를 다 버리기라도 하시겠다는 겁니까?"

현덕 曰: "이렇게 되었으니 이제 어찌하면 좋겠소?"

방통 曰: "저에게 세 가지 계책이 있으니, 주공께서 들어 보시고 직접 선택하시지요."

현덕이 묻기를: "그 세 가지 계책이 무엇이오?"

방통 曰: "지금 당장 정예병을 뽑아 밤낮으로 달려가서 성도를 습격하는 것으로 이는 상책입니다. 그 다음은 양회와 고패는 촉의 명장들로 강한 군사들을 거느리고 부수관을 지키고 있습니다. 이제 주공께서 거짓으로 형주로 돌아가신다고 하면 저들은 틀림없이 주공을 배웅하러 나올 것이니 그 기회에 그들을 붙잡아 죽이고 부수관을 빼앗아 부성(涪城)을 취한 다음 성도로 향하는 것으로 이는 중책입니다.

마지막으로 일단 군사를 백제성(白帝城)으로 물리고, 다시 밤낮으로 행군하여 형주로 돌아간 다음 천천히 일을 도모하는 것으로 이는 하책입니다. 만약 여기서 망설이고 있다가 때를 놓치면 큰 곤경에 처해 빠져나갈 수도 없을 것이니 속히 결정하시지요."

현덕 曰: "군사(軍師)가 말한 상책은 너무 촉박하고 하책은 너무 느슨하니, 느슨하지도 촉박하지도 않은 중책은 해 볼 만하겠소."

이리하여 현덕은 유장에게 서신을 보내 단지 말하기를:

"조조가 부장(部將) 악진(樂進)을 시켜 군사를 이끌고 와서 형주의 청니진(青泥鎮)을 치고 있는데 우리 장수들이 막아내지 못하고 있소. 그래서 내가 급히 돌아가서 막아야 할 것 같기에 얼굴도 보지 못하고 이렇게 글로써 작별을 고하는 바이오."

서신이 성도에 이르러 현덕이 형주로 돌아가려 한다는 말에 가장 놀란 사람은 바로 장송(張松)이었다. 현덕의 속셈을 알 리가 없는 장송은 급히 편지 한 통을 써서 사람을 시켜 현덕에게 보내려고 하는데 공교롭게 그때 마침 그의 친형 광한(廣漢) 태수 장숙(張肅)이 찾아왔다.

장송은 급히 그 편지를 소매 속에 감추고 형을 맞아들여 대화를 나누었다. 그런데 장숙은 아우가 평소와는 달리 정신이 딴 데 있는 것을 보고 내심 의아하게 생각했다.

장송은 형과 이야기를 나누며 술잔을 기울이는데 형님께 술을 권하던 중 자신도 모르게 소매 속의 편지가 땅에 떨어지고 말았다. 그 편지는 장숙을 따라온 종자가 주워 술자리가 파한 뒤 장숙에게 바쳤다.

장숙이 그 편지를 펴서 보니 그 내용은:

"지난날 이 장송이 황숙께 진언한 말은 결코 허투루 하거나 거짓이 없는데 어찌하여 시일만 질질 끌고 서두르지 않으십니까? 역리(逆理)로 취한 뒤에 순리(順理)로 지키는 것은 옛사람들도 귀히 여겨왔습니다. 이제 대사가 손안에 들어온 것이나 다름없는데 어찌하여 이를 버리고 형주로 돌아가시려 하십니까? 그 소식을 들은 이 장송은 너무나 실망하여 무엇을 잃어버린 것 같습니다. 이 편지가 당도하는 날 지체하지 말고 진군하십시오. 제가 마땅히 안에서 호응할 것입니다. 부디 스스로 일을 그르치는 일이 없도록 하시기 바랍니다."

편지를 읽은 장숙은 깜짝 놀라 말하기를: "아우가 우리 가문의 멸문지화 당할 일을 꾸미고 있는데, 내 고변하지 않을 수 없구나!"

장숙은 그 밤에 즉시 유장에게 달려가 그 편지를 보여 주며 장송이 유비와 공모하여 서천을 유비에게 바치려 한 일을 낱낱이 고했다.

몹시 화가 난 유장이 말하기를: "내 지금까지 그를 박대하지 않았거늘 무슨 까닭으로 나를 모반하려 했단 말인가!"

즉시 명을 내려 장송의 전 가족을 모조리 잡아들여 저잣거리에서 목을 베게 했다.

후세 사람이 이를 탄식하여 시를 지었으니:

한 번 보면 다 기억하는 세상에 드문 재주	一覽無遺世所稀
서신 한 장이 천기 누설할 줄 뉘 알았으랴	誰知書信洩天機
현덕이 왕업 일으키는 것을 보지도 못하고	未觀玄德興王業

장송은 먼저 성도에서 옷을 피로 물들였네　　　先向成都血染衣

장송 일가를 처형한 유장은 문무 관원들을 불러 모아 상의하기를: "유비가 내 땅을 빼앗으려 한다니 어찌하면 좋겠소?"

황권 曰: "이 일은 잠시도 지체해서는 안 됩니다. 즉시 각 처 관소(關所)로 사람을 보내서 군사를 증원하여 굳게 지키게 하여 형주의 군사는 단 한 명도 들여보내지 못하도록 해야 합니다."

유장은 그의 말에 따라 즉시 모든 관소로 격문을 띄웠다.

한편 현덕은 군사를 거느리고 부성(涪城)으로 돌아와 먼저 사람을 부수관으로 보내서 자신이 형주로 돌아갈 것임을 알리며 양회와 고패 두 장수를 관 밖으로 청해 작별 인사를 하자고 했다.

보고를 받은 두 장수가 상의하면서 양회가 말하기를: "현덕이 형주로 돌아가려고 왔다는데 어찌하면 좋겠소?"

고패 曰: "죽을 자리를 찾아 왔는데 마땅히 죽여 줘야지요. 우리가 각자 날카로운 비수를 숨기고 가서 전송하는 자리에서 찔러 죽입시다. 그래서 우리 주공의 근심을 없애야지요."

양회 曰: "그것 참 좋은 계책이오."

양회와 고패는 군사 2백 명만 거느리고 관을 나와 전송하러 가고 나머지 군사들은 관 안에 머물러 있게 했다.

이때 현덕은 대군을 모두 출발시켜 무수에 이르렀다.

방통이 현덕과 말머리를 나란히 하여 오면서 말 위에서 말하기를: "양회와 고패가 오거든 방비를 철저히 하시고, 만일 그들이 오지 않으면 즉시 군사를 움직여 관소를 빼어야 합니다. 절대로 지체해서는 안 됩니다."

그때 갑자기 한바탕 회오리바람이 일더니 앞서가는 말의 장수 깃발

(帥)을 부러뜨렸다.

현덕이 방통에게 묻기를: “이것은 무슨 징조요?”

방통 曰: “이는 경계하라는 뜻입니다. 양회와 고패 두 사람이 주공을 해치려고 하니 철저히 방비해야 합니다.”

현덕은 즉시 갑옷을 겹으로 입고 허리에는 보검을 차서 만일의 경우에 대비했다.

양회와 고패가 온다는 보고가 들어왔다. 현덕이 군사들의 행진을 멈추라고 명령했다.

방통은 위연과 황충에게 분부하기를: “관소에서 온 군사는 숫자에 상관없이 기병이던 보명이던 불문하고 한 사람도 돌려보내지 마시오.”

두 장수는 명을 받고 물러갔다.

한편 양회와 고패 두 사람은 각자 몸에 예리한 칼을 숨긴 채, 군사 2백 명과 함께 양을 끌고 술을 짊어지고 현덕의 군영 앞에 이르렀다. 현덕 쪽에 아무런 대비가 없는 것을 본 두 사람은 자신들의 계책을 잘 시행할 수 있을 것으로 생각하며 내심 은근히 기뻐하고 있었다.

두 장수가 장막 안으로 들어서니 현덕과 방통이 중앙에 앉아 있었다.

두 장수가 인사를 하며 말하기를: “황숙께서 먼 길을 돌아가신다는 말을 듣고 보잘 것은 없지만, 술과 안주를 준비하여 전송하러 왔습니다.”

그러고는 먼저 술을 따라 현덕에게 권하니, 현덕이 말하기를: “두 장군께서 관을 지키느라 수고가 많을 테니 먼저 제 잔을 받으시지요.”

두 장수가 술을 마시고 나니 현덕이 말하기를: “내 두 분 장군과 긴히 할 이야기가 있으니 다른 사람들은 자리를 잠시 물려주시오.”

곧바로 그들이 데리고 온 군사 2백 명은 모두 중군 밖으로 물러났다.

현덕이 즉시 호령하기를: “저 두 도적놈을 체포하라!”

명령이 떨어지기 무섭게 막사 뒤에서 유봉(劉封)과 관평(關平)이 뛰쳐 나왔다. 양회와 고패가 급히 싸우려고 했지만 이미 유봉과 관평에 의해 모두 붙잡혀 버렸다.

현덕이 호통치기를: "나는 너희 주인과 종친으로 형제나 마찬가지인데 너희 두 놈은 무슨 까닭으로 함께 공모하여 형제간의 정을 이간질하느냐!"

방통이 좌우 군사들에게 명하여 두 사람의 몸을 수색하게 하니 과연 그들의 품속에서 예리한 칼 한 자루씩을 찾아냈다.

방통은 즉시 두 사람의 목을 베라고 호령했으나 현덕은 주저하며 결정을 내리지 못했다.

방통 曰: "이 두 놈은 처음부터 주공을 해칠 음모를 꾸미고 온 자들입니다. 결코 살려 둘 수 없습니다."

방통은 곧바로 도부수들에게 양회와 고패를 막사 앞으로 끌어내어 목을 베라고 호통을 쳤다.

황충과 위연은 이미 그들이 데리고 온 군사 2백 명을 한 놈도 달아나지 못하게 붙잡아 놓았다.

현덕은 그들을 모두 불러 각자에게 술을 따라주며 놀란 가슴을 진정시킨 뒤 말하기를: "나와 너의 주인 유장은 형제지간이다. 그런데 양회와 고패 두 사람은 우리 사이를 이간질했을 뿐만 아니라 이번에 예리한 칼을 품고 와서 나를 찔러 죽이려 했으므로 어쩔 수 없이 죽였다. 그러나 너희들은 아무런 죄가 없으니 놀라거나 의심할 필요가 없다."

그러자 겁에 질렸던 군사들은 안심하고 현덕에게 고맙다고 절을 했다.

방통 曰: "나는 이제 너희들을 우리의 길잡이로 삼을 것이니 우리의 군사들을 안내하여 부수관을 취하도록 하라. 점령 후에 너희에게 후한 상을 내릴 것이다."

取涪關楊高授首

그들은 모두 그리하겠다고 대답했다.

그날 밤 양회와 고패가 데리고 온 2백 명을 앞세운 현덕의 대군은 부수관 아래에 이르러 앞에 선 군사들이 외치기를: "두 장군께서 급한 일이 있어 돌아오셨으니 빨리 문을 열어라."

성 위에서 들어 보니 자신들의 군사들이라 그들은 아무런 의심 없이 즉시 관문을 열어 주었다. 대군이 일제히 몰려 들어가자 현덕의 군사들은 칼에 피 한 방울 묻히지 않고 부수관을 점령했다. 부수관을 지키던 군사들은 모두 항복하니 현덕은 모두에게 큰 상을 내리고 즉시 군사를 앞뒤로 나누어 관을 지키도록 했다.

다음 날 현덕은 군사들을 배불리 먹여 위로하고 공청(公廳)에서 큰 연회를 베풀었다. 술이 얼큰하게 취한 현덕이 방통을 돌아보며 말하기를: "오늘 이 연회는 실로 즐겁지 않소?"

방통 曰: "남의 나라를 치고 즐거워하는 것은 어진 이의 군사 부리는 모습은 아닌 듯합니다."

현덕 曰: "내 알기로 지난날 주나라 무왕은 폭군 주(紂)를 치고 음악을 지어 그 공을 기렸는데, 그러면 무왕 역시 어진 사람의 군사 부리는 모습이 아니란 말이오? 그대 말은 도리에 맞지 않으니 썩 물러가시오!"

방통은 껄껄 웃으며 자리에서 일어났다.

좌우에 있던 사람들이 현덕을 부축하여 후당으로 모시니, 바로 잠이 들었다. 한밤중이 되어서야 술이 깬 현덕은 좌우 사람들에게서 방통을 쫓아낸 이야기를 듣고 크게 후회했다.

다음 날 아침 일찍 현덕은 의관을 정제하고 당상에 올라 방통을 청해 와서 사죄하며 말하기를: "어젯밤 내가 술에 취해서 실언을 했던 모양인데 군사께선 부디 마음에 담아두지 마시오."

방통은 그저 태연하게 웃기만 한다.

현덕 曰: "어제의 말은 순전히 나의 실수요."

방통 曰: "군신(君臣)이 함께 실수한 것입니다. 어찌 주공께서만 실수하셨겠습니까?"

그 말에 현덕 역시 크게 웃으며 어제의 기분처럼 즐거워했다.

한편 성도의 유장은 현덕이 양회와 고패 두 장수를 죽이고 부수관을 점령했다는 말을 듣고 크게 놀라서 말하기를: "일이 정말 이렇게 될 줄은 미처 몰랐구나!"

그는 곧바로 문무 관원들을 모아 놓고 현덕을 물리칠 계책을 물었다.

황권 曰: "밤낮을 가리지 말고 속히 군사를 낙현(雒縣)으로 보내십시오. 낙현은 성도로 들어오는 아주 좁은 길목의 요새이니 그곳만 막으면 유비가 제아무리 날랜 군사와 용맹한 장수를 거느리고 있다고 해도 그곳을 넘어올 수는 없습니다."

유장은 곧바로 유괴(劉璝)·냉포(冷苞)·장임(張任)·등현(鄧賢) 등 네 장수에게 군사 5만 명을 거느리고 밤낮을 가리지 말고 낙현으로 가서 길목을 지키라고 명했다.

네 장수가 행군해 가는 도중에 유괴가 말하기를: "내 듣기로 금병산에 도호(道號)가 자허상인(紫虛上人)이라는 기인(奇人)이 살고 있는데 사람의 생사(生死)와 귀천(貴賤)을 기막히게 알아맞힌다고 합니다. 마침 오늘 금병산을 지나게 되니 우리 함께 가서 물어보면 어떻겠소?"

장임 曰: "대장부가 군사를 이끌고 적을 막으러 가는 마당에 어찌 산속에 숨어 사는 사람을 찾아 그런 것을 물어본단 말이오?"

유괴 曰: "그렇지 않소. 성인께서 말씀하시기를 '지극한 정성으로 도를 닦으면 앞일도 내다볼 수 있다(至誠之道, 可以前知).'고 하였소. 우리가 고명한 도인에게 앞날을 물어 길한 것을 택하고 흉한 일을 피하는 것이 좋지 않겠소?"

그리하여 네 장수는 5~6십여 명의 기병만 대동하고 산 아래로 가서 나무꾼에게 자허상인이 어디 있는지 물었다. 나무꾼은 높은 산 정상을 가리키며 그곳에 가면 도인을 만날 수 있다고 했다.

네 장수가 산꼭대기까지 올라가 암자 앞에 이르니 동자 하나가 나와서 맞이했다. 그 동자는 그들이 누구인지 묻고 암자 안으로 안내했는데, 자허상인은 버들방석 위에 앉아 있었다.

네 장수가 절을 하고 앞일에 관해서 물었다.

자허상인 曰: "빈도(貧道)는 산속에 숨어 사는 쓸모없는 인간인데 어찌 장군들의 길흉을 알겠소?"

유괴가 거듭 절을 하며 물으니 그는 동자에게 종이와 붓을 가져오라고 하여 여덟 구의 글을 적어 유괴에게 주었다.

좌측의 용 우측의 봉황이 左龍右鳳
서천으로 둘 다 날아드니 飛入西川
새끼 봉은 땅에 떨어지고 鳳雛墜地
자던 용은 하늘로 오르네 臥龍昇天

하나를 얻고 하나 잃으니 逸得一失
천수는 원래 그런 것이다 天數當然
기회를 잘 살펴 처신하여 見機而作
구천에 떨어져 죽지 마라 勿喪九天

유괴가 다시 묻기를: "우리 네 사람의 운세는 어떻습니까?"

자허상인 曰: "정해진 운수는 피할 수 없으니 다시 물어 무엇하겠소?"

유괴가 또 물어보려 할 때 자허상인은 눈썹을 드리우고 눈을 지그시 감은 채 흡사 잠이 든 것처럼 미동도 하지 않은 것이 더 이상은 대꾸를 하고 싶지 않은 모양이다. 네 장수는 산을 내려왔다.

유괴가 말하기를: "선인(仙人)의 말이니 믿지 않을 수 없소."

장임 曰: "그런 미친 늙은이의 쓸데없는 말을 들어서 뭐 하겠소."

말에 올라 마침내 낙현에 도착한 네 장수는 중요한 길목에 군마를 나누어 배치하고 굳게 지키도록 했다.

유괴 曰: "낙성은 성도를 지키는 방패이니 이곳을 잃으면 성도를 지키기 어렵소. 그러니 우리 넷이 의논하여 두 사람은 남아서 성을 지키고 두 사람은 낙현 앞으로 가서 험산에 의지하여 영채 둘을 세우고 적병들이 성 가까이 오지 못하게 하면 어떻겠소?"

냉포와 동현이 말하기를: "우리 둘이 나가서 영채를 구축하고 적을 막겠소."

유괴는 크게 기뻐하며 군사 2만 명을 나누어 성 밖 60리 떨어진 곳에 영채를 세우도록 하고 자신은 장임과 남아서 낙성을 지키기로 했다.

한편 현덕은 부수관을 점령한 후 방통과 함께 낙성을 취하러 가는 문제를 상의하고 있었다. 그때 보고가 들어오기를, 유장이 낙성을 지키라고 네 명의 장군을 보냈는데 그중 냉포와 등현이 2만 명의 군사를 이끌고 성 밖 60리 되는 곳에 영채 두 개를 세웠다고 했다.

현덕이 여러 장수들을 모아 놓고 묻기를: "누가 나가서 적의 두 영채를 쳐서 먼저 공을 세우겠소?"

말이 떨어지기 무섭게 노장 황충이 나서며 말하기를: "이 늙은이가 가겠소이다."

현덕 曰: "노장군께서 본부 군사를 이끌고 낙성으로 가서 영포와 등현의 영채를 취한다면 내 후한 상을 내리겠소."

황충이 아주 기뻐하며 즉시 본부 군사를 거느리고 출발하려 하는데 문득 한 장수가 나서며 말하기를: "노장군은 연세도 많으신데 어찌 두 영채를 취할 수 있겠습니까? 소장이 비록 재주는 없으나 가고자 합니다."

현덕이 보니 그는 바로 위연이었다.

황충 曰: "내 이미 명령을 받았는데 네가 어찌 감히 나서느냐?"

위연 曰: "나이가 들면 체력이 예전처럼 말을 듣지 않습니다. 제가 듣기로 냉포와 등현은 모두 촉의 이름난 장수들로 한창 혈기가 왕성하다고 하니 노장군께서 저들을 감당하지 못하면 우리 주공의 대사만 그르칠 게 아니겠소? 그래서 제가 대신 가려는 것으로 좋은 뜻으로 드린 말씀입니다."

황충이 버럭 화를 내며 말하기를: "너는 내가 늙었다고 무시하는데 그럼 나랑 한번 무예를 겨뤄 보겠느냐?"

위연 曰: "좋습니다. 지금 당장 주공 앞에서 무예를 겨뤄 이긴 사람이 가기로 합시다. 어떻소?"

황중은 즉시 계단 아래로 뛰어 내려가 부하 장수에게 칼을 가져오라고 했다.

현덕이 급히 그들을 제지하며 말하기를: "아니 되오! 군사를 일으켜 서천을 취하려는 지금, 내가 오로지 의지하는 것은 두 분 장수뿐이오. 이제 두 호랑이가 싸운다면 반드시 하나는 상처를 입게 될 것인데, 그리되면 대사를 그르치고 말 것이오. 어서 두 사람은 다투지 말고 화해하시오."

방통 曰: "두 분 장군은 싸울 필요 없소이다. 지금 영포와 등현이 각각 영채를 세우고 있으니 두 분 장군께서 각자 군사를 거느리고 영채를 하나씩 취하시오. 먼저 빼앗는 쪽을 으뜸 공으로 치겠소."

이리하여 황충에게는 냉포의 영채를, 위연에게는 등현의 영채를 각각 치라고 하니, 두 장수는 명을 받고 나갔다.

방통 曰: "두 사람을 보내긴 했지만, 혹시 길 위에서 서로 다툴지도 모르니 주공께서 친히 군사를 이끌고 나가 후원하시는 것이 좋겠습니다."

현덕은 방통에게 성을 지키게 하고 자신은 유봉·관평과 함께 군사 5천 명을 이끌고 두 사람의 뒤를 따라 출발했다.

한편 영채로 돌아온 황충은 전군에 영을 내려 내일 새벽 4경(四更: 새벽 1시에서 3시)에 밥을 지어 먹고 5경(五更)에 모든 준비를 마친 다음 날이 밝는 대로 왼편 산골짜기로 출발할 것이라고 했다.

반면에 위연은 은밀히 사람을 보내어 황충이 언제 떠나는지를 알아오도록 했다. 염탐꾼이 돌아와서 보고하기를: "내일 새벽 4경에 밥을 지어 먹고 5경에 출발한다고 합니다."

위연은 속으로 은근히 기뻐하며 군사들에게 명령하기를: "우리는 2경(二更: 밤 9시에서 11시)에 밥을 지어 먹고 3경에 출발하여 날이 샐 무렵에는 등현의 영채 근처에 당도한다."

명령을 받은 위연의 군사들은 배를 든든히 채우고 말들은 말방울을 떼어버리고, 군사들은 모두 함매(銜枚)[1]를 물고, 깃발은 말고 갑옷은 싸맨 뒤 몰래 적의 영채를 기습하러 갔다.

삼경 무렵 영채를 떠나 적의 영채로 가는 도중 위연은 말 위에서 생각하기를: "등현의 영채 하나만 쳐부수면 그게 무슨 공이라고 할 수 있겠는가! 차라리 냉포의 영채를 먼저 치고, 그 승세를 몰아 등현의 영채를

---

1 소리를 내지 못하도록 입에 물리는 나무 막대기. 역자 주.

쳐부수자. 그렇게 하면 두 곳을 빼앗은 공이 모두 내 차지가 될 것이 아닌가!"

위연은 말 위에서 명령을 내려 군사들에게 모두 왼쪽 산길로 가도록 했다. 날이 밝아올 무렵 냉포의 영채에서 그리 멀지 않은 곳에 도착하여 군사들에게 징과 북, 기치와 창검 등을 배열해 놓고 잠시 쉬도록 했다.

그러나 이런 정황은 매복하고 있던 냉포의 정탐꾼에 의해 냉포에게 즉각 보고되어 냉포의 군사들은 모두 싸울 준비를 하고 있었다. 냉포의 진영에서 포성 소리가 울리면서 전군이 일제히 말을 타고 위연의 군사를 향해 쳐들어갔다.

위연도 말에 올라 칼을 들고 달려가 냉포와 접전을 벌였다. 두 장수가 서로 어우러져 싸운 지 30여 합에 이르렀을 때 서천의 군사는 두 갈래로 나뉘어 와서 형주의 군사들을 습격했다. 형주의 군사들은 밤새 달려오느라 이미 말과 사람들이 모두 지쳐 있어 서천 군사의 습격을 막아내지 못하고 뒤로 물러나 달아났다.

냉포와 한창 싸우고 있던 위연도 등 뒤의 자기 진영이 혼란에 빠진 것을 알고 냉포를 버려두고 말을 돌려 달아났다. 서천의 군사들이 그 뒤를 추격해 오니 형주의 군사들은 크게 패했다.

위연이 5리도 달아나지 못했는데, 산 뒤에서 북소리가 크게 울리면서 등현이 이끄는 한 무리의 군사들이 산골짜기에서 쏟아져 나와 위연의 도망가는 길을 막고 큰 소리로 외치기를: "위연은 어서 말에서 내려 항복하라!"

위연이 급히 말에 채찍을 가하여 나는 듯이 달아나는데, 순간 위연의 말이 앞발을 잘못 디뎌 두 발을 땅에 꿇는 바람에 위연은 말에서 떨어져 땅에 구르고 말았다. 등현이 말을 타고 달려와 창을 번쩍 치켜들고 위연의 가슴을 찌르려고 했다. 등현의 창이 위연의 가슴에 닿으려는 찰나 갑자기 시위소리가 울리면서 등현이 그대로 말에서 굴러떨어졌다.

뒤에서 냉포가 등현을 구하러 막 달려오는데 한 장수가 산언덕에서 나는 듯이 말을 몰아 달려오면서 큰 소리로 외치기를: "노장 황충이 여기 있다!"

그는 칼을 휘두르며 곧바로 냉포에게 달려들었다. 냉포는 그를 당해내지 못하고 달아났다. 황충이 기세를 타고 그 뒤를 추격하자 서천의 군사들은 큰 혼란에 빠졌다.

황충의 군사들이 위연을 구해내고 등현까지 죽였다. 그리고 곧바로 냉포를 쫓아가서 그의 영채 앞에 이르니 냉포는 말을 돌려 다시 황충을 맞아 싸웠다. 그러나 10여 합도 채 싸우지 않았는데 뒤에서 한 무리의 군사들이 몰려왔다.

냉포는 어쩔 수 없이 왼편 영채를 포기하고 패배한 군사들을 수습하여 오른편 영채로 갔다. 그런데 어찌된 영문인지 영채 안에 있는 기치들이 자신의 기치가 아니었다. 냉포가 깜짝 놀라서 말을 세우고 주위를 살펴보니 맨 앞에 서 있는 대장은 금빛 갑옷에 비단 전포를 입고 있는 유현덕이 아닌가! 그 왼편에는 유봉이, 오른편에는 관평이 서 있었다.

현덕이 큰 소리로 호통치기를: "영채는 내가 이미 빼앗았느니라. 너는 어딜 가려 하느냐?"

원래 현덕은 군사를 이끌고 가서 뒤쪽에서 위연과 황충을 후원하려고 했었는데 황충의 승세를 타고 등현의 영채까지 빼앗아 버린 것이다.

두 영채를 모두 빼앗긴 냉포는 갈 길이 없어 산속의 샛길을 이용하여 낙성(雒城)으로 돌아가려고 했다. 하지만 10리도 채 가지 못하고 좁은 길에 매복해 있던 군사들이 일제히 뛰쳐나오며 그들이 설치해 놓은 갈고리를 들어 올리니 냉포는 그만 사로잡히고 말았다.

이들은 다름 아닌 위연의 군사들이었다. 실은 위연은 자신이 저지른 죄를 잘 알고 있고 변명할 여지도 없는 터라, 뒤처져 있던 군사들을 수습하여 포로로 잡은 촉병의 안내를 받아 냉포가 달아날 만한 이곳에서 매복하고 기다리고 있었던 것이다. 위연은 냉포를 새끼줄로 꽁꽁 묶어 현덕의 영채로 압송해 갔다.

한편 현덕은 면사기(免死旗)[2]를 세워 놓고 서천의 군사 중 무기를 버리고 갑옷을 벗고 항복해오는 자들은 절대로 죽이지 못하게 하고 만약 그들을 해치는 자는 자신의 목숨으로 그 대가를 치르게 했다.

그리고 항복해 온 서천의 병사들에게 말하기를: "너희 서천 군사들에게도 부모나 처자가 있을 터이니, 너희들 중에서 우리의 군사가 되기를 원하는 자는 군사로 받아들일 것이나 원하지 않는 자는 모두 집으로 돌려보낼 것이다."

이 말에 서천 군사들의 환호성이 땅을 진동했다.

황충이 잔여 영채를 다 마무리한 뒤 현덕에게 와서 위연이 군령을 위반했음을 보고하고 그를 참해야 한다고 말했다.

현덕이 곧바로 위연을 불러들이니 뜻밖에 위연이 냉포를 사로잡아 압송해 온 것이 아닌가!

현덕 曰: "위연이 비록 죽을죄를 지었지만, 적장을 사로잡아 왔으니 그 죄를 사면해 줄 것이다."

그러고는 위연으로 하여금 목숨을 구해준 황충의 은혜에 깊이 감사드리고 이후로는 절대로 다투는 일이 없도록 하라고 일렀다.

위연은 머리를 조아리며 자신의 죄를 인정하고 황충에게 사죄했다. 현덕은 황충에게 후한 상을 내리고 냉포를 장막 앞으로 끌고 오라고 했

2 항복하면 죽음은 면해 주겠다는 표시의 깃발. 역자 주.

다. 현덕은 냉포의 결박을 손수 풀어 주고 술을 따라주며 놀란 가슴을 진정시킨 뒤 묻기를: "그대는 항복할 뜻이 없는가?"

냉포 曰: "이미 죽음을 면해 주셨는데 어찌 항복하지 않겠습니까? 유괴와 장임은 저와 생사를 같이하기로 한 사이입니다. 저를 만약 돌려보내 주신다면 두 사람도 불러와 항복하게 하고 낙성을 바치겠습니다."

현덕은 크게 기뻐하며 즉시 의복과 말안장을 내어 주며 그를 낙성으로 돌려보내 주었다.

위연 曰: "냉포를 돌려보내서는 안 됩니다. 그자는 한 번 가면 다시는 돌아오지 않을 것입니다."

현덕 曰: "내가 인의(仁義)로 대하면, 그도 나를 저버리지 않을 것이다."

한편 낙성으로 돌아간 냉포는 유괴와 장임에게 사로잡혔다가 풀려나서 돌아온 것은 말하지 않고, 단지 말하기를: "십여 명의 적군을 죽이고 말을 빼앗아 타고 돌아왔소."

유괴는 급히 성도에 사람을 보내 지원을 요청했다.

등현이 죽었다는 소식을 들은 유장은 크게 놀라 문무 관원들을 모아 놓고 상의했다.

그의 맏아들 유순(劉循)이 나서며 말하기를: "제가 군사를 이끌고 가서 낙성을 지키겠습니다."

유장 曰: "내 아이가 가겠다고 하니 누가 그를 보좌하겠는가?"

한 사람이 나서며 말하기를: "저를 보내 주십시오."

유장이 보니 그는 처남인 오의(吳懿: 자는 子遠. 유장의 친형 유모의 처남임)였다.

유장 曰: "처남께서 가시겠다니 내가 마음이 놓이오. 부장으로는 누구를 데려가시겠소?"

오의는 오란(吳蘭)과 뇌동(雷同) 두 사람을 천거하여 부장으로 삼고 군사 2만 명을 거느리고 낙성으로 떠났다.

지원군을 맞아들인 유괴와 장임은 지난 일을 자세히 설명했다.

오의 曰: "적들이 성 밑까지 와 있으니 맞아 싸우기가 쉽지 않을 것 같은데 그대들은 좋은 대책이 있으면 말해 보시오."

냉포 曰: "이 일대는 다 부강(涪江)을 끼고 있는데 강물의 물살이 매우 빠릅니다. 적들의 영채는 지세가 가장 낮은 산기슭에 자리 잡고 있으니 제게 군사 5천 명만 주시면 괭이와 호미로 강둑을 무너뜨려 유비의 군사들을 모조리 몰살시켜 버리겠습니다."

오의는 그 계책을 쓰기로 하고 즉시 냉포로 하여금 강둑을 터뜨리도록 하고 오란과 뇌동에게는 군사를 이끌고 가서 냉포를 지원하도록 했다. 냉포는 군사를 이끌고 가서 강둑을 무너뜨릴 기구를 준비했다.

한편 현덕은 황충과 위연에게 각각 영채를 지키도록 맡기고 자신은 부성으로 돌아와 군사 방통과 함께 앞으로의 대책을 상의했다.

이때 첩자가 돌아와서 보고하기를: "동오의 손권이 동천(東川)의 장로(張魯)에게 사자를 보내 서로 동맹을 맺고 가맹관(葭萌關)을 치려고 합니다."

현덕이 깜짝 놀라 말하기를: "만약 가맹관을 잃으면 우리는 퇴로가 차단되어 진퇴양난에 빠질 텐데 이를 어찌하면 좋겠소?"

방통이 맹달에게 말하기를: "공은 촉(蜀) 사람이라 그곳의 지리를 잘 알 터이니 가서 가맹관을 지키는 게 어떻겠소?"

맹달 曰: "제가 천거하는 한 사람만 데려가게 해 주시면 가맹관을 잃을 일은 없을 것입니다."

현덕이 누구를 데려가겠느냐고 물으니, 맹달이 말하기를: "그 사람은 일찍이 형주의 유표 밑에서 중랑장을 지낸 사람입니다. 남군(南郡) 지강

(枝江) 출신으로 성은 곽(霍), 이름은 준(峻)이며 자는 중막(仲邈)이라고 합니다."

현덕은 크게 기뻐하며 즉시 맹달과 곽준을 가맹관으로 보내 그곳을 지키게 했다.

그날 방통이 일을 마치고 집으로 돌아오니 문지기가 알리기를: "손님이 찾아와서 군사를 뵙겠다고 합니다."

방통이 나가서 보니 그는 키가 8척 장신에 생김새가 우람했다. 짧게 자른 머리가 목 언저리까지 내려오고 옷차림은 그리 단정하지 못했다.

방통 曰: "선생은 누구시오?"

그 사람은 아무 대꾸도 하지 않고 곧장 마루로 올라가더니 침상 위에 누워버리는 것이 아닌가!

몹시 당황한 방통이 거듭 누구시냐고 물으니 그제야 그 사람 말하기를: "잠시 좀 쉬었다가 내 그대에게 천하 대사를 알려주겠소."

그 말을 들은 방통은 더욱 의아해했지만 우선 술과 음식을 내오게 하니, 그 사람은 벌떡 일어나 아무런 거리낌 없이 그 많은 술과 음식을 모조리 해치운 뒤 곧바로 곯아 떨어져 버렸다.

의혹이 가시지 않는 방통은 즉시 사람을 보내 법정을 모셔 오라고 하여 혹시 첩자가 아닌지 보아 달라고 했다.

부름을 받고 황급히 달려온 법정을 방통이 나가서 그를 맞으며 말하기를: "여차여차하게 생긴 사람이 나를 찾아왔소이다."

법정 曰: "혹시 팽영언(彭永言)이 아닐까요?"

계단 위에 올라가서 보니, 그 사람이 자리에서 벌떡 일어나며 말하기를: "법정은 그간 별고 없으셨는가?"

이야말로:

단지 서천 사람 옛 친구를 만나서 只爲川人逢舊識
끝내 부강의 둑 터지는 것 막았네 遂令涪水息洪流

필경 이 사람은 누구인가? 다음 회를 기대하시라.

제 63 회

제갈공명은 방통의 죽음에 통곡을 하고
장익덕은 의리 내세워 엄안을 살려주다

諸葛亮痛哭龐統

張益德義釋嚴顔

법정은 그 사람을 보자 서로 손뼉을 치며 웃었다. 방통이 의아해하며 누구냐고 물었다.

법정 曰: "이 분은 광한(廣漢) 사람으로 성은 팽(彭), 이름은 양(羕), 자는 영언(永言)으로 우리 촉 땅의 호걸입니다. 유장에게 직언을 했다가 노여움을 사서 곤겸형(髡鉗刑)[3]을 받고 노역을 하느라 저렇게 머리가 짧은 것이지요."

이에 방통은 그를 귀한 손님으로 대우하며 무슨 일로 오셨냐고 물었다.

팽양 曰: "이번에 그대의 수만 명 군사의 목숨을 구해 줄까 하고 일부러 온 것인데 유 장군을 만나 뵙고 말하겠소이다."

법정이 급히 현덕에게 알리니 현덕이 몸소 찾아와서 만나 보고 그 까닭을 물었다.

팽양 曰: "장군의 전방 영채에는 군사들이 얼마나 있습니까?"

현덕은 사실대로 말하기를: "황충과 위연이 그곳에 주둔하고 있습니다."

---

3 머리를 깎이고 목에 칼을 씌우는 형벌. 역자 주.

팽양 曰: "장군이란 분이 어찌 지리도 살피지 않고 그런 곳에 영채를 세운단 말입니까? 전방 부대 영채는 부강과 인접해 있으니 적들이 강둑을 허물어 일시에 물을 흘려보내고 앞과 뒤를 막아 버리면 장군의 군사는 한 사람도 달아날 수 없습니다."

팽양의 말에 현덕은 크게 깨달았다.

팽양 曰: "이 사람이 천문을 보니 지금 강성(罡星: 북두성)은 서쪽에 있고 태백(太白: 금성)이 이쪽에 머물러 있으니 이는 불길한 징조이니 조심하셔야 합니다."

현덕은 즉시 팽양에게 예를 갖추고 그를 막빈(幕賓)으로 삼았으며, 위연과 황충에게 은밀히 사람을 보내 밤낮으로 경계를 강화하여 적들이 부강의 강둑을 무너뜨리는 것에 대비하라고 일렀다. 황충과 위연은 서로 의논하여 각각 하루씩 교대로 강둑을 감시하되 적군이 오면 즉시 통보해 주기로 했다.

한편 비바람이 세차게 부는 어느 날 밤, 냉포는 군사 5천 명을 이끌고 강가로 가서 강둑을 무너뜨리려고 하는데 갑자기 뒤에서 함성 소리가 크게 들렸다. 적들이 이미 자신의 계책을 눈치채고 대비하고 있었음을 알고 깜짝 놀란 냉포는 급히 군사를 돌리려고 하는데, 갑자기 뒤에서 위연이 군사를 이끌고 들이닥치니 서천의 군사들은 혼비백산하여 자기네끼리 서로 밟고 밟히는 등 아수라장이 되고 말았다.

급히 달아나던 냉포는 공교롭게 위연과 마주쳤다. 서로 맞붙어 불과 몇 합 싸워보지도 못하고 냉포는 그만 위연에게 사로잡히고 말았다. 오란과 뇌동이 냉포를 구원하러 달려왔지만 황충의 군사가 들이닥치는 바람에 구원은커녕 그들 역시 수많은 군사만 잃고 달아나야만 했다.

위연은 냉포를 결박하여 부관(涪關)으로 압송했다.

현덕이 그를 보며 꾸짖기를: "내 너를 인의(仁義)로 대하여 살려 보내주었거늘, 어찌 감히 나를 배신했단 말이냐! 이번에는 너를 용서하지 않으리라!"

현덕은 냉포를 끌고 나가 목을 베게 하는 한편 위연에게는 큰 상을 내렸다. 현덕은 또한 연회를 베풀어 팽양을 후하게 대접했다.

그때 갑자기 급보가 들어오기를: "형주의 제갈량 군사가 마량(馬良)을 시켜서 서신을 보내왔습니다."

현덕이 그를 불러 무슨 일로 왔느냐고 물으니 마량이 예를 올리고 말하기를: "형주는 별일 없으니 주공께서는 염려하지 마십시오."

그러고는 현덕에게 군사(軍師)의 서신을 바쳤다. 현덕이 그 서신을 펴보니:

"신 양(亮)이 간밤에 태을(太乙)[4]을 셈해 보니 금년은 계사년(癸巳年)인데 강성(罡星: 북두성)은 서쪽에 있고 또 건상(乾象: 하늘의 이치)을 보니 태백(太白: 금성)이 낙성(雒城) 위에 있습니다. 이는 주요 장수의 신변에 흉(凶)한 일은 많고 길(吉)한 일은 적을 조짐이니 부디 주공께서는 만사에 조심하시옵소서."

현덕은 서신을 읽고 나서 먼저 마량을 돌려보낸 뒤 말하기를: "내 형주로 돌아가서 이 일을 의논해보겠소."

방통은 속으로 생각하기를: '공명은 내가 서천을 취해 공을 세우는 것이 두려워 이런 글을 보내 막으려 하는구나.'

그러고는 현덕에게 말하기를: "저 역시 태을을 셈해 보아 강성이 서쪽에 있음을 이미 알고 있습니다. 이는 주공께서 서천을 차지할 징조이지

---

4 음양가에서 북쪽 하늘에 있으면서 병란·재화·생사 따위를 맡아 다스린다고 하는 신령스런 별. 역자 주.

결코 흉조가 아닙니다. 또한 저도 천문을 보았는데 태백이 낙성에 임했음을 보았으나 이는 적장 냉포를 죽임으로써 그 흉조의 액땜을 하였으니 주공께서는 공연한 걱정을 하지 마시고 속히 군사를 이끌고 서천으로 가시지요."

현덕은 방통의 거듭되는 재촉에 마침내 군사를 거느리고 나아가니 황충과 위연이 함께 현덕을 맞이하여 영채 안으로 들어갔다.

방통이 법정에게 묻기를: "낙성으로 가는 길이 몇 군데나 있소?"

법정이 땅바닥에 지도를 그렸다. 현덕은 지난날 장송에게 받은 지도와 대조해 보니 서로 다른 점이 거의 없었다.

법정 曰: "산 북쪽의 큰 길은 바로 낙성의 동문에 이르게 되고 산 남쪽의 작은 길은 낙성 서문으로 가는 길입니다. 두 길 모두 군사들이 지나가기에 그리 어려움은 없습니다."

방통이 현덕에게 말하기를: "저는 위연을 선봉으로 삼아 산 남쪽의 작은 길로 나아갈 터이니 주공은 황충을 선봉으로 하여 북쪽의 큰 길로 가시지요. 낙성에 도착해서 동시에 치는 게 좋겠습니다."

현덕 曰: "나는 어려서부터 말 타고 활 쏘는 데 익숙하고 작은 길을 많이 다녀 봤으니, 군사께서 큰 길로 가서 동문을 공격하시고 내가 서문을 치겠소."

방통 曰: "큰 길에는 틀림없이 지키는 군사가 있을 것이니 주공께서 군사를 이끌고 가셔서 그들을 상대하십시오. 제가 좁은 길로 가겠습니다."

현덕 曰: "이번에는 내 말대로 하는 것이 좋겠소. 지난 밤 꿈에 신인(神人)이 철봉을 들고 나타나 내 오른팔을 쳤소. 놀라서 꿈을 깼는데 이상하게 여전히 오른팔이 아팠소. 이번 행군은 아무래도 예감이 좋지 않은 것 같소."

방통 曰: “싸움터에 나간 장수가 죽지 않으면 부상당하는 것은 당연한 이치이거늘 어찌 그런 꿈 따위를 가지고 의심을 하신단 말입니까?”

현덕 曰: “내가 우려하는 것은 바로 공명의 서신이오. 아무래도 군사는 돌아가서 부관을 지키는 게 좋을 듯하오.”

방통이 큰 소리로 웃으며 말하기를: “주공께서는 공명의 서신에 홀리셨습니다. 그 사람은 제가 혼자 큰 공을 세우지 못하도록 일부러 그런 글을 보내 주공의 마음을 흔들어 놓은 것입니다. 사람은 마음속에 의혹이 있으면 그런 꿈을 꾸게 되는 것이지 무슨 흉사가 있겠습니까? 주공을 위해 목숨을 기꺼이 바치는 것(肝腦塗地)이 바로 저 방통의 본심입니다. 주공께서는 더 이상 여러 말씀 마시고 내일 아침 반드시 출발하셔야 합니다.”

방통의 의지가 워낙 강경하여 현덕은 마침내 전군에 명령을 내려 오경(五更: 새벽 3시에서 5시)에 밥을 지어 먹고 날이 밝을 무렵 출발하기로 하고 황충과 위연은 군사를 거느리고 먼저 출발하고 현덕과 방통은 낙성에서 만나기로 약속했다.

방통이 막 출발하려는 그때 방통이 타고 있던 말이 낯이 설은 것처럼 놀라서 앞으로 고꾸라지면서 방통을 땅바닥에 떨어뜨려 버렸다. 놀란 현덕이 말에서 뛰어내려 방통이 타고 있던 말을 붙잡으며 말하기를: “군사께서는 어째서 이런 미숙한 말을 타고 다니시오?”

방통 曰: “이 말을 예전부터 오래 타고 다녔지만 이런 일은 없었습니다.”

현덕 曰: “싸움터에서도 말이 이런 행동을 하게 되면 사람의 목숨이 위험해집니다. 내가 타는 이 말은 성질이 아주 온순하고 길이 잘 들었으니 군사께서 타시지요. 절대로 실수가 없을 것입니다. 군사의 미숙한 말은 내가 타겠소.”

현덕은 방통이 타던 말에 오르며 방통에게 자신의 말을 타라고 하니 방통은 고맙다고 인사를 하며 말하기를: “주공의 두터운 은혜에 감사할 따름입니다. 비록 만 번을 죽는다 한들 어찌 보답할 수 있겠습니까?”

마침내 두 사람은 각자 말에 올라 미리 정한 길로 진군했다. 현덕은 떠나가는 방통의 뒷모습을 바라보며 어쩐지 마음이 불안하여 찜찜했다.

한편 낙성을 지키던 오의(吳懿)와 유괴(劉璝)는 강둑을 터서 적군을 몰살시키겠다던 냉포가 오히려 사로잡혀 죽었다는 소식을 듣고 곧바로 남은 장수들을 모아 놓고 상의했다.

장임 曰: “성 밖 동남쪽 산골에 샛길이 하나 있는데 그곳은 아주 중요한 길목이니 내가 한 무리의 군사를 이끌고 가서 그곳을 지키겠소. 공들은 남아서 이 성을 굳게 지키시오. 절대 실수해서는 안 되오.”

그때 현덕의 군사들이 두 방면으로 나뉘어 성을 치러 온다는 보고가 들어왔다. 장임은 급히 군사 3천 명을 이끌고 샛길로 먼저 가서 매복하고 있었다. 얼마 후 위연의 군사가 그곳을 지나가는 것을 보고, 장임은 그들이 그곳을 다 지나갈 때까지 함부로 움직이지 못하게 했다.

이어서 방통의 군사가 다가오는 것을 보고, 장임의 한 군사가 손으로 군중의 대장을 가리키며 말하기를: “저기 백마를 타고 오는 장수가 바로 유비입니다.”

장임은 크게 기뻐하며 군사들에게 여차여차하라고 일러주었다.

한편 구불구불 이어진 산길 소로를 전진하던 방통은 주위를 둘러보니 양쪽 산봉우리가 맞닿을 듯 골짜기가 좁은데다 수목들은 빽빽하고, 마침 여름이 끝나가고 가을로 접어든 시기여서 나뭇잎이 무성했다.

마음속으로 매우 의심이 든 방통은 말을 멈추고 이곳이 어디냐고 물으니 군사들 가운데 최근 항복해 온 군사가 손으로 가리키며 말하기를: “이곳은 낙봉파(落鳳坡)입니다.”

방통이 놀라서 말하기를: "나의 도호(道號)가 봉추(鳳雛)인데 이곳이 바로 낙봉파라니, 나에게 결코 이로운 곳이 아니구나."

그는 후군에게 즉시 후퇴하라고 명령했다.

그때 산비탈 앞에서 포성이 울리더니 화살들이 마치 메뚜기 떼처럼 날아오는데 모든 화살이 오로지 백마를 탄 방통에게만 집중되었다.

가엾게도 방통은 어지럽게 날아드는 화살에 맞아 죽고 말았으니 그때 그의 나이 36세였다.

후세 사람이 그를 탄식하여 시를 지었으니:

녹음이 짙게 이어진 작고 가파른 산	古峴相連紫翠堆
그 산 모퉁이에 방통의 집이 있었네	士元有宅傍山隈
어릴 적 비둘기 부르는 노래 알았고	兒童慣識呼鳩曲
동네엔 그의 재주 모르는 이 없었네	閭巷曾聞展驥才

천하삼분 예견하고 온갖 고생하면서	預計三分平刻削
만리 길 말 달리며 홀로 배회했었네	長驅萬里獨徘回
그 누가 알았으랴 천구의 별 떨어져	誰知天狗流星墜
장군의 금의환향 끝내 보지 못할 줄	不使將軍衣錦回

그 당시 동남 지방에서는 이러한 동요가 유행했으니:

봉 한 마리가 용과 함께	一鳳并一龍
촉 땅으로 날아들었는데	相將到蜀中
미처 절반도 이르지 못해	才到半路裏
봉은 동쪽 언덕에서 죽네	鳳死落坡東

바람은 비를 몰아오고	風送雨
비는 바람 따라 내리는데	雨隨風
한나라를 다시 일으킬 때	隆漢興時
촉땅에 가는 길 열리는데	蜀道通
촉 가는 길 열릴 때에는	蜀道通時
단지 용 한 마리만 남았네	只有龍

이날 장임은 방통을 쏘아 죽였고, 비좁은 산골짜기에서 진퇴양난에 빠진 형주 군사들은 죽은 자가 태반이 넘었다. 겨우 먼저 빠져나간 군사가 위연에게 이 사실을 알려, 위연이 황급히 말머리를 돌렸지만, 산길이 워낙 좁아 싸울 수가 없었다. 게다가 장임이 돌아갈 길마저 끊어 놓고 높은 산 위에서 강궁(强弓)과 경노(硬弩)로 화살을 사정없이 쏘아대니 위연은 당황하여 어쩔 줄을 몰라 하는데 최근 항복해 온 촉의 군사 하나가 말하기를: "차라리 낙성 쪽으로 뚫고 나가서 큰길로 나가는 편이 나을 것입니다."

위연은 그의 말에 따라 앞장을 서서 길을 열며 낙성을 향해 달려갔다. 바로 그때 먼지가 자욱하게 일면서 앞에서 한 무리의 군사들이 달려왔는데, 바로 낙성을 지키고 있던 오란과 뇌동의 군사가 아닌가! 뒤에서는 장임이 군사를 이끌고 추격해 와서 앞뒤로 협공을 하니 위연은 그야말로 독 안에 든 쥐의 꼴이 되어 버렸다. 위연은 죽기로 싸웠지만, 자신의 힘만으로는 그곳을 벗어날 수가 없었다.

그때 갑자기 오란과 뇌동이 이끄는 군사의 뒤쪽이 어수선해지면서 두 장수가 급히 말을 돌려서 후군을 수습하러 달려가는 사이에 위연은 오히려 그 뒤를 쫓기 시작했다.

그때 앞에서 한 장수가 칼을 휘두르며 말을 박차고 달려오며 큰 소리

로 외치기를: "문장(文長: 위연)! 내 자네를 구하러 왔네!"

그는 다름 아닌 노장 황충이었다.

두 사람은 앞뒤에서 협공하여 오란과 뇌동의 군사를 무찌르며 낙성 아래까지 쳐들어가니 이번에는 성 안에 있던 유괴가 군사를 이끌고 나와 공격을 시작했다. 때마침 뒤쫓아온 현덕이 유괴를 막아 주어 황충과 위연은 몸을 돌려 곧바로 돌아올 수 있었다.

현덕의 군사들이 영채까지 도망쳐 오는데 장임의 군사들이 샛길을 차단하고, 뒤에서는 유괴·오란·뇌동도 앞장을 서서 합동으로 추격해 왔다. 현덕은 앞서 빼앗은 두 영채를 버리고 싸우다 달아나고 다시 싸우다 달아나기를 반복하면서 계속 달아났다. 촉의 군사들은 승세를 타고 그들 뒤를 계속 추격해 오니, 현덕의 군사는 말도 사람도 모두 지칠 대로 지쳐서 더 이상 싸우지도 못하고 그저 달아날 뿐이었다.

겨우 부관 가까이에 이르렀지만, 장임의 군사가 등 뒤까지 바짝 쫓아와 많은 군사를 잃을 위기를 맞았다. 그때 다행히 관을 지키던 유봉과 관평이 각각 좌우에서 군사 3만 명을 이끌고 달려 나와 장임의 추격을 격퇴하고 도리어 20리나 추격하여 많은 전마(戰馬)까지 빼앗아 돌아왔다.

현덕은 부관으로 들어오자마자 방통의 소식부터 물었다. 낙봉파에서 겨우 목숨을 구해 도망해 온 한 군사가 말하기를: "군사(軍師)께서는 낙봉파에서 적군이 비 오듯 쏘는 화살을 맞고 그만 말과 함께 전사하셨습니다."

그 말을 들은 현덕은 서쪽을 바라보며 통곡을 했다. 그러고는 그를 위해 초혼제(招魂祭)를 지내니 다른 장수들도 통곡해 마지않았다.

황충 曰: "이제 방통 군사를 잃었으니 장임은 틀림없이 이곳 부관을 치러 올 텐데 어찌하면 좋지요? 당장 형주로 사람을 보내 제갈량 군사를 오시라고 하여 서천을 칠 계획을 상의해야 합니다."

한창 논의를 하고 있을 때 장임이 성 아래에 까지 와서 싸움을 걸고 있다는 보고가 들어왔다. 황충과 위연은 모두 나가서 싸우자고 했다.

현덕 曰: "지금은 우리 군사들의 예기가 꺾인 상태이니 성을 굳게 지키면서 군사(軍師)가 올 때까지 기다리는 것이 좋겠소."

황충과 위연은 현덕의 명에 따라 성을 굳게 지키기만 했다.

현덕은 서신 한 통을 써서 관평에게 주면서 분부하기를: "너는 즉시 형주로 가서 군사를 모셔 오너라."

서신을 품에 넣은 관평은 밤낮으로 형주로 달려갔다.

현덕은 부관을 지키기만 할 뿐 결코 싸우러 나가지 않았다.

한편 형주에 있는 공명은 칠월 칠석 명절날 밤, 모든 관원을 모아 놓고 연회를 베풀며 서천을 치러 갈 일을 이야기하고 있었다. 그때 문득 공명이 하늘을 쳐다보니 서쪽 하늘에서 북두성만큼 큰 별 하나가 하늘에서 떨어지면서 그 빛이 사방으로 흩어지는 것이 아닌가!

소스라치게 놀란 공명은 들고 있던 술잔을 땅에 내던지고 얼굴을 감싸며 통곡하기를: "슬프구나! 아아, 애통하도다!"

모든 관리들이 깜짝 놀라 그 까닭을 물었다.

공명 曰: "내가 지난번 천문을 헤아려보니 올해는 강성(罡星)이 서쪽에 있어서 군사(軍師)께 이롭지 못했소. 더구나 천구(天狗)가 우리 군사들을 침범하고 있고 태백성이 낙성 위에 있기에 이미 주공께 글을 올려 방비에 신중을 기하라고 그렇게 일렀건만 오늘 밤 서쪽에서 별이 떨어질 줄 어찌 생각이나 했겠소? 방사원이 명을 다한 게 틀림없구나!

말을 마친 그가 다시 대성통곡을 하며 말하기를: "이제 우리 주공께서 한쪽 팔을 잃으셨구나!"

여러 관원들이 모두 그의 말을 믿으려 들지 않았다.

諸葛亮痛哭龐統

공명 曰: "수일 내로 반드시 소식이 올 것이오."

분위기가 숙연해진 연회는 그대로 끝내고 모두 흩어졌다.

며칠 뒤 공명이 운장 등 여러 관권들과 서천의 일을 이야기하고 있는데 서천에서 관평이 왔다고 알렸다. 모든 관원들이 깜짝 놀란 가운데 관평이 들어와서 현덕의 서신을 올렸다. 공명이 읽어 보니 그 내용은: "금년 7월 7일 방통 군사가 낙봉파에서 장임의 군사들이 쏜 화살에 맞아 목숨을 잃었소."

편지를 읽은 공명이 대성통곡을 하자 모여 있던 관원들도 모두 눈물을 흘렸다.

공명 曰: "지금 부관(涪關)에 계신 주공께서 진퇴양난에 빠지셨다니 내가 가보지 않을 수 없소."

운장 曰: "군사께서 가시면 형주는 누가 지키겠습니까? 형주는 중요한 곳이니 가벼이 여겨서는 안 됩니다."

공명 曰: "주공께서 글 중에 형주를 지킬 사람을 지목하지는 않았지만 나는 이미 그의 뜻을 알고 있소."

공명은 현덕의 서신을 여러 관원들에게 보여 주며 말하기를: "주공께서는 형주에 관한 일을 전적으로 나에게 일임하시고 내 재량껏 하라고 하셨소. 하지만 관평을 보내신 것은 마땅히 운장공에게 중책을 맡기라는 뜻이오. 운장은 도원결의(桃園結義)하던 형제의 정을 생각해서라도 있는 힘을 다해 이 땅을 지키도록 하시오. 공의 책임이 실로 막중하니 명심하기 바라오."

운장은 사양하지 못하고 흔쾌히 승낙했다. 공명은 연회를 베풀어 인수식(印綬式)을 거행했다. 운장은 두 손을 받들어 인수를 받으려 하니 공명이 다시 한번 당부하기를: "이제 형주는 오직 장군 손에 달려 있소이다."

운장 曰: "대장부가 이런 중요한 책임을 맡았으니 목숨으로써 지킬 것입니다."

공명은 운장의 입에서 죽음(死)이라는 말을 듣고 마음속으로 몹시 언짢아 인수를 주지 않을까도 생각했지만 이미 주겠다고 말을 했으니 어쩔 수 없는 노릇이다.

공명 曰: "만약 조조가 군사를 이끌고 쳐들어오면 어찌하겠소?"

운장 曰: "힘을 다해 막겠습니다."

공명이 다시 묻기를: "그럼 조조와 손권이 한꺼번에 쳐들어오면 어떻게 하겠소?"

운장 曰: "군사를 나누어 막겠습니다."

공명 曰: "만약 그리하면 형주는 위험해질 것이오. 내가 여덟 글자를 일러 줄 테니 장군은 그것을 잘 기억해 두었다가 그대로만 한다면 형주를 지킬 수 있을 것이오."

운장이 묻기를: "그 여덟 글자가 무엇입니까?"

공명 曰: "북거조조 동화손권(北拒曹操, 東和孫權)[5]이오."

운장 曰: "군사께서 하신 말씀 가슴 깊이 새기겠습니다."

공명은 마침내 운장에게 인수를 건네주었다. 그리고 문관인 마량·이적·향랑·미축과 무장인 미방·요화·관평·주창 등으로 하여금 운장을 보좌하여 함께 형주를 지키도록 했다.

그리고 공명은 친히 군사를 거느리고 서천으로 떠났다. 공명은 서천으로 가는 군사 가운데 정예병 1만 명을 뽑아 장비에게 주면서 큰길로 가서 먼저 파주(巴州)를 취한 다음 낙성의 서쪽으로 쳐들어가되 가장 먼저 낙성에 도착한 자를 으뜸 공으로 삼겠다고 했다. 또한 자룡에게 한

5 북으로 조조는 막고 동으로 손권과 화친함. 역자 주.

무리의 군사를 주면서 선봉이 되어 강을 거슬러 올라가 낙성에 이르도록 했다.

그리고 공명 자신은 간옹·장완(蔣琬) 등과 함께 그의 뒤를 따랐다. 장완의 자는 공염(公琰)이다. 영릉(零陵) 상향(湘鄉) 출신으로 형주와 양양 일대에서 학문으로 이름이 높았으며 당시 공명 밑에서 서기로 있었다.

공명은 군사 1만 5천 명을 거느리고 장비와 같은 날 출발했다. 장비가 길을 떠날 때 공명이 당부하기를: "서천에는 호걸들이 매우 많으니 적을 가벼이 여겨서는 안 되오. 가는 도중 군사들을 잘 단속하여 백성들의 재물을 노략질하여 민심을 잃게 해서는 아니 될 것이오. 이르는 곳마다 백성들을 위로하고 보살펴주어야 하며, 함부로 군사들을 매질하지 말고 오히려 군사들을 잘 독려하여 가능한 한 빨리 낙성에서 장군을 만나기를 바라오."

장비는 흔쾌히 공명의 당부를 받아들이고 말에 올라 길을 떠났다. 구불구불 길게 이어진 길을 가면서 항복한 자들을 추호도 해치지 않고 너그럽게 대해 주었다.

장비가 한천(漢川)의 길을 따라 파군(巴郡) 가까이에 이르니 첩자가 돌아와서 보고하기를: "파군 태수 엄안(嚴顔)은 촉 땅의 명장으로 나이는 비록 많지만, 힘이 젊은이 못지않아 아직도 강한 활과 큰 칼을 쓰는데, 만 명의 군사도 혼자서 당해낼 수 있는 용맹함(萬夫不當之勇)이 있다고 합니다. 그는 성을 굳게 지키면서 항복의 깃발을 내걸지 않고 있습니다.

장비는 성에서 140리 떨어진 곳에 영채를 세우고 사람을 성 안으로 들여보내 말하기를: "늙은 필부 엄안은 어서 나와 항복하여 성 안의 모든 백성들의 생명을 구하라. 만일 귀순하지 않는다면 성곽을 짓밟아 버리고 늙은이 젊은이를 가리지 않고 모조리 죽여 버릴 것이다."

한편 파군 태수 엄안은 유장이 법정을 형주로 보내 현덕을 서천으로 불러들였다는 소식을 듣고 가슴을 치며 한탄하기를: "이거야말로 산속 깊은 곳에 홀로 앉아서 범을 데려와 자신을 지켜달라는 격(獨坐窮山, 引虎自衛)이 아닌가!"

그 후 현덕이 부관을 점령했다는 말을 들은 엄안은 크게 화를 내며 몇 번이나 군사를 이끌고 가서 현덕과 싸울 생각을 했지만, 혹시나 그 틈을 이용하여 형주의 군사들이 이 길로 올까 봐 두려워 주저하고 있던 참이었다.

그런데 마침 장비의 군사가 왔다는 말을 듣고 정예병 5~6천 명을 점검하여 적을 맞을 준비를 했다.

그때 한 사람이 나서서 계책을 올리기를: "장비는 지난날 당양(當陽) 장판교(長坂橋)에서 호통 소리 한 번으로 조조의 백만 대군을 물리친 장수입니다. 조조 역시 그 이름만 들어도 피하는 장수이니, 그를 가벼이 보아서는 안 됩니다. 도랑을 깊이 파고 보루를 높이 쌓아 굳게 지키기만 하고 나가서 싸우시면 안 됩니다. 그러면 저들은 양식이 떨어져 한 달도 버티지 못하고 저절로 물러갈 것입니다. 더구나 장비는 성질이 불같아서 걸핏하면 군사들을 심하게 매질하기 때문에 우리가 싸움에 응하지 않으면 반드시 노할 것이고, 그러면 그 화를 자신의 군사들에게 풀어 포악하게 다룰 것입니다. 그리되면 군사들의 마음이 변할 것이니 그때 틈을 봐서 들이치면 장비를 사로잡을 수 있을 것입니다."

엄안은 그의 말에 따라 군사들에게 모두 성을 굳게 지키기만 하게 했다.

바로 그때 한 군사가 성문을 열라고 큰 소리로 외치는 소리가 들렸다.

엄안이 그를 들여보내라고 하여 무슨 일이냐고 물으니 그 군사가 아뢰기를 자기는 장 장군이 보낸 사람이라고 하면서 장비의 말을 그대로 전하였다.

그 말을 들은 엄안이 크게 화를 내며 꾸짖기를: "그 하찮은 놈이 어찌 이리도 무례하단 말이냐? 나 엄 장군이 도적놈에게 항복할 것 같으냐! 너의 입을 빌려 나의 뜻을 장비에게 전하리라!"

그러고는 무사를 불러 그 군사의 귀와 코를 베어 버린 다음 장비의 영채로 돌려보냈다.

귀와 코를 베인 그 군사는 돌아가 장비를 보고 울면서 엄안이 한 말을 그대로 전했다.

몹시 화가 난 장비는 이를 갈며 눈을 부릅뜨더니 갑옷에 투구를 쓰고 수백 명의 기병을 데리고 파군 성 아래까지 가서 싸움을 걸었다. 하지만 성 위의 군사들은 장비에게 온갖 욕설만 퍼부어댈 뿐 싸우러 나오지 않았다.

분을 참지 못한 장비가 몇 번이나 조교(弔橋) 앞까지 달려가서 해자를 건너려 했지만, 그때마다 성 위에서 화살이 비 오듯 쏟아지는 바람에 그대로 돌아올 수밖에 없었다.

날이 저물도록 싸우러 나오는 자가 하나도 없자 장비는 끓어오르는 분을 참으며 영채로 돌아왔다.

다음 날 이른 새벽, 장비는 또 군사를 이끌고 가서 싸움을 걸었는데 성루 위에 있던 엄안이 화살을 쏘아 장비의 투구를 맞혔다.

약이 바짝 오른 장비가 손가락질을 하며 소리 지르기를: "내 늙다리 네놈을 잡아 반드시 살점을 씹어 먹고 말 테다!"

그날도 온종일 헛기운만 쓰다가 날이 저물어 되돌아갈 수밖에 없었다. 사흘째 되는 날, 장비는 또다시 군사를 이끌고 가서 성곽을 따라 돌면서 욕설을 퍼부었다. 원래 파군성은 산성으로 그 주위가 모두 험준한 산이었다. 장비가 직접 말을 몰아 산 위로 올라가서 성 안을 내려다보니 군사들은 모두 투구를 쓴 채 정연히 대오를 갖추고 성 안에 숨어있으면서 단지 나오려 하지 않을 뿐이었다. 게다가 백성들은 부지런히 오가며 벽돌이랑 돌 등을 나르며 성을 지키는 일을 돕고 있었다.

장비는 기병들에게는 말에서 내리게 하고 보병들은 무장을 해제하고 풀밭에서 쉬도록 하며 적들을 성 밖으로 끌어내려고 했지만 성 안에서는 좀처럼 어떠한 반응도 보이지 않았다. 장비의 군사는 이날도 욕설만 퍼붓다가 전날과 마찬가지로 날이 저물어 돌아왔다.

영채로 돌아온 장비는 혼자 생각하기를: '며칠 동안 계속 욕을 하며 싸움을 걸어도 저쪽에서는 꿈쩍도 하지 않으니 어찌하면 좋겠는가!'

그러다 문득 한 가지 계책을 생각해 낸 장비는 군사들에게는 무장을 한 채 영채에서 대기하도록 하고 40여 명의 군사만 성 밑으로 보내 욕설을 퍼부으며 싸움을 걸게 하여 엄안의 군사가 성을 나오면 곧바로 달려가서 해치우려고 했다.

조급한 마음에 장비는 주먹을 만지고 손바닥을 비비며 ˋ오직 적병이 나오기만 그렇게 기다렸지만, 사흘이 지나도록 엄안은 끝내 꼼짝도 하지 않았다.

이에 미간을 찌푸리며 골몰히 궁리한 끝에 장비는 새로운 계책을 생각해 내고는 군사들에게 명을 내려 더 이상 싸움을 걸지 말고 사방으로 흩어져서 땔나무를 하면서 낙성으로 통하는 길이 있는지 찾아보도록 했다.

성 안에 있던 엄안은 며칠간 장비가 모습을 보이지 않자 의심이 들어 십여 명의 군사들에게 장비의 나무하는 군사로 위장시켜 몰래 성 밖으로 내보내 소식을 알아오도록 했다.

그날 나무하러 갔던 장비의 군사들이 영채로 돌아왔다. 그 가운데는 장비의 군사로 위장한 엄안의 군사도 끼어 있었다. 장막 안에 앉아 있던 장비가 발을 구르며 욕을 하기를: "엄안 이 늙은 놈이 나를 분통 터져 죽게 할 작정이구나!"

그때 군사 서너 명이 장비에게 말하기를: "장군님, 너무 조급해 하지 마십시오. 지난 며칠 사이 저희가 샛길을 발견했으니 파군성은 그냥 지나쳐 가도 될 것 같습니다."

장비가 일부러 화를 내며 호통치기를: "그런 곳을 발견했으면 진작 알릴 것이지 왜 말을 하지 않았느냐?"

여럿이 대답하기를: "지난 며칠 동안 겨우 찾았지만 긴가민가하여 보고하지 못했는데 오늘에야 확실히 알게 된 것입니다."

장비 曰: "그렇다면 더 이상 지체해서는 안 된다. 오늘 밤 당장 이경(二更: 밤 9시에서 11시)에 밥을 지어 먹고 삼경에 달이 뜨면 영채를 거두어 출발할 것이다. 군사들은 하무(枚)를 물고 말은 방울을 떼어 조용히 빠져나가도록 한다. 내가 직접 앞장서서 길을 열 것이니 너희들은 내 뒤를 따라오너라!"

장비가 명을 내려 이 사실을 모든 영채에 알리게 하니 엄안의 정탐꾼들이 몰래 장비의 영채를 빠져나와 엄안에게 이 사실을 보고했다.

엄안이 매우 기뻐하며 말하기를: "장비 네놈이 그렇게 참을성이 없다는 것을 내 이미 알고 있었다. 샛길로 빠져나가려면 군량과 마초를 실은 수레가 그 뒤를 따를 것이니, 내가 그 뒷길만 끊어 놓으면 네놈이 무슨 수로 이곳을 지나간단 말이냐! 참으로 꾀도 없는 촌놈이 내 계략에 걸려들었구나!"

엄안은 즉시 군사들로 하여금 적을 치러 갈 채비를 하도록 명령하기를: "오늘 밤 이경에 밥을 지어 먹고 삼경에 성을 나가 샛길 주변 나무와 풀숲이 우거진 곳에 매복하고 있다가 장비가 가장 좁은 샛길을 지나간 뒤에 수레들이 올 때 북소리를 듣고 일제히 뛰쳐나와 공격하라."

명령이 하달되자 엄안의 군사들은 배불리 밥을 먹고 단단히 무장한 다음 소리 없이 성을 빠져나가 샛길 주위에 매복하고 있으면서 북소리가 울리기만 기다리고 있었다. 엄안도 직접 비장(裨將: 호위병) 십여 명을 데리고 가서 숲속에서 말에서 내려 몸을 숨기고 기다리고 있었다.

삼경이 지나자 과연 멀리서 장비가 장팔사모를 비껴들고 말을 몰아 직접 선두에 서서 오는데 그 뒤에 군사들이 소리 없이 뒤따르고 있다. 선두 부대가 3~4리 정도 나아가자 그 뒤에 짐을 실을 수레와 병사들이 나타났다. 그걸 확인한 엄안은 일제히 북을 울리도록 하니 사방에서 복병들이 일제히 뛰쳐나왔다.

수레들을 공격하여 막 빼앗으려는 순간 등 뒤에서 징소리가 울리더니 한 무리의 군사들이 몰려나와 엄안의 군사를 덮치며 큰 소리로 호통치기를: "늙은 도적은 달아나지 마라. 내 너를 기다린 지 오래다!"

엄안이 깜짝 놀라 고개를 돌려보니 한 장수가 달려오는데 표범의 머리에 고리눈, 제비턱에 호랑이 수염, 장팔사모를 들고 검은 말을 탄 바로 장비가 아닌가!

징소리가 천지를 진동하고 수 많은 군사들이 사방에서 쳐들어왔다. 어쩔 줄 몰라 하던 엄안은 그래도 장비를 맞아 어우러져 싸웠지만 10 합도 못되어 장비가 일부러 틈을 보인 것도 모르고 엄안이 큰 칼을 번쩍 들어 장비의 어깨를 내려쳤다. 장비가 번개처럼 몸을 비키며 와락 달려들어 엄안의 갑옷 끈을 잡아당겨 땅바닥에 내동댕이치니 옆에 있던 장비의 군사들이 순식간에 달려들어 엄안을 꽁꽁 묶어버렸다.

원래 선두로 간 장수는 가짜 장비였다. 장비는 엄안이 북소리로 신호를 삼을 줄 알고 자신은 징을 쳐서 신호로 삼았던 것으로 징소리가 울리자 앞서가던 모든 군사들이 일제히 돌아와 공격했던 것이다.

서천의 군사들은 태반이나 갑옷을 벗고 무기를 버리고 항복했다.

장비가 남은 적을 무찌르며 곧장 파군성 아래에 당도해 보니 장비의 후군이 성 안에 들어가 있었다. 장비는 모든 군사들에게 백성을 다치지 못하게 하고 방문을 내걸어 백성을 안심시켰다

잠시 후 도부수들이 엄안을 끌고 왔다. 장비가 대청 위에 앉아 있는데 엄안은 무릎을 꿇으려 하지 않았다. 장비가 화난 눈을 부릅뜨고 이를 갈며 큰 소리로 꾸짖기를: "대장이란 자가 이 지경에 이르렀는데도 항복하지 않고 감히 내게 항거하려 하는가!"

그래도 엄안은 전혀 두려운 기색이 없이 오히려 장비를 보며 꾸짖기를: "너희는 의리 없이 우리 땅을 침범하지 않았느냐? 우리 땅에는 설령 목을 잘릴 장수는 있을지언정(但有斷頭將軍) 항복하는 장군은 없을 것이다!(無降將軍)"

매우 화가 난 장비가 당장 그의 목을 베라고 소리쳤다.

엄안도 지지 않고 호통치기를: "이 도적놈아! 목을 치려면 빨리 칠 것이지 왜 성질을 부리느냐!"

장비는 엄안의 음성이 우렁차고 안색이 조금도 변하지 않은 것을 보고 마음이 변했다. 곧 노여움을 풀고 기쁜 마음으로 계단 아래로 내려가 몸소 엄안의 묶은 줄을 풀어 주었다. 그리고 옷을 가져오게 하여 직접 입혀주고 부축하여 대청 위에 오르게 하고 고개를 숙여 절을 하며 말하기를: "장군께 심한 막말을 하여 욕을 보였습니다. 너무 책망하지 말아 주십시오. 실은 저도 장군이 호걸임을 알고 있었습니다."

엄안은 장비의 후한 은의(恩義)에 감동되어 마침내 항복을 했다.

후세 사람이 엄안을 칭찬하여 시를 지었으니:

백발 노장이 서촉 땅에 사니　　白髮居西蜀
맑은 명성 온 나라에 떨쳤네　　淸名震大邦

張翼德義釋嚴顏

충성스런 마음 밝은 달 같고　忠心如皎月
호연지기는 장강을 덮었어라　浩氣卷長江

차라리 단두대에서 죽더라도　寧可斷頭死
어찌 무릎 꿇고 항복을 하랴　安能屈膝降
파주군의 연로하신 장군이여　巴州年老將
천하에 다시 그 짝이 없어라　天下更無雙

또 장비를 칭찬하여 시를 지었으니:

엄안을 사로잡은 용기 이를 데 없고　生獲嚴顔勇節倫
오로지 의기로써 군민을 복종시켰네　惟憑義氣服軍民
지금도 파촉 땅에 그의 사당이 있어　至今廟貌有巴蜀
술 안주 갖춰놓고 매일 봄날을 비네　社酒鷄豚日日春

장비가 엄안에게 서천으로 들어갈 계책을 물으니 엄안이 말하기를: "싸움에 진 장수로서 장군의 두터운 은혜를 입었으나 보답할 길이 없었는데 이제 견마지로(犬馬之勞)를 다할 터이니 화살 한 대 쏘지 않고 성도를 취할 수 있도록 해 보겠습니다."

이야말로:

항복한 장수가 진심으로 도와주니　只因一將傾心後
이르는 성마다 항복하기 바쁘구나　致使連城唾手降

그 계책이 어떤 것인지 궁금하거든 다음 회를 기대하시라.

제 64 회

공명은 계책을 사용해 장임을 사로잡고
양부는 군사를 빌려서 마초를 쳐부수다

孔明定計捉張任

楊阜借兵破馬超

장비가 엄안에게 계책을 물으니, 그가 말하기를 "여기서부터 낙성에 이르는 모든 관문을 지키는 군사는 이 늙은이의 관할입니다. 제가 장군의 은혜에 보답하기 위해 지금부터는 제가 선봉이 되어 이르는 곳마다 모두 불러내어 항복하도록 하겠습니다."

그 말을 들은 장비는 너무나 고마워 눈물이 날 지경이었다. 이리하여 엄안이 선봉이 되고 장비는 군사를 이끌고 그 뒤를 따랐다. 과연 엄안은 이르는 곳마다 그곳을 지키는 군사들을 불러내어 투항하도록 했다. 간혹 의심을 떨치지 못하고 망설이며 결단을 내리지 못하는 자에게는 엄안이 직접 말하기를: "나도 항복했는데 자네가 주저할 게 뭐 있는가!"

그 후로는 관에 이르기도 전에 모두 나와서 항복을 자처하니 한 번도 싸운 적이 없었다.

한편 공명은 형주를 떠날 때 이미 현덕에게 출발 일정을 알리면서 모두 낙성에서 모이자고 했다.

현덕은 여러 관원들과 상의하기를: "이제 공명과 익덕이 두 방면으로 나뉘어 서천을 치러 오는데 낙성에서 우리와 함께 만나 성도로 들어가기로 했소. 수륙 양군이 이미 7월 20일에 출발했으니 지금쯤 거의 다 왔을 것이오. 우리도 이제 군사를 거느리고 진군해야 하는데 어찌하면 좋겠소?"

황충 曰: "장임(張任)이 매일 와서 싸움을 거는데도 우리가 움직일 기미를 보이지 않아 그들은 아마 방심하고 있을 것입니다. 오늘 밤 군사를 나누어 적의 영채를 습격한다면 밝은 대낮에 싸우는 것보다 더 쉬울 것입니다."

현덕은 그의 말에 따라 황충에게는 군사를 이끌고 왼쪽 길로 나아가고, 위연은 오른쪽 길로, 현덕 자신은 중간 길로 나아가기로 했다.

그날 밤 이경, 군사들을 세 방면으로 나누어 일제히 출발했는데 짐작한 대로 장임은 어떠한 방비도 없었다. 현덕의 군사들이 대채(大寨)로 몰려가서 불을 지르자 시뻘건 화염이 하늘로 치솟았다. 촉의 군사들은 달아나기에 바빠, 그날 밤 낙성까지 쫓아갔는데, 성 안에서 군사들이 나와서 장임의 도망쳐 온 군사들을 데리고 들어가 버리니 현덕은 물러 나와 도중에 영채를 세웠다.

다음 날 현덕은 군사를 이끌고 곧바로 낙성으로 가서 성을 에워싸고 공격했으나 장임은 군사를 성문을 굳게 닫고 좀처럼 나오려 하지 않았다.

성을 공격한 지 나흘째 되는 날, 현덕은 한 무리의 군사를 거느리고 서문을 공격하고 황충과 위연에게는 동문을 치도록 하면서 남문과 북문은 적들이 달아날 수 있도록 비워두었다. 원래 남문 일대는 전부 산이고 북문은 부강이 흐르고 있어 달아날 수 없기 때문이었다.

장임이 멀리서 바라보니 현덕이 서문에서 말을 타고 오가며 군사를 지휘하며 성을 공격하는데 진시(辰時: 오전 7시에서 9시)부터 시작해서 미시(未時: 오후 1시에서 3시)에 이르니 적군들의 지친 모습이 눈에 역력해 보였다.

장임은 오란(吳蘭)과 뇌동(雷同) 두 장수로 하여금 군사들을 이끌고 북문으로 나가서 동문 쪽의 황충과 위연을 공격하도록 하고 자신은 남문으로 나가서 서문의 현덕과 싸우기로 했다. 그리고 성 안에 남아 있는 군사들과 백성들은 전부 성 위로 올라가서 북을 치고 함성을 질러 그들이 남문과 북문으로 나가서 공격하는 것을 눈치채지 못하게 했다.

한편 서문을 공격하던 현덕은 별다른 성과도 없이 해가 저물자 후군을 먼저 물렸다. 나머지 군사들도 막 돌리려 할 때 성 위에서 잠시 함성이 일더니 남문에서 군사들이 뛰쳐나오는 것이 아닌가!

장임이 앞장서서 말을 몰고 달려와 현덕을 잡으려고 공격하니 현덕의 군사들은 일대 혼란에 빠지고 말았다. 이때 황충과 위연도 오란과 뇌동의 습격으로 길이 막혀 현덕을 도울 수도 없었다.

현덕은 장임을 당해내지 못하고 말머리를 돌려 산간 샛길로 달아나기 시작했다. 장임이 그 뒤를 추격해오는데 현덕은 혼자서 달리고 장임은 기마병 여러 명을 이끌고 그 뒤를 바짝 쫓아왔다. 현덕은 말에 채찍을 가하여 사력을 다해 앞으로 달아나는데 갑자기 산길에서 또 한 무리의 군사들이 뛰쳐나오는 것이 아닌가!

위기에 빠진 현덕은 말 위에서 탄식하기를: "앞에는 복병이 있고 뒤에는 추격병이 쫓아오니 정녕 하늘이 나를 버리시는가!"

그런데 문득 보니 복병으로 여겼던 앞의 군사들의 선두에 선 대장은 바로 장비였다.

원래 장비는 엄안과 함께 그 샛길을 따라 오고 있었는데 멀리서 먼지가 자욱하게 일어나는 것을 보고 서천의 군사들과 교전이 벌어졌음을 알고 급히 달려오던 참이었다. 마침 장임을 만나 서로 어우러져 10여 합을 싸우는데 뒤에서 엄안이 많은 군사를 거느리고 달려오니 장임은 그만 말머리를 돌려 달아났다. 장비는 곧바로 그 뒤를 쫓아 성 아래까지 갔으나 장임은 성 안으로 들어가고 조교(弔橋)를 당겨 올려 버렸다.

장비가 돌아가서 현덕에게 말하기를: "군사(軍師)께서는 강을 거슬러 올라오기로 했는데 아직 당도하지 않았으니 으뜸 공을 나에게 빼앗기게 되었소."

현덕 曰: "산길이 험한데다 곳곳의 요새에 적들이 막고 있었을 텐데 어떻게 적군에게 저지당하지 않고 그 먼 길을 이처럼 빨리 올 수 있었는가?"

장비 曰: "오는 길에 관문이 45군데나 있었는데 모두 노장 엄안 덕분에 싸움 한 번 치르지 않고 여기까지 올 수 있었소."

그러고는 엄안을 사로잡은 후 의기로 살려준 일부터 지금까지 있었던 일을 자세히 이야기하고 엄안을 불러들여 현덕을 뵙게 했다.

현덕이 그에게 사례하며 말하기를: "만약 노 장군이 아니었다면 내 아우가 어찌 이곳까지 이렇게 빨리 올 수 있었겠소?"

그러고는 자신이 입고 있던 황금 쇄자갑(鎖子甲)을 벗어 엄안에게 입혀주었다. 엄안도 감격하여 절하며 감사했다.

현덕이 오랜만에 만난 아우와 새로 얻은 엄 장군을 환영하는 술자리를 만들어 막 술잔을 들려고 하는데 문득 정탐병이 돌아와서 보고하기를: "황충과 위연 장군이 오란과 뇌동과 맞서 싸우고 있는데 성 안에서 오의와 유괴가 나와 협공을 하니, 우리 군사들이 감당하지 못하고 위·황 두 장군은 동쪽으로 달아났습니다."

이 말을 들은 장비는 곧바로 현덕에게 군사를 두 방면으로 나누어 그들을 구원하러 가자고 청했다.

이리하여 장비는 왼쪽을, 현덕은 오른쪽을 맡아 적진을 향해 앞으로 쳐들어가니 오의와 유괴는 뒤에서 들리는 함성 소리만 듣고도 놀라서 황급히 성 안으로 들어가 버렸다. 그러나 황충과 위연을 부지런히 쫓아가던 오란과 뇌동은 그만 현덕과 장비에게 돌아갈 길을 차단당하고 말았다. 게다가 황충과 위연이 말머리를 돌려 다시 공격해 오니 오란과 뇌동은 도저히 감당할 수 없음을 알고 거느린 군사들과 함께 결국 투항했다.

현덕은 그들의 항복을 받아 주고 군사를 거두어 성 가까이에 영채를 세웠다.

한편 오란과 뇌동 두 장수를 잃은 장임은 걱정이 태산이었다.

오의와 유괴 曰: "형세가 심히 위태로우니 죽기를 각오하고 싸우지 않고서는 적을 물리칠 수 없습니다. 한편으로는 사람을 성도로 보내 주공께 위급한 사정을 알리고 다른 한편으로는 적을 물리칠 계책을 세워야 합니다."

장임 曰: "내일 내가 한 무리의 군사를 이끌고 나가 싸우다가 패한 척하며 적을 성 북쪽으로 유인할 테니 그때 성 안에서 군사를 이끌고 나와 적의 허리를 끊으면 틀림없이 승리를 할 수 있을 것이오."

오의 曰: "유 장군께서 공자(公子: 유장의 아들 유순)를 도와 성을 지키십시오. 내가 군사를 이끌고 성을 나가 싸움을 도울 것이오."

작전은 그렇게 정해졌다.

다음 날 장임은 군사 수천 명을 이끌고 성을 나와 깃발을 휘날리고 함성을 지르며 싸움을 걸었다.

장비가 말을 타고 나가 아무런 대화도 나눔이 없이 곧바로 장임에게 달려들었다. 그러나 장임은 10여 합도 싸우지 않고 패한 체하며 성벽을 돌아 달아나니 장비는 힘껏 그 뒤를 쫓았다.

바로 그때 갑자기 오의가 한 무리의 군사를 이끌고 나타나 뒤를 차단하고 달아나던 장임도 다시 돌아서서 장비를 사이에 두고 앞뒤로 에워싸니 장비는 그야말로 진퇴양난에 빠지고 말았다.

어찌할 수 없는 상황에 처한 장비가 당황하고 있는 그때 갑자기 한 무리의 군사들이 강변에서 쳐들어오는 것이 아닌가!

앞장선 장수는 창을 꼬나들고 말을 달려와 오의에게 달려들더니 단 한 합 만에 오의를 사로잡고 군사들을 물리쳐 장비를 구해냈다. 그는 바로 조운이었다.

장비가 묻기를: "군사께서는 어디 계시오?"

조운 曰: "군사도 이미 오셔서 지금쯤 주공과 만나고 있을 것이오."

두 사람은 오의를 사로잡아 영채로 돌아왔다. 자신의 계교로 결국 오의만 잃은 장임은 어쩔 수 없이 동문으로 들어가 버렸다.

장비와 조운이 영채로 돌아오니 공명과 간옹 그리고 장완이 모두 막사 안에 와 있었다. 말에서 내린 장비가 군사에게 절을 하니 공명이 놀라며 묻기를: "장군이 어떻게 이곳에 나보다 먼저 올 수 있었소?"

현덕이 장비가 엄안을 의기로 풀어준 일부터 그간 일어난 일을 자세히 얘기했다.

공명이 현덕에게 경하를 드리며 말하기를: "장 장군께서 그런 지모를 쓰실 줄 아시니, 이는 실로 주공의 홍복(洪福)이옵니다."

그때 조운이 사로잡은 오의를 끌고 들어와 현덕에게 보였다.

현덕 曰: "너는 항복하겠느냐?"

오의 曰: "이미 사로잡힌 몸이니 어찌 항복하지 않겠습니까?"

현덕은 크게 기뻐하며 친히 그 결박을 풀어 주었다.

공명이 묻기를: "지금 성을 지키는 장수는 누구요?"

오의 曰: "유계옥(劉季玉: 유장)의 아들 유순(劉循)이 있고 유괴와 장임이 그를 보좌하고 있습니다. 유괴는 대수롭지 않은 인물이나 장임은 촉군(蜀郡) 사람으로 대담하고 지략도 뛰어나니 가벼이 대적해서는 안 됩니다."

공명 曰: "우선 장임부터 사로잡은 뒤에 낙성을 취해야겠군."

그리고 다시 묻기를: "성 동쪽의 저 다리 이름은 뭐요?"

오의 曰: "금안교(金雁橋)라 합니다."

공명은 즉시 말에 올라 금안교로 가서 그 주변을 자세히 살펴본 다음 영채로 돌아와 황충과 위연을 불러 명령하기를: "금안교에서 남쪽으로 5~6리 떨어진 곳의 양쪽 강기슭은 모두 갈대밭이니 군사들을 매복시키기에 좋은 곳이오. 위연 장군은 창을 든 군사 1천 명을 데리고 가서 강 왼쪽에 매복해 있다가 말을 탄 장수나 기병만 찔러 죽이시오.

또 황충 장군은 칼이나 도끼를 든 군사 1천 명을 이끌고 강 오른쪽에 매복해 있다가 군사가 타고 있는 말만 베도록 하시오. 적의 군사들이 흩어지면 장임은 틀림없이 산 동쪽의 샛길을 이용하여 달아날 것이니, 장익덕 장군은 군사 1천 명을 이끌고 가서 그 부근에 매복해 있다가 장임을 사로잡도록 하시오."

공명은 다시 조운을 불러 금안교 북쪽에 매복해 있으라고 하면서 말하기를: "내가 장임을 유인해 금안교를 다 건너거든 즉시 다리를 끊어 버리고, 다리 북쪽에 군사를 벌려 세워, 멀리서 위세를 보임으로써 장임이 감히 북쪽으로 달아나지 못하고 남쪽으로 달아나도록 하시오."

공명은 이렇게 군사들의 배치를 끝낸 다음 직접 적군을 유인하러 나갔다.

한편 성도의 유장은 탁응(卓膺)과 장익(張翼) 두 장수를 낙성으로 보내 싸움을 지원하도록 했다. 장임은 장익과 유괴로 하여금 성을 지키게 하고 자신과 탁응은 전후 두 부대로 나누어 자신이 선두를 맡고 탁응에게 후미를 맡기고 성을 나왔다.

공명은 대오가 모두 헝클어져서 누가 보아도 오합지졸로 보이는 한 무리의 군사를 이끌고 금안교를 건너가서 장임과 마주보고 진을 쳤다.

사륜거를 탄 공명은 머리에는 윤건(綸巾)을 쓰고 손에는 우선(羽扇)을 들었고 양쪽에는 1백여 기병들이 그를 호위하고 있었다.

공명이 장임을 손가락으로 가리키며 말하기를: "백만 대군을 거느린 조조도 내 이름만 듣고 즉시 달아났거늘, 너는 도대체 어떤 놈이기에 감히 항복하지 않는 게냐?"

장임은 공명의 군사가 대오조차 무질서한 것을 보고 말 위에서 비웃으며 말하기를: "사람들이 제갈량의 용병술이 귀신같다고 하여 그런 줄 알았는데 이제 보니 이름만 그럴듯하고 실제는 형편없지 않는가!"

장임이 창을 들어 신호를 보내니 군사들이 일제히 쳐들어갔다.

공명은 즉시 사륜거를 버리고 말에 올라 뒤로 물러나 다리를 건너가니 장임이 뒤에서 쫓아왔다.

장임이 금안교를 건너가서 한참을 달리다 보니 현덕의 군사들이 왼쪽에서, 엄안의 군사들이 오른쪽에서 일제히 쳐들어왔다.

공명의 계략에 걸려든 것을 깨달은 장임이 급히 군사를 돌렸으나 다리는 이미 끊어져 있었다. 장임이 북쪽으로 달아나려 하는데 얼핏 보니 건너편 기슭에 조운이 군사들을 벌려 세우고 기다리고 있으니 감히 북쪽으로 가지 못하고 곧바로 남쪽으로 가서 강을 따라 달아났다.

5~6리쯤 달아나 갈대가 우거진 곳에 이르렀을 때 갑자기 그곳에 매복해 있던 위연의 군사들이 뛰쳐나와 긴 창으로 장임의 군사를 마구 찔러 죽였다. 또 다른 한 곳에서는 황충의 군사들이 나타나 긴 칼과 도끼로 기병들이 탄 말발굽을 찍어댔다.

기병들은 모두 땅에 떨어지고 넘어져 모조리 붙잡혀 포박을 당했다.

그런 광경을 목격한 보병들이 어찌 그곳으로 접근할 수 있겠는가! 장임은 수십 명의 기병만 데리고 산길로 달아나다 그곳에서 기다리던 장비와 마주쳤다.

놀란 장임이 막 뒤로 물러나 달아나려 할 때 장비가 큰 소리로 호령을 하자 장비의 군사들이 일제히 달려들어서 장임을 사로잡아 버렸다.

장임의 후대를 맡았던 탁응은 장임이 이미 계략에 빠진 것을 알고 조운에게 가서 항복하고 말았다. 조운은 항복한 탁응의 군사를 데리고 대채(大寨)로 가니 현덕은 탁응에게 상을 내렸다.

그때 장비가 장임을 압송해 왔는데 마침 그곳에 공명 역시 앉아 있었다. 현덕이 장임에게 말하기를: "촉(蜀)의 모든 장수들은 소문만 듣고도 항복했는데 너는 어찌하여 일찌감치 항복하지 않았느냐?"

장임이 두 눈을 부릅뜨고 화를 내며 말하기를: "충신이 어찌 두 주인을 섬기겠느냐?"

현덕 曰: "너는 천시(天時)를 모르는구나. 항복하면 죽음은 면해 주겠다."

장임 曰: "설사 지금 항복한다 해도 나중에 다시 변심할 것이니 속히 죽이는 게 좋을 것이다!"

현덕은 차마 죽이지 못하고 주저하고 있는데 장임은 성난 목소리로 욕을 퍼부었다. 곁에 있던 공명이 보다 못해 그를 참하라고 명했다. 그의 명예라도 온전히 지켜주기 위한 마지막 배려였다.

후세 사람이 장임을 찬탄하여 시를 지었으니:

열사가 어찌 두 주인을 섬기겠는가	烈士豈甘從二主
장임의 충과 용은 죽어서 살아있네	張君忠勇死猶生
그의 고명함은 하늘의 달과 같아서	高明正似天邊月

밤마다 빛을 흘려서 낙성을 비추네 夜夜流光照雒城

장임의 절개에 감탄한 현덕은 그의 시신을 거두어 금안교 옆에 장례를 치러주고 그 충의를 기렸다.

다음 날 현덕은 엄안과 오의 등 항복한 장수들을 선봉으로 삼아 곧바로 낙성으로 가서 큰 소리로 외치기를: “속히 성문을 열고 항복하여 성 안의 백성들이 고생하지 않도록 하라!”

유괴가 성 위에서 욕설을 마구 퍼부었다. 엄안이 그에게 화살을 겨냥하여 막 쏘려고 하는 순간 갑자기 성 위에서 한 장수가 칼을 뽑아 유괴를 베어 넘어뜨리는 것이 아닌가! 그는 곧 성문을 활짝 열고 나와 투항했다.

현덕의 군사들이 낙성 안으로 들어가자 유장의 아들 유순은 서문으로 빠져나가 성도를 향해 달아났다. 현덕은 방을 붙여 백성들을 안심시킨 뒤 유괴를 죽인 장수를 찾았다. 그 장수는 바로 최근에 성도에서 탁응과 함께 지원군으로 온 무양(武陽) 사람 장익(張翼)이었다.

낙성을 차지한 현덕은 모든 장수들에게 큰 상을 내렸다.

공명 曰: “낙성을 점령했으니 성도는 이제 눈앞에 있습니다. 다만 염려되는 것은 성도 주위의 여러 주(州) 와 군(郡)들이 불안해하는 것입니다. 그러니 장익과 오의는 조운을 안내하여 외수(外水)·강양(江陽)·건위(犍爲) 등이 소속된 주와 군의 백성들을 위무하고, 엄안과 탁응은 장비를 안내하여 파서(巴西)·덕양(德陽)이 속한 지역의 백성들을 위무하도록 하십시오. 그리고 관리들에게 권한을 위임하여 치안을 안정시킨 다음에 군사를 돌려 일제히 성도를 취하는 것이 좋겠습니다.”

명을 받은 장비와 조운은 군사를 이끌고 각자 떠났다.

공명이 묻기를: “여기서 성도로 가기 위해 어디에 관문이 있는가?”

촉에서 항복한 장수가 답하기를: “면죽(綿竹)에만 많은 군사들이 지키고 있습니다. 그곳만 손에 넣으면 성도는 손에 넣은 거나 다름없습니다.”

공명이 진군할 일을 상의하고 있는데, 법정이 말하기를: “낙성이 이미 우리 수중에 들어온 이상 촉은 이제 최악의 위기 상황일 것입니다. 만약 인의(仁義)로 이곳 백성들을 다스리려 하신다면 잠시 군사를 움직이지 말아 주십시오. 제가 편지 한 통을 유장에게 보내어 이로움과 해로움을 잘 설명하여 설득한다면 유장도 저절로 항복해 올 것입니다.”

공명 曰: “효직(孝直: 법정)의 말이 최선입니다.”

현덕은 즉시 법정에게 편지를 쓰도록 하여 성도로 보냈다.

한편 낙성에서 간신히 몸을 피해 성도로 달아난 유순이 부친 유장에게 낙성은 이미 함락되었다고 하자 깜짝 놀란 유장은 여러 관원들을 모아놓고 대책을 상의했다.

종사(從事) 정도(鄭度)가 계책을 올리기를: “지금 유비가 성을 공격하여 그곳을 점령하였다고 하나 저들의 군사가 그리 많지 않고 아직 그곳의 선비나 백성들이 유비에게 마음으로 복종하는 것은 아니니, 저들의 군량미라고는 그저 들판에 있는 곡식들뿐이며, 군중에는 군량을 실어 나를 수레조차 없습니다. 그러니 파서와 재동(梓潼)의 백성들을 모두 부수 서쪽으로 옮기고 창고와 들의 곡식들을 모두 불살라 버리십시오. 그런 다음 해자를 깊이 파고 보루를 높이 쌓아서놓고 가만히 기다리시기만 하면 됩니다.

저들이 와서 싸움을 걸어도 지키기만 하고 나가지 않으면 군량미와 물자가 부족한 저들은 백일이 지나지 않아 스스로 달아날 것입니다. 그때 우리가 틈을 타서 친다면 유비를 사로잡을 수 있습니다.”

유장 曰: “그렇지 않소. 적을 막아서 백성을 편안하게 한다(拒敵以安民)

는 말은 내가 들어 봤지만, 백성들을 옮겨서 적을 막는다(動民以備敵)는 말을 들어 보지 못했소. 그러니 그대의 계책으로는 나라를 온전히 지킬 수 없소."

이런 상의를 하고 있는데 법정이 서신을 보내왔다는 보고가 들어왔다. 유장이 그 사신을 불러들여 서신을 받아 보니 그 내용은 대략:

"지난날 저를 형주로 보내시어 좋은 관계를 맺도록 하셨는데, 뜻밖에도 주공께서 주위에 올바른 사람을 두지 못하시어 일이 이 지경에 이르고 말았습니다. 지금 형주는 아직도 옛정을 그대로 지니고 있을 뿐만 아니라 형제의 의리도 잊지 못하고 있습니다. 만약 주공께서 마음을 바꾸시어 귀순하신다면 결코 박대하시지는 않을 것입니다. 부디 심사숙고 하시어 결단하시기 바랍니다."

몹시 화가 난 유장은 그 서신을 찢어 버리며 큰 소리로 꾸짖기를: "법정은 주인을 팔아 제 영화를 구한 배은망덕한 역적 놈이로다!(法正賣主求榮, 忘恩背義之賊)"

유장은 그 사자를 성 밖으로 쫓아버리고 즉시 자신의 처남 비관(費觀)에게 군사를 이끌고 면죽관으로 가서 그곳을 굳게 지키라고 명했다. 비관이 자신과 함께 갈 한 사람을 천거했는데 그는 남양(南陽)사람으로 성은 이(李), 이름은 엄(嚴), 자는 정방(正方)이라는 자였다.

비관은 이엄과 함께 군사 3만 명을 거느리고 면죽을 지키러 갔다. 이때 동화(董和)라는 사람이 익주 태수로 있었는데 그는 남군(南郡) 지강(枝江) 사람으로 자를 유재(幼宰)라 했다. 동화는 유장에게 글을 올려 한중(漢中)으로 사람을 보내 장로(張魯)에게 구원을 청해보라고 권했다.

유장 曰: "장로는 선대부터 우리와 원수지간인데 그가 어찌 나를 도와주려 하겠는가?"

동화 曰: "그가 비록 우리와 원수지간이라 해도 유비의 군사가 지금 낙성에 있으니 사태가 아주 위급합니다. 입술이 없어지면 이가 시린 법이니, 우리가 망하면 한중도 위험에 빠질 것이라고 이해관계를 따져 설득하면 틀림없이 우리 뜻을 따를 것입니다."

유장은 마침내 글을 써서 사자를 한중으로 보냈다.

한편 마초가 조조에게 패하여 강족(羌族) 땅으로 몸을 숨긴 뒤(제 59회 참조) 어언 2년이 지났다. 마초는 그동안 강족의 군사들과 손을 잡고 농서(隴西)의 고을들을 차례로 쳐서 빼앗았지만, 오직 기성(冀城: 기주 성)만은 함락시키지 못하고 있었다.

기성을 어렵게 지키고 있던 자사 위강(韋康)은 여러 차례 하후연에게 구원을 요청했지만 하후연은 조조의 하락을 받지 못해 감히 원병을 보내지 못하고 있었다.

구원병을 기다리다 지친 위강은 마침내 수하 사람들에게 어차피 성을 지키지 못할 바에야 차라리 마초에게 투항하자고 했다.

참군(參軍) 양부(楊阜)가 울면서 간하기를: "마초는 군주를 배반한 역적의 무리인데 어찌 그런 자에게 항복을 할 수 있습니까?"

위강 曰: "사태가 이 지경에 이르렀는데 항복하지 않으면 어쩌겠는가!"

양부가 적극적으로 반대했지만 위강은 그의 말을 듣지 않고 끝내 성문을 활짝 열고 마초에게 투항해 버렸다.

마초는 크게 화를 내며 말하기를: "네놈은 지금까지 버티다 사태가 위급해지니 이제야 항복하겠다고 하는데, 이게 어찌 진심이겠느냐!"

마초는 위강과 그 일족 40여 명을 한 사람도 남겨 두지 않고 모조리 죽여 버렸다.

이때 한 사람이 말하기를: "양부는 위강에게 항복하지 말자고 적극적으로 반대했으니 그자도 죽여야 합니다."

마초 曰: "그는 의리를 지켰으니 죽일 수 없다."

그리고는 양부를 다시 참군으로 삼았다.

양부가 양관(梁寬)과 조구(趙衢)를 천거하자 마초는 그들을 군관으로 삼았다.

양부가 마초에게 고하기를: "제 처가 임조(臨洮)에서 죽었는데 저에게 두 달만 주시면 장례를 치르고 오겠습니다."

마초는 그의 청을 들어주었다.

임조로 가던 양부는 도중에 역성(曆城)을 들렀다. 그곳에는 무이장군(撫彝將軍)으로 있는 강서(姜敍)가 있었다. 강서는 양부의 고종사촌 형으로, 강서의 어머니는 곧 양부의 고모인데 그때 나이 82세였다.

양부는 강서의 집으로 가서 고모를 뵙고 절을 올리고는 울면서 말하기를: "제가 성을 지켜내지 못하고 주인을 죽게 하고 나는 따라 죽지 못했으니 고모님을 뵐 면목이 없습니다. 마초는 군주를 배반하고 함부로 태수를 죽인 자로 기주의 선비와 백성들 가운데 그를 원망하지 않는 자가 없습니다. 그런데도 형님은 역성에 가만히 앉아 계시면서 역적을 토벌할 마음이 없으시니 이를 어찌 신하된 자의 도리라 하겠습니까!"

말을 마친 양부는 그 자리에서 피눈물을 흘렸다.

그의 말을 들은 강서의 모친은 강서를 불러서 꾸짖기를: "위사군(韋使君)께서 마초에게 죽임을 당한 것은 바로 너의 죄가 아니겠느냐!"

그러고는 또 양부에게 말하기를: "너는 이미 그놈에게 항복해 그의 녹을 먹고 있으면서 어찌하여 또 그를 칠 마음을 먹는단 말이냐?"

양부 曰: "제가 역적 놈을 따르는 것은 그렇게라도 해서 죽은 주인의 원수를 갚기 위해서입니다."

강서 曰: "마초는 영특하고 용맹한 자라 도모하기가 쉽지 않습니다."

양부 曰: "그자는 용맹하기는 하지만 지모가 없어 도모하기가 쉽습니다. 제가 이미 양관·조구와 은밀히 약속해두었으니, 형님이 군사를 일으키시면 두 사람이 틀림없이 안에서 도울 것입니다."

강서의 모친 曰: "너는 어서 도모하지 않고 어느 때를 기다리려는 것이냐? 죽지 않은 사람이 있다더냐?(誰不有死) 충의를 위해 죽는다면 그것은 곧 의로운 죽음이니라!(死於忠義, 死得其所也) 이 어미 걱정일랑 하지 말거라. 네가 만약 의산(義山: 양부)의 말을 듣지 않는다면 내 마땅히 먼저 죽어 네 걱정을 덜어주마."

늙은 모친께서 이리 말씀하시는데 어찌 거역할 수 있겠는가!

마침내 결심을 굳힌 강서는 통봉교위(統兵校尉) 윤봉(尹奉)·조앙(趙昂)과 상의했다.

그런데 조앙의 아들 조월(趙月)은 마초 밑에서 비장(裨將)으로 있었다. 조앙은 강서에게 동참하겠다고 했지만, 막상 집으로 돌아와 자신의 처 왕씨를 보자 마음이 착잡하여 말하기를: "나는 오늘 강서 양부 윤봉과 함께 상의해 죽은 위강의 원수를 갚기로 했소. 그런데 우리 아들 월(月)이가 마초를 따르고 있으니, 지금 만약 군사를 일으킨다면 마초는 틀림없이 그 아이부터 먼저 죽일 것이니 이를 어찌하면 좋겠소?"

그 처가 격앙된 목소리로 말하기를: "군부(君父)의 큰 치욕을 갚기 위해서라면 죽어도 아까울 것이 없는데 하물며 자식 하나 잃을까 봐 망설이신단 말입니까? 당신이 자식 때문에 가시지 않겠다면 제가 먼저 목숨을 끊겠어요."

이에 조앙은 마침내 결심했다.

다음 날 그들은 일제히 군사를 일으켰다.

강서와 영부는 역성에 군사를 주둔하고, 윤봉과 조앙은 기산(祁山)에 군사를 주둔시켰다. 조앙의 아내 왕씨는 가지고 있던 장신구와 비단 등을 판 돈으로 직접 기산으로 찾아가 군사들을 위로하고 격려했다.

한편 마초는 강서와 양부가 윤봉·조양과 함께 거사를 일으켰다는 말을 듣고 몹시 화가 나서 곧바로 조양의 아들 조월의 목을 베고 방덕과 마대로 하여금 일제히 군사를 일으켜서 역성을 치러 나섰다.

강서와 양부가 군사를 이끌고 성을 나왔다. 양쪽 진영은 서로 마주 보고 진을 치자 양부와 강서는 흰색 전포를 입고 앞으로 나서며 큰 소리로 마초를 꾸짖기를: "군주를 배반한 의리 없는 역적 놈아!"

크게 화가 난 마초는 즉시 군사를 이끌고 쳐들어가자 양쪽 군사들은 혼전을 벌였다. 하지만 강서와 양부가 어찌 마초의 적수가 되겠는가! 강서와 양부의 군사가 크게 패하여 달아나니 마초는 군사를 휘몰아 그 뒤를 쫓았다.

바로 그때 뒤에서 함성이 일면서 윤봉과 조앙이 군사를 이끌고 들이닥쳤다. 마초가 급히 돌아서 윤봉과 조앙을 막으려 했다. 그러자 달아나던 강서와 양부도 돌아서서 양쪽에서 협공을 하니 마초의 군사들은 선두와 후미가 서로 돌볼 겨를이 없어졌다.

한창 싸우고 있는데 뜻밖의 큰 부대의 군사들이 측면에서 쳐들어오는 것이 아닌가! 알고 보니 이들은 하후연이 마침내 조조의 군령을 받고 군사를 거느리고 마초를 치러 온 것이었다.

제아무리 용맹한 마초인들 어떻게 세 방면에서 에워싸고 달려드는 군사들을 감당할 수 있겠는가! 결국 대패하고 밤새 달아나 동이 틀 무렵에야 겨우 기성에 도착한 마초가 성문을 열라고 외치자 성 위에서 난데없이 화살이 비 오듯 쏟아졌다.

마초가 고개를 들어 성 위를 쳐다보니 양관과 조구가 성 위에서 마초를 내려다보며 큰 소리로 꾸짖었다. 그러고는 마초의 처 양씨(楊氏)를 한칼에 베어 그 시신을 성 밑으로 내던졌다. 또한 마초의 어린 아들 셋과 친척 10여 명을 차례로 하나씩 베어 성 아래로 떨어뜨리는 것이 아닌가!

그 광경을 본 마초는 기가 막히고 치가 떨려 하마터면 말에서 떨어질 뻔했다. 이런 상황에서 또 하후연이 군사를 이끌고 등 뒤까지 추격해 왔다. 마초는 하후연의 세력이 너무 큰 것을 보고 싸움을 포기하고 방덕·마대와 함께 혈로를 뚫고 달아나기 시작했다. 그러나 얼마 가지 못해 강서와 양부가 이끄는 군사와 마주쳐 한바탕 싸워서 간신히 빠져 나왔는데 또 다시 윤봉·조앙의 군사가 달려들었다. 사력을 다해 싸우다 보니 군사들을 거의 잃어, 남은 자들이라고는 겨우 기병 5~60명에 불과했다. 마초는 그들을 데리고 밤을 새워 달아났다.

사경(四更: 새벽 1시~3시) 무렵 마초가 역성 아래에 당도하니 성문을 지키는 군사들이 강서의 군사들이 돌아온 것으로 착각하고 성문을 활짝 열어 맞이했다. 뜻밖에 손쉽게 성 안으로 들어가게 된 마초는 그때부터 무자비한 살육을 시작했다. 성문을 지키는 군사들은 물론 눈에 보이는 백성들은 모조리 잡아 죽이기 시작했다.

강서의 집을 찾아간 마초는 그의 노모를 끌어냈다. 하지만 강서의 노모는 전혀 두려운 기색 없이 도리어 손가락으로 마초를 가리키며 큰 소리로 꾸짖었다. 몹시 화가 난 마초는 몸소 칼을 빼어 노모를 죽여 버렸다. 뿐만 아니라 윤봉과 조앙의 일가족들도 모두 마초의 손에 죽었다. 조앙의 아내 왕씨(王氏)만 군중(軍中)에 가 있어서 겨우 화를 면했다.

다음 날 하후연이 대군을 이끌고 역성으로 돌아오니 마초는 성을 버리고 서쪽으로 달아났다. 그러나 20리도 채 못 가서 또 한 무리의 군사들이 길을 막고 나섰는데 그 선두에 선 자는 양부였다.

양부를 본 마초는 분노가 치밀어 이를 갈며 말에 박차를 가해 달려들었다. 양부의 일곱 형제들이 일제히 나와 맞서 싸웠다. 마대와 방덕은 양부의 후군을 맞아 싸우며 그들이 마초에게 가는 것을 막았다. 양부의 일곱 형제들이 마초에게 달려들었지만, 그들은 마초의 상대가 되지 못했다. 그들은 결국 마초에게 차례대로 모두 죽임을 당했다. 양부는 마초의 창에 다섯 군데나 찔려가며 죽기로 싸웠다.

양부도 마초의 손에 죽기 일보 직전에 다행히 하후돈의 원군이 들이닥치니 마초는 양부를 내버려 두고 다시 달아났다. 그때 마초를 따르는 군사는 방덕·마대 등 겨우 대여섯 명에 불과했다.

하후연은 농서(隴西)의 여러 주(州)의 백성들을 위로하고 강서 등에게 각각 고을을 나누어서 지키도록 한 다음, 양부를 수레에 싣고 허도로 보내 조조를 만나 뵙게 했다.

조조는 양부의 공로를 칭찬하며 그를 관내후(關內侯)에 봉했다.

양부가 사양하며 말하기를: "저는 난을 평정한 공도 없고 절개를 지켜 죽지도 못했습니다. 오히려 군법으로 따지면 죽어 마땅한데 무슨 낯으로 관직을 받겠습니까?"

조조는 그런 양부를 더욱 가상히 여겨 결국 관내후로 봉하였다.

한편 마초는 방덕·마대와 상의한 끝에 한중의 장로를 찾아갔다. 장로는 크게 기뻐했다. 마초와 같은 용장을 그냥 얻었으니 동쪽으로는 조조를 막을 수 있을 뿐만 아니라 그동안 호시탐탐 노려왔던 서쪽의 익주도 손에 넣을 수 있을 것으로 생각하니 아니 기쁘겠는가!

무슨 수로든 마초를 자신의 심복으로 만들기 위해 장로는 마초를 자신의 데릴사위로 들이는 문제를 상의했다.

대장 양백(楊栢)이 간하기를: "마초의 처자가 참혹하게 죽은 것은 모두 마초가 평소 다른 사람들을 잔혹하게 대했기 때문입니다. 주공께서는 어째서 그런 자에게 따님을 주려 하십니까?"

장로는 그의 말에 따라 마초를 사위로 맞아들이는 문제는 그만두기로 했다.

그런데 문제는 양백이 장로에게 한 말이 마초의 귀에 들어가고 말았다. 화가 난 마초가 양백을 죽여 버리려고 생각했다. 양백도 마초의 이런 기미를 눈치채고 자신의 형 양송(楊松)과 상의하여 함께 마초를 죽이려고 했다.

마침 그때 유장이 사자를 보내 장로에게 구원을 요청했던 것이다. 장로는 그 요청을 들어주지 않았다. 그런데 얼마 후 유장이 또 다시 황권을 사자로 보내왔다는 보고가 들어왔다.

황권은 먼저 양송을 찾아가서 말하기를: "동천(東川: 한중)과 서천(西川: 익주)은 이른바 순치(脣齒: 입술과 이)의 관계가 아닙니까? 서천이 무너지면 동천 또한 보전하기 어렵습니다. 만약 이번에 군사를 내어 우리를 구원해 주시면 우리는 그 보답으로 20개의 주(州)를 떼어 드리겠습니다."

양송은 크게 기뻐하며 즉시 황권을 장로에게 안내하여 만나 보도록 했다. 황권은 장로에게 한중과 익주가 순망치한(脣亡齒寒)의 관계임을 설명하고 그 사례로 20개 주를 주겠다고 하니 장로는 그 이득이 탐이나 유장의 요청을 들어주기로 했다.

그때 파서 사람 염포(閻圃)가 간하기를: "유장은 주공과 대를 이은 원수지간입니다. 지금은 형세가 위급하여 땅을 떼어 준다는 말로 주공을 거짓으로 유혹하고 있으니 절대로 속아서는 안 됩니다."

그때 문득 계단 아래에 있던 한 사람이 나서며 말하기를: "제가 비록 재주는 없으나 제게 한 부대의 군사만 빌려주시면 유비를 사로잡고 땅을 떼어 받아 돌아오겠습니다.”

이야말로:

이제 막 진짜 주인 서촉에 들어오니	方看眞主來西蜀
또 정예병이 한중에서 출동하는구나	又見精兵出漢中

그 사람이 누구인지 궁금하거든 다음 회를 기대하시라.

제 65 회

마초는 장비와 가맹관에서 대판 싸우고
유비는 마침내 스스로 익주목이 되었다

馬超大戰葭萌關

劉備自領益州牧

염포가 장로에게 유장을 도와주지 말라고 권하는데 마초가 앞으로 나서며 말하기를: "저 초(超)는 주공의 은혜에 깊이 감사하고 있으나 보답할 게 없습니다. 바라건대 제가 한 무리의 군사를 거느리고 가서 가맹관을 쳐서 빼앗고 유비를 사로잡아 오겠습니다. 그리하여 유장에게 20개 주를 할양받아 주공께 바치겠습니다."

장로가 크게 기뻐하면서 먼저 황권을 샛길로 돌려보내고 마초에게 군사 2만 명을 내주었다. 이때 방덕은 병이 나서 누워 있었기에 함께 가지 못하고 한중에 남아 있었다.

장로는 양백을 군사 감독관으로 삼고 마초·마대 형제와 함께 날을 잡아 출발하도록 했다.

한편 현덕은 군사를 거느리고 낙성에 주둔하고 있었는데 법정의 서신을 가지고 성도에 갔던 사자가 돌아와 유비에게 보고하기를: "정도(鄭度)라는 자가 유장에게 들판에 있는 곡식과 각처의 창고에 저장되어 있는 군량미를 모두 불살라 버리고, 파서의 백성들을 부강(涪江) 서쪽으로 모두 피난시킨 다음, 해자를 깊이 파고 보루를 높이 쌓아 지키기만 하고 나가서 싸우지 말자고 권했습니다."

그 말을 들은 현덕과 공명은 둘 다 깜짝 놀라 말하기를: "만약 그 말대로 한다면 우리의 형세가 위태롭게 되겠구나!"

법정이 웃으며 말하기를: "주공께서는 걱정하지 마십시오. 그 계책을 쓰면 우리에게는 매우 위협이 되겠지만 유장은 결코 그 계책을 쓰지 못할 것입니다."

과연 하루도 지나지 않아 소식이 전해지기를, 유장이 백성을 그런 식으로 피난시킬 수 없다며 정도가 올린 계책을 따르지 않았다고 했다. 현덕은 그제야 마음을 놓았다.

공명 曰: "속히 군사를 움직여 면죽을 손에 넣어야겠습니다. 이곳만 얻으면 성도는 쉽게 취할 수 있습니다."

이에 현덕은 황충과 위연에게 군사를 거느리고 진군하도록 했다.

한편 면죽관을 지키던 비관(費觀)은 현덕의 군사들이 온다는 소식을 듣고 이엄(李嚴)을 보내 적을 맞으라고 했다. 이엄은 군사 3천 명을 이끌고 나가서 진을 벌리니 현덕의 군사 역시 마주보고 진을 쳤다.

황충이 먼저 말을 몰아 달려 나가서 이엄과 싸웠는데 4~5십 합을 싸웠지만 승부가 나지 않았다. 진중에 있던 공명은 징을 쳐서 군사를 거두었다. 진영으로 돌아온 황충이 공명에게 묻기를: "이제 막 이엄을 사로잡을 판인데 군사께서는 어째서 군사를 거두시는 겁니까?"

공명 曰: "나는 이미 이엄의 무예를 힘으로 사로잡기는 어렵다고 판단했소. 내일 다시 나가 싸우되, 거짓으로 패한 척하여 그를 산골짜기로 유인한 다음 기병으로 기습 공격을 하여 이기도록 하시오."

황충은 공명의 계책을 받고 물러 나왔다.

다음 날 이엄이 다시 군사를 이끌고 오자 황충도 싸우러 나갔다. 황충은 싸운 지 10합도 채 못 되어 거짓으로 패한 체하며 군사를 이끌고 달아났다. 이엄이 그 뒤를 쫓아왔는데 구불구불 이어진 산골짜기에 들어선 뒤에야 이엄은 자신이 계책에 빠졌다는 것을 깨달았다.

이엄이 급히 군사를 돌리려 하는데 앞에는 위연이 군사들을 이끌고 와서 군사를 벌려 세우고 앞을 막았다. 그때 공명이 산 위에서 나타나 큰 소리로 말하기를: "공이 만약 항복하지 않으면 양편에 매복해 놓은 궁노수들에게 명해 방사원(龐士元: 방통)의 원한을 갚아주겠다!"

이엄은 황급히 말에서 내려 갑옷을 벗고 투항하니 군사는 단 한 명도 다치지 않았다. 공명은 이엄을 데리고 와서 현덕에게 보였다.

현덕이 그를 매우 따뜻하게 대해 주자 감동을 받은 이엄이 말하기를: "비관은 비록 유 익주(劉益州)의 친척이기는 하나 저와도 매우 절친한 사이이니 제가 가서 항복하도록 설득하겠습니다."

현덕은 즉시 이엄에게 성으로 돌아가서 비관에게 항복을 권유하도록 했다.

면죽으로 돌아간 이엄은 비관에게 현덕이 이처럼 어진 덕을 지닌 사람임을 칭찬하면서 지금 만약 항복하지 않으면 필시 큰 화를 입게 될 것이라고 했다.

이엄의 설득에 비관은 성문을 활짝 열고 항복했다.

마침내 면죽관으로 들어간 현덕이 장차 군사를 나누어 성도를 취할 방도를 상의하려는데 홀연 파발꾼이 달려와 보고하기를: "가맹관을 지키고 있는 맹달(孟達)과 곽준(霍峻)이 동천(東川)의 장로가 보낸 마초와 양백·마대가 거느린 군사들에게 공격을 받아 매우 위급한 상황이니 구원이 늦어지면 가맹관을 잃고 말 것입니다."

현덕이 크게 놀랐다.

공명 曰: "마초가 왔다면 장비와 조운 두 장수를 보내야 그를 대적할 수 있을 것입니다."

현덕 曰: "자룡은 군사를 이끌고 나가서 아직 돌아오지 않았으니 우선 익덕이라도 급히 보내도록 합시다."

공명 曰: "주공께서는 잠시 아무 말씀을 하지 마십시오. 제가 익덕을 충동질하여 마초를 함부로 대하지 못하게 하겠습니다."

한편 장비는 마초가 가맹관을 공격하고 있다는 말을 듣자마자 큰 소리를 지르며 달려와서 말하기를: "형님께 하직 인사 하러 왔소.. 내 당장 마초와 싸우러 가겠소."

공명은 짐짓 장비의 말을 못 들은 체하고 현덕을 보고 말하기를: "지금 마초가 가맹관을 공격하고 있으나 이곳에는 그를 대적할 사람이 아무도 없습니다. 아무래도 형주에 있는 관운장을 데려와야 할 것 같습니다."

장비 曰: "군사는 왜 나를 깔보시오? 내 일찍이 혼자서 조조의 백만 대군도 물리쳤거늘, 마초 같은 촌놈 하나 때문에 운장 형님까지 불러온다는 게 말이나 되는 소리요?"

공명 曰: "전에 익덕이 다리를 끊어 적을 막아냈을 때는 조조가 우리의 허실을 잘 몰랐기 때문이오. 만약 알았다면 장군이 무사할 수 있었겠소? 지금 마초의 용맹은 천하가 다 알고 있소. 마초가 위교(渭橋)에서 여섯 번 싸울 때 조조는 수염도 자르고 전포까지 벗어던지며 달아나 겨우 목숨을 건졌으니(제 58회 참조) 마초는 절대 함부로 상대할 자가 아니며 보통 장수들과 견줄 수가 없소. 운장이 온다고 해도 반드시 그를 이긴다는 보장이 없소."

장비 曰: "군사께서 뭐라 하던 나는 갈 것이오. 마초를 이기지 못하면 나는 어떠한 군령도 달게 받겠소."

공명 曰: "장군이 군령장을 쓰고 가시겠다니 선봉을 맡으시되 주공께서 함께 가시지요. 저는 이곳에 남아 면죽을 지키며 자룡이 오면 다시 상의하겠습니다."

위연 曰: "저도 보내 주십시오."

이에 공명은 위연에게 정탐병 5백 명을 이끌고 먼저 떠나도록 하고, 장비는 그 뒤를 이어 가고 현덕을 후군으로 삼아 가맹관을 향해 출발했다.

가맹관에 먼저 도착한 위연의 군사들이 먼저 양백의 군사와 맞섰다. 위연이 양백과 싸웠는데 10합도 못 싸우고 양백은 패하여 달아났다. 위연은 뜻하지 않은 승세를 탄데다 장비의 으뜸 공을 빼앗을 수도 있겠다는 사심이 들어 양백의 뒤를 쫓는 데 앞쪽에 한 무리의 군사들이 진을 벌여 늘어서 있었다. 맨 앞에 선 장수는 마대(馬岱)였다.

위연은 그가 마초인줄 알고 칼을 휘두르며 말을 달려가서 그를 맞아 싸웠다. 마대도 10여 합 싸우다가 감당하지 못하고 달아나니 위연은 정신없이 그를 쫓아갔다. 그때 달아나던 마대가 갑자기 몸을 돌려 쏜 화살이 위연의 왼쪽 팔에 맞았다.

위연은 급히 말머리를 돌려 달아났다. 마대가 다시 위연의 뒤를 쫓아 관 앞에까지 왔을 때 한 장수가 관 위로부터 우레 같은 함성을 지르며 말을 달려 나와 그의 앞에 섰다.

그는 바로 장비였다. 장비가 막 관에 도착하여 위연과 마대가 싸우는 것을 보고 있다가 위연이 화살을 맞고 도망쳐 돌아오자 장비가 위연을 구하고자 급히 말을 달려서 내려왔던 것이다.

장비가 마대를 보고 호통치기를: "너는 누구냐? 먼저 이름이나 알고 싸우자!"

마대 曰: "나는 바로 서량(西凉)의 마대다!"

장비 曰: "너는 마초가 아니었구나. 너는 나의 상대가 못 되니 어서 돌아가거라. 가서 마초에게 싸우러 나오라고 알려라. 연인(燕人) 장익덕이 기다리고 있다고 하면 알 것이다!"

마대가 크게 화를 내며 말하기를: "네 어찌 감히 나를 깔보느냐!"

마대는 곧바로 창을 꼬나들고 말을 달려 장비에게 덤벼들었다. 그러나 10합도 채 싸우지 못하고 견디지 못하고 달아났다.

장비가 그 뒤를 쫓아가려 할 때 관 위에서 한 사람이 말을 달려 나와 외치기를: "아우는 잠시 멈추어라!"

장비가 뒤를 돌아보니 현덕이 아닌가! 장비는 결국 마대의 뒤를 쫓지 않고 현덕과 함께 관 위로 올라갔다.

현덕 曰: "아우의 성미가 급한 것이 걱정이 되어 내가 일부러 여기까지 왔다. 이미 마대는 이겼으니 오늘은 푹 쉬고 내일 마초와 싸우도록 해라."

다음 날, 날이 밝자 마자 관 아래에서 북소리가 진동하였다. 마초가 군사를 이끌고 온 것이다. 현덕이 관 위에서 바라보니 문기(門旗) 안에서 마초가 창을 들고 말을 달려 나왔다. 머리에는 사자머리 투구에 수대(獸帶)를 두르고, 몸에는 은색 갑옷과 흰 전포를 입었는데 그 차림새가 평범하지 않을 뿐만 아니라 그 용모 또한 출중했다.

현덕은 자신도 모르게 탄성을 지르며 말하기를: "사람들이 비단 마초(錦馬超)라더니, 과연 명불허전(名不虛傳)이로군!"

옆에서 듣고 있던 장비가 심사가 뒤틀리어 즉시 관을 내려가려 하자 현덕이 급히 제지하며 말하기를: "잠시만 기다려라. 우선 적의 예기(銳氣)는 피하는 게 좋다."

관 아래에서 마초가 혼자 와서 장비에게 어서 나오라고 싸움을 걸었다. 관 위의 장비는 고리눈을 부라리고 코를 씩씩 불며 금방이라도 뛰쳐나갈 기세다. 그때마다 현덕이 제지하기를 벌써 네댓 번이나 되었다.

그러는 사이 벌써 오후가 되었다. 현덕이 보니 마초의 군사들은 이미 지쳐가고 있었다. 현덕은 곧바로 장비에게 기병 5백 명을 거느리고 관 아래로 쳐내려 가라고 명령했다.

장비의 군사들이 내려오는 것을 본 마초는 창을 들어 뒤를 향해 한 번 휘두르며 군사들을 약간 뒤로 물렸다. 장비의 군사들도 일단 전진을 멈췄다. 그러나 관 위에서 군사들은 계속 내려왔다.

창을 꼬나든 장비가 말을 달려 나가서 큰 소리로 외치기를: "네놈은 연인 장익덕을 아느냐?"

마초 曰: "우리 집안은 대대로 공후(公侯)를 지낸 귀한 가문인데 어찌 너 따위 촌놈을 알겠느냐!"

몹시 화가 난 장비가 곧바로 마초에게 달려들었다. 마초도 지지 않고 달려 나와 맞붙었다. 두 필의 말이 서로 엇갈리며 창 두 자루가 창날과 창날이 부딪치며 불꽃 튀는 싸움이 벌어졌다. 서로 찌르고 막고 후리며 싸우기를 1백여 합이 지나도록 승부가 나지 않았다.

그 모습을 본 현덕은 감탄하기를: "참으로 범 같은 장수들이로구나!"

현덕은 장비가 혹시라도 실수할까 염려되어 급히 징을 쳐서 군사들을 거두었다. 두 장수는 각자 자기 진영으로 돌아갔다.

진중으로 돌아온 장비는 잠시 말을 쉬게 한 뒤 투구도 쓰지 않고 수건으로 머리를 동여 맨 채 말을 타고 진 앞으로 나가서 마초에게 또 싸움을 걸었다. 마초도 나오니 두 사람의 싸움은 다시 시작되었다.

현덕은 장비가 걱정이 되어 자신도 갑옷을 입고 투구를 쓰고 관에서 내려가 진 앞에서 말을 세우고 지켜보며 만일의 경우를 대비했다. 장비와 마초는 다시 1백여 합을 싸우는데 둘은 싸울수록 힘이 솟는 듯 전혀 지친 기색이 없다.

현덕이 또 다시 징을 쳐서 장비를 불러들였다. 장비가 어쩔 수 없이 물러서니 마초도 자신의 진영으로 돌아갔다.

날은 이미 저물어 어둑어둑해지고 있었다.

현덕이 장비에게 말하기를: "마초는 영용(英勇)한 장수이니 가벼이 대적할 상대가 아니다. 오늘은 가맹관에 올라가 쉬고 내일 다시 싸우도록 해라."

그러잖아도 분이 풀리지 않은 장비에게 마초를 추켜세우며 싸움을 말리는 현덕의 말이 귀에 들어올 리가 있겠는가!

장비가 큰 소리로 외치기를: "내 맹세코 죽어도 돌아가지 않겠소!"

현덕 曰: "이제는 날이 저물어 더 이상 싸울 수도 없지 않느냐?"

장비 曰: "횃불을 많이 밝혀 밤새 싸울 수 있도록 준비해 주시오!"

마초 역시 말을 바꿔 타고 다시 와서 큰 소리로 외치기를: "장비야, 네 감히 나와 밤 싸움을 한번 해 보겠느냐?"

화가 머리끝까지 치민 장비가 현덕의 말로 바꿔 탄 뒤, 창을 비껴들고 진을 달려 나오며 외치기를: "내 네놈을 잡기 전에는 결단코 관으로 들어가지 않을 것이다!"

마초 曰: "내 너를 이기지 못하면 맹세코 영채로 돌아가지 않겠다."

양편의 군사들이 서로 함성을 지르며 수천 개의 횃불을 밝히니 싸움터는 환하기가 마치 대낮처럼 밝았다. 두 장수는 또 진 앞으로 나가 격전을 벌였다. 20여 합을 싸우자 마초는 짐짓 말머리를 돌리더니 달아나기 시작했다.

장비가 소리치기를: "네 이놈, 어디로 도망가느냐?"

실은 마초가 아무래도 장비를 이기지 못할 것 같아 속으로 한 가지 계책을 생각해 낸 것이다. 그는 거짓으로 패한 체하고 달아나다 장비가 쫓아오면 몰래 동추(銅錘: 구리 망치)를 꺼내 손에 들고 몸을 돌려 장비를 향해 내리칠 속셈이었다.

馬超大戰葭萌關

장비는 마초가 달아나는 것을 보고 내심 마초의 속임수에 대비를 하고, 쫓고 있었으므로 마초가 동추를 내려치자 재빨리 몸을 피했는데 다행히 그 동추는 장비의 귓가를 스쳐 지나갔다.

장비가 곧바로 말머리를 돌려 달아나자 이번에는 마초가 그의 뒤를 쫓았다. 장비는 말을 멈춰 세우고 활에 화살을 메겨 몸을 돌려 마초를 향해 시위를 당겼다. 마초 역시 급히 몸을 틀어 화살을 피했다. 결국 두 장수는 각자의 진영으로 돌아갔다.

현덕이 몸소 진 앞에 서서 외치기를: "나는 지금까지 인의(仁義)로 사람을 대하여 결코 속임수를 쓰지 않았다. 마맹기(馬孟起: 마초)는 어서 군사를 거두어 돌아가 잠시 쉬도록 하라. 내 그 틈을 이용하여 너를 쫓는 일은 없을 것이다."

그 말을 들은 마초는 직접 뒤를 맡아 군사들을 차례로 후퇴시켰다. 현덕 역시 군사를 거두어 관으로 들어갔다.

다음 날 장비는 또 관을 내려가 마초와 싸우려고 하는데 마침 공명 군사가 오셨다는 보고가 들어왔다. 현덕이 공명을 맞이하여 막사 안으로 들어갔다.

공명 曰: "제가 듣기로 맹기(孟起: 마초)는 이 시대의 드문 범 같은 장수라, 만약 익덕과 죽기로 싸우면 틀림없이 둘 중 하나는 크게 다칠 것입니다. 그래서 제가 자룡과 한승(漢升: 황충)에게 면죽을 지키도록 하고 밤새 달려온 것입니다. 제가 계책을 써서 마초를 주공의 사람으로 만들어보겠습니다."

현덕 曰: "나 또한 마초의 영용(英勇)함을 보고 매우 아깝게 생각하던 참인데, 어찌하면 그를 얻을 수 있겠소?"

공명 曰: "듣자 하니 동천의 장로는 스스로 한녕왕(漢寧王)이 되고 싶어 하고, 그의 수하에 있는 모사 양송(楊松)은 뇌물을 몹시 탐내는 자라고 합니다. 주공께서는 사람을 샛길로 해서 곧바로 한중으로 들여보내 먼저 금은보화로 양송을 매수한 다음, 장로에게 이런 내용의 글을 전하도록 하십시오. '나와 유장이 서천을 다투는 것은 장로의 원수를 갚아 주려는 것이니 우리 사이를 이간질하는 말을 믿지 말라. 일이 끝난 후에 그대를 한녕왕으로 삼을 것을 보증한다.'

그러고는 즉시 마초의 군사를 철수하게 하십시오. 그가 철수할 때를 기다려 계책을 써서 마초를 투항해 오도록 하겠습니다."

현덕은 크게 기뻐하며 즉시 서신을 써서 손건에게 주면서 많은 황금과 주옥들을 준비해 가지고, 샛길로 해서 곧장 한중으로 들어가게 했다.

한중에 도착한 손건은 먼저 양송을 찾아가서 금은보화를 내놓고 찾아온 뜻을 전했다. 양송은 크게 기뻐하면서 손건을 장로에게 안내하여 손건이 하고 싶은 말을 다 하도록 해 주었다.

장로 曰: "현덕은 일개 좌장군(左將軍)에 불과한데 무슨 수로 내가 한녕왕이 되는 것을 보증한단 말인가?"

양송 曰: "그분은 대한(大漢)의 황숙이십니다. 충분히 황제께 주청하여 허락을 받을 수 있습니다."

장로는 매우 기뻐하며 곧바로 사람을 보내 마초에게 군사를 물리라고 지시했다. 손건은 돌아가지 않고 양송의 집에 머물면서 마초가 어찌 나오는지 회신을 기다리고 있었다.

그런데 하루도 지나지 않아 사자가 돌아와 보고하기를: "마초는 아직 공을 이루지 못했기 때문에 군사를 물릴 수 없다고 말했습니다."

장로는 또 사람을 보내서 그를 불렀으나 마초는 듣지 않았다. 연달아 사자를 세 번이나 보냈는데도 그는 결국 돌아오지 않았다.

양송 曰: "마초는 본래 믿을 만한 인물이 아니었습니다. 그가 군사를 철수하지 않는 것은 틀림없이 모반할 생각이 있기 때문입니다."

양송은 사람을 시켜 유언비어를 퍼뜨리게 하기를: "마초의 본심은 서천을 빼앗아 촉왕이 되어 아비의 원수를 갚으려 하는 것이지, 한중의 신하로 있으려는 것이 아니라더라."

이런 유언비어가 장로의 귀에까지 들어갔다.

장로가 양송을 불러 어찌해야 좋을지 그 계책을 물었다.

양송 曰: "한편으로는 먼저 마초에게 사람을 보내 이렇게 이르십시오. '네가 기어이 공을 이루고자 한다면 너에게 한 달의 기한을 줄 테니 내가 제시한 세 가지 일을 반드시 모두 해내야 한다. 만약 해 낸다면 상을 주겠지만 못하면 너의 목을 벨 것이다. 첫째는 서천 땅을 모두 빼앗아야 하고 둘째는 유장의 수급을 가져와야 하며 셋째는 유비의 형주 군사를 물리쳐야 한다. 이 셋 중 어느 하나라도 이루지 못하는 날에는 네 머리를 바쳐라.'

그리고 다른 한편으로는 장위(張衛)에게 명하여 가맹관에서 이곳에 이르는 모든 길목들을 굳게 지키게 하여 마초가 변란을 일으키지 못하게 방비를 단단히 하십시오."

장로는 그의 말에 따라 사람을 마초의 영채로 보내 마초가 해야 할 세 가지 일을 말해 주도록 했다.

몹시 놀란 마초가 말하기를: "어찌 이렇게 변할 수 있단 말인가?"

그리고 그의 아우 마대와 상의하기를: "차라리 군사를 물려 되돌아가는 게 낫겠다."

마초가 돌아오려 한다는 말을 들은 양송은 다시 유언비어를 퍼트리기를: "마초가 회군하는 것은 틀림없이 딴 마음을 품었기 때문이다."

이리하여 장위는 군사를 일곱 방면으로 나누어 관문을 굳게 지키면서 마초의 군사를 들이지 못하게 했다. 그러자 마초는 오도 가도 못하는 지경에 빠지고 말았다.

이때 공명이 현덕에게 말하기를: "지금 마초는 진퇴양난에 빠져 있으니 제가 직접 마초의 영채를 찾아가서 이 세치 혀로 마초를 설득하여 항복하게 하겠습니다."

현덕 曰: "선생은 나의 팔다리에 가슴과 배(股肱心腹)처럼 없어서는 안 될 귀중한 분이신데, 가서 혹시 무슨 변고라도 생기면 어찌하겠소?"

공명이 굳이 가고자 했으나 현덕은 끝내 보내 주려 하지 않았다. 이러는 중에 갑자기 서천 사람 하나가 조운의 추천서를 가지고 항복해 왔다는 보고가 들어왔다. 현덕이 그를 불러 물어보니, 그는 바로 건녕 유원(建寧 俞元) 출신으로 성은 이(李), 이름은 회(恢), 자는 덕앙(德昂)이라는 사람이었다.

현덕 曰: "내 들은 바로는 공은 전에 유장에게 나를 불러들이지 말라고 적극적으로 간했다던데, 이제 어찌하여 나를 찾아온 것이오?"

이회 曰: "제가 듣기로 '좋은 새는 나무를 가려 깃들고, 현명한 신하는 주인을 골라서 섬긴다(良禽相木而棲, 賢臣擇主而事).'고 했습니다. 제가 지난날 유 익주에게 간했던 것은 신하된 자의 도리를 다하려 했던 것인데, 그가 제 말을 듣지 않기에 반드시 패할 줄 알았습니다. 이제 장군의 인덕이 촉 땅에 널리 퍼져 있으니 틀림없이 뜻이 이루어질 것임을 알기에 찾아온 것입니다."

현덕 曰: "선생이 이렇게 오신 것은 이 유비에게 도움을 주시려 함이겠지요."

이회 曰: "제가 알기로 마초는 지금 진퇴양난에 빠져있다고 들었습니다. 저는 옛날 농서에 있을 때 그와 알고 지낸 사이이니, 제가 가서 마초를 설득하여 주공께 투항하도록 해보면 어떻겠습니까?"

공명 曰: "그렇지 않아도 나 대신 마초에게 보낼 사람을 찾고 있었는데, 공은 마초를 어떻게 설득할 것인지 한번 들어봅시다."

이회는 공명의 귀에다 입을 대고 여차여차하겠다고 설명을 했다. 공명은 매우 기뻐하며 즉시 이회를 마초에게 보냈다.

마초의 영채로 간 이회는 먼저 사람을 시켜 자신이 왔음을 보고하게 했다.

마초 曰: "이회는 언변이 뛰어난 자이다. 틀림없이 나를 설득하러 왔을 것이다."

마초는 도부수 20여 명을 막사 안에 숨겨 놓고 지시하기를: "내가 명을 내리거든 즉시 달려 나와 그를 죽여 육장(肉醬)을 만들어 버려라!"

잠시 후 이회가 들어오는데 조금도 두려운 빛이 없는 의연한 모습이었다. 마초는 막사 안에 꼼짝도 하지 않고 앉아서 이회를 꾸짖기를: "너는 무슨 일로 왔느냐?"

이회 曰: "내 오늘 특별히 세객(說客) 노릇을 하러 왔소이다."

마초 曰: "내 칼집에는 방금 날카롭게 갈아 놓은 칼이 들어 있느니라. 네 무슨 말이든 해 보거라. 만약 그대의 말이 조금이라도 마음에 들지 않으면 즉시 내 보검을 시험해 볼 것이다."

이회가 웃으며 말하기를: "장군에게 화가 코앞에 닥쳐있으니, 장군이 잘 갈아 놓은 그 칼을 내 목에 시험하기 전에 자신의 목을 먼저 시험하게 될까 그것이 두렵소이다."

마초 曰: "내게 무슨 화가 닥친단 말이냐?"

이회 曰: "내가 듣기로 월(越)나라의 서자(西子)[6]를 두고는 아무리 남을 잘 헐뜯는 사람이라도 그녀의 아름다움을 감출 수가 없었고, 남을 아무리 추켜세우는 사람이라도 제(齊)의 무염(無鹽)이 못생겼다는 것을 감출

6 춘추시대 월나라의 미녀 서시. 역자 주.

수 없다 하였소. 해가 중천에 이르면 기울기 시작하고 달도 가득 차면 기우는 것은 천하의 정해진 이치로소이다.

지금 장군은 조조와는 부모를 죽인 원수 사이가 되었고, 또 농서 사람들과는 이가 갈리는 원한이 맺힌 곳이오. 앞으로 나아가더라도 형주의 군사를 물리치고 유장을 구하지 못할 것이며, 뒤로 물러서더라도 양송을 제압하고 장로의 얼굴을 볼 수도 없으니, 천하에 장군이 몸 둘 곳이 어디 있으며 자신이 섬길 주인이 누가 있겠소?

만약 다시 위교(渭橋)에서 조조에게 패하여 쫓길 때(제 59회 참조)나 기성(冀城)을 양부(楊阜)에게 잃을 때(제 64회 참조)처럼 실수한다면 도대체 무슨 낯으로 세상 사람들을 보려 하시오?"

이회의 언변은 결국 마초의 심금을 울렸다.

마초가 머리를 조아리며 고맙다고 하면서 말하기를: "공의 말이 참으로 옳소. 하지만 이 마초는 지금 갈 곳이 없소이다."

이회 曰: "공이 네 말을 알아들었다면 왜 막사 안에 숨겨놓은 도부수들은 그대로 두시오?"

마초는 몹시 부끄러워하며 도부수들을 꾸짖어 내보냈다.

이회 曰: "유 황숙은 예를 다해 어진 선비를 대하니 나는 그가 반드시 대업을 이룰 것임을 알기에 유장을 버리고 그에게 귀순하였소. 공의 부친도 옛날 유 황숙과 더불어 역적을 토벌하기로 맹세한 적도 있는데(제 20회 참조), 공은 어찌하여 어둠을 버리고 밝은 데로 나아가서 위로는 부친의 원수를 갚고 아래로는 큰 공명(功名)을 세우려 하지 않으시오?"

그 말을 들은 마초는 크게 깨닫고 기뻐하면서 즉시 양백을 불러들여 한칼에 그를 베어 버리고, 그 수급을 가지고 이회와 함께 관으로 가서 현덕에게 항복했다.

현덕이 몸소 나와 그를 공손히 맞아들이며 귀한 손님으로 대우했다.

마초가 땅에 머리를 조아리며 말하기를: "이제 밝으신 주인을 만나 뵙게 되니 구름과 안개가 걷힌 맑은 하늘을 보는 것 같습니다."

이때는 손건도 이미 관에 돌아와 있었다. 현덕은 다시 곽준과 맹달에게 관을 지키게 한 다음 곧바로 군사를 거두어 성도를 치러갔다. 조운과 황충이 현덕의 군사를 맞아들여 면죽으로 들어갔다.

그때 보고가 들어오기를 촉의 장수 유준(劉晙)과 마한(馬漢)이 군사를 이끌고 왔다는 것이다.

조운 曰: "제가 가서 그 두 사람을 사로잡아 오겠습니다!"

그러고는 곧바로 말에 올라 군사를 이끌고 싸우러 나갔다. 현덕은 성 위에서 마초를 환영하는 술자리를 마련하게 했는데 아직 그 자리가 다 마련되기도 전에 자룡은 벌써 두 사람의 수급을 베어가지고 돌아와 바쳤다. 이를 본 마초는 크게 놀라 조운을 더욱 공경하게 되었다.

마초 曰: "주공의 군사들이 힘들게 싸우게 할 필요 없이 제가 직접 유장을 불러내어 항복하도록 하겠습니다. 만약 항복하지 않으면 제 아우 마대와 함께 성도를 취하여 주공께 바치겠습니다."

그 말을 들은 현덕은 매우 기뻐하며 오랫동안 모두들 기분 좋게 술을 마시며 즐겼다.

한편 가맹관에 이르자마자 두 장수를 잃고 도망을 간 군사들이 돌아가서 유장에게 소식을 알렸다. 크게 놀란 유장은 성문을 굳게 닫고 나가서 싸우지 못하도록 했다.

그때 성 북쪽에 마초가 구원병을 이끌고 당도했다는 보고가 들어왔다. 유장이 급히 성 위에 올라가 바라보니 마초와 마대가 성 아래에서 큰 소리로 외치기를: "유계옥(劉季玉: 유장)은 나와서 내 말을 들으시오!"

유장이 성 위에서 무슨 일이냐고 묻자 마초가 말 위에서 채찍을 들어

가리키며 말하기를: "나는 본래 장로의 군사를 거느리고 익주를 구하러 왔으나, 장로가 양송이 참소하는 말만 믿고 오히려 나를 해치려고 하였소. 그래서 나는 이미 유 황숙께 항복하였소. 공께서도 항복하시어 백성들이 고통을 당하지 않도록 하시오. 만약 어리석게도 고집을 부리신다면 내가 먼저 성을 공격할 것이오!"

너무나 놀란 유장은 안색이 흙빛으로 변하더니 성 위에서 그만 기절해 버렸다. 좌우 사람들이 달려들어 겨우 정신을 차리게 하니, 유장이 말하기를: "내가 밝지 못해 이 지경이 되었으니 이제 와서 후회한들 무슨 소용이랴. 성문을 열고 항복하여 성 안의 백성들이나 구해야 하지 않겠나!"

동화(董和) 曰: "성 안에는 아직도 군사가 3만 명이나 있고 돈과 비단, 그리고 군량과 마초도 앞으로 1년간은 충분히 버틸 수 있는데, 어찌 항복하신단 말씀입니까?"

유장 曰: "우리 부자가 촉 땅을 다스린 지 20년이 넘었지만, 백성들에게 베풀어준 은덕도 없으면서 지난 3년여 동안 싸우느라 피와 살이 들판에 널렸으니, 이는 모두 나의 죄가 아니오! 그래 놓고 어찌 내 마음이 편하겠소? 차라리 투항하여 백성들이나 편하게 해줘야겠소."

여러 관원들이 그 말을 듣고 모두 눈물을 흘리는데, 문득 한 사람이 나서며 말하기를: "주공의 말씀은 바로 하늘의 뜻에 합당합니다."

그는 파서(巴西) 서충국(西充國) 출신으로 성은 초(譙), 이름은 주(周), 자는 윤남(允南)이라는 자였다. 이 사람은 평소 천문에 밝았다.

유장이 그 까닭을 물으니 초주가 대답하기를: "제가 지난밤에 천문을 살펴보니 많은 별들이 촉 땅에 모여 있는데 그 중에 큰 별의 빛은 마치 달처럼 밝았는데, 이는 바로 제왕의 상(象)입니다. 게다가 일 년 전부터 이곳 아이들이 부르는 노래에도 '새 밥을 얻어먹으려거든 선주가 오시기를 기다려 보세(若要吃新飯, 須待先主來).'라고 했는데 이런 징조가 모두 하늘의 뜻이니 천도(天道)는 거역할 수 없습니다."

황권(黃權)과 유파(劉巴)가 이 말을 듣고 몹시 화를 내며 그를 죽이려 하니 유장이 그들을 말렸다.

그때 갑자기 보고가 들어오기를: "촉군 태수 허정(許靖)이 성을 넘어가서 항복했습니다."

유장은 크게 소리 내어 울며 그만 부중으로 들어가 버렸다.

다음 날 유 황숙이 보낸 막빈(幕賓) 간옹이 지금 성 아래에 와서 성문을 열라고 한다는 보고가 들어왔다. 유장은 성문을 열어 그를 맞아들이라고 했다. 수레를 타고 들어오는 간옹은 그 태도가 몹시 거들먹거리며 오만했다.

그 모습을 본 누군가 문득 칼을 빼들고 뛰쳐나와 큰 소리로 꾸짖기를: "하찮은 놈이 뜻을 이루었다고 어찌 이렇게 방약무인(傍若無人)하단 말이냐! 네 감히 촉 땅 사람들을 얕보는 것이냐?"

간옹이 황급히 수레에서 내려 그를 맞이했다. 그는 광한(廣漢) 면죽(綿竹) 사람으로 성은 진(秦), 이름은 복(宓), 자는 자칙(自勑)이라 했다.

간옹이 웃으며 말하기를: "공께서 여기 계신 줄은 몰랐소이다. 부디 너무 책망하지 마시오."

두 사람은 함께 들어가서 유장을 만나, 현덕은 도량이 크고 넓어 서로 해칠 뜻이 전혀 없음을 자세히 설명했다. 이리하여 유장은 항복할 뜻을 굳히고 간옹을 후하게 대우했다.

다음 날 유장은 직접 인수(印綬)와 문서 등을 싸들고 간옹과 함께 수레를 타고 성을 나와 항복했다.

현덕은 영채에서 나와 친히 영접하며 유장의 손을 잡고 눈물을 흘리

며 말하기를: "내가 인의(仁義)를 행하려 하지 않은 것이 아니라, 형세가 이렇게 되었으니 어쩔 수가 없네."

유장이 영채 안으로 들어가서 인수와 문서를 현덕에게 넘겨주고 두 사람은 나란히 말을 타고 성 안으로 들어갔다.

현덕이 성도로 들어가자 백성들이 향을 사르고 꽃과 등촉을 들고 성문 밖까지 나와 맞이했다. 먼저 공청(公廳)으로 간 현덕이 당상에 올라앉으니 군(郡) 내의 모든 관원들이 들어와서 당하(堂下)에서 절을 하는데 오직 황권과 유파만은 문을 닫아걸고 나오지 않았다. 여러 장수들이 화를 내며 달려가서 두 사람을 죽이려 했다.

현덕이 급히 명령을 전하기를: "만약 두 장수를 해치는 자는 그 삼족(三族)을 멸할 것이다!"

현덕은 친히 두 장수의 집을 방문해서 그들에게 관직을 맡아 달라고 부탁했다. 현덕의 은혜와 예의에 감동한 두 장수는 마침내 문을 열고 나왔다.

공명이 현덕에게 청하기를: "이제 서천이 평정되었으니 한 나라에 두 주인을 섬길 수는 없습니다. 유장을 형주로 보내시지요."

현덕 曰: "내가 이제 막 촉군을 얻었는데 어찌 계옥을 그리 멀리 보낼 수 있겠소?"

공명 曰: "유장이 기업(基業)을 잃게 된 것은 마음이 유약했기 때문입니다. 주공께서도 만약 아녀자와 같은 마음으로 결단을 내리지 못하신다면 이 땅도 오래 보전하지 못할까 두렵습니다."

현덕은 결국 공명의 말을 따르기로 했다. 성대하게 연회를 베풀어 유장을 위로한 다음 재물을 수습하여 진위장군(振威將軍)의 인수(印綬)를 차고 처자와 노비들을 모두 데리고 남군(南郡) 공안(公安)으로 가서 살도록 했다. 유장은 그날로 길을 떠났다.

현덕은 스스로 익주목(益州牧)이 되어 항복한 문무 관원들 모두에게 큰 상과 벼슬을 내렸다.

엄안(嚴顔)은 전장군(全將軍)으로 삼고, 법정(法正)은 촉군 태수, 동화는 장군중랑장(掌軍中郎將), 허정은 좌장군장사(左將軍長史), 방의(龐義)는 영중사마(營中司馬), 유파는 좌장군(左將軍), 황권은 우장군(右將軍)으로 각각 삼았다.

그 밖에 오의(吳懿)·비관(費觀)·팽양(彭羕)·탁응(卓膺)·이엄(李嚴)·오란(吳蘭)·뇌동(雷同)·이회(李恢)·장익(張翼)·진복(秦宓)·초주(譙周)·여의(呂義)·곽준(霍峻)·등지(鄧芝)·양홍(楊洪)·주군(周群)·비의(費禕)·비시(費詩)·맹달(孟達) 등과 이미 투항한 문무 관원 60여 명을 모두 발탁하여 기용했다.

현덕은 또한 원래 거느리던 측근들에 대한 보상도 잊지 않았다. 자신의 분신과도 같은 제갈량은 군사(軍師) 업무에만 전념토록 하고, 관운장은 탕구장군(蕩寇將軍)·한수정후(漢壽亭侯), 장비는 정로장군(征虜將軍)·신정후(新亭侯), 조운은 진원장군(鎭遠將軍), 황충은 정서장군(征西將軍), 위연은 양무장군(揚武將軍), 마초는 평서장군(平西將軍)으로 각각 삼았다.

그 밖에 손건·간옹·미축·미방·유봉·오반·관평·주창·요화·마량·마속·장완·이적과 지난날 형양의 모든 문무 관원들까지 벼슬을 올려주고 상을 내렸다.

그리고 사자를 시켜 황금 5백 근, 은 1천 근, 전(錢) 5천만과 촉 땅에서 나는 비단 1천 필을 가지고 가서 운장에게 주고 나머지 관원과 장수들에게도 직위에 따라 각기 상을 내렸다.

또한 유비는 소와 말을 잡아 군사들을 배불리 먹이고 창고를 열어서 백성들에게 곡식을 나누어 주니 군사와 백성들이 모두 크게 기뻐했다.

익주가 안정이 되자 현덕은 성도에 남아있던 좋은 전답과 저택들을 관리들에게 나누어 주려고 했다.

이때 조운이 간하기를: "익주의 백성들은 여러 차례 전란을 겪어 집과 논밭을 잃었으니, 이제는 마땅히 백성들에게 돌려주어 그들이 편안히 생업에 종사할 수 있도록 해 주어야 백성들이 마음에서 우러나와 복종할 것입니다. 그것을 빼앗아 사사로이 상을 주어서는 안 됩니다."

현덕은 매우 기뻐하며 조운의 말을 따랐다. 현덕은 제갈 군사에게 치국조례(治國條例)를 제정하도록 했는데 그 가운데 형법이 가장 엄중했다.

이에 법정이 말하기를: "옛날 고조께서는 단지 약법삼장(約法三章)[7]으로 백성을 다스려 백성들이 그 은덕에 감복했습니다. 부디 군사께서도 형벌을 너그럽게 하시고 법조문을 간략하게 하시어 백성들의 바라는 바를 헤아려 주십시오."

공명 曰: "그대는 하나만 알고 둘은 모르오. 진(秦)이 법을 너무 가혹하게 휘둘러서 만백성들이 모두 원망하고 있었기 때문에 한고조께서 관대하고 어질게 백성을 다스린 것이오. 하지만 유장은 사리에 어둡고 나약하여 덕으로 다스리지 못한데다 형벌은 위엄을 잃어 군신(君臣)간의 도리가 무너진 것이오.

총애하여 벼슬을 높여주면 벼슬이 올라갈수록 법을 무시하고 잔혹해지며, 순종시킨다고 은혜만 베풀다가 더 이상 은혜를 베풀지 못하게 되면 거만해지는 법이오. 유장의 많은 폐단들이 실로 이로부터 생긴 것이오.

---

7 살인한 자는 죽이고, 사람을 상하게 한 자와 도둑질 한 자는 처벌한다는 세 조문으로 이루어진 법. 역자 주.

나는 이제 법으로써 위엄을 세워 법을 행하고 지키는 게 은덕이 됨을 알게 할 것이오. 그리고 벼슬에 한계를 두어 벼슬이 높아지면 그 자체로 영광임을 알게 할 것이오. 은혜와 영광을 아울러 베풀면 위아래는 저절로 절도가 있게 될 것이니, 이로써 나라를 다스리는 도(道)는 분명히 드러나게 될 것이오."

공명의 말에 법정은 감복하였다.

이로써 군사와 백성들이 모두 안심하고 살 수 있게 되었다.

공명은 41개 주(州)에 군사를 나누어 보내서 백성들을 안정시키고 위무하여 모두 평정하였던 것이다.

촉군 태수로 부임한 법정은 지난날 그가 남에게 밥 한 끼 얻어먹은 작은 은혜도 잊지 않고 갚는 반면, 자신에게 눈 한번 부릅뜬 사소한 원한까지도 갚으려는 사람이었다.

어떤 사람이 공명에게 일러바치기를: "효직(孝直: 법정)의 횡포가 너무 지나치니 좀 야단쳐서 주의를 주십시오."

공명 曰: "지난날 주공께서 어렵게 형주를 지키고 있을 때 북쪽으로는 조조를 무서워하고 동으로는 손권을 두려워하셨는데, 마침내 효직의 도움으로 날개를 활짝 펴고 비상하게 되시어 다시는 남의 압제를 받지 않게 되었소이다. 그런데 이제 와서 효직이 그런 사소한 일까지 행동을 금하게 어찌 할 수 있겠소이까?"

공명이 자신의 그런 행동을 불문에 부친 이야기를 전해들은 법정은 스스로 자신의 행동을 고치게 되었다.

하루는 현덕이 공명과 한담을 나누고 있는데 운장이 황금과 비단을 하사해 주신 일로 사례하기 위해 관평을 보내왔다고 보고가 들어왔다.

현덕이 그를 불러들이니 관평이 절을 하고 서신을 올리며 말하기를:

"부친은 마초의 무예가 남다르다는 것을 알고 서천에 와서 한번 겨뤄보고 싶다며 백부님께 한번 여쭤보라고 하셨습니다."

현덕은 크게 놀라며 말하기를: "만약 운장이 촉에 들어와서 맹기(孟起: 마초)와 무예를 겨룬다면 두 사람이 비길 수는 없는 일 아니오!"

공명 曰: "걱정하실 필요 없습니다. 제가 글을 써서 보내겠습니다."

현덕은 운장의 성미가 급한 것을 잘 알기 때문에 곧바로 공명에게 글을 쓰도록 하여 관평에게 밤낮 가리지 말고 형주로 돌아가라고 일렀다.

관평이 형주로 돌아오자마자 운장이 묻기를: "내가 마맹기와 겨뤄보고 싶다는 말을 전했느냐?"

관평 曰: "군사(軍師)께서 주신 글이 여기 있습니다."

운장이 서신을 열어보니 그 내용은:

"장군께서 맹기와 무예를 겨뤄보고 싶다 하셨는데, 이 양(亮) 생각에는 비록 맹기의 용맹이 남들보다 출중하기는 하나 역시 경포(鯨布)나 팽월(彭越)의 무리[8]에 불과하니 마땅히 익덕과 그 실력을 다툴 수는 있어도 미염공(美髥公)의 뛰어난 용맹(絕倫·超群)에는 미치지 못할 것이오.

지금 공은 형주를 지키고 계시니 그 책임 또한 막중합니다. 만약 서천에 오셨다가 형주라도 잃게 된다면 그 보다 더 큰 죄가 어디 있겠소. 부디 깊이 살피시기 바라오."

운장은 서신을 읽고 나서 자신의 수염을 쓰다듬으며 기분 좋게 웃으며 말하기를: "공명은 역시 내 마음을 알아주는군!"

그러고는 그 서신을 함께 앉아 있던 손님들에게 보여 주었으며 서천에

---

8 두 사람 모두 한고조 유방의 맹장임. 역자 주.

갈 마음을 접었다.

한편 동오의 손권은 현덕이 서천을 삼키고 유장을 공안(公安)으로 쫓아 보냈다는 소식을 듣고 곧바로 장소와 고옹을 불러 상의하기를: "애당초 유비가 나에게 형주를 빌릴 때 서천을 취하면 곧바로 형주를 돌려주겠다고 했소. 이제 그들이 파촉(巴蜀) 41개 주(州)를 얻었으니 우리는 반드시 한상(漢上)의 여러 군(郡)들을 돌려받아야 하오. 만약 저들이 돌려주지 않는다면 즉시 군사를 일으켜 되찾을 것이오."

장소 曰: "우리 동오는 이제야 겨우 안정되었는데 지금 군사를 일으켜서는 안 됩니다. 제게 한 가지 계책이 있으니, 유비로 하여금 두 손으로 형주를 받들어 주공께 비치게 하겠습니다."

이야말로:

서촉에선 바야흐로 새 날이 열리는데	西蜀方開新日月
동오는 또 다시 옛 산천 찾으려 하네	東吳又索舊山川

그 계책이 무엇인지 궁금하거든 다음 회를 기대하시라.

제 66 회

관운장은 칼 한 자루 쥐고 연회에 가고
복 황후는 나라 위해 제 목숨을 버리다

關雲長單刀赴會

伏皇后爲國捐生

손권이 형주를 되돌려 받으려 하자 장소가 계책을 올리기를: "유비가 의지하는 자는 제갈량뿐이고 그의 형 제갈근이 지금 우리 동오에서 벼슬을 하고 있습니다. 그의 가솔들을 모두 잡아 가둔 다음, 제갈근을 서천으로 보내 그의 아우에게 알려 유비에게 형주를 돌려주도록 권하게 하고 만약 형주를 돌려주지 않으면 그 화가 모두 우리 가솔들에게 미칠 것이라고 호소하면, 재갈량은 형제간의 정을 생각해 반드시 응할 것입니다."

손권 曰: "제갈근은 성실한 군자인데 어찌 차마 그의 가솔들을 잡아 가둘 수가 있겠소?"

장소 曰: "이것은 단지 하나의 계책일 뿐이라고 분명히 알려주면 그도 자연히 마음을 놓을 것입니다."

손권은 그의 말에 따라 제갈근의 가솔들을 모두 거짓으로 부중에 감금해 두고 제갈근에게 서신을 주어 서천으로 보냈다.

며칠 안 되어 성도에 도착한 제갈근은 먼저 사람을 현덕에게 보내 자신이 왔음을 알렸다.

현덕이 공명에게 묻기를: "형님께서 무슨 일로 여기에 오셨을까요?"

공명 曰: "형주를 되찾으러 오셨을 것입니다."

현덕 曰: "내가 무어라 답하면 되겠소?"

공명 曰: "그저 여차여차하시면 됩니다."

이렇게 말을 맞춘 다음 공명은 성을 나가 형님을 맞아들였다. 그런데 공명은 형님을 자신의 집으로 모시는 것이 아니라 곧장 빈관(賓館)으로 안내했다.

서로 인사를 마치자마자 제갈근은 대성통곡을 하는 것이 아닌가!

제갈량 曰: "형님! 오랜만에 만났는데 무슨 일이십니까? 말씀을 하실 일이지 어찌 이렇게 슬피 우십니까?"

제갈근 曰: "내 가족들은 이제 모두 끝장이로구나!"

제갈량 曰: "형주를 돌려받지 못해서 그러는 것이 아닙니까? 이 아우 때문에 형님의 가솔들이 잡혀있다니 제 마음인들 편하겠습니까! 하지만 형님께선 너무 걱정하지 마십시오. 이 아우에게 형주를 돌려드리게 할 계책이 있습니다."

그 말을 들은 제갈근은 크게 기뻐하며 즉시 공명과 함께 들어가서 현덕을 뵙고 손권의 서신을 바쳤다.

서신을 본 현덕이 버럭 화를 내며 말하기를: "손권은 자신의 누이를 내게 시집보내 놓고 내가 형주를 비운 사이 몰래 빼내 갔으니 이는 인간의 정리(情理)로는 도저히 용납할 수 없는 일이 아닌가! 내 마침 서천의 군사를 일으켜 강남으로 쳐내려가서 원한을 갚으려는 참인데, 도리어 형주를 되돌려 받을 생각을 하고 있다는 말인가!"

공명이 땅에 엎드려 울면서 말하기를: "오후(吳侯)가 제 형의 가솔들을 모조리 잡아 가두어 놓았는데 만약 형주를 되돌려주지 않으면 형님 일가는 모두 죽임을 당하고 말 것입니다. 형님이 죽고 저 양(亮)이 홀로 어찌 살아갈 수 있겠습니까? 주공께서는 제발 제 얼굴을 봐서라도 형주를 동오에 돌려주시고 저희 형제간의 정을 온전하게 해 주십시오."

공명이 두 번 세 번 빌었지만 현덕이 그의 청을 들어주지 않자 공명은 마침내 울면서까지 청했다.

현덕이 마지못해 말하기를: "사정이 그리되었다니 내 군사의 체면을 봐서 형주의 절반을 되돌려 주겠소. 장사(長沙)·영릉(零陵)·계양(桂陽) 세 군(郡)을 그들에게 주겠소."

제갈량 曰: "기왕 허락하신 일이니, 곧바로 서신을 쓰셔서 운장에게 보내 세 군을 떼어 주도록 하시지요."

현덕 曰: "내가 서신을 써드릴 테니 자유(子瑜: 제갈근)께서 형주에 가시거든 내 아우 관우에게 좋은 말로 잘 말해보시오. 내 아우는 원래 성미가 불같아서 나도 항상 눈치를 봐서 말하는 처지이니 그의 신경을 거슬리지 않게 잘 말씀하셔야 합니다."

현덕이 써준 글을 받아 든 제갈근은 현덕에게 하직 인사를 하고 공명과 작별한 뒤 형주로 떠났다.

제갈근이 형주에 도착하자 운장이 그를 중당(中堂)으로 모셨다.

둘이서 손님과 주인으로서 자리를 잡고 서로 인사를 마치자 제갈근은 현덕의 서신을 내놓으며 말하기를: "황숙께서 이미 세 개 군을 동오에 돌려주겠다고 허락하셨으니 바라건대 장군께서 즉시 그 땅을 떼어 주셔야 제가 돌아가서 우리 주군을 뵐 면목이 서겠습니다."

운장의 얼굴색이 변하며 말하기를: "내가 우리 형님과 도원결의를 할 때 한(漢) 황실을 일으켜 바로 세우기로 맹세를 하였소. 형주는 원래 대한(大漢)의 강토이거늘 한 치의 땅이라도 어찌 남에게 함부로 내어줄 수 있단 말이오? '장수가 밖에 있을 때에는 비록 임금의 명이라 하더라도 거역할 수 있다(將在外, 君命有所不受).'고 하였소. 아무리 형님의 서신을 가지고 왔다고 하더라도 나는 결코 그 땅을 돌려줄 수 없소."

제갈근 曰: "지금 오후(吳侯)가 제 가솔들을 모조리 잡아 가두어 놓았소. 만약 형주의 반이라도 돌려받지 못하면 그들은 모두 죽게 될 것이니 제발 장군께서 저를 가엽게 여겨 주시오."

운장 曰: "그건 모두 오후가 우리를 속이려는 술책인데 내가 그런 꾀에 속아 넘어갈 것 같소?"

제갈근 曰: "장군은 어찌 사람의 체면을 봐주지 않고 그리 막무가내시오?"

운장은 손에 칼을 잡고 말하기를: "더 이상 말하지 마시오. 이 칼은 사람의 체면을 알아보지 못하오!"

옆에서 보다 못한 관평이 고하기를: "군사(軍師)의 얼굴 뵙기가 민망하니 부친께서는 노여움을 푸십시오."

운장 曰: "군사의 체면을 생각하지 않았다면 그대를 동오로 돌아가지도 못하게 했을 것이오."

형주 땅 절반이라도 돌려받을 희망을 갖고 운장을 만나러 갔다가 잔뜩 수모만 당한 제갈근은 서둘러 배에 올라 다시 공명을 만나러 서천으로 갔다. 그러나 공명은 지방 순찰을 가고 성도에 없었다. 제갈근은 하는 수 없이 다시 현덕을 만나 뵙고 울면서 운장이 도리어 자신을 죽이려 했던 일을 고했다.

현덕 曰: "내 아우의 성미가 워낙 급해서 함께 이야기하기가 매우 어렵소. 자유는 일단 동오로 돌아가 계시오. 내가 동천(東川)의 한중(漢中) 여러 군(郡)을 얻게 되면 운장을 그리 보내 지키게 할 것이니, 그때 형주를 돌려드리겠소이다."

제갈근은 어쩔 수 없이 빈손으로 동오로 돌아가 손권에게 그동안 있었던 일들을 자세히 이야기했다.

손권이 크게 화를 내며 말하기를: "자유가 이번에 쓸데없이 이리저리 왔다 갔다 하게 만든 것은 혹시 제갈량의 꾀가 아니오?"

제갈근 曰: "아닙니다. 제 아우 역시 현덕 앞에서 울면서 사정하여 겨우 세 개 군을 먼저 돌려받기로 허락받은 것인데 운장이 완강히 거부하는 바람에 어쩔 수가 없었습니다."

손권 曰: "기왕에 유비가 세 개 군을 돌려주겠다고 말을 했다니, 장사·영릉·계양 세 곳에 우리 관원을 보낸 다음, 당분간 저들이 어떻게 나오는지 두고 보면 어떻겠소?"

제갈근 曰: "주공께서 말씀하신 대로 하시는 게 좋겠습니다."

손권은 제갈근의 가솔들을 모두 풀어 주어 집으로 돌아가도록 하고, 관원들을 세 군으로 부임시켰다.

그런데 세 군으로 보냈던 관리들이 하루도 지나지 않아 모두 쫓겨 돌아와 손권에게 보고하기를: "관운장이 아예 우리를 받아들이려고 하지 않았습니다. 그날 밤 안으로 동오로 돌아가라고 하면서 조금이라도 꾸물거리면 바로 죽이겠다고 했습니다."

몹시 화가 난 손권은 즉시 노숙을 불러오도록 하여 그를 꾸짖기를: "지난날 유비가 우리 형주를 빌릴 때 자경(子敬: 노숙)이 보증을 서지 않았소? 이제 유비는 이미 서천을 얻고도 형주를 돌려줄 생각을 하지 않고 있는데 보증을 섰던 자경은 그냥 가만히 앉아서 구경만 할 작정이오?"

노숙 曰: "제가 이미 한 가지 계책을 생각해 놓았는데 마침 주공께 말씀드리려던 참이었습니다."

손권 曰: "그게 어떤 계책이오?"

노숙 曰: "군사를 육구(陸口)에 주둔시켜 놓고 사람을 관운장에게 보내 연회에 초청하는 것입니다. 만약 그가 온다면 좋은 말로 타이르되 듣지 않을 때는 미리 매복해둔 도부수로 죽여 버리는 겁니다. 불러도 순순히 그가 오지 않으면 즉시 군사를 이끌고 쳐들어가서 결판을 내고 형주를 빼앗으면 됩니다."

손권 曰: "나도 그렇게 생각하고 있었소. 즉시 그대로 하시오."

그때 감택(闞澤)이 나서며 말하기를: "아니 됩니다. 관운장은 천하가 다 아는 범 같은 장수인데, 어설프게 일을 꾸몄다가 계획대로 잘 처리되지 않으면 오히려 그에게 해를 당할 수도 있습니다."

손권이 화를 내며 말하기를: "그렇다면 어느 세월에 형주를 얻는단 말인가!"

손권은 노숙에게 속히 그 계책을 실행하라고 명했다.

이에 노숙은 손권에게 하직 인사를 하고 곧바로 육구로 가서 여몽과 감녕 등을 불러 상의했다. 육구 영채 밖에 있는 임강정(臨江亭) 위에 연회 자리를 마련하고, 언변이 좋은 자를 사자로 뽑아 그에게 관운장을 초대하는 서신을 가지고 배를 타고 강을 건너가게 했다.

강어귀를 지키던 관평이 사자에게 온 까닭을 물어보고 그를 형주로 데리고 들어가서 운장에게 노숙이 연회에 초대하는 뜻을 말하고 가지고 온 서신을 바쳤다.

서신을 다 읽어 본 운장이 그 사자에게 말하기를: "자경이 나를 초청했으니 내일 내가 연회에 참석하러 갈 것이다. 그대는 먼저 돌아가 내 뜻을 전하라."

사자가 하직 인사를 하고 떠났다.

관평 曰: "노숙이 초청한 것은 절대로 호의가 아닌데 부친께서는 어째서 허락하신 겁니까?"

운장이 웃으며 말하기를: "내 어찌 그걸 모르겠느냐? 제갈근이 돌아가서 손권에게 내가 세 군을 돌려주지 않는다고 보고했을 것이고, 손권은 노숙을 시켜 육구에 군사를 주둔시켜 놓고 연회를 핑계로 나를 오라고 하여 그 자리에서 무슨 수작을 부려 형주를 찾아보려는 속셈이겠지. 내가 만약 가지 않으면 나를 겁쟁이라고 할 것 아니냐. 내일 작은 배 한 척에 따르는 자 10여 명만 데리고 칼만 한 자루 들고 가서 노숙이 내 옆에서 무슨 수작을 부리는지 한번 봐야겠다."

관평이 간하기를: "부친께서는 어찌 귀하신 몸으로 위험한 줄 뻔히 알면서 그런 호랑이 굴속으로 들어가시려 하십니까? 이는 백부께서 맡기신 중책을 가벼이 여기는 것 같아 저는 두렵습니다."

운장 曰: "나는 수천수만의 창칼이 춤추고 화살이 비 오듯 쏟아지는 싸움터에서도 필마단기로 무인지경을 지나듯 휘젓고 다녔는데, 어찌 강동의 쥐새끼 같은 무리들을 두려워하겠느냐!"

마량 역시 간하기를: "비록 노숙이 장자(長者)의 풍도(風度)를 지녔다 해도 지금과 같은 급한 상황에서는 딴 마음이 생기기 마련이니 장군께서는 가벼이 움직여서는 안 됩니다."

운장 曰: "옛날 전국시대 조(趙)나라의 인상여(藺相如)는 닭 한 마리 묶을 힘도 없었지만 민지(澠池)의 연회에서 진(秦)나라의 군신(君臣)들을 아무런 거리낌도 없이 대했소. 하물며 만인의 적을 상대하는 법을 배운 내가 아니오! 내 이미 허락했으니 신의를 잃을 수는 없지 않소."

마량 曰: "장군께서 가시더라도 마땅히 대비를 해야 합니다."

운장 曰: "그러면 내 아들에게 빠른 배 열 척에 수군 5백 명을 선발해 강 위쪽에 대기하고 있다가 내가 깃발을 들어 올리는 신호가 있으면 곧바로 강을 건너오도록 해라."

명을 받은 관평은 즉시 준비하러 나갔다.

한편 육구로 돌아간 사자가 노숙에게 운장이 흔쾌히 승낙하여 내일 꼭 오겠다고 했다는 보고를 올렸다.

노숙은 여몽과 상의하기를: "관운장이 온다는데 이제 어찌하면 좋겠소?"

여몽 曰: "그가 만약 군사를 데리고 오면 제가 감녕과 각자 한 무리의 군사를 이끌고 가서 강기슭에 매복해 있다가 포 소리를 신호로 나가 무찌르도록 준비하겠습니다. 그가 만약 군사를 데리고 오지 않으면 정원 뒤에 도부수 50명을 숨겨 놓았다가 연회 도중 죽여 버리십시오."

이렇게 계책은 정해졌다.

다음 날 노숙은 사람을 보내 강기슭에서 멀리 살펴보도록 했다. 진시(辰時: 오전 7시에서 9시)가 지나자 강물 위로 배 한 척이 나타났다. 뱃사공은 몇 명밖에 보이지 않고 깃발 하나가 바람에 펄럭이는데 그 깃발에는 '관(關)' 자가 크게 씌어 있다.

배가 점점 강기슭에 다가올 때 보니 운장이 머리에는 청색 두건을 쓰고 몸에는 초록색 전포를 입고 배 위에 앉아 있고 그 곁에는 주창(周倉)이 큰 칼을 받들고 있으며 그 밖에 관서(關西) 출신의 기골이 장대한 군사 8~9명이 각기 허리에 칼을 차고 있었다.

노숙은 한편으로는 놀라고, 또 한편으로는 의아해하면서 그를 맞이하여 정원 안으로 들어갔다. 서로 인사를 나누고 자리에 마주 앉아 술을 마시는데, 노숙은 잔을 들어 술을 권하면서도 감히 운장의 얼굴을 똑바로 쳐다보지 못했다. 운장은 그저 태연하게 웃고 이야기 하며 즐겁게 술을 마실 뿐이다.

술이 반쯤 오르자, 노숙이 말하기를: "군후(君侯)께 한 가지 드릴 말씀이 있습니다. 지난날 형님 되시는 유 황숙께서 형주를 잠시 빌려 머물러 있으려고 하니 저더러 우리 주공 앞에서 보증을 서 달라고 하시면서, 서천을 취하면 즉시 돌려주겠다고 약속하시었소. 지금 이미 서천을 얻었음에도 형주를 돌려주지 않고 있으니, 이는 신의를 저버린 게 아니고 무엇이겠소?"

운장 曰: "이는 나라의 일이니 이런 술자리에서 논할 일이 아니오."

노숙 曰: "우리 주공께서 얼마 되지 않는 강동 땅에 계시면서도 기꺼이 형주를 빌려드린 것은 군후 등이 싸움에 패해 멀리까지 오셔서 발부칠 곳이 없었기 때문이었소. 그런데 이제 황숙께서 익주를 얻으셨으니 형주는 마땅히 돌려주셔야 합니다. 그래서 황숙께서는 먼저 세 군만이라도 떼어주겠다고 하셨는데, 군후께서는 그마저도 따르지 않으시니 이는 이치상으로도 맞지 않습니다."

운장 曰: "오림(烏林: 적벽)의 싸움에서 좌장군(左將軍: 현덕)께서 몸소 화살과 돌을 무릅쓰고 힘을 합쳐 적을 무찔렀는데, 어찌 고생만 하고 한 치의 땅도 차지할 수 없단 말인가? 그대는 그 땅마저 다시 찾겠다는 말인가?"

노숙 曰: "그렇지 않소이다. 군후께서는 원래 황숙과 함께 장판파(長坂坡)에서 크게 패하여 어떤 방법과 수단도 없어(計窮力竭) 멀리 달아나려고 할 때 우리 주공께서 의지할 곳 없는 황숙의 처지를 딱하게 여겨 땅을 아끼지 않고 발붙일 수 있게 빌려주어 훗날을 도모하실 수 있도록 하셨던 것입니다.

그런데 이제 황숙께서는 지금까지 쌓은 덕을 스스로 훼손하고, 우리 동오와의 좋은 사이를 허물어가며 이미 서천을 얻으셨음에도 여전히 형주를 차지하고 계신 것은 탐욕에 가득 차 의리를 져버리는 일입니다. 실로 천하의 비웃음을 사게 될까 두렵습니다. 군후께서는 부디 이 점을 살피셔야 합니다."

운장 曰: "이는 모두 형님께서 알아서 하실 일이지 내가 관여할 바가 아니오."

노숙 曰: "제가 알기로 군후와 황숙은 도원에서 결의하실 때 생사를 같이하기로 맹세하셨다 들었습니다. 그렇다면 황숙이 곧 군후가 아닙니까? 어찌 그런 핑계를 대십니까?"

운장이 미처 대답하기도 전에 계단 아래 있던 주창이 사납게 외치기를: "천하의 땅은 오직 덕이 있는 자가 차지할 뿐이오. 어찌 당신네 동오만이 땅을 차지할 수 있단 말이오?"

운장은 갑자기 얼굴색이 변하면서 벌떡 자리에서 일어나더니 주창이 갖고 있던 큰 칼을 빼앗아 들고 정원 가운데 서서 주창에게 눈짓을 하며 꾸짖기를: "이것은 나라의 일이거늘 네가 어찌 감히 함부로 끼어드느냐! 당장 물러가거라!"

주창은 그 뜻을 알아차리고 먼저 강기슭으로 나가 붉은 깃발을 흔들었다. 관평의 배가 화살처럼 강 동쪽으로 달려왔다.

운장은 오른손에 큰 칼을 들고 왼손으로는 노숙의 손을 잡아끌면서 술에 취한 체 말하기를: "공이 오늘 나를 연회에 초청한 만큼 형주 일은 더 이상 꺼내지 마시오. 나는 지금 잔뜩 취해 있으니 옛정이나 상하지 않을까 두렵소이다. 다음에 내가 형주에서 공을 초청하여 연회를 베풀 테니 그때 다시 상의합시다."

노숙은 넋이 나간 채 운장에 의해 강기슭까지 끌려갔다.

여몽과 감녕이 각기 군사를 이끌고 나서려고 했지만 운장이 큰 칼을 손에 쥐고 노숙을 끌고 가는 것을 보고는 혹시라도 노숙이 다칠까 염려되어 감히 움직일 수 없었다.

운장은 배 근처에 와서야 비로소 노숙의 손을 놓아주며 곧바로 배에 오른 뒤 노숙과 작별했다.

노숙은 정신이 나간 사람처럼 멍하니 서서 관공의 배가 바람을 타고 떠나가는 것을 그저 바라만 보고 있었다.

후세 사람이 관공을 찬탄하여 시를 지었으니:

동오의 신하들을 어린애처럼 얕보고	藐視吳臣若小兒
칼 한 자루로 연회에 가서 능욕하니	單刀赴會敢平欺
그 당시 차원 높은 영웅스런 기개는	當年一段英雄氣
민지에서 상여의 그것보다 뛰어났네	尤勝相如在澠池

운장이 형주로 돌아가 버린 뒤 노숙은 여몽과 상의하기를: "이 계책도 실패하고 말았으니, 이제 어쩌면 좋겠소?"

여몽 曰: "즉시 주공께 보고드리고 군사를 일으켜 운장과 결판을 내야 하지 않겠습니까?"

노숙은 즉시 사람을 보내 손권에게 보고했다. 보고를 받은 손권은 몹시 화를 내며 온 나라의 모든 군사들 동원하여 형주를 치러가는 문제를 상의했다.

그때 급보가 들어오기를: "조조가 또 30만 대군을 일으켜 쳐들어오고 있습니다."

크게 놀란 손권은 노숙에게 일단 형주의 군사는 건드리지 말고 군사를 합비(合淝)와 유수(濡須)로 옮겨서 조조를 막으라고 지시했다.

한편 조조가 남정(南征)을 위해 군사를 일으키려 하는데 참군(參軍) 부간(傅幹: 자는 언재彦材)이 글을 올려 간하였다. 그 내용은:

"제가 알기로 무력(武)을 쓰려면 먼저 위엄(威)을 갖춰야 하고, 문(文)

을 행하려면 먼저 덕(德)을 쌓아야 하니, 위엄과 덕이 잘 어우러져야 비로소 왕업(王業)을 이룰 수 있다 했습니다.

지난날 천하가 크게 어지러울 때 명공께서는 무로써 그들을 물리쳐 열에 아홉을 평정하였는데 아직도 왕명을 받들지 않은 자는 오와 촉뿐입니다. 그런데 오는 장강이라는 험한 요새가 놓여있고 촉은 숭산(崇山)이 가로막고 있어 저들을 위엄으로 이기기는 어렵습니다.

저의 어리석은 소견으로는 우선 문덕(文德)을 닦으시고 싸움을 중지하시어 군사를 쉬게 하고 선비를 양성하여 때를 기다렸다가 움직이시는 것이 좋을 듯합니다.

지금 수십 만의 군사를 일으켜 장강 물가에 주둔시켜 놓았다가 적이 만약 그 험한 요새에 기대어 깊이 숨어 우리의 군사로 하여금 그 능력을 발휘하지 못하게 한다면 기이한 전술과 계책도 쓸 수 없게 되고 다만 하늘같은 주공의 위엄만 손상하게 될 것입니다. 부디 주공께서는 깊이 살피시기를 바랍니다."

이 글을 보고 난 조조는 마침내 남정의 뜻을 접고 학교를 세우고 문사들을 초빙하여 예우했다. 이에 시중(侍中) 왕찬(王粲)·두습(杜襲)·위개(衛凱)·화흡(和洽) 등 네 사람은 조조를 높여서 위왕(魏王)으로 모시자고 주장했다.

중서령(中書令) 순유 曰: "아니 되오. 승상은 이미 위공(魏公)으로 오르신 데다 구석(九錫)까지 영예를 더하여 지위가 이미 극에 달하셨는데, 이제 다시 왕위까지 오르시는 것은 도리상 불가하오."

조조가 그의 말을 듣고 화를 내며 말하기를: "이 사람이 순욱을 본받겠다는 것인가!"

조조의 말을 전해들은 순유는 근심과 울화로 병이 생겨 드러누운 지

10여 일 만에 세상을 떠나니 이때 그의 나이 58세였다. 조조는 순유의 장례를 후하게 치러주고 결국 자신을 위왕으로 삼으려는 논의를 중지하게 했다.

하루는 조조가 칼을 차고 궁에 들어가니 마침 헌제와 복황후가 함께 앉아 있었다. 조조가 오는 것을 본 복황후가 황급히 자리에서 일어났다. 헌제도 무서워서 벌벌 떨었다.

조조 曰: "손권과 유비가 한 지역씩을 차지하고 있으면서 조정의 명을 거스르고 있는데, 이들을 어찌하면 좋겠습니까?"

황제 曰: "모든 일은 위공이 알아서 처리하시오."

조조가 화를 내며 말하기를: "폐하께서 늘 그리 말씀하시니 바깥사람들은 모두 이 조조가 임금을 기망한다고 하지 않습니까!"

헌제 曰: "승상이 나를 보좌해 주려 한다면 매우 다행한 일이지만 그렇지 않으면 제발 은혜를 베풀어 나를 그냥 내버려 두시오!"

그 말을 들은 조조는 성난 눈으로 헌제를 노려보고 밖으로 나가 버렸다.

그때 좌우의 누군가 황제에게 아뢰기를: "근자에 들으니 위공이 스스로 왕이 되려고 하는데 머지않아 황위까지 찬탈하려 할 것입니다."

헌제와 복 황후는 슬피 울었다.

황후 曰: "첩의 아비 복완(伏完)은 늘 조조를 죽일 생각을 하고 계시니, 제가 은밀히 서찰 한 통을 써서 아비에게 주어 그를 도모하도록 하겠습니다."

헌제 曰: "지난날 동승(董承)이 같은 일을 꾸몄으나 치밀하지 못해 도리어 조조에게 큰 화를 당하고 말았소(제 32회 참고). 이번에도 그랬다가 누설되어 일이 잘못된다면 짐과 그대는 모두 끝장이오."

황후 曰: "하루하루가 늘 바늘방석에 앉아 있는 것 같습니다. 이렇게 사느니 차라리 일찍 죽는 편이 낫겠습니다. 신첩이 보기에 환관들 가운데 충의(忠義)가 있어 이 일을 시킬만한 이로는 목순(穆順)만한 사람도 없을 것 같습니다. 그에게 서찰을 전하게 하겠습니다."

그러고는 즉시 목순을 들게 하고 좌우의 근시(近侍)들을 모조리 물린 뒤 목순을 병풍 뒤로 데리고 들어갔다.

헌제와 복 황후가 펑펑 눈물을 흘리며 당부하기를: "역적 조조가 스스로 왕이 되려고 한다니, 머지않아 이 제위도 찬탈하려 할 것이다. 짐이 황후의 부친 복완을 시켜 역적을 치게 하려는데 주위가 모두 역적의 심복들이라 이 일을 맡길만한 자가 없다. 이제 그대에게 황후의 밀서를 줄 테니 은밀히 복완에게 전하라. 그대의 충의를 믿으니 그대는 짐을 저버리지 않으리라!"

목순이 울며 말하기를: "신은 폐하의 대은(大恩)을 입었사온데 어찌 감히 죽음으로써 보답하지 않겠나이까! 신은 즉시 달려가겠나이다!"

황후는 마침내 밀서를 써서 목순에게 주었다. 목순은 그 글을 머리카락 속에 숨기고 몰래 궁을 빠져나왔다. 곧바로 복완의 집으로 간 목순은 그 밀서를 복완에게 바쳤다.

복 황후의 친필임을 확인한 복완은 목순에게 말하기를: "조조 역적 놈의 심복이 너무 많아 이 일을 급히 도모할 수는 없소. 강동의 손권과 서천의 유비가 두 곳에서 군사를 일으키면 조조는 틀림없이 그들을 막으러 직접 갈 것이오. 내 그 틈을 타서 조정의 충의로운 신하들과 함께 이 일을 도모하여 안팎으로 조조를 협공해야만 이 뜻을 이룰 수 있을 것이오."

목순 曰: "황장(皇丈: 황제의 장인)께서는 황제와 황후께 글을 올려 비밀 조서를 내려달라고 하십시오. 그런 다음 오와 촉 두 곳에 몰래 사람을 보내 군사를 일으켜 역적을 치고 천자를 구하겠다는 약속을 받으십시오."

복완은 즉시 종이를 꺼내 서신을 써서 목순에게 주었다.

목순은 그것을 상투 속에 감추고 복완에게 하직 인사를 하고 궁으로 돌아왔다.

그러나 이러한 일은 누군가 이미 조조에게 다 일러바쳤으니 목순이 궁으로 돌아오는 것을 조조가 궁궐 문에서 기다리고 있는 것이 아닌가!

조조가 묻기를: "어디 갔다 오는 것이냐?"

목순이 대답하기를: "황후께서 병이 나셔서 의원을 부르러 갔다 오는 길입니다."

조조 曰: "의원은 어디 있느냐?"

목순 曰: "아직 오지 않았습니다."

조조는 좌우에 명하여 그의 몸을 수색하게 하였으나 아무것도 나오지 않아 그냥 보내 주었다. 그때 갑자기 바람이 불어 목순의 관모가 날려 땅을 뒹굴었다. 조조가 다시 그를 불러 떨어진 관모를 주어서 손에 들고 두루 살펴보았지만 역시 아무것도 발견할 수 없었다. 조조는 관모를 돌려주며 다시 쓰게 했다.

목순이 두 손으로 받아 든 관모를 쓴다는 게 그만 거꾸로 쓰고 말았다. 의심이 든 조조가 좌우에 명하여 그의 상투 속을 수색하게 하여 마침내 복완의 밀서를 찾아냈다. 조조가 보니 손권·유비와 결탁하여 밖에서 호응하도록 하겠다는 내용이었다.

몹시 화가 난 조조가 목순을 밀실에 가둬 놓고 심문하고 문초했지만, 목순은 결코 자백하지 않았다.

조조는 그날 밤 무장한 군사 3천명을 거느리고 복완의 집을 에워싸고 남녀노소 가리지 않고 모두 잡아들인 다음 집안을 샅샅이 뒤져 마침내 복 황후의 친필 밀서를 찾아냈다. 그리고 복씨의 삼족(三族)을 모조리 잡아들여 하옥시켰다.

날이 밝자 조조는 어림장군(御林將軍) 치려(郗慮)에게 부절(符節)[9]을 주고 궁으로 들어가서 먼저 황후의 새수(璽綬: 옥새와 인수)를 회수하도록 명했다.

이날 외전(外殿)에 머물고 있던 헌제는 어림장군 치려가 무장병 3백 명을 이끌고 들어오는 것을 보고 묻기를: "무슨 일이 있는가?"

치려 曰: "위공의 명을 받들어 황후의 옥새를 거두러 왔나이다."

비밀이 새어나간 것을 안 헌제는 그만 심장과 간담이 터지는 듯 했다. 치려가 황후의 궁에 이르렀을 때 복 황후는 막 자리에서 일어나려는 참이었다.

치려가 곧바로 황후의 옥새와 인수를 관리하는 자를 불러 옥새를 빼앗아 나갔다. 복 황후는 일이 발각되었음을 알고 즉시 궁전 뒤의 초방(椒房)[10] 안의 벽 사이에 몸을 숨겼다.

잠시 후 상서령(尙書令) 화흠(華歆)이 무장병 5백 명을 이끌고 후궁에 들이닥쳐 궁녀에게 묻기를: "복 황후는 어디 있느냐?"

화흠은 군사들로 하여금 붉은 방문(朱戶)을 활짝 열어젖히고 샅샅이 찾아보았지만 보이지 않았다.

벽 속에 숨어 있을 것으로 짐작한 화흠은 군사들에게 벽을 부수라고 하여 그곳에 숨어 있던 복 황후를 찾아냈다.

화흠은 자신의 손으로 복 황후의 머리채를 잡아당겨 끌어냈다.

황후 曰: "제발 목숨만 살려 주시오."

---

9 명령을 집행하는 허가증. 역자 주.

10 후비后妃의 처소. 역자 주.

화흠이 꾸짖기를: “네가 직접 위공을 보고 사정해 보아라!”

황후는 머리가 풀어 헤쳐지고 맨발인 채 군사들에게 끌려 나갔다.

원래 화흠은 뛰어난 글재주로 일찍부터 이름이 높았으며 어려서는 병원(邴原)·관영(管寧)과 친하게 지냈는데, 당시 사람들은 이 세 사람을 가리켜 ‘한 마리의 용(一龍)’이라고 불렀다. 화흠이 용의 머리, 병원은 용의 배, 관영은 용의 꼬리라 했다.

하루는 관영이 화흠과 함께 채소밭에 씨를 뿌리며 호미질을 하다가 땅속에서 금덩어리를 발견했다. 관영은 호미질을 계속하면서 돌아보지도 않았는데 화흠은 그것을 집어 들고 한참을 보더니 던져 버렸다.

또 하루는 관영과 화흠이 함께 앉아 책을 읽고 있는데, 문밖에서 어떤 귀인(貴人)의 요란한 행차 소리가 들렸다. 관영은 그런 소리에도 전혀 움직임이 없이 단정히 앉아 있는데 화흠은 책을 내던지고 그 행차를 보러 나갔다.

이 일이 있은 후 관영은 화흠의 사람됨이 비루하다 여겨 자리를 갈라서 앉고 다시는 그와 벗으로 사귀지 않았다.

그 후 관영은 요동(遼東)으로 몸을 피해 살았으며 늘 흰 모자를 쓰고 누각에서 살며 발로 땅을 밟지 않고 죽을 때까지 벼슬에 나가지 않고 위(魏) 나라를 섬기지 않았다.

그러나 화흠은 먼저는 손권을 섬겼고, 후에는 조조에게 돌아가 마침내 복 황후를 자신의 손으로 잡아들이는 끔찍한 일을 저질렀던 것이다.

후세 사람이 화흠을 탄식하여 시를 지었으니:

그날 화흠이 부린 흉측한 짓거리 華歆當日逞兇謀
벽장을 부수고 복 황후 끌어냈네 破壁生將母后收

역적을 도와서 범에 날개 더하니 助虐一朝添虎翼
용머리 욕된 이름 천년간 비웃네 罵名千載笑龍頭

또한 관영을 칭찬하여 시를 지었으니:

요동에서 전해 오는 관영루라는 그 누각 遼東傳有管寧樓
사람은 가고 텅빈 누각에 이름만 남았네 人去樓空名獨留
가소롭구나 부귀만을 탐하였던 화흠이여 笑殺子愉貪富貴
어찌 흰 관모의 풍류 인사에 견주겠는가 豈如白帽自風流

화흠이 복 황후를 끌고 외전(外殿) 앞에 이르니 황제가 그를 보고 전각 아래로 내려와 황후를 끌어 안고 통곡했다.

화흠 曰: “위공께서 명령한 일이니 속히 가야 합니다!”

황후가 울면서 황제에게 말하기를: “다시는 살아서 폐하를 모실 수 없는 것입니까?”

황제 曰: “내 목숨도 언제 끝날지 알 수 없구려.”

무장한 군사들이 황후를 끌고 나가자 황제가 가슴을 치며 통곡하다가 옆에 있던 치려에게 말하기를: “치공, 천하에 어찌 이런 일이 있단 말이오!”

슬피 울던 황제가 땅바닥에 쓰러지니, 치려가 좌우에 명하여 황제를 부축하여 궁 안으로 모시게 했다. 화흠이 황후를 조조 앞으로 끌고 가니, 조조가 황후에게 꾸짖기를: “나는 성심으로 너희를 대해 주었는데 너희는 도리어 나를 해치려 했더냐? 내가 너를 죽이지 않으면 너는 틀림없이 나를 죽이지 않겠느냐!”

조조는 좌우에 호령하여 황후를 몽둥이로 마구 때려죽였다. 그리고 곧바로 궁으로 들어가서 복 황후 소생 두 명의 아들 모두를 독살해 버렸다.

그날 밤 조조는 또 복완과 목순의 일족 2백여 명을 모조리 저잣거리로 끌어내어 목을 베었다. 그걸 본 조정의 관료들은 물론이고 일반 백성들도 하나 같이 두려움에 떨지 않은 자가 없었으니 이때가 건안 19년(서기 214년) 11월의 일이다.

후세 사람이 이 일을 탄식하며 시를 지었으니:

조조처럼 잔악한 자 세상에 다시없다	曹瞞兇殘世所無
복완의 충의지심은 무엇 하려 했던가	伏完忠義欲何如
애달프다 황제 황후가 작별한 모습은	可憐帝后分離處
민간의 부부들만도 훨씬 못하게 되네	不及民間婦與夫

복 황후가 몽둥이로 맞아 죽은 뒤 헌제는 며칠 동안이나 음식을 입에 대지 못했다.

조조가 들어와서 말하기를: "폐하께선 조금도 걱정하지 마십시오. 신(臣)은 결코 다른 마음이 없습니다. 신의 여식이 이미 폐하의 귀인(貴人)이 되어 폐하를 모시고 있는데 매우 어질고 효심이 있으니 정궁(正宮: 황후)으로 삼도록 하십시오."

헌제가 어찌 감히 그의 말을 따르지 않을 수 있겠는가!

건안 20년 정월 초하루, 설날을 축하하는 자리에서 조조의 여식 조귀인은 정궁 황후로 책봉되었다. 그에 관해 감히 무슨 말을 할 수 있는 신하는 아무도 없었다.

그렇게 되니 조조의 위세는 날이 갈수록 심해졌다. 그는 대신들을 모아 놓고 오와 촉을 칠 일을 의논하는데, 가후가 말하기를: "이 일은 하후돈과 조인을 불러들인 뒤에 상의하시는 게 좋겠습니다."

조조는 즉시 사람을 보내 밤낮으로 달려가서 그들을 불러오도록 했다. 하후돈이 도착하기 전에 조인이 먼저 당도하여 그날 밤으로 부중으로 들어가 조조를 뵈려고 했는데 조조는 마침 술에 취해 누워 있고 허저가 칼을 잡고 당문(堂門) 안에 서 있었다. 조인이 들어가려고 하자 허저가 가로막았다.

조인이 크게 화를 내며 말하기를: "나는 승상의 일가이다. 네가 어찌 감히 나를 가로막는단 말이냐?"

허저 曰: "장군이 비록 친척이기는 하나, 지금은 나라의 한 지역을 지키는 관원이요. 나는 남이라도 지금 안에서 주공을 모시는 일을 하고 있소이다. 주공께서는 지금 취하시어 당상에 누워계시니 어느 누구도 들여보낼 수 없소이다."

조인은 결국 들어가지 못했다.

그 말을 들은 조조는 감탄하여 말하기를: "허저는 진정한 충신이로다!

며칠 후 하후돈이 당도하여 함께 정벌할 일을 의논하는데, 하후돈이 말하기를: "오와 촉의 정벌을 서두를 필요 없습니다. 우선 한중의 장로를 취한 다음에 승리한 군사를 이용하여 촉을 친다면 북소리 한 번에 이들을 평정할 수 있습니다."

조조 曰: "그것이 바로 내 생각이네!"

조조는 마침내 서쪽을 칠 군사를 일으켰다.

이야말로:

방금 흉악한 음모로 약한 주인 속이더니	方逞兇謀欺弱主
또다시 군사 휘몰아 변방을 치려고 하네	又驅勁卒掃偏邦

뒷일이 어찌 될지 궁금하거든 다음 회를 기대하시라.

제 67 회

조조는 장로를 공격해 한중을 평정하고
장료는 소요진에서 위엄을 크게 떨치다

曹操平定漢中地

張遼威震逍遙津

조조는 한중을 정벌하기 위해 군사를 세 부대로 나누었다. 전군의 선봉은 하후연과 장합이 맡고, 조조 자신은 여러 장수들과 함께 중군을 지휘하며 후군은 조인과 하후돈이 맡아서 군량과 마초 등의 운송을 담당하도록 했다.

정탐꾼이 이미 그 소식을 한중에 보고했다. 장로는 아우 장위(張衛)와 함께 적을 물리칠 계책을 의논했다.

장위 曰: "조조군을 막을 최적의 요새로 양평관(陽平關)만한 곳이 없습니다. 양평관 좌우의 산기슭에 기대어 10여 개의 영채를 세우고 조조의 군사들을 맞아 싸우면 됩니다. 형님은 한녕(漢寧)에 계시면서 군량과 마초나 넉넉히 공급해 주십시오."

장로는 그의 말에 따라 장위에게 대장 양앙(楊昻)과 양임(楊任)을 데리고 그날로 출발하도록 했다. 양평관에 도착한 장위의 군사들이 영채를 막 세우고 나자, 조조의 선봉인 하후연과 장합의 군사들이 이르렀다. 그들은 장위의 군사들이 이미 양평관에 와서 기다리고 있다는 말을 듣고 관에서 15리 떨어진 곳에 영채를 세웠다.

그날 밤 먼 길을 걸어 온 조조의 군사들이 피곤하여 모두 쉬고 있을 때 갑자기 영채 뒤에서 불길이 치솟으며 양앙과 양임의 군사들이 두 방면에서 영채를 습격했다. 하후연과 장합이 급히 말에 올랐으나 사방에서 대군이 쳐들어오니 조조의 군사들은 크게 패하고 후퇴하여 조조를 보았다.

조조가 화를 내며 말하기를: "너희 둘은 여러 해 동안 싸움터를 누빈 사람들인데, 군사들이 멀리 행군하여 피곤할 때는 적이 영채를 기습할 가능성이 많은 만큼 더 철저히 대비해야 한다는 것도 몰랐다는 말이냐? 어째서 아무 방비도 하지 않았느냐?"

조조는 즉시 두 장수의 목을 베어 군법을 확실히 보여 주려고 했다. 하지만 여러 장수들이 적극적으로 만류하여 그만두었다.

다음 날 조조는 직접 군사를 거느리고 맨 선두에 서서 앞으로 나아갔다. 양평관에 가까워지자 산세는 갈수록 험악해지고 수목이 울창하여 길도 분간하기 어려웠다. 이런 곳에 복병이 숨어있다가 기습을 한다면 속수무책일 것 같다는 두려움이 생기니 더 이상 전진하기에 겁이 났다.

결국 전진을 포기하고 군사를 돌려세웠다. 영채로 돌아온 조조는 허저와 서황 두 장수에게 말하기를: "내가 이곳이 이렇게 험악한 곳인 줄 미리 알았더라면 틀림없이 군사를 일으켜 여기까지 오지 않았을 것이다."

허저 曰: "이미 대군을 이끌고 이곳까지 왔는데 주공께서는 그 정도 번거로움은 감수하셔야 합니다."

다음 날 조조는 다시 말에 올라 허저와 서황 두 사람만 데리고 장위의 영채를 살피러 갔다. 세 필의 말이 산등성이에 돌아 장위의 영채를 바라볼 수 있는 곳까지 올라갔다.

조조가 채찍을 들어 멀리 가리키며 두 장수에게 말하기를: "저렇게 견고하게 쌓았으니 급습하기는 쉽지 않겠구나."

말이 끝나기도 전에 등 뒤에서 함성이 일면서 화살이 빗발치듯 쏟아졌다. 양앙과 양임이 양쪽에서 쳐들어온 것이다.

깜짝 놀란 조조가 당황하여 어찌할 바를 모르는데 허저가 크게 소리치기를: "적은 내가 막을 테니 서공명(徐公明: 서황)은 주공이나 잘 보호하시게!"

말을 마치자마자 서황은 칼을 휘두르며 말을 달려 앞으로 나가서 두 장수를 맞아 싸웠다. 양앙과 양임이 힘을 합쳐 허저를 공격했지만 허저의 용맹을 당해내지 못하고 말머리를 돌려 달아나니 나머지 병사들은 감히 앞으로 나설 엄두를 내지 못했다.

서황이 조조를 보호하며 산비탈을 내려오는데 전면에서 또 한 무리의 군사들이 달려왔다. 그러나 그들은 다행히 장합과 하후연이 데리고 온 군사들이었다. 그들은 함성 소리를 듣고 놀라서 지원하러 달려오는 중이었다. 이들 네 장수는 양앙과 양임의 군사를 물리치고 조조를 호위하며 영채로 돌아왔다. 조조는 네 장수들에게 큰 상을 내렸다.

이로부터 양쪽의 군사들은 큰 싸움 없이 서로 대치만 하였는데 벌써 50여 일이 지났다. 마침내 조조는 퇴군 명령을 내렸다.

가후 曰: "적의 세력이 어느 정도인지 조차도 잘 모르는데 주공께서는 어찌하여 스스로 군사를 물리려 하십니까?"

조조 曰: "내 생각에 적들이 튼튼한 요새에 숨어 방어만 하고 있으니 쉽게 쳐부수기가 어려울 것 같소. 내가 군사를 물리는 척 소문을 내어 적들의 경계를 느슨하게 한 다음 경기병(輕騎兵)들로 하여금 저들의 배후를 습격하게 한다면 승산이 있을 것이오."

가후 曰: "승상의 귀신같은 계책을 저희들이 헤아리지 못했습니다."

이리하여 조조는 하후연과 장합에게 각기 경기병 3천 명씩을 거느리고 두 길로 나누어 샛길을 이용하여 양평관 뒤쪽으로 가게 했다. 그리고 자신은 대군을 이끌고 영채를 모조리 거두어 물러갔다.

조조의 군사가 물러갔다는 보고를 들은 양앙은 양임에게 이 기세를 몰아 적들을 쫓아가 치자고 했다.

양임 曰: “조조는 매우 꾀가 많은 자이니 물러간 것이 참인지 거짓인지 아직 알 수 없습니다. 함부로 뒤쫓아서는 안 됩니다.”

양앙 曰: “공이 가지 않겠다면 나 혼자라도 갈 것이오!”

양임이 적극적으로 말렸지만, 양앙은 끝내 듣지 않았다. 양앙은 영채를 지키는 군사 일부만 남겨 두고 다섯 영채의 군사 대부분을 이끌고 조조의 군사를 추격하기 시작했다.

이날은 안개가 짙게 끼어 서로 대면해도 얼굴조차 알아볼 수 없을 정도였다. 양앙의 군사는 도저히 앞으로 더 나갈 수가 없어 도중에 추격을 멈추고 잠시 쉬었다.

한편 하후연은 경기병을 이끌고 산등성이 뒤쪽을 가까운 길로 가로질러 양평관 뒤로 가다가 안개는 자욱한데 멀지 않은 곳에서 사람들의 말소리와 말들의 콧바람 소리가 들려오자 복병이 있는 것으로 생각했다. 급히 군사들과 말들을 재촉해 그곳을 빠져나가는데 짙은 안개 속에서 그만 길을 잘못 들어 방금 전 양앙이 비우고 떠난 영채 앞쪽으로 나오고 말았다.

영채를 지키던 양앙의 군사들은 말발굽 소리를 듣고 자신의 군사들이 돌아온 줄 알고 영채의 문을 열고 그들을 맞이하였다.

조조의 군사들이 일시에 몰려 들어가 보니 영채가 텅 비어 있는 것이 아닌가! 그들이 곧바로 영채 안에 불을 지르니 다섯 영채를 지키던 양앙의 군사들은 모두 달아나 버렸다.

안개가 걷히자 양임이 군사를 거느리고 구원하러 달려왔다. 양임이 하후연과 맞서 싸운 지 불과 몇 합 만에 등 뒤에서 장합의 군사들이 몰려왔다. 전세가 불리해짐을 느낀 양임은 하후연과의 싸움을 포기하고 혈로를 뚫고 남정(南鄭)을 향해 달아났다.

양앙이 군사를 돌리려고 했을 때는 영채가 이미 하후연과 장합에게 점령당한 뒤였다. 게다가 등 뒤에서는 도망간 줄 알았던 조조의 군사들이 쫓아와서 양쪽에서 협공을 하자 사방 어디로도 도망 갈 길이 없었다. 어떻게든 포위를 뚫고 나가려던 양앙은 바로 장합과 맞닥뜨리고 말았다. 둘이 서로 맞붙어 싸웠지만, 양앙은 결국 장합의 손에 죽고 말았다.

패배한 양앙의 군사들이 양평관으로 돌아가 장위에게 보고하려고 하였으나 장위는 두 장수가 패해 달아나고 모든 영채가 적의 수중에 들어간 것을 이미 알고 한밤중에 관을 버리고 도망치고 없었다.

이리하여 조조는 마침내 양평관과 여러 영채들을 점령했다.

장위와 양임이 돌아가서 장로를 보았다. 장위가 먼저 장로에게 양앙과 양임 두 장수로 하여금 천혜의 요새인 중요한 길목을 지키도록 맡겼는데 그곳을 어이없이 잃은 탓에 양평관을 더 이상 지켜낼 수 없었다고 일러바쳤다.

화가 난 장로가 양임을 죽이려고 했다.

양임 曰: "제가 양앙에게 조조의 군사를 뒤쫓지 말라고 거듭 말렸음에도 그는 제 말을 들으려 하지 않았습니다. 그래서 이렇게 패한 것입니다. 제게 다시 한번 군사를 내어 주시면 나가서 조조의 목을 베어오겠습니다. 만약 이기지 못하면 그때 마땅히 군령을 받겠습니다."

장로는 그에게 군령장(軍令狀: 각서)을 받고 군사를 내주었다. 양임은 말에 올라 군사 2만 명을 이끌고 가서 남정에서 조금 떨어진 곳에 영채를 세웠다.

한편 대군을 거느리고 진격하려던 조조는 먼저 하후연에게 군사 5천 명을 이끌고 남정으로 가는 길을 정탐하도록 했다. 하후연은 출발한 지 얼마 안 되어 양임의 군사와 마주쳤다. 양쪽 군사들은 마주 보고 진을 벌였다.

양임은 부하 장수 창기를 내보내 하후연과 싸우도록 했다. 하지만 그는 채 3합도 싸우지 못하고 하후연의 칼에 맞아 말에서 떨어져 죽고 말았다. 그러자 양임이 직접 창을 꼬나들고 달려나와 하후연과 싸웠으나 30여 합이 지나도 승부가 나지 않았다. 하후연이 거짓으로 패한 체하고 달아났다. 양임은 그것이 계책인 줄 모르고 무조건 그 뒤를 추격했다. 그때 하후연이 타도계(拖刀計)를 써서 칼을 질질 끌며 달아나다 갑자기 몸을 뒤집으며 칼을 후려쳐 양임을 베어 말 아래로 떨어뜨리니 양임의 군사들은 크게 패하여 달아났다.

조조는 하후연이 양임을 베어 죽인 것을 알고 즉시 군사를 거느리고 앞으로 나아가 곧바로 남정의 코앞에 영채를 세웠다.

장로는 급히 문무 관원들을 불러 모아 대책을 의논했다.

염포(閻圃) 曰: “제가 장수 한 사람을 추천하겠습니다. 그이라면 조조 수하의 여러 장수들을 능히 대적할 수 있을 것입니다.”

장로가 그가 누구냐고 물으니, 염포가 말하기를: “남안(南安) 사람 방덕(龐德)입니다. 그는 전에 마초를 따라 주공께 투항했던 자인데 마초가 서천으로 갈 때 갑자기 병이나 따라가지 못했습니다.

그는 이제 이곳에 남아 주공의 두터운 은혜를 입고 있는데 어찌 이 사람을 불러 쓰지 않으십니까?”

장로는 크게 기뻐하며 즉시 방덕을 불러와서 그에게 후한 상을 내리며 그를 위로한 다음 군사 1만 명을 내어 주며 싸우러 나가게 했다. 방덕은 곧 군사를 이끌고 성을 나왔다. 성 밖 10여 리쯤 나가서 조조의 군사와 마주쳤다.

방덕은 말을 타고 나가서 싸움을 걸었다.

방덕이 나온 것을 본 조조는 지난날 위교(渭橋) 싸움에서 방덕이 떨친 용맹을 잘 알고 있기에(제 58회 참고) 여러 장수들에게 당부하기를: "방덕은 서량(西涼)의 용장으로 원래 마초의 수하에 있다가 비록 지금 장로에게 몸을 의탁하고 있지만, 그가 진심으로 장로를 섬기지는 않을 것이다. 나는 그를 내 사람으로 만들고 싶다. 그러니 그대들은 천천히 싸워 그를 지치게 만들어 반드시 사로잡아야 한다."

장합이 먼저 나가 방덕과 몇 합 싸우고는 곧바로 물러갔다. 이어서 하후연도 몇 합 싸우고는 돌아왔다. 서황도 또 서너 합 싸우더니 물러났다. 그 후에 허저가 다시 나가 50여 합을 싸우고 돌아왔다.

방덕은 연달아 네 장수를 맞아 싸우면서도 전혀 겁을 내지 않았다. 네 장수 모두 조조에게 방덕의 무예 실력을 칭찬하니 조조는 마음속으로 기뻐하면서 여러 장수들과 상의하기를: "어찌하면 그 사람을 투항해 오도록 할 수 있겠는가?"

가후 曰: "제가 알기로 장로 수하에 양송이라는 모사가 있는데 그 자는 뇌물을 몹시 좋아한다고 합니다. 그에게 은밀히 황금과 비단을 보내주고 그로 하여금 장로에게 방덕을 참소하게 한다면 쉽게 일을 도모할 수 있을 것입니다."

조조 曰: "그렇지만 어떻게 남정 성안으로 사람을 들여보낼 수 있겠는가?"

가후 曰: "내일 방덕과 싸우다가 거짓으로 패한 척하고 영채를 버리고 달아나서, 방덕으로 하여금 우리의 영채를 점거하게 하십시오. 그런 다음에 우리가 다시 한밤중에 군사를 이끌고 와서 습격하면 방덕은 군사를 거두어 성 안으로 물러갈 것입니다. 바로 그 틈을 이용하여 말 잘하는 군사 하나를 뽑아 저쪽 군사로 위장하여 그들 속에 섞여 있도록 해놓으면 저들이 물러갈 때 함께 성으로 들어갈 수 있을 것입니다."

조조는 그의 계책에 따라 꼼꼼한 장수 한 명을 뽑아 후한 상을 내리고 금으로 된 엄심갑(掩心甲)을 주면서 속에 입게 한 다음, 겉에는 한중 군사의 옷을 입혀 먼저 가서 도중에서 기다리고 있게 했다.

다음 날 조조는 하후연과 장합에게 각각 한 무리의 군사들을 이끌고 멀리 나가서 매복해 있게 한 다음, 서황으로 하여금 나가서 싸움을 걸어 몇 합 싸우고는 그냥 패한 척 달아나도록 했다.

승기를 잡은 방덕이 군사를 휘몰아 쳐들어가니 조조의 군사들은 모조리 달아나기에 바빴다. 조조의 영채를 빼앗은 방덕은 영채 안에 군량과 마초가 많이 쌓여 있는 것을 보고 매우 기뻐하며 즉시 장로에게 그 사실을 보고하고, 영채 안에서 승리의 축하 잔치를 벌였다.

그날 밤 이경(二更: 밤 9시에서 11시)이 지날 무렵 갑자기 세 방면에서 동시에 불길이 치솟으며 조조의 대군이 일제히 쳐들어 왔다. 한가운데는 서황과 허저가, 왼쪽은 장합, 오른쪽은 하후연이 일시에 영채를 습격하니 방덕은 미처 대비할 틈도 없어서 허둥지둥 말에 올라 좌충우돌 하면서, 겨우 혈로를 뚫고 성을 향해 달아났다. 등 뒤에서는 세 방면에서 군사들이 추격해 왔다. 방덕은 급히 성문을 열라고 소리를 쳐서 가까스로 군사들을 데리고 성 안으로 들어갔다. 이때 조조의 첩자 역시 군사들 틈에 끼어 함께 들어가 곧장 양송(楊松)의 집으로 찾아가 그를 보고 말하기를: "위공(魏公) 조 승상께서는 오래 전부터 귀공의 성덕(盛德)을 들으시고 특별히 저를 보내서 황금으로 만든 갑옷을 신뢰의 표시로 보내셨습니다. 그리고 승상께서 밀서(密書)를 올리라고 하셨습니다."

양송은 크게 기뻐하며 밀서를 다 읽고 난 뒤 첩자에게 말하기를: "위공께 걱정하지 마시라고 전하라. 내게 좋은 계책이 있으니 나중에 따로 보고할 것이다."

양송은 그 첩자를 먼저 돌려보내고 즉시 부중으로 들어가 장로에게 방덕이 조조에게 뇌물을 받아먹고 일부러 패하고 돌아왔다고 말했다.

몹시 화가 난 장로는 방덕을 불러들여 크게 꾸짖고는 그의 목을 베어 죽이려고 했다. 옆에 있던 염포가 적극 만류했다.

장로 曰: "내일 나가서 싸워 이기지 못하면 너의 목을 벨 것이다!"

방덕은 장로에게 한을 품고 물러 나왔다.

다음 날 조조의 군사들이 성을 공격하자 방덕이 군사를 이끌고 성을 나와 맞아 싸웠다. 조조는 허저로 하여금 방덕을 상대하게 했다. 몇 합 싸우던 허저가 거짓으로 패한 체하며 달아나니 방덕이 그 뒤를 쫓았다.

조조가 말을 타고 산비탈 위로 올라가 방덕에게 큰 소리로 외치기를: "방영명(龐令明: 방덕)은 어찌하여 빨리 항복하지 않는가!"

방덕은 속으로 생각하기를: '조조를 사로잡으면 상장군 1천 명을 사로잡은 것보다 낫지 않겠는가!'

방덕은 뒤쫓던 허저는 놔두고 조조가 있는 산비탈을 향해 나는 듯이 말을 달려 올라갔다. 바로 그때 갑자기 함성이 일면서 하늘이 무너지고 땅이 꺼지면서 사람과 말이 함께 함정 속으로 빠지고 말았다. 정신을 차릴 틈도 없이 사방에서 갈고리와 밧줄을 던져 방덕을 옭아매어 끌어 올렸다.

사로잡힌 방덕이 꽁꽁 묶인 채 조조 앞에 끌려오니 조조가 급히 말에서 내려 군사들을 꾸짖어 물리고 손수 그 결박을 풀어 주며 방덕에게 항복을 권유했다.

장덕은 어젯밤 장로가 자신에게 했던 말을 떠올리며 장로가 어질지 못한 자임을 생각하며 조조에게 진심으로 항복을 표시했다.

조조는 직접 그를 부축하여 말에 오르도록 하고 함께 대채로 돌아가면서 일부러 성 위의 군사들에게 이 광경이 잘 보이도록 천천히 걸어갔다. 한 군사가 장로에게 보고하기를: "방덕과 조조가 나란히 말을 타고 걸어가고 있습니다."

장로는 양송의 말이 참이었음을 확실히 믿게 되었다.

다음 날 조조는 성 밖 세 방면에 운제(雲梯)[11]를 세워 놓고 포를 쏘며 일제히 성을 공격했다. 장로는 형세가 이미 기운 것을 보고 아우 장위와 대책을 의논했다.

장위 曰: "성 안의 군량미와 물자 등을 모두 불살라버리고 남산(南山)으로 달아나 파중(巴中)을 지키는 것이 좋겠습니다."

양송 曰: "차라리 성문을 열고 조조에게 투항하는 것이 낫습니다."

장로가 주저하며 결단을 내리지 못했다.

장위 曰: "불살라 버리는 수밖에 없습니다."

장로 曰: "내 원래 나라의 명을 따르려고 했지만, 나의 뜻이 전해지지 못했다. 지금은 어쩔 수 없이 달아나는 형편이지만 양곡과 재물 창고 등은 나라의 소유이니 없애지 마라."

그러고는 부중의 모든 창고의 곳간에 자물쇠를 채우고 봉해 놓은 뒤 장로는 그날 밤 이경(二更)에 가솔들을 데리고 남문으로 달아났다. 조조는 그 뒤를 쫓지 말라고 지시하고 군사를 이끌고 남정으로 들어갔다.

성 안으로 들어간 조조는 모든 창고들이 단단히 봉해져 있는 것을 보고 매우 측은한 생각이 들어 곧바로 파중으로 사람을 보내 투항을 권유했다. 장로는 항복하고 싶었지만 장위가 말을 듣지 않았다.

---

11 성벽을 오르는 긴 사다리. 역자 주.

양송이 조조에게 밀서를 보내 지금 군사를 일으켜 진격해 오면 자신이 안에서 호응하겠다고 했다. 그 서신을 받아 본 조조가 직접 군사를 이끌고 파중으로 갔다.

장로는 아우 장위에게 군사를 거느리고 나가서 싸우도록 했는데, 장위는 허저와 맞서 몇 합 싸우지도 못하고 허저의 칼에 맞아 말에서 떨어져 죽었다. 패배한 군사들이 돌아와 장로에게 보고하자 장로는 성문을 닫아걸고 굳게 지키려고 했다.

양송 曰: "지금 나가서 싸우지 않으면 그냥 앉아서 죽음을 기다리는 것이나 마찬가지입니다. 제가 성은 지킬 테니 주공께서는 직접 나가셔서 한번 죽기로 싸워 보십시오."

장로는 그 말을 따랐다. 염포가 나가지 말라고 말렸지만, 장로는 듣지 않고 군사를 이끌고 적을 맞으러 나갔다. 하지만 미처 싸우기도 전에 따르던 군사들이 모두 달아났다. 장로가 급히 후퇴하려고 하니 등 뒤에서 조조군이 쫓아왔다. 장로가 성 아래에 도착하였으나 이제 양송이 성문을 열어 주지 않았다. 장로는 갈 길이 없었다. 그때 등 뒤까지 쫓아온 조조가 큰 소리로 외치기를: "어찌하여 빨리 항복하지 않느냐!"

마침내 장로는 말에서 내려 투항했다. 조조는 매우 기뻐하며 그가 창고 등을 봉해 놓고 떠난 일을 갸륵하게 생각하여 정중하게 예우했다. 조조는 장로를 진남장군(鎭南將軍)으로 봉하고, 염포 등도 모두 열후(列侯)로 봉했다.

이리하여 한중은 마침내 평정되었다.

당시 한중은 오두미도(五斗米道)의 조직[12]으로 다스려지고 있었는데 조조는 명을 내려서 각 군에 태수(太守)와 도위(都尉)를 두도록 했다. 또한

---

12 장릉(張陵)이 창시한 질병 치료 중심의 교법(敎法)으로 매년 쌀 다섯 말을 바치는 제도로 좨주(祭酒)나 사군(師君) 등의 명칭으로 고을을 다스림. 역자 주

조조는 여러 군사들에게 공에 따라 후한 상을 내렸으나 오로지 양송만은 주인을 팔아서 자신의 부귀영화를 구하려 했다면서 즉시 참하여 저잣거리에 내걸어 백성들에게 보이도록 명했다.

후세 사람이 이를 탄식하여 지은 시가 있으니:

어진 이 해치고 주인 팔아 큰 공 세웠지만	妨賢賣主逞奇功
그간 모아둔 금은보화 모두 헛것이 되었네	積得金銀總是空
부귀영화 누리기 전에 자신이 먼저 죽으니	家未榮華身受戮
양송은 오랜 세월 내려오며 비웃음만 샀네	令人千載笑陽松

조조가 동천(東川)을 얻고 나자 주부(主簿) 사마의(司馬懿)가 나서며 말하기를: "유비가 서천의 유장을 속임수와 힘으로 빼앗아서 촉 땅 사람들은 아직 유비에게 마음을 주지 않고 있습니다. 주공께서 이제 한중을 얻으셨으니 익주(益州)는 큰 충격을 받았을 것입니다. 속히 군사를 이끌고 가서 그들을 치면 그들의 세력은 바로 와해(瓦解)되고 말 것입니다. 지혜로운 자는 때를 타는 것을 귀하게 여기는 법이니, 지금이 바로 놓치면 안 되는 시기입니다(智者貴於乘時, 時不可失也)."

조조가 탄식하며 말하기를: "인간은 참으로 만족할 줄 모르는구나! 이미 농(隴: 한중)을 얻어놓고 다시 촉(蜀)을 바란단 말인가!(既得隴, 復望蜀耶)"

유엽 曰: "사마중달(司馬仲達: 사마의)의 말이 옳습니다. 만약 우리가 조금이라도 지체한다면 나라를 다스리는데 밝은 제갈량이 승상이 되고 용맹으로는 으뜸인 관우·장비가 삼군의 장수가 되면 촉의 백성들이 안정되고 요충지를 단단히 지키면 다시는 쳐들어갈 수 없습니다."

조조 曰: "군사들이 먼 길을 와서 이제 막 긴 싸움을 끝냈으니 몹시 지쳐 있다. 일단 잠시 쉬도록 해야 한다."

조조는 끝내 군사를 그 자리에서 쉬게 하고 움직이지 않았다.

한편 서천의 백성들은 조조가 이미 동천을 차지했다는 소식을 듣고 이제 그가 서천을 치러 올 날도 머지않았다는 생각에 하루에도 몇 번씩 놀라고 두려워했다.

현덕이 군사(軍師)를 청해 의논하는데, 공명이 말하기를: "제게 한 가지 계책이 있으니, 조조가 스스로 물러가게 될 것입니다."

현덕이 무슨 계책이냐고 물으니 공명이 말하기를: "조조가 군사를 나누어 합비(合淝)에 주둔시킨 것은 손권이 두렵기 때문이 아니겠습니까? 이제 우리가 강하(江夏)·장사(長沙)·계양(桂陽) 세 군을 떼어서 동오에 돌려주는 대신 말 잘하는 사람을 동오로 보내 이해를 따져 잘 설득시켜 동오로 하여금 합비를 치게 하면 조조는 틀림없이 군사를 남쪽으로 돌릴 것입니다."

현덕이 묻기를: "누구를 보내면 좋겠소?"

이적(伊籍) 曰: "제가 가겠습니다."

현덕은 크게 기뻐하며 곧바로 서신을 쓰고 예물을 갖추어 이적에게 먼저 형주로 가서 운장에게 이 사실을 알린 다음 동오로 들어가도록 했다.

이적은 동오의 말릉(秣陵)에 이르자 자신이 온 것을 손권에게 알리도록 했다. 손권이 이적을 불러들였다.

이적이 손권을 보고 예를 올리자 손권이 묻기를: "그대는 여기에 무슨 일로 왔는가?"

이적 曰: "이전에 제갈자유(諸葛子瑜: 제갈근)께서 장사 등 세 군을 돌려받으러 오셨으나 마침 우리 군사께서 자리에 안 계셔서 돌려드리지 못했습니다. 이제 그 땅을 돌려드리고자 서신을 가지고 왔습니다. 또한 형주의 남군(南郡)과 영릉(零陵)도 돌려드려야 마땅하나 이번에 조조가 동천을 기습하여 취하는 바람에 관우 장군이 몸 둘 곳이 없어졌습니다.

지금 합비가 텅 비어 있으니 부디 군후(君侯)께서 군사를 일으키시어 합비를 공격함으로써 조조로 하여금 군사를 남쪽으로 돌리도록 해 주십시오. 우리 주공께서 만약 동천을 취하게 되면 즉시 나머지 형주 땅도 모두 돌려드릴 생각입니다."

손권 曰: "그대는 일단 역관에 돌아가 계시오. 그 일은 여러 사람과 상의해 보아야겠소."

이적이 물러 나오자 손권은 여러 모사들에게 계책을 물었다.

장소 曰: "이는 조조가 서천까지 취하러 올까 겁이 난 유비가 어쩔 수 없이 꾸며낸 계책입니다. 하지만 그럼에도 불구하고 조조가 한중에 머물러 있는 틈을 타서 합비를 취하는 것이 가장 좋은 계책임은 틀림없습니다."

손권은 그의 말에 따라 이적에게 일단 수락하겠다는 뜻을 주어 서촉으로 돌려보낸 다음 군사를 일으켜 조조를 칠 일을 의논했다. 그리고 노숙으로 하여금 장사·강하·계양 세 군을 돌려받고 육구(陸口)에 군사를 주둔시키도록 했다. 또한 여몽과 감녕을 불러들이고 여항(餘杭)에 있는 능통도 돌아오도록 했다. 하루도 채 지나지 않아 여몽과 감녕이 먼저 도착했다.

여몽이 계책을 올리기를: "지금 조조가 여강(廬江) 태수 주광(朱光)으로 하여금 군사를 환성(皖城)에 주둔시키며 농사를 크게 지어 그곳에서 생산된 곡식을 합비로 보내고 있습니다.

먼저 환성을 공격하여 취한 다음에 합비를 치는 것이 좋을 것 같습니다."

손권 曰: "나도 그렇게 생각하고 있었소."

곧바로 여몽과 감녕을 선봉으로 삼고, 장흠(蔣欽)과 반장(潘璋)을 후군으로, 그리고 손권 자신은 주태(周泰)·진무(陳武)·동습(董襲)·서성(徐盛) 등을 거느리고 중군이 되었다. 이번 싸움에 정보·황개·한당은 각자 맡은 곳을 지키느라 함께 하지 못했다.

장강을 건넌 동오의 군사들이 화주(和州)를 취한 다음 곧바로 환성으로 진격했다. 환성 태수 주광은 합비에 사람을 보내 구원을 요청하는 한편 성문을 굳게 닫고 지키기만 하고 싸우러 나가지 않았다.

손권이 적의 정황을 살피러 직접 성 아래까지 다가가니 성 위에서 화살을 비 오듯 퍼부어 손권의 일산을 맞혔다.

영채로 돌아온 손권이 여러 장수들에게 묻기를: "어떻게 해야 환성을 취할 수 있겠는가?"

동습 曰: "군사들로 하여금 토산을 높이 쌓게 하여 그 위에서 공격하면 됩니다."

서성 曰: "구름사다리를 세우고 그 위에 구름다리를 만들어 그곳에서 성을 내려다보며 공격하는 것이 좋겠습니다."

여몽 曰: "그리 하려면 모두 시간이 많이 걸립니다. 그러는 동안에 합비에서 지원군이 도착하면 도모하기 더 어려워집니다. 우리 군사들은 이제 막 도착하여 사기가 왕성하니, 이 기세를 타고 힘껏 공격하면 내일 새벽에 공격을 시작하여 오시(午時: 11시에서 오후 1시)나 미시(未時: 오후 1시에서 3시) 경에는 성을 쳐부술 수 있습니다."

손권은 여몽의 계책을 따르기로 했다.

다음 날 오경(五更: 새벽 3시에서 5시)에 아침밥을 먹은 동오의 전군(全軍)이 일제히 성을 공격했다. 성 위에서는 화살과 돌이 수없이 쏟아졌다.

감녕은 손에 쇠사슬을 쥐고 쏟아지는 화살과 돌을 무릅쓰고 성벽을 기어 올라갔다. 주광이 궁노수들에게 일제히 화살을 쏘게 했지만 감녕은 쏟아지는 화살을 모두 밀어제치고 마침내 성 위에까지 올라가 쇠사슬을 휘둘러 주광을 쓰러뜨렸다.

여몽은 직접 북을 치며 군사들을 독려하니 일제히 성벽을 기어 올라가 주광을 난도질하여 죽이니 남은 무리들은 대부분 항복했다. 환성을 함락시켰을 때는 겨우 진시(辰時: 오전 7시에서 9시) 무렵이었다.

장료가 환성을 지원하기 위해 군사를 이끌고 오는 도중 앞서 보낸 정탐꾼으로부터 환성이 이미 함락되었다고 보고를 받고 즉시 군사를 돌려 합비로 돌아갔다.

손권이 환성으로 들어가자 능통 역시 군사를 이끌고 도착했다. 손권은 모든 군사들에게 술과 고기를 내려 배불리 먹이고 위로하였다. 또한 여몽과 감녕 등 이번 싸움에 공이 큰 장수들에게는 큰 상을 내리고 연회를 베풀어 승리를 축하했다.

여몽은 이번 싸움에 가장 공이 큰 감녕에게 상석을 양보하고 그가 앞장서서 성벽을 뛰어 넘은 공을 칭찬했다. 술이 몇 순배 돌아 모두들 거나하게 취하자 능통은 자신의 아비를 죽인 감녕(제 38회 참고)이 여몽에게 지나치게 칭찬을 받는 것을 보고 속으로 울화가 치밀었다.

눈을 부릅뜨고 그를 한참을 노려보다가 마침 곁에 앉아 있던 사람이 차고 있던 칼을 뽑아 들고 앞으로 나서며 말하기를: "이런 술자리에 즐길거리가 빠지면 되겠소이까! 내가 칼춤을 한번 추겠소."

그 의도를 알아차린 감녕은 앞에 놓인 탁자를 밀어내고 일어나 양 손에 각각 한 자루씩의 창을 겨드랑이에 끼고 큰 걸음으로 내딛으며 말하기를: "저는 이 창으로 여러분의 흥을 돋울까 합니다."

여몽은 두 사람 모두 호의로 하는 것이 아님을 알고 즉시 한 손에는 방패를, 다른 손에는 칼을 들고 능통과 감녕 사이에 서서 말하기를: "두 분의 솜씨가 비록 훌륭하지만 그래도 내 솜씨만은 못할 것이오."

말을 마친 여몽이 칼과 방패를 들고 춤을 추면서 두 사람을 갈라놓았다. 이 일은 즉시 손권에게 보고되었다. 손권이 부리나케 말을 타고 연회장에 나타나니 세 사람은 그제야 각자 들고 있던 병장기를 내려놓았다.

손권 曰: "내가 늘상 두 사람에게 옛 원한은 잊으라고 말했건만, 오늘 또 이게 무슨 짓들이오?"

능통이 땅에 엎드려 울면서 절을 했다. 손권은 그런 능통을 두 번 세 번 달래며 겨우 진정시켰다.

다음 날 손권은 합비를 취하기 위하여 전군을 일으켜 출발했다.

환성을 잃고 합비로 돌아온 장료는 걱정이 되어 마음이 답답해 하고 있는 그때, 조조가 설제(薛悌)를 시켜 나무 상자 하나를 보내왔다. 그 위에는 조조가 직접 봉했다는 표시와 함께 '적이 쳐들어오거든 열어 보아라(賊來乃發).'라고 씌어 있었다.

마침 그날 장료는 손권이 직접 10만 대군을 거느리고 합비를 치러 오고 있다는 보고를 받았다. 장료가 즉시 나무 상자를 열어 보니, 그 안에 한 통의 서신이 들어 있었는데 그 글의 내용은, "만약 손권이 쳐들어오거든 장료와 이전 두 장군은 나가서 싸우고 악진은 남아서 성을 지키도록 하라."

장료는 조조가 보낸 글을 이전과 악진에게 보여 주었다.

악진 曰: "장군은 어떻게 생각하시오?"

장료 曰: "지금 주공께서 원정(遠征)을 나가 계시니 동오는 지금이 우리를 쳐부술 절호의 기회로 여기고 있을 것이오. 그러니 우리도 적을 맞아 죽을힘을 다해 싸워 그 예봉을 꺾어서 우리 군사들의 마음을 안정시켜야만 비로소 성을 안전하게 지킬 수 있을 것이오."

장료와 평소 사이가 좋지 않던 이전은 장료의 말을 묵묵히 듣고만 있을 뿐 아무 말이 없었다.

악진은 이전이 아무 말도 하지 않은 것은 장료와 생각이 다르다고 여기고 그를 대신해 말하기를: "적의 숫자는 많고 우리는 적으니 나가서 맞서 싸우는 것은 아무래도 어려울 것 같으니 차라리 굳게 지키는 것이 나을 듯하오."

장료 曰: "공들은 어찌 사사로운 감정을 앞세우고 공사(公事)를 돌아보지 않는단 말이오! 정 그렇다면 나 혼자라도 나가서 죽기로 한번 싸워보겠소."

장료는 즉시 좌우에 자신의 말을 대령하라고 지시했다. 그러자 여태껏 말이 없던 이전이 분연히 일어서며 말하기를: "장군께서 이러시는데 내 어찌 사사로운 감정에 얽매어 공사를 팽개칠 수 있겠소? 제가 장군의 지휘를 받겠소."

장료가 몹시 기뻐하며 말하기를: "기왕에 만성(曼成: 이전)이 도와주시겠다고 하니 내일 한 무리의 군사를 이끌고 소요진(逍遙津) 북쪽에 매복해 있다가 동오의 군사들이 지나가거든 소사교(小師橋)를 끊어 버리시오. 나는 악문겸(樂文謙: 악진)과 함께 저들을 공격할 것이오."

명을 받은 이전은 군사를 점검하여 매복하러 갔다.

한편 손권은 여몽과 감녕을 전군으로 삼고, 자신은 능통과 함께 중군을 거느리고, 그 밖의 나머지 장수들은 그 뒤를 따르게 하고 합비로 쳐들어갔다.

전군으로 간 여몽과 감녕의 군사가 악진의 군사를 만났다. 감녕이 말을 타고 나가 악진과 싸우는데, 악진은 몇 합 싸우지 않고 거짓으로 패한 체하고 달아났다. 감녕은 여몽을 불러 함께 그 뒤를 쫓았다.

중군에 있던 손권은 전군이 승기를 잡고 적의 뒤를 쫓고 있다는 소식을 듣고 군사들을 재촉하여 소요진 북쪽에 이르렀다. 그때, 갑자기 좌우에서 연주포(連珠砲) 소리가 울리더니 왼쪽에서는 장료가, 오른쪽에서는 이전이 각각 군사를 거느리고 쳐들어오는 것이 아닌가!

깜짝 놀란 손권이 여몽과 감녕에게 구원병을 청하려 했는데 이미 장료의 군사가 코앞까지 가까이 와 있었다. 중군의 호위를 맡은 능통의 군사는 겨우 기병 3백여 명 뿐인데 마치 산이 무너진 듯 몰려오는 조조군의 세력을 어찌 감당할 수 있겠는가!

능통이 큰 소리로 외치기를: "주공께서는 어서 소사교를 건너십시오!"

말이 채 끝나기도 전에 장료가 기병 2천여 명을 이끌고 선두에 서서 쳐들어 왔다. 능통이 몸을 돌려 그들과 죽기로 싸우는 틈을 타 손권이 말을 달려 겨우 다리 위로 올라섰으나 다리는 이미 남쪽 부분이 한 길(丈) 이상 끊어져 판자 한 조각 남아 있지 않았다.

당황한 손권이 어찌할 바를 모르고 있는 그때, 하급 군관인 곡리(谷利)가 큰 소리로 외치기를: "주공께서는 말을 뒤로 물렸다가 다시 말을 앞으로 내달려 힘껏 뛰어 건너십시오."

손권이 곧 말머리를 돌려 세 길 정도 물러났다가 말고삐를 놓고 힘껏 채찍을 가하자 말이 한 번에 껑충 뛰어 다리 남쪽으로 건너갔다.

후세 사람이 이 장면을 시로 지었으니:

예전에 현덕의 적로가 단계 뛰어 건넜는데	的盧當日跳檀溪
오후가 합비에서 패할 때 그 모습 또 보네	又見吳侯敗合淝
준마를 뒤로 물려 힘차게 채찍질해 달리니	退後着鞭馳駿騎
끊어진 소요진 다리 위를 옥룡이 날아가네	逍遙津上玉龍飛

손권이 다리 남쪽으로 뛰어 건너가자 서성(徐盛)과 동습(董襲)이 배를 몰고 와서 그를 맞이했다.

한편 능통과 곡리가 장료와 맞서 싸울 때 감녕과 여몽이 군사를 이끌고 그들을 구원하러 왔으나, 패한 척 달아났던 악진이 뒤에서 다시 쫓아오고 이전이 앞길을 가로막고 쳐들어오니 동오의 군사들은 태반이나 잃고 말았다.

능통이 거느리고 왔던 기병 3백 명은 모조리 죽고 말았으며 능통 자신도 몸에 창을 여러 군데 찔렸다. 어렵사리 다리까지 달려온 능통은 끊어진 다리를 건널 수 없어 강을 따라 달아났다.

배를 타고 가던 손권이 능통을 발견하고 동습에게 명하여 강기슭에 배를 대고 능통을 구해오게 했다.

여몽과 감녕도 가까스로 목숨을 구하여 강을 건너 남쪽으로 돌아왔다. 그 한판 싸움에 강남 사람들은 얼마나 혼이 났으면 밤에 울던 아이들까지 장료가 온다고 하면 울음을 뚝 그치게 되었을까!

여러 장수들이 손권을 보호하여 영채로 돌아왔다. 손권은 능통과 곡리에게 후한 상을 내리고 군사를 거두어 유수(濡須)로 돌아가 전선(戰船)을 정비하여 수륙(水陸)으로 동시에 공격하기로 상의하는 한편, 사람을 강남으로 보내 군사를 증원하여 싸움을 돕도록 했다.

한편 장료는 손권이 유수에서 장차 군사를 더 크게 일으켜 공격할 준비를 하고 있다는 말을 듣고 합비의 적은 군사로는 그들을 대적하기 어렵다고 판단하여 급히 설제(薛悌)로 하여금 밤낮으로 한중(漢中)으로 달려가 조조에게 보고하고 구원병을 요청했다.

조조는 여러 관원들과 의논하며 말하기를: "이번에 우리가 서촉을 손에 넣을 수 있겠는가?"

유엽 曰: "지금은 촉이 어느 정도 안정이 되고 대비도 하고 있으니 차라리 군사를 거두어 합비를 구하고 강남을 치는 것이 좋겠습니다."

조조는 하후연에게 한중의 정군산(定軍山) 요충지를 지키게 하고, 장합은 몽두암(蒙頭岩) 등의 요충지를 지키도록 했다. 그리고 나머지 군사들은 영채를 모두 거두어 유수오(濡須塢)를 향해 출발했다.

이야말로:

조조의 철기병들 한중 땅 평정하더니	鐵騎甫能平隴右
그들의 깃발은 다시 강남으로 향하네	旌旄又復指江南

승부가 어찌 될지 궁금하거든 다음 회를 기대하시라.

제 68 회

감녕은 백 명 군사로 위 영채 기습하고
좌자는 조조에게 술잔 던져서 희롱하다

甘寧百騎劫魏營

左慈擲杯戲曹操

한편 유수구(濡須口)에서 군사를 정비하고 있는 손권은 조조가 한중에서 40만 대군을 거느리고 합비를 구하러 온다는 소식을 들었다.

손권은 모사들과 계책을 상의하여 먼저 동습과 서성 두 사람에게 큰 배 50척을 이끌고 가서 유수구에 매복해 있도록 하고, 진무에게는 군사를 데리고 강기슭을 왕래하며 순찰하게 했다.

장소 曰: "지금 조조의 군사들은 먼 길을 오느라 몹시 지쳐있으니 반드시 먼저 그들의 예기를 꺾어 놓아야 합니다."

이에 손권이 여러 장수들에게 묻기를: "조조가 멀리서 오는데 누가 앞장서 적을 쳐부수어 그 예기를 꺾어놓겠소?"

능통이 나서며 말하기를: "제가 가겠습니다."

손권 曰: "군사는 얼마나 데리고 가겠는가?"

능통 曰: "3천 명이면 충분합니다."

감녕 曰: "기병 1백 명만 있어도 능히 적을 쳐부술 수 있는데 3천 명이 왜 필요합니까?"

그렇지 않아도 감녕에 대한 원한이 깊은 능통이 노골적으로 자신을 업신여기는 감녕의 말투에 몹시 화가 나서 두 사람은 손권의 면전에서 다투기 시작했다.

손권 曰: "조조군의 세력이 크니 가벼이 맞서서는 안 되오."

손권은 능통에게 군사 3천 명을 이끌고 유수구로 나아가 정찰하다가 조조군을 만나면 곧바로 싸우라고 했다.

명령을 받은 능통이 군사 3천 명을 이끌고 유수오를 떠난 지 얼마 되지 않아 멀리서 먼지가 자욱이 일면서 조조의 군사들을 만났다. 능통은 조조의 선봉장 장료와 맞서 싸우는데 50합이 지나도록 승부가 나지 않았다. 손권은 능통이 실수라도 할까 염려되어 여몽을 보내 능통을 영채로 데리고 오게 했다.

감녕은 능통이 아무런 성과도 없이 돌아온 것을 보고 즉시 손권에게 고하기를: "제가 오늘 밤에 기병 1백 명만 데리고 가서 조조의 영채를 습격하겠습니다. 만약 한 명의 군사, 한 필의 말이라도 손실이 있을 경우에는 공(功)으로 치지 않을 것입니다."

감녕의 기개를 장하게 여긴 손권은 그에게 정예 기병 1백 명을 뽑아 주고 술 50병과 양고기 50근을 내려 군사들에게 먹이도록 했다.

영채로 돌아온 감녕은 1백 명의 기병들을 모두 열을 지어 앉혀 놓고 은 사발에 술을 가득 따라 연거푸 두 잔을 마신 다음 군사들에게 말하기를: "오늘 밤 주공의 명을 받들어 조조의 영채를 습격하러 갈 것이다. 모두 술과 고기를 실컷 먹고 힘껏 싸우도록 하라."

군사들이 감녕의 말을 듣고 황당한 듯 서로 상대방 얼굴만 쳐다볼 뿐이다. 감녕은 많은 군사들이 난감한 기색을 보이자 칼을 빼서 손에 들고 화를 내며 호통치기를: "상장(上將)인 나도 목숨을 아끼지 않고 명을 받들려 하는데, 너희들이 어찌 감히 머뭇거린단 말인가!"

화가 난 감녕이 얼굴색까지 변한 것을 본 군사들이 모두 일어나 절을 하며 말하기를: "죽기를 각오하고 싸우겠습니다."

감녕은 손권이 하사한 술과 고기를 1백 명의 군사들과 함께 그 자리에서 모조리 먹어 치웠다.

이경(二更: 밤 9시에서 11시)쯤 되자 감녕은 흰 거위 깃(白鵝翎) 1백 개를 가져와 기병들 각자의 투구에 꽂아서 표지로 삼고 갑옷을 갖추어 입은 뒤 말에 올라 나는 듯이 조조의 영채로 달려갔다. 그들은 영채 앞에 세워 둔 녹각(鹿角) 울타리를 뽑아 버리고 함성을 지르며 영채 안으로 쳐들어가서 조조를 죽이기 위해 중군 막사 쪽으로 달려갔다.

그러나 중군 막사 주위에는 수레를 늘여 세워 겹겹이 에워싸고 군사들이 철통같이 지키고 있어 도저히 뚫고 들어갈 수가 없어 감녕은 1백 명의 기병들과 함께 그저 좌충우돌하고 있었다.

하지만 조조의 군사들은 적병의 숫자가 얼마나 되는지도 모른 상태에서 중군까지 쳐들어 온 적들을 보고 놀라고 당황하여 달아나느라 자기들끼리 밟고 밟히며 큰 혼란이 벌어졌다. 그 틈에 감녕의 기병들은 영채 안으로 들어가 종횡무진 말을 달리며 닥치는 대로 찌르고 베어 죽였다.

뒤늦게 각 영채에서는 부랴부랴 북소리가 요란하게 울리고 여기저기서 수많은 횃불을 밝히고 천지를 뒤흔드는 함성을 질렀다.

한바탕 조조의 영채를 휘저은 감녕이 영채의 남문으로 빠져나오는데 아무도 감히 그를 막지 못했다. 손권은 주태로 하여금 군사를 이끌고 가서 감녕을 지원하라고 했다. 감녕은 1백 명의 기병들을 데리고 유수로 돌아왔다. 조조의 군사들은 혹시 매복이 있을까 두려워 감히 추격도 못했다.

후세 사람이 감녕을 칭찬하여 시를 지었으니:

북소리 함성 소리 천지를 진동시키고　　　　鼙鼓聲喧震地來
동오의 군사 이르니 귀신도 통곡하네　　　　吳師到處鬼神哀
깃 단 일백 기병 조조 영채 관통하니　　　　白翎直貫曹家寨
모두들 감녕을 호랑이 장수라 하더라　　　　盡說甘寧虎將才

감녕이 1백 명의 기병을 데리고 영채로 돌아와 확인해 보니 과연 희생자는 물론 부상당한 한 명의 군사나 말 한 필도 없었다. 영문(營門)에 이르자 감녕은 1백 명의 기병들로 하여금 북치고 피리 불며 '만세'를 부르도록 하니 그 환호성이 온 영채를 진동했다.

손권이 직접 나와 그들을 영접했다. 말에서 내린 감녕이 땅에 엎드려 절을 하자 손권이 그를 붙들어 일으키며 손을 잡고 말하기를: "이번에 장군이 늙은 역적의 간담을 서늘하게 하기에 충분했소. 내가 장군을 말리지 않은 것은 바로 장군의 담대함을 한번 보고 싶었던 것이오."

손권은 즉시 비단 1천 필과 좋은 칼 1백 자루를 하사했다.

감녕은 하사한 선물을 감사히 받아 가지고 나와 곧바로 함께 갔던 1백 명의 군사들에게 골고루 나누어 주었다.

손권은 여러 장수들에게 말하기를: "맹덕(孟德: 조조)에게 장료가 있다면, 내게는 감흥패(甘興覇: 감녕)가 있으니 충분히 맞붙어 볼만 하지 않겠는가!"

다음 날 장료가 군사를 이끌고 나와서 싸움을 걸었다. 감녕이 공을 세운 것을 본 능통이 분연히 나서며 말하기를: "제가 나가서 장료와 맞서 싸우겠습니다."

손권이 이를 허락하자 능통은 곧바로 군사 5천 명을 거느리고 유수를 떠났다. 손권은 감녕과 함께 뒤를 따라가서 관전했다. 양쪽이 둥그렇게 진을 친 가운데 장료가 말을 타고 나오니 좌측에는 이전이, 오른쪽에는 악진이 보좌를 하고 있었다.

능통이 칼을 들고 말을 달려 진 앞으로 나갔다. 장료가 악진으로 하여금 맞아 싸우라고 했다. 두 사람이 50여 합을 싸웠지만 승부가 나지 않았다. 조조는 이 소식을 듣고 직접 말을 타고 문기 아래로 와서 두 장수가 싸우는 것을 구경하면서 조휴(曹休)로 하여금 몰래 숨어서 능통에게 화살을 쏘도록 했다.

조휴가 장료의 등 뒤에 숨어서 화살을 날려 능통의 말을 맞혔다. 놀란 말이 앞발을 번쩍 들고 일어서는 바람에 능통은 그대로 뒤집히면서 땅바닥에 굴러떨어지고 말았다. 악진이 기다렸다는 듯이 창을 잡고 찌르려고 달려들었다. 창이 능통의 몸에 닿으려는 순간 시위소리가 울리며 화살 한 발이 악진의 얼굴에 맞으면서 말에서 굴러떨어졌다. 양편의 군사가 일제히 몰려 나와 자신의 장수를 구해 영채로 돌아가자 징소리가 울리며 싸움은 중지되었다.

영채로 돌아온 능통이 손권에게 감사하다며 인사를 하니 손권이 말하기를: "활을 쏘아 자네를 구해준 사람이 바로 감녕일세!"

능통이 머리를 조아리며 감녕에게 말하기를: "공이 이런 은혜를 내게 베풀어 주리라고는 생각지도 못했소."

이로부터 능통은 감녕과의 묵은 원한을 잊고 생사를 함께 나누는 친구(生死之交)가 되었다.

한편 조조는 화살을 맞은 악진을 찾아가 직접 치료해 주었다.

다음 날 조조는 군사를 다섯 방면으로 나누어 유수를 공격하러 갔다. 조조 자신은 중군을 거느렸으며, 왼쪽의 첫 번째 방면의 군사는 장료가, 두 번째 방면은 이전이, 오른쪽의 첫 번째 방면의 군사는 서황이, 두 번째 방면은 방덕이 맡았으며, 각 방면마다 1만 명의 군사를 거느리고 강변으로 쳐들어갔다.

이때 동습과 서성 두 장수는 배 위에서 조조군이 다섯 방면으로 나누어 쳐들어오고 있는 것을 보았는데 모든 군사들이 조조군의 세가 너무 강한 것을 보고 겁먹은 기색이 역력했다.

서성 曰: "주군의 녹을 먹으면 오로지 주군에 충성을 다해야 한다. 너희는 무엇을 두려워하느냐?"

서성은 곧바로 용맹한 군사 수백 명을 이끌고 작은 배에 나누어 타고 강기슭으로 건너가서 이전의 군사를 행해 쳐들어갔다. 동습은 배 위에 남아 군사들에게 북을 치고 함성을 질러서 위세를 돕도록 했다. 그때 갑자기 거센 바람이 불면서 물결이 하얗게 하늘로 치솟으며 파도가 소용돌이를 쳤다. 금방이라도 큰 배가 뒤집히려고 하자, 군사들이 모두 각함(脚艦: 비상용 작은 배)을 타고 도망치려고 했다.

동습이 칼을 쥐고 큰 소리로 호령하기를: "주군의 명을 받들어 여기서 적을 막고 있는데 너희들은 어찌 감히 배를 버리고 달아나려 한단 말이냐!"

그러고는 큰 배에서 작은 배로 내려가는 군사 10여 명을 단 칼에 베어 버렸다. 잠시 후 바람은 더욱 거세지더니 큰 배가 뒤집히며 동습은 결국 강물에 빠져 죽고 말았다. 이때 서성은 이전의 군사들 속에서 좌충우돌하며 싸우고 있었다.

한편 진무는 강기슭에서 큰 싸움이 벌어졌다는 말을 듣고 군사를 이끌고 달려오다가 방덕과 마주쳐 양군이 혼전을 벌였다.

유수오에 있던 손권은 조조군이 강기슭까지 쳐들어왔다는 말을 듣고 직접 주태와 함께 군사를 이끌고 싸움을 지원하러 갔다가 마침 서성이 이전의 군사들 속에서 악전고투하고 있는 것을 보고 곧바로 군사를 휘몰아 그를 지원하러 갔다. 그러나 장료와 서황의 군사가 양쪽에서 동시에 들이닥쳐 에워싸니 손권은 한가운데 갇히는 신세가 되고 말았다.

높은 언덕에서 손권이 포위당하는 것을 본 조조는 급히 허저에게 손권의 군사 한가운데로 쳐들어가서 그들을 두 갈래로 갈라놓아 서로를 돌볼 수 없도록 하라고 지시했다.

한편 손권과 함께 적진에 갇혔던 주태가 간신히 군사들 속을 빠져나와 강기슭에 다다랐으나 손권이 보이지 않았다. 다시 말머리를 돌려 적진 속으로 뛰어들어가다 본부 군사를 만나 그에게 묻기를: "주공께서는 어디 계시냐?"

그 군사가 손으로 군사들이 많이 몰려있는 곳을 가리키며 말하기를: "주공께서는 저 안에 갇혀 계시는데 매우 위급합니다."

주태가 그 적진 속으로 용감하게 뚫고 들어가 손권을 찾아냈다.

주태 曰: "주공께서는 저를 따라 나오십시오."

이리하여 주태가 앞장서서 혈로를 뚫고 손권은 그 뒤를 따랐다. 강기슭에 다다른 주태가 고개를 돌려보니 손권이 또 보이지 않았다. 주태는 말머리를 돌려 다시 적진 속으로 뛰어들어가 또 손권을 찾아냈다.

손권 曰: "적들이 저렇게 활을 비 오듯 쏘아대니 도저히 빠져나갈 수가 없소. 어찌하면 좋겠소?"

주태 曰: "주공께서 앞장서시고 제가 뒤에서 보호하면 포위를 뚫고 나갈 수 있습니다."

손권이 앞서 달려 나가자 주태가 뒤에서 좌우로 날아오는 화살을 막으면서 호위하며 달리는데 몸의 여러 군데에 창에 찔리고 화살은 두꺼운 갑옷을 뚫는 부상을 입으면서도 손권을 구하여 강기슭에 이르렀다.

마침 여몽이 한 무리의 수군을 이끌고 와서 손권과 주태를 맞이하여 배에 올랐다.

손권 曰: "나는 다행히 주태가 세 번씩이나 적의 포위망을 뚫고 들어와 구해 주었지만, 서성은 아직도 적의 한가운데 포위당해 갇혀 있으니 어떻게 빠져나올 수 있겠는가?"

주태 曰: "제가 다시 구하러 가겠습니다."

주태는 창을 휘두르며 다시 겹겹이 둘러싸인 포위 속을 뚫고 들어가 서성을 구해서 나왔다. 두 장수는 모두 중상을 입었다. 여몽은 군사들에게 강기슭 위의 적병들에게 활을 쏘아 더 이상 추격을 하지 못하도록 하고 두 장수를 구해 배에 올랐다.

한편 진무는 방덕과 한바탕 크게 싸웠는데 뒤에서 지원해 주는 군사가 없어 밀리기 시작했다. 방덕에게 쫓긴 진무는 산골짜기 입구까지 달아났으나 그곳은 수목이 워낙 우거져 더 이상 달아날 수 없어 다시 싸우려고 몸을 돌리려는 순간 갑옷 소매가 나뭇가지에 걸려 버렸다. 결국 진무는 적의 공격을 막아내지 못하고 방덕의 손에 죽고 말았다.

손권이 도망쳐 달아난 것을 본 조조는 직접 말을 몰아 강기슭으로 달려와 군사들에게 활을 쏘도록 했다. 여몽도 배에서 화살을 쏘아 대응하려는데 쏠 화살이 없었다. 방금 전 주태와 서성을 구하느라 이미 화살을 다 쏘아버린 것이다. 화살이 전부 떨어진 여몽이 당황하고 있을 때 갑자기 강 맞은편에서 한 무리의 배들이 도착했다. 배의 선두에 선 장수는 바로 손책의 사위인 육손(陸遜)이었다.

육손이 직접 10만 명의 군사를 거느리고 달려오니 전세는 완전히 뒤집어졌다. 육손의 군사들이 일제히 화살을 날려 조조의 군사를 물리치고 승세를 타고 강기슭에 상륙하여 도망치는 조조의 군사들을 추격하여 빼앗겼던 전마(戰馬) 수천 필을 다시 되찾았다. 조조의 군사들 중에 죽거나 부상당한 자는 그 수를 헤아릴 수도 없을 만큼 많았으니 조조는 결국 대패하고 돌아갔다.

다행히 진무의 수하 군사가 어지러이 싸우는 가운데 진무의 시체를 찾아냈다. 손권은 이 싸움에서 진무가 이미 죽었고 동습도 물에 빠져 죽은 것을 알고 몹시 애통해하며 군사들에게 명하여 강물 속에서 동습의 시신을 찾아내 진무와 함께 후하게 장례를 치러주도록 했다.

또한 자신을 연거푸 구해준 주태의 공로를 치하하여 크게 연회를 베풀어 그를 대접했다. 손권은 친히 주태에게 술을 따라주고 그의 등을 어루만지며 눈물 가득한 얼굴로 말하기를: "경(卿)은 목숨을 아끼지 않고 두 번이나 나를 구해냈소. 온몸에 수십 차례나 창에 찔려 마치 살갗에 칼로 그림을 그린 것처럼 되었으니, 내 어찌 경을 골육의 은혜로 대하지 않을 수 있으며 병마(兵馬)의 중책을 맡기지 않을 수 있겠소?

경은 나의 목숨을 구한 공신(功臣)이니 나는 마땅히 경과 더불어 영욕(榮辱: 영예와 치욕)과 휴척(休戚: 기쁨과 걱정)을 함께 할 것이오!"

말을 마친 손권이 주태에게 옷을 벗으라고 하여 여러 장수들에게 보여주게 했는데, 온몸의 피부와 살은 마치 칼로 도려낸 듯 했고, 몸 전체의 상처 자국들은 마치 나무뿌리가 휘감긴 듯 했다. 손권이 그 상처 자국들을 손으로 하나하나 가리키며 어찌 입은 상처인지 물으니 그때마다 주태는 싸움에서 상처를 입게 된 정황을 자세히 설명했다. 손권은 상처 한 곳에 술 한 잔씩 권하니 이날 주태는 만취했다.

손권은 주태에게 푸른 비단으로 만든 일산을 내려주며 출입할 때마다 쓰도록 하여 그의 영예를 더욱 빛나게 해 주었다.

손권은 유수에서 조조와 한 달 이상 대치하였으나 승리하지 못했다. 장소와 고옹이 진언하기를: "조조의 세력이 워낙 커서 힘으로는 이길 수 없습니다. 싸움이 길어질수록 군사들의 손실만 많아질 것 같으니, 차라리 화친을 하자고 청하여 백성을 안정시키는 것이 좋겠습니다."

손권은 그들의 말을 따르기로 하고 보즐(步騭)로 하여금 조조의 영채로 가서 화친을 청하게 하고 해마다 공물을 바칠 것이라고 했다. 조조 역시 이른 시일 내에 쉽게 강남을 평정하기는 어려우리라 판단하고 그 제안에 따르기로 하면서 명령하기를: "손권이 먼저 군사를 철수하면 나는 그것을 확인한 후에 회군할 것이다."

보즐이 돌아와서 보고하자 손권은 장흠과 주태에게 유수구에 남아서 지키게 하고 대군을 모조리 배에 싣고 말릉으로 돌아갔다. 조조도 조인과 장료를 합비에 남겨 두고 군사를 거두어 허창으로 돌아갔다.

조조가 돌아오자 여러 문무 관원들이 조조를 위왕(魏王)으로 추대하는 문제를 논의했다. 그러나 상서(尙書) 최염(崔琰)이 극력 반대했다.

여러 관원이 말하기를: "그대는 순문약(荀文若: 순욱)이 어찌 되었는지 보지 못하였소?"

최염이 크게 화를 내며 말하기를: "또 그 타령인가! 정 그리하겠다면 한번 해보시게. 반드시 변고가 있을 것이네."

최염과 사이가 좋지 않은 자가 이 사실을 조조에게 고해바쳤다. 조조는 크게 화를 내며 최염을 잡아들여 옥에 가두고 문초하라고 했다. 최염은 범 같은 눈을 부릅뜨고 곱슬곱슬한 수염을 곧추세우더니 조조는 임금을 속이고 업신여기는 역적이라고 마구 욕을 퍼부었다. 문초하던 정위(廷尉)가 그 사실을 조조에게 보고하니 조조는 최염을 옥중에서 때려죽이라고 명했다.

후세 사람이 최염을 칭찬하여 지은 시가 있으니:

청하 사람 최염은 천성이 굳고 강직하니	淸河崔琰天性堅剛
용의 수염 범의 눈에 철석같은 심장이라	虯髯虎目鐵石心腸
간사한 무리 피하고 높은 절개 드날리니	奸邪辟易聲節顯昂
한왕에 바친 충성이여 천고에 이름 높네	忠於漢主千古名揚

건안 21년(서기 216년) 여름 5월, 여러 신하들이 헌제에게 표문을 올렸다. 위공(魏公) 조조의 공덕이 이윤(伊尹: 은殷나라의 현신)이나 주공(周公: 주周의 건국 공신)도 따르지 못할 만큼 천지에 가득 차니 마땅히 위왕으로 봉해야 한다는 내용이었다.

헌제는 즉시 종요(鍾繇)에게 명하여 조서(詔書)를 작성하게 하여 조조를 위왕으로 세우도록 했다. 조조는 체면치레로 마음에도 없는 글을 세 번이나 올려 사양하는 척했다. 천자는 어쩔 수 없이 세 번이나 그의 사양을 허락하지 않는다는 조서를 내려야 했으며 마침내 조조는 위왕의 작위를 받았다.

그리하여 이제 조조는 열두 줄의 구슬이 달린 면류관을 쓰고 여섯 필의 말이 끄는 황금으로 장식된 수레를 타는 등 천자의 의장(儀狀)인 난의(鑾儀)를 하고 그가 궁중을 드나들 때 행인들의 왕래를 금지하고, 업군(鄴郡)에 위왕의 궁전을 짓고, 나아가 세자 책봉의 일까지 논의하기에 이르렀다.

조조의 본처 정부인(丁夫人)은 자식이 없었고, 첩 유씨(劉氏)에게서 맏아들 앙(昻)을 보았으나 장수(張繡)를 치러 갔을 때 완성(宛城)에서 죽었다.(제 16회 참고) 변씨(卞氏)에게서는 아들 넷을 얻었으니, 장자의 이름은 비(丕), 둘째는 창(彰), 셋째는 식(植), 넷째는 웅(熊)이었다.

이리하여 조조는 마침내 정부인을 내쫓고 변씨를 위 왕비(魏王妃)로 삼았다.

조조의 네 아들 중 셋째 아들 식의 자는 자건(子建)으로 매우 총명한데다 붓만 들면 바로 문장이 되니 조조는 그를 세자로 세우고 싶었다.

장자 조비는 아우에게 세자 자리를 빼앗길까 걱정이 되어 중대부(中大夫) 가후(賈詡)를 찾아가 계책을 물었다. 가후는 여차여차하라고 일러주었다.

이때부터 조조가 출정을 나갈 때면 모든 자식들이 나와 배웅을 하였고, 조식은 조조의 공덕을 칭송하였는데 하는 말마다 훌륭한 문장이 되었다. 하지만 조비는 오직 눈물만 흘리며 절만 했고, 곁에 있던 모든 사람들은 그 모습을 보고 마음 아파했다. 마침내 조조는 조식이 비록 재주는 있으나 성심(誠心)만은 조비만 못하다고 여겼다.

조비는 또한 조조를 가까이서 모시는 사람들을 매수하여 자신의 덕(德)을 칭송하고 그 소문을 내도록 하였다. 조조가 세자 책봉 문제를 결정하지 못하고 주저하다가 결국 가후에게 묻기를: "과인이 후사를 세우고자 하는데 누구를 세웠으면 좋겠나?"

가후는 대답하지 않았다. 조조가 그 까닭을 묻자 가후가 말하기를: "문득 생각나는 일이 있어서 미처 대답을 못 했습니다."

조조 曰: "문득 생각나는 일이란 게 뭐요?"

가후 曰: "원본초(袁本初: 원소)와 유경승(劉景升: 유표) 부자의 일[13]이 생각났습니다."

조조는 껄껄 웃으며 마침내 장자 조비를 왕세자로 세웠다.

그해 10월, 위(魏) 왕궁이 준공되자 조조는 각처에 사람을 보내 기이한 화초와 나무들을 가져와서 후원을 꾸몄다. 동오에 온 한 사자가 손권을 찾아가 위왕의 명을 전하고 밀감(柑子)을 가지러 온주(溫州)로 갔다.

이때 손권은 조조를 위왕으로 인정해야 하는 처지라 곧바로 사람들을 시켜서 본성에서 나는 가장 좋은 감귤만을 골라 40여 짐을 꾸려 밤낮을 가리지 않고 업군으로 운반해 가도록 했다.

운반해 가던 짐꾼들이 지쳐서 산기슭에서 잠깐 쉬고 있는데 한 늙은이가 다가와서 인사를 했다.

13 두 집안 모두 장자를 후계로 세우지 않아 자식들끼리 싸우다 결국 나라가 망함. 역자 주.

그는 한쪽 눈이 애꾸눈인데다가 한쪽 다리는 절고 있었으며 머리에는 백등관(白籐冠)을 쓰고 청라의(靑懶衣)를 걸치고 있었다.

그 늙은이가 말하기를: “자네들 짐을 지고 가느라 고생이 많겠네. 이 빈도(貧道)가 자네들 대신 짐들을 져다 주려 하는데 괜찮겠나?”

짐꾼들은 모두 기뻐했다. 그 늙은이는 한 사람마다 5리씩 짐을 대신 져주었다. 그런데 그 늙은이가 져다 준 짐들은 모두 전보다 가벼워져서 짐꾼들은 모두 놀라고 의아해 했다.

그 늙은이는 떠날 때 운반 책임자에게 말하기를: “이 빈도는 어린 시절 위왕과 같은 동네에 살던 친구로 성은 좌(左), 이름은 자(慈), 자를 원방(元放)이라 하며 도호(道號)는 오각선생(烏角先生)이라 하오. 업군에 도착하거든 위왕에게 이 좌자의 안부 인사를 꼭 전해 주시게.”

그러고는 소매를 툭툭 털고 사라져 버렸다. 업군에 도착한 짐꾼들이 조조에게 귤을 바쳤다. 조조가 직접 귤을 꺼내 손수 껍질을 벗기는데, 속이 텅 비어있는 것이 아닌가!

깜짝 놀란 조조가 짐꾼 책임자를 불러 어찌된 일인지 물으니, 그가 좌자의 일을 상세히 대답했다. 그러나 조조는 그의 말을 믿으려 하지 않았다. 그때 문득 문지기가 들어와서 보고하기를: “좌자라는 사람이 찾아와 대왕(大王) 뵙기를 청합니다.”

조조가 그를 불러들이니 짐꾼 책임자자 말하기를: “바로 이분이 도중에 만났던 사람입니다.”

조조가 그를 꾸짖어 말하기를: “너는 무슨 요술을 부려 감귤 속살이 다 비어 있느냐?”

좌자가 껄껄 웃으며 말하기를: “그럴 리가 있겠소?”

그가 밀감을 집어서 쪼갰는데 그 속은 살이 꽉 차 있었고 맛도 아주 달았다. 하지만 조조가 집어서 쪼개는 것들은 모두 빈 껍질뿐이었다.

더욱 놀란 조조가 그에게 자리를 내어 주며 어찌된 영문인지 묻자, 좌자는 술과 고기부터 내오라고 했다. 조조가 술과 고기를 내어 오니 그는 술을 다섯 말이나 마셨지만 취하지 않았고, 고기도 양 한 마리를 통째로 먹고도 배불러 하지 않았다.

조조가 묻기를: "그대는 무슨 술법을 가졌기에 이렇게 할 수 있는가?"

좌자 曰: "빈도는 서천 가주(嘉州)의 아미산(峨嵋山)에서 30년간 도를 닦았소. 어느 날 문득 석벽(石壁) 속에서 나를 부르는 소리가 들리기에 살펴보았지만, 아무것도 보이지 않았소. 이런 일이 며칠 간 계속되더니, 하루는 갑자기 하늘에서 천둥 번개가 치면서 그 석벽이 무너져 버렸는데 그 속에서 천서(天書)가 세 권 발견되었소. '둔갑천서(遁甲天書)'라는 책으로 상권은 천둔(天遁), 중권은 지둔(地遁), 하권은 인둔(人遁)이었소.

천둔은 구름과 바람을 타고 높은 허공을 날아오르게 할 수 있는 술법이고, 지둔은 산과 바위를 뚫을 수 있는 술법이며, 인둔은 구름처럼 천하를 떠돌아다니며 형체를 감추고 몸도 변신시킬 뿐만 아니라 검을 날리고 칼을 던져서 사람의 수급도 취할 수 있는 술법이 들어 있소.

이제 대왕께서는 신하로서 지위가 더 높아질 수 없을 만큼 올랐으니, 그만 물러나서 이 빈도와 함께 아미산으로 들어가 수행하시는 게 어떻겠소? 가신다면 제가 그 천서 세 권을 모두 드리겠소."

조조 曰: "나 역시 한창 전성기일 때 물러날 생각을 한 지 오래 되었지만 아직 조정 일을 맡길 만한 사람을 얻지 못해 이러고 있소."

좌자가 껄껄 웃으며 말하기를: "익주의 유현덕은 황실의 후예인데 왜 그분에게 자리를 내주지 않는 것이오? 만약 그렇게 하지 않으면 이 빈도가 칼을 날려 그대의 머리를 베어 버리고 말 것이오."

화가 머리끝까지 치민 조조가 외치기를: "네놈은 바로 유비의 첩자가 아니더냐!"

조조는 좌우에 호령하여 그를 즉시 잡아 가두라고 했다. 그러나 좌자는 그저 큰 소리로 껄껄 웃기만 했다.

조조는 10여 명의 옥졸들로 하여금 그를 꽁꽁 묶어 놓고 고문을 하게 했다. 옥졸들이 있는 힘껏 곤장을 쳤지만 좌자는 도리어 편안히 코를 골며 자고 있으니 아파하는 기색이 전혀 없었다.

화가 난 조조가 그의 목에 큰 칼을 씌우고 쇠못으로 단단히 박고 온몸을 쇠사슬로 묶어 옥에 가두고 잘 지키도록 했다.

그러나 어느새 칼과 족쇄가 다 풀어져 땅에 널려 있고 좌자는 땅 위에 드러누워 있는데 어느 한 군데 상한 곳이 없었다.

심지어 7일 동안이나 물 한 모금 주지 않았지만 좌자는 땅 위에 단정하게 앉아 있고 얼굴은 그 전보다 혈색이 더 좋았다. 옥졸이 이런 사실을 조조에게 알렸다. 조조가 그를 끌고 오라고 하여 그 이유를 물으니, 좌자가 말하기를: "나는 수십 년 동안 먹지 않아도 아무 지장이 없으며, 하루에 양 천 마리도 먹을 수 있소."

조조는 어찌하여 볼 도리가 없었다.

어느날 여러 관원들이 모두 왕궁 연회에 참석하여 한창 술을 마시며 연회 분위기가 무르익어 가는데 좌자가 나막신을 신고 연회의 앞자리에 나타났다. 많은 관원들은 놀라면서도 괴이하게 여기며 그를 쳐다보고 있었다.

좌자 曰: "오늘 대왕께서 산해진미를 다 갖춰놓고 신하들에게 큰 연회를 베풀어 천하의 진귀한 요리들이 많이 있구려. 혹시 그 중에 여러분께서 드시고 싶은데 빠진 요리가 있으면 이 빈도가 준비해서 가져다 드리겠습니다."

조조 曰: "나는 용의 간으로 끓인 탕을 먹고 싶은데 그대는 가져올 수 있겠는가?"

좌자 曰: "그게 뭐 어렵겠습니까!"

먹과 붓을 가져오라고 하여 벽에다 한 마리의 용을 그리더니 소매 자락으로 용을 스쳐 지나가니 그림 속 용의 배가 갈라지는 것이 아닌가!

좌자가 용의 뱃속에서 간을 끄집어냈는데 선혈이 뚝뚝 떨어지고 있었다.

조조는 믿을 수 없어 꾸짖기를: "그것은 그대가 미리 소매 속에 감추어 두었던 것이 아닌가!"

좌자 曰: "지금은 한겨울이라 초목이 다 말라죽었소. 대왕께서 지금 보고 싶고 좋아하는 꽃이 있으면 한번 말해보시오."

조조 曰: "나는 모란꽃을 보고 싶다."

좌자 曰: "그건 너무나 쉬운 일이오."

좌자는 큰 화분을 연회석 앞에 가져다 놓게 하고 물을 한 모금 입에 머금더니 화분에 뿌렸다. 그 순간 화분에서 모란 한 그루가 솟아오르면서 두 송이 모란이 활짝 피는 것이 아닌가!

크게 놀란 모든 관원들이 서로 좌자를 자신의 옆자리로 청해 술을 권했다. 잠시 후 요리사가 생선회를 올렸다.

좌자 曰: "회는 송강(松江)의 농어회가 최고지요."

조조 曰: "송강은 여기서 천리나 떨어져 있는데 어떻게 구해온단 말이냐?"

좌자 曰: "그것 역시 뭐가 어렵겠습니까!"

좌자는 낚싯대를 가져오라고 하더니 당(堂) 아래의 연못으로 가서 낚싯대를 드리우더니 잠깐 사이에 수십 마리의 큰 농어를 낚아 올려 전각 위에다 내려놓았다.

조조 曰: "이 연못에는 원래부터 이 고기가 있었느니라."

좌자 曰: "대왕께서는 어찌 저를 속이시려 하십니까? 천하의 모든 농어는 아가미가 둘이지만 오직 송강의 농어만은 아가미가 넷이지요. 이 농어의 아가미를 한번 보시지요."

여러 관원들이 확인해 보니 과연 아가미가 모두 넷이었다.

좌자 曰: "송강의 농어를 제대로 요리하려면 자아강(紫芽姜: 자줏빛 싹이 나는 생강)이 반드시 있어야 합니다."

조조 曰: "그대는 그것도 구할 수 있단 말인가?"

좌자 曰: "당연하지요."

좌자는 황금 화분을 하나 가져오게 했다. 그 화분을 옷으로 덮어씌웠다가 벗겨내니 자아강이 그 화분에 가득 들어 있었다.

좌자는 화분을 조조에게 바쳤다. 조조가 자아강을 집으려 하는데 그 속에 책이 한 권 들어 있었다. 그 책에는 '맹덕신서(孟德新書)'라 씌어 있는 것이 아닌가! 깜짝 놀란 조조가 그 책을 집어 들어 살펴보니 조조 자신이 쓴 책이 분명했다.

어찌된 영문인지 조조가 물을 틈도 주지 않고 좌자는 술상 위의 옥잔을 들고 술을 넘치도록 부은 뒤 조조에게 올리며 말하기를: "대왕께서 이 술을 드시면 천년을 사시게 될 것입니다."

조조 曰: "그대가 먼저 마시거라!"

좌자가 머리에 쓰고 있던 관에서 옥비녀를 뽑아 잔 한가운데를 그으니 술이 반으로 나뉘었다. 좌자는 그 반을 마신 다음 나머지 반을 조조에게 바쳤다.

조조가 그 잔을 받지 않고 그를 꾸짖으니, 좌자는 술잔을 공중에 던져버렸다. 그러자 그 술잔이 한 마리의 흰 비둘기로 변하여 전각을 한 바퀴 빙 돌아 멀리 날아갔다. 모든 관원들이 넋을 잃고 그 비둘기를 쳐다보는 순간 좌자는 어디론지 사라져 버렸다.

그때 갑자기 보고가 들어오기를: "좌자가 궁문을 빠져나갔습니다."

조조 曰: "이런 요망한 자는 반드시 없애야 한다. 살려두면 훗날 틀림

左慈擲盃戲曹操

없이 해가 될 것이다!"

즉시 허저로 하여금 철갑 군사 3백 명을 이끌고 좌자를 뒤쫓아 가서 사로잡으라고 명했다.

허저가 말에 올라 군사들을 데리고 성문을 나선 지 얼마 안 되어 좌자가 저 앞에서 나막신을 신고 천천히 걸어가는 것을 보았다. 허저는 나는 듯이 말을 몰아 그를 뒤쫓았으나 도저히 그를 따라잡지 못했다.

허저가 계속 뒤를 쫓아 어느 산속에 이르렀다. 마침 양치는 목동이 양을 몰고 오는데 좌자가 그 양떼 속으로 들어갔다. 허저가 좌자를 향해 화살을 쏘았으나 좌자는 또 사라지고 없었다. 양으로 둔갑해 있을 것으로 생각한 허저는 그곳에 있는 양을 한 마리도 남김없이 모조리 목을 베어 죽여 버리고 돌아왔다.

양치기 목동이 울고 있는데 갑자기 땅바닥에 떨어져 있던 양의 머리가 사람처럼 말을 하며 목동에게 말하기를: "너는 양의 머리들을 모두 죽은 양의 몸통에 갖다 붙여보아라!"

소스라치게 놀란 목동이 얼굴을 감싸며 달아나는데 갑자기 뒤에서 누군가 부르기를: "애야, 놀라서 달아나지 말거라. 내가 네 양들을 모두 살려 주마."

목동이 고개를 돌려보니 좌자가 이미 죽은 양들을 모두 살려내어 뒤를 따라오고 있었다. 목동이 어찌된 일인지 물어보려는데 좌자는 어느새 소매를 툭툭 떨치며 이미 저만치 가고 있는데 어찌나 빠른지 마치 날아가는 것 같아서 바로 사라져 버렸다.

목동이 돌아가서 주인에게 고하자 이 사실을 들은 주인은 너무나 황당하고 놀라서 그 일을 숨길 수가 없어 조조에게 알렸다.

조조는 그의 생김새를 그려 각처에 돌려 좌자를 잡아들이라고 했다.

사흘 동안 성 안팎에서 좌자로 잡혀온 자가 3~4백 명이나 되었다. 그들은 모두 애꾸눈에 절름발이로 흰 등나무 관에 푸른 옷을 입고 나막신을 신었는데 전부 얼굴 생김새가 똑같았으니 저잣거리는 한바탕 소동이 벌어졌다.

조조는 여러 장수들에게 명하여 그들의 몸에 돼지와 양의 피를 뿌리고 그들을 모조리 성 남쪽에 있는 훈련장으로 압송하게 한 다음, 직접 무장 병사 5백 명을 이끌고 가서 그들을 에워싸고 모조리 목을 베어 죽였다.

죽은 사람들은 모두 목구멍에서 한 줄기 푸른 기운이 솟아나와 하늘로 올라가더니 한 곳으로 모여서 한 사람의 좌자로 변했다. 그 좌자가 하늘을 향해 백학(白鶴) 한 마리를 부르더니 그 위에 올라타서는 손뼉을 치며 호탕하게 웃으며 말하기를: "토서(土鼠)가 금호(金虎)를 따라가니(土鼠隨金護), 간웅은 하루아침에 죽을 것이다!(奸雄一旦休)[14]"

조조는 여러 장수들에게 활을 쏘아 그를 죽이라고 했다. 그때 갑자기 광풍이 불면서 돌이 구르고 모래가 날리며 목이 잘린 시체들이 마구 날뛰면서 각자 자신의 머리를 손에 들고 연무청(演武廳) 위로 달려들더니 조조를 때리기 시작했다.

모든 문무 관원들이 얼굴을 감싸 쥐고 놀라 자빠져 서로 쳐다보지도 못했다.

이야말로:

간웅의 권세가 나라를 기울게 해도 　　奸雄權勢能傾國
도사의 신선술 앞에는 어찌 못하네 　　道士仙機更異人

조조의 목숨이 어찌 될지 궁금하거든 다음 회를 기대하시라.

14 이때가 건안 21년(서기 216년) 10월이었으니 이로부터 약 3년 뒤 쥐띠 해인 경자년(건안 25년)의 호랑이 달인 정월(寅月)에 조조가 죽을 것임을 예견한 것임. 역자 주.

제 69 회

관로는 주역으로 점쳐 앞일을 내다보고
조조를 치던 다섯 신하는 절개 있게 죽다

卜周易管輅知機

討漢賊五臣死節

그날 조조는 검은 바람이 몰아치는 가운데 수많은 시체들이 자신에게 달려드는 것에 놀라 기절하고 말았다. 잠시 후 바람이 잦아들면서 그 많던 시체들이 어디로 사라졌는지 하나도 보이지 않았다. 좌우에서 부축하여 궁으로 돌아간 조조는 놀란 나머지 결국 병이 들어 자리에 눕고 말았다.

후세 사람이 좌자를 칭찬하여 지은 시가 있으니:

구름 위를 날듯이 천하를 주유하며	飛步凌雲遍九州
둔갑술을 쓰며 홀로 유유히 노니네	獨憑遁甲自遨遊
기분 내키는 대로 신선술 보여주며	等閒施設神仙術
조조 깨우치려 했으나 듣지 않았네	點悟曹瞞不轉頭

조조가 걸린 병은 약으로 나을 병이 아니었다. 마침 태사승(太史丞) 허지(許芝)가 허창에서 조조를 뵈러 왔다. 조조는 허지에게 주역으로 점을 쳐보게 했다.

허지 曰: "대왕께서는 혹시 신복(神卜) 관로(管輅)에 대해 들어 보셨습니까?"

조조 曰: "오래 전부터 그 이름은 들어 봤으나 점술이 어떠한지는 잘 모르니 자네가 한번 자세히 말해보게."

허지 曰: "관로의 자는 공명(公明)으로 평원(平原) 사람입니다. 생김새가 워낙 추한데다 술을 너무 좋아하고 언행도 거칠고 제멋대로입니다. 그의 부친은 일찍이 낭야(琅琊) 즉구(卽丘)의 현령을 지냈다고 합니다. 관로는 어려서부터 별을 관측하는 것을 좋아해 날을 샌 적도 많았으나 부모는 그를 말릴 수가 없었습니다.

그는 늘 말하기를, '집에서 기르는 닭이나 야생의 고니도 때를 아는데 하물며 사람이 시간을 몰라서야 되겠는가!'라고 말하곤 했답니다.

그는 이웃집 애들과 놀 때도 언제나 땅바닥에 하늘의 별자리를 그려 놓고 일월성신(日月星辰)을 늘어놓았다고 합니다. 자라면서 주역(周易)을 깊이 연구하고, 바람의 방향으로 길흉을 점치는 풍각(風角)을 했으며 음양과 복술(卜術)에 신통하고 관상도 잘 본다고 합니다.

하루는 낭야태수 선자춘(單子春)이 그의 명성을 듣고 관로를 불러와서 만나 보았습니다. 마침 그 자리에는 말깨나 한다는 선비들이 1백여 명이나 모여 있었는데 관로가 선자춘에게 말하기를, '저는 아직 나이도 어리고 담력이나 기백도 약해 술 석 되를 주시면 먼저 마시고 나서 말씀드리겠습니다.'하니 기이하게 여긴 선자춘이 그에게 술을 내어 주었습니다. 관로는 그 술을 다 마시고 나서 선자춘에게 묻기를, '지금 제가 상대해야 할 사람이 부군(府君) 주위에 앉아 계신 선비들입니까?' 하니 선자춘이 말하기를, '나 혼자서 그대를 상대할 것이네.'

이리하여 선자춘이 관로와 주역의 이치를 토론하는데 관로가 논리 정연하고 설득력 있게 설명을 잘하니, 듣는 사람들이 전혀 지루함을 느끼지 못했다고 합니다. 그의 말 한마디 한마디가 정연하고 심오하여 자춘이 여러 차례 답변하기 까다로운 반박을 했지만, 관로의 답변은 언제나 물 흐르듯 했습니다.

새벽부터 시작된 토론은 날이 저물 때까지 이어졌으나 얼마나 분위기가 진지했으면 누구하나 음식에 손을 대지 않았으며, 선자춘을 비롯한 그 자리에 있던 모든 선비들은 그의 실력에 탄복했습니다. 이리하여 천하 사람들은 그를 신동이라 부르게 되었습니다.

한번은 그 고을에 곽은(郭恩)이라는 사람이 살고 있었는데, 그의 삼 형제가 모두 앉은뱅이병을 앓고 있었습니다. 그래서 관로를 청하여 점을 치게 하니 관로가 점괘를 보고 말하기를, '주역의 괘를 보니 당신 집안의 묘에 여자 귀신이 있소. 당신의 백모 아니면 숙모일 것이오. 옛날 큰 흉년이 들었을 때 쌀 몇 되의 이익을 취하려고 그를 우물 속에 밀어 넣고 큰 돌로 머리를 부수었소. 그 억울한 혼이 고통을 하늘에 호소해 그대들이 이처럼 업보를 받은 것이니 어떤 액막으로도 그것은 풀 수가 없소.'

그 말을 들은 곽은의 형제들은 울면서 자신의 죄들을 모두 자백했다고 합니다.

하루는 안평(安平) 태수 왕기(王基)가 관로의 점괘가 신통함을 알고 그를 자기 집으로 초대했습니다. 그때 마침 신도(信都) 현령의 처가 늘 심한 두통으로 고생을 하고 있었고 그의 아들도 심통(心痛)을 앓고 있어서 관로에게 점을 쳐달라고 부탁했습니다.

관로가 말하기를, '이 집의 서쪽 모퉁이에 시체 두 구가 묻혀있는데, 한 남자는 창을 가졌고, 또 한 남자는 화살을 가졌소. 그 시신의 머리는 벽 안쪽에 있고 다리는 벽 바깥쪽에 묻혀 있는데, 창을 지닌 자가 머리를 찌르고 있기 때문에 늘 두통이 있고 화살을 지닌 자는 가슴을 찌르고 있기 때문에 심통이 있는 것이오.'

즉시 그 자리를 파 보았는데, 여덟 자쯤 파 들어가니 과연 관(棺)이 둘 나왔습니다. 관 하나에는 창이 들어 있고, 다른 관에는 쇠뿔로 만든 활과 화살이 들어 있었고 나무로 된 관은 다 썩어 없어졌습니다. 관로는 그 해골들을 성 밖 10리 되는 곳에 묻어주라고 했는데 그 후 현령의 처와 아들의 병은 씻은 듯 나았습니다.

그리고 또 이런 일도 있었습니다. 관도(館陶) 현령 제갈원(諸葛原)이 신흥(新興) 태수로 옮겨가게 되어 관로가 전송하러 갔는데 손님 중의 한 사람이 제갈원에게 관로는 점괘로 가려 놓은 물건도 잘 맞춘다고 칭찬을 하였습니나.

그 말을 믿을 수가 없었던 제갈원은 은밀히 제비알과 벌집 그리고 거미를 각각 다른 상자에 넣고 봉한 다음 관로에게 그 안에 든 것을 맞혀 보라고 했습니다.

관로가 점을 쳐서 괘가 나오자 작은 상자 뚜껑에 각각 네 구절의 글자를 적었는데 그 첫 상자에는:

기운을 머금고 마땅히 변하며　　　含氣須變
사랑채 처마에 의지하고 있네　　　依乎宇堂
암수로 형태를 이루어져 있고　　　雌雄以形
깃과 날개가 서서히 펼쳐지네　　　羽翼舒張

라고 적고 '제비알(燕卵)'이라고 했습니다.

둘째 상자에는:

집이 거꾸로 매달려 있고　　　家室倒懸
출입문이 수도 없이 많아　　　門戶衆多

정기는 감추고 독을 길러	藏精育毒
가을이 되면 변화를 하리	得秋乃化

라고 적고 '벌집(蜂窩)'이라고 했습니다.

셋째 상자에는:

벌벌 떠는 길다란 다리에	觳觫長足
실을 토하며 그물 만드네	吐絲成羅
그물 쳐서 먹이를 구하니	尋網求食
이익은 어두운 밤에 있네	利在昏夜

라고 적고 '거미(蜘蛛)'라고 했습니다. 그러자 자리에 있던 모든 사람들이 깜짝 놀랐습니다.

그리고 또 한번은 소를 잃어버린 마을의 한 노파가 점을 쳐달라고 하니 관로가 말하기를, '북쪽의 계곡에서 일곱 명이 소를 잡아먹고 있는데 지금 바로 가면 가죽과 고기가 아직 남아 있을 것이오.' 하여 그 노파가 즉시 그 계곡에 찾아가 보니, 과연 일곱 사람이 초가집 뒤에서 소를 삶아 먹고 있었는데 아직 가죽과 살이 남아 있었습니다.

노파의 고발로 그 고을 태수 유빈(劉邠)이 7명을 잡아들여 죄를 물은 뒤 노파에게 묻기를, '그대는 어떻게 이 사실을 알게 되었소?' 물으니 그 노파는 관로의 신복(神卜)으로 알게 되었다고 했으나 유빈은 그 말을 믿을 수 없어 관로를 부중으로 불러들였습니다.

그러고는 인장(印章) 주머니와 꿩의 깃털을 상자 속에 넣어 놓고 점을 쳐서 그 안에 무엇이 들어 있는지 알아맞혀 보라고 했습니다.

관로가 점쳐 말하기를, '두 개가 들어 있는데, 그 하나는 속에 든 것은 모나고 밖은 둥근데 오색의 무늬가 있고, 귀한 것을 담고 믿음을 지키며 밖으로 나오면 글이 생기니 바로 인장 주머니요. 그 둘은 바위마다 새가 있으니 비단 몸에 붉은 옷을 입고 날개와 깃은 검붉은 누런색이고 새벽이면 반드시 우니 이것은 바로 꿩의 깃털입니다.'

깜짝 놀란 유빈은 관로를 귀한 손님으로 모셨습니다.

하루는 관로가 교외로 나가 한가로이 거닐다가 밭에서 김을 매고 있던 한 소년을 만났습니다. 길가에 서서 한참을 보고 있던 관로가 그 소년에게 묻기를, '성은 무엇이고 나이는 몇 살이냐?'

소년 曰; '제 성은 조(趙)이고 이름은 안(顔)이며 나이는 열아홉입니다. 그런데 선생은 누구십니까?'

관로 曰; '나는 관로라고 한다. 내 보니 너의 미간(眉間)에 죽음의 기운(死氣)이 있어 사흘 안에 죽을 운이로구나. 얼굴도 잘생겼는데 목숨을 그리 타고났으니 참으로 안타까운 일이로다!'

집으로 돌아간 조안이 자신의 애비에게 이 사실을 고하자 그 애비가 즉시 관로를 찾아와 땅에 엎드려 울면서 절을 하며 말하기를, '제발 저희 집에 가서 제 자식 놈을 살려 주세요!'

그러자 관로는, '이는 타고난 수명(天命)이니 면할 길이 없소이다!'하고 말하니 그 애비가 다시 사정하기를, '늙은이에게 유일한 자식 놈인데 제발 살려 주십시오!'

조안 역시 울면서 빌었습니다. 관로는 그들 부자가 너무나 간절하게 사정하기에 조안에게 말하기를, "너는 맑은 술 한 병과 사슴고기 육포 한 덩어리를 준비하여 내일 남산으로 가거라. 그곳의 큰 나무 아래 반석(盤石) 위에서 두 사람이 바둑을 두고 있을 것이다. 남쪽을 향해 앉아 있는 사람은 흰색 도포를 입고 있는데 생김새가 추할 것이고, 북쪽을 향해 앉아 있는 사람은 붉은 도포를 입고 있는데 인물이 출중할 것이다. 너는 두 사람이 한창 바둑에 정신이 빠져 있는 틈을 타서 무릎을 꿇고 술과 포를 바쳐라. 그들이 술과 포를 다 먹고 난 뒤에 울며 엎드려 절하면서 목숨을 연장해 달라고 빌어 보거라. 그러면 틀림없이 너의 목숨을 보태줄 것이다. 그러나 내가 시켰다는 말을 해서는 절대로 안 된다.'

그 아비는 관로를 자신의 집에 머물러 있게 했습니다. 다음 날 조안은 술과 포를 준비하여 남산으로 갔습니다. 약 5~6리쯤 들어가니 과연 두 사람이 큰 소나무 아래의 반석 위에서 바둑을 두고 있었는데 어찌나 바둑에 정신이 팔려 있었던지 그가 가까이 가도 돌아보지도 않았습니다.

조안이 무릎을 꿇고 술과 포를 올리니, 두 사람은 바둑에 넋이 나간 나머지 자신도 모르게 술과 포를 주는 대로 다 받아먹었습니다. 그러자 조안이 땅에 엎드려 울면서 목숨을 늘려 달라고 빌었습니다. 두 사람은 깜짝 놀라면서 그 중 붉은색 도포를 입은 사람이 말하기를, '이는 필시 관자(管子: 관로)가 시킨 것이다. 하지만 우리 두 사람이 그에게 사사로이 얻어먹었으니 청을 들어주지 않을 수 없겠소이다.'

그러자 흰색 도포를 입은 사람이 몸에서 장부를 꺼내 살펴보더니 조안에게 말하기를, '너는 올해 열아홉이니 마땅히 죽어야 하지만 내 이제 십(十)자 앞에 아홉 구(九)자 하나를 더 써 넣어줄 것이니, 너는 아흔아홉 살까지 살 수 있다. 대신 너는 돌아가서 관로에게 다시는 천기를 누설하지 말라고 일러라. 그렇지 않으면 반드시 천벌을 받으리라.'

붉은 도포를 입은 사람이 붓을 꺼내 글자 하나를 추가하고 나자 문득 한줄기 향기로운 바람이 일면서 두 사람은 바로 두 마리의 백학으로 변하더니 하늘로 날아가 버렸습니다.

조안이 돌아와 관로에게 그들이 누구냐고 물으니 그가 대답하기를,

'붉은 도포를 입은 사람은 남두(南斗)이고 흰 도포를 입은 사람은 북두(北斗)이니라.'

조안이 말하기를, '제가 알기로 북두는 아홉 개의 별(九星)인데 어째서 한 분입니까?'

관로 曰; '흩어져 있으면 아홉으로 보이나 합쳐지면 하나가 된다. 북두는 죽음을 주관하고, 남두는 출생을 주관하는데 이번에 그 북두가 목숨을 더해 주었으니 이제 너는 걱정할 것이 뭐 있느냐?'

그러자 부자는 절을 하며 고맙다고 했습니다.

이 일이 있은 후 관로는 천기를 누설할까 두려워 다시는 사람들에게 가벼이 점을 쳐주지 않는다고 합니다.

그 사람은 지금 평원에 있습니다. 대왕께서 걱정거리를 없애고 길흉을 알고 싶으시면 어찌하여 그를 불러 물어보지 않으십니까?"

조조는 매우 기뻐하며 즉시 사람을 평원으로 보내 관로를 불러오게 했다. 도착한 관로가 절을 올리자 조조가 그에게 점을 쳐보도록 했다.

관로 曰: "그것은 한낱 사람의 눈을 속이는 마술에 불과한데, 무엇을 근심하십니까?"

그 말을 들은 조조는 마음이 놓이자 병세도 점점 좋아졌다. 조조는 관로에게 천하의 일을 점쳐보도록 하니, 점괘를 본 관로가 말하기를: "24년간 천하를 누비다가(三八縱橫) 누런 돼지가 범을 만나니(黃猪遇虎)[15], 정군의 남쪽에서(定軍之南) 한쪽 다리가 부러지네(傷折一股)[16]."

조조는 자신의 복록이 얼마나 오래 갈 것인지를 점쳐달라고 했다.

관로 曰: "사자궁 안(獅子宮中)에 신위를 모시고(以安神位), 왕도가 새로

15 돼지해인 기해년(己亥年) 건안 24년 서기 219년 정월(寅月)을 의미. 역자 주.

16 즉 218년 정월에 하후연이 죽는다는 것을 예언한 것임. 역자 주.

일어나니(王道鼎新) 자손이 매우 귀하게 되리라(子孫極貴)[17]."

조조가 더 상세히 알고 싶어 물으니 그가 답하기를: "한없이 멀고 아득한 하늘의 운수를 미리 다 알 수는 없습니다. 시간이 지나면 자연히 알게 될 것입니다."

조조는 관로를 태사로 봉하려고 했다.

관로 曰: "저는 살날이 얼마 남지 않았고 상이 궁하여(薄命相窮) 그런 직책은 감히 감당할 수 없습니다."

조조가 무슨 까닭이냐고 물으니, 관로가 말하기를: "저는 이마에 주골(主骨)이 없고 눈동자가 맑지 못하며, 코에는 콧대(梁柱)가 없습니다. 또한 발에는 천근(天根)이 없고 등에는 삼갑(三甲)이 없고 배에는 삼임(三壬)이 없습니다. 그저 태산에서 귀신이나 다스릴 수 있을 뿐 살아 있는 사람을 다스릴 수는 없습니다."

조조 曰: "그럼 내 관상은 어떠한가?"

관로 曰: "신하로서 가장 높은 지위까지 오르셨는데 관상은 봐서 무엇 하시렵니까?"

조조가 재삼 물었으나 관로는 그저 웃기만 할 뿐 대답이 없었다.

조조는 관로에게 여러 문무 관원들의 관상을 보아 달라고 하니, 관로가 말하기를: "모두가 세상을 다스릴 만한 분들입니다."

조조가 다시 길흉화복을 물었지만, 관로는 끝내 말하지 않았다.

후세 사람이 관로를 칭찬하여 시를 지었으니:

평원땅의 귀신 같은 점쟁이 관공명은　　平原神卜管公明
남두와 북두의 별을 능히 헤아렸으며　　能算南辰北斗星

17　조조가 죽으면 사자궁에 위패를 모시게 될 것이라는 것과 그의 아들 조비가 한나라를 찬탈하여 새 왕조를 열게 될 것을 예언한 것임. 역자 주.

팔괘의 오묘한 이치는 신과 통하였고	八卦幽微通鬼竅
육효의 깊은 뜻인 천문도 통달했다네	六爻玄奧究天庭

관상으로 자신의 수명을 미리 알았고	預知相法應無壽
스스로 깨달으니 그 얼마나 영험한가	自覺心源極有靈
아쉽구나 그 당시의 기이한 술법이여	可惜當年奇異術
후세에 책으로 남겨 전하지 못했으니	後人無復授遺經

조조는 다시 동오와 서촉 두 곳의 점을 쳐보라고 했다.

괘를 짚어본 관로가 말하기를: "동오에서는 대장 한 명이 죽을 것이고 서촉에서는 이미 군사들이 경계를 침범했습니다."

조조는 그 말을 믿지 않았다. 그런데 갑자기 합비에서 육구(陸口)를 지키던 동오의 장수 노숙(盧肅)이 죽었다는 보고가 올라왔다.

깜짝 놀란 조조는 곧바로 한중(漢中)으로 사람을 보내 그곳 소식을 알아보게 했다. 며칠 되지 않아 유현덕이 장비와 마초로 하여금 하변관(下辨關)을 공격하려고 하변(下辨)에 군사를 주둔시키고 있다는 보고가 들어왔다.

조조는 크게 화를 내면서 자신이 대군을 거느리고 다시 한중으로 쳐들어가고자 관로에게 점을 쳐보도록 했다.

관로 曰: "대왕께서 함부로 움직여서는 안 됩니다. 내년 봄에 반듯이 허도에 큰 불이 날 것입니다."

관로의 말이 여러 번 맞는 것을 알고 있는 조조는 감히 움직이지 못하고 업군(鄴郡)에 그냥 머물러 있기로 하고 조홍에게 군사 5만을 거느리고 가서 하후연과 장합을 도와 함께 동천을 지키게 했다.

또한 하후돈에게는 군사 3만 명을 거느리고 허도를 수시로 순찰하며 만일의 사태에 대비하도록 했다. 그리고 장사(長史) 왕필(王必)에게는 어림군(御林軍)을 총괄 지휘하도록 했다.

그러자 주부 사마의(司馬懿)가 간하기를: "왕필은 술을 너무 좋아하고 성품이 관대하여 그 직책을 감당하지 못할까 염려됩니다."

조조 日: "왕필은 내가 가시덤불을 헤치며 온갖 고난을 겪을 때부터 나를 항상 따르던 사람으로, 충직하고 근면하여 마음이 철석(鐵石) 같으니 그 직책의 적임자다."

그러고는 왕필에게 어림군을 거느리고 허창의 동화문(東華門) 밖에 주둔해 있도록 했다.

이때 허창에는 경기(耿紀)라는 사람이 있었다. 그는 낙양 사람으로 자는 계행(季行)이라고 했다. 그는 전에 승상부연(丞相府掾)으로 있다가 시중소부(侍中少府)로 옮겼는데, 사직(司直) 위황(韋晃)과 친분이 매우 두터웠다. 그는 조조가 왕의 작위를 받고 천자처럼 의장을 갖추고 수레를 타고 출입하는 것에 매우 불만을 갖고 있었다.

건안 23년(서기 218년) 정월, 경기는 위황과 함께 은밀히 상의하기를: "역적 놈 조조의 간악함이 날로 심해지니, 장차 틀림없이 황제의 자리도 찬탈할 것이네. 우리는 한(漢)의 신하인데 역적과 어찌 한 패가 될 수 있겠나?"

위황 日: "내게 심복이 한 사람 있네. 김의(金禕)라는 사람인데 한(漢)의 승상을 지낸 김일제(金日磾)의 후손이네. 그는 평소 조조를 칠 마음이 있는데다, 게다가 왕필과도 매우 가까운 사이이니, 만약 그와 함께 일을 도모할 수 있다면 대사를 이룰 수 있을 것이네."

경기 日: "그 사람이 왕필과 친분이 두텁다면 어찌 우리와 함께 일을 도모하려 하겠는가?"

위황 曰: "일단 가서 말을 해 보고 그가 어찌 나오는지 보도록 하세."

이리하여 두 사람은 함께 김의의 집으로 찾아갔다.

김의가 그들을 맞아 후당으로 들어가 자리에 앉자 위황이 말하기를: "덕위(德偉: 김의)는 왕장사(王長史: 왕필)와 친분이 매우 두터운 사이가 아닌가? 그래서 우리 두 사람이 특별히 부탁이 있어서 왔네."

김의 曰: "부탁할 것이 무엇이오?"

위황 曰: "내 듣자니 위왕께서 조만간 선위(禪位)를 받으시고 장차 보위(寶位)에 오르실 거라고 하던데, 그리되면 공과 왕장사는 틀림없이 높은 자리에 오르실 것이 아니오. 그때 부디 우리를 저버리지 말고 은혜를 베풀어 잘 이끌어 주시면 그 은혜를 잊지 않을 것이오."

그 말을 들은 김의는 곧바로 소매를 떨치며 일어섰다. 그때 마침 하인이 차를 끓여가지고 들어오는데 김의가 그 찻주전자를 손으로 쳐서 땅바닥에 쏟아버렸다.

위황이 놀란 척하며 말하기를: "덕위는 오랜 친구를 어찌 이리 박정하게 대하는가!"

김의 曰: "내가 자네와 친하게 지냈던 것은 자네들이 한나라에서 높은 벼슬을 지낸 신하의 후손이었기 때문이오. 그런데 이제 보니 자네들은 근본에 보답할 생각은 하지 않고 오히려 반역자를 도우려 하다니, 내가 무슨 낯으로 그대들과 함께 벗을 하겠소!"

경기 曰: "하늘의 운수가 이런 걸 어찌하겠는가? 어쩔 수 없어서 우리도 이런 것이네."

김의는 더욱 화를 냈다.

김의가 정말로 충의(忠義)가 있음을 확인한 경기와 위황은 마침내 자신들의 본심을 말하기를: "우리는 본래 역적을 치려고 하면서 자네의 도움을 받으러 온 것이네. 지금까지 한 말은 자네를 떠보기 위해서 일부러 그런 것이었네."

김의 曰: "우리 집안은 대대로 한(漢)의 신하로 살아왔는데, 어찌 역적을 따르겠는가! 공들은 한 황실을 일으킬 수 있는 무슨 고견이 있소?"

위황 曰: "아직 나라에 보답할 마음만 있을 뿐, 아직 역적을 토벌할 계책은 없네."

김의 曰: "나는 안팎으로 호응하여 먼저 왕필을 죽이고 병권을 빼앗아 천자를 우선 보위하면서, 유 황숙과 결탁하여 밖에서 지원한다면 조조 역적 놈을 죽일 수 있을 것이오."

그 말을 들은 두 사람은 손뼉을 치면서 좋다고 말했다.

김의 曰: "나에게 믿을 만한 두 사람이 있네. 그들에게 조조는 자신들의 아비를 죽인 원수로, 지금 성 밖에 숨어 살고 있는데 우리의 날개로 쓸 수 있을 것이오."

경기가 그들이 누구냐고 물으니, 김의가 말하기를: "태의(太醫) 길평(吉平)의 아들들이오. 큰아들은 길막(吉邈)으로 자가 문연(文然)이고, 둘째 아들은 길목(吉穆)으로 자를 사연(思然)이라고 하는데 지난날 조조가 의대조(衣帶詔) 사건으로 그 부친을 죽였을 때 그들은 멀리 도망을 쳐 간신히 목숨을 건질 수 있었소. 지금은 몰래 허도로 돌아와 있는데 우리와 함께 서로 도와 조조를 치자고 하면 따르지 않을 리가 없소."

경기와 위황은 매우 기뻐했다.

김의는 즉시 은밀히 사람을 보내 길씨 형제를 불렀다. 얼마 후 두 형제가 오자 김의가 자신들이 의논했던 일을 자세히 설명했다. 두 형제는 비분강개하여 눈물을 흘리며 원한이 하늘에 사무쳐 나라의 역적을 반드시 죽이겠다는 맹세를 했다.

김의 曰: "정월 대보름 밤이면 성 안에서는 집집마다 등불을 크게 밝히고 원소절(元宵節)을 경축할 것이오. 그때 경소부(耿少府)와 위사직(韋司

直) 두 사람은 각자 집안의 가동(家僮)들을 데리고 왕필(王必)의 병영 앞으로 가서, 병영 안에 불길이 치솟거든 두 방면으로 쳐들어가서 왕필을 죽이시오.

그런 다음 곧바로 나와 함께 궁궐 안으로 들어가서 황제를 청하여 오봉루(五鳳樓)로 올라가서 문무백관들을 불러들여 그들의 면전에서 역적을 치라는 분부를 내리도록 하면 되는 것이오.

길문연 형제는 성 밖에서 쳐들어와서 불길이 치솟는 것을 신호로 성 안을 돌아다니며 백성들에게 나라의 역적을 주살하자고 크게 외치며 선동하여 성 안으로 구원병들이 들어오지 못하게 막아야 하오.

그러면 천자께서 조서를 내려 구원군을 항복하게 만들고, 사태가 정리되면 내가 항복한 구원군을 이끌고 곧바로 업군(鄴郡)으로 쳐들어가서 조조를 사로잡을 것이오. 그런 다음 황제의 조서를 사자에게 주어 유 황숙을 불러오면 모든 일은 끝나는 것이오.

오늘 이렇게 약정을 하고 보름날 이경(二更:밤 9시에서 11시)에 거사하되 지난날 동승처럼 실수하여 스스로 화를 자초하는 일이 없도록 해야 하오."

다섯 사람은 피를 뽑아 마시며 하늘에 맹세하고 각자 집으로 돌아가서 군마와 병장기를 정비하며 약속한 날에 행동하기로 했다.

경기와 위황 두 사람은 각기 가동들이 3~4백 명씩 있었으며 그들에게 병장기를 나누어 주었다. 길막 형제 역시 3백 명의 장정들을 불러 모아 사냥을 핑계로 만반의 준비를 마쳤다.

김의는 거사 날이 되기 전에 왕필을 찾아가 말하기를: "이제는 나라가 안정되고 위왕의 위엄도 천하를 진동하고 있으니 이번 원소절에는 집집마다 거리마다 등불을 훤하게 밝혀 태평한 기상을 널리 보여 주도록 해야 합니다."

왕필 역시 그 말에 공감을 하고, 성 내의 모든 백성들에게 보름날 초롱을 매달고 오색 띠를 드리운 장식을 하여 원소절을 경축하라고 알렸다.

드디어 정월 대보름날 밤이 되었다. 하늘은 맑고 별과 달이 서로 눈부시게 비추고 있다. 온 성안의 거리는 다투어 오색 등불을 밝히니 눈부시게 휘황찬란했다.

이날만큼은 통행금지도 해제하고 시간을 알리는 종도 치지 않았다. 왕필은 어림군의 여러 장수들과 함께 영내에서 술판을 벌였다.

이경이 지나자 갑자기 영내에서 함성이 일면서 군영 뒤쪽에서 불길이 치솟고 있다는 보고가 들어왔다. 왕필이 황급히 막사를 나와 살펴보니 이미 불길이 활활 타오르고 있었고 함성은 하늘을 찔렀다. 병영 안에 무슨 변고가 일어났음을 직감한 왕필은 급히 말을 타고 남문으로 나가려다 마침 경기(耿紀)를 만났는데 그가 쏜 화살에 어깨를 맞았다. 하마터면 말에서 떨어질 뻔한 왕필은 곧장 방향을 바꾸어 서문 쪽으로 달아났다.

등 뒤에서는 군사들이 추격해오자 당황한 왕필은 말조차 버리고 걸어서 달아나다 왕위의 집 앞에 이르러 급히 문을 두드렸다.

그때 김의는 사람들을 시켜 영내에 불을 지르게 한 후 직접 가동들을 데리고 나가서 싸움을 돕고 있었기 때문에 집안에는 부녀자들만 남아 있었다. 다급하게 문을 두드리는 소리를 듣고 김의가 돌아온 줄 착각한 김의의 처가 문 너머로 묻기를: "왕필은 죽였나요?"

몹시 놀란 왕필은 그제야 김의가 공모자임을 알고 곧바로 조휴(曹休)의 집으로 찾아가 김의와 경기 등이 함께 반역을 일으켰음을 알렸다. 조휴는 급히 갑옷과 투구를 쓰고 말에 올라 군사 1천 명을 이끌고 나가 성안에서 적을 막았다.

성 안은 이미 사방에 불길이 번져 오봉루까지 불길이 옮아 붙어 헌제는 궁궐 깊숙이 피하고 조씨의 심복 부하들만이 죽기로 궁문을 지키고 있었다. 성 안에서 백성들이 소리 지르기를: "조조의 역적 무리를 모조리 죽이고 한(漢) 황실을 다시 일으키자!"

이때 하후돈은 조조의 명에 따라 허창을 경계하기 위해 3만 명의 군사를 거느리고 성에서 5리쯤 떨어진 곳에 군사를 주둔하고 있었다.

그날 밤 성 안에서 불길이 치솟는 것을 보고 급히 대군을 이끌고 달려와 성을 포위한 뒤, 한 무리의 군사를 성 안으로 들여보내 조휴를 지원하며 날이 샐 때까지 혼전을 벌였다.

경기와 위황 등은 돕는 사람이 아무도 없었다. 더구나 김의와 길막 형제들이 모두 피살되었다는 소식까지 들려왔다. 경기와 위황은 길을 뚫고 성문을 빠져나왔는데 마침 기다리고 있던 하후돈의 군사에게 사로잡히고 수하의 1백여 명도 모조리 피살되었다.

성 안으로 들어간 하후돈은 아직까지 타고 있던 불을 끄는 한편 일을 꾸민 다섯 명의 집안사람들은 남녀노소를 불문하고 모조리 잡아들인 뒤 사람을 보내 조조에게 급히 이 사실을 보고했다. 조조는 경기와 위항 두 사람과 다섯 명의 집안 가솔들을 모조리 저잣거리로 끌어내어 목을 베라고 명하고, 조정의 모든 대소 관원들을 붙잡아 업군으로 압송하여 처분을 기다리도록 했다.

하후돈이 경기와 위황을 저잣거리로 끌고 나오자 경기가 큰 소리로 조조에게 욕을 퍼붓기를: "조아만(曹阿瞞) 네 이놈! 내가 살아서는 네놈을 죽이지 못했지만, 죽어서 귀신이 되어서라도 기필코 네놈을 죽이고 말테다!"

망나니가 칼로 그의 입을 도려내자 땅에 피가 가득했지만 죽을 때까지 조조에 대한 저주는 멈추지 않았다.

위황은 스스로 이마와 얼굴을 땅바닥에 짓찧으며 소리소리 지르기를:

"분하다! 참으로 원통하다!"

이빨이 모두 부서지도록 이를 악물고 고함을 지르다 결국 숨을 거두었다.

후세 사람이 그들을 찬탄하여 지은 시가 있으니:

경기는 충성 다하고 위황은 현명했지만	耿紀精忠韋晃賢
그들은 빈손으로 천자를 떠받들려 했네	各持空手欲扶天
누가 알았으랴 한나라 운수는 다했으니	誰知漢祚相將盡
가슴속에 한을 품고 저승으로 떠났다네	恨滿心胸喪九泉

하후돈은 다섯 집안의 노소는 물론 종족까지 모조리 죽이고 나서 문무백관을 끌고 업군으로 갔다. 조조가 교련장의 좌측에는 홍기, 오른쪽에는 백기를 세워 놓고 명령을 내리기를: "경기와 위황 등이 반역을 일으켜 허도에 불을 질렀을 때 너희들 중에는 불을 끄러 나온 자도 있을 것이고, 문을 닫아걸고 나가지 않은 자도 있을 것이다. 불을 끄러 나갔던 자들은 홍기 아래로 가서 서고, 집에 있었던 자들은 백기 아래로 가서 서라!"

대다수의 관원들은 불을 끄러 갔다고 하면 죄를 묻지 않을 것으로 생각하고 홍기 아래로 가서 서고, 3분의 1정도만 백기 아래로 가서 섰다. 그러자 조조는 홍기 아래에 있는 자들을 모조리 결박하라고 명령했다. 그들은 모두 자신은 죄가 없다고 호소했다.

조조 曰: "당시 네놈들의 마음은 불을 끄려는 게 아니고 실은 역적을 도우려 했던 것이 아니냐!"

그들을 모조리 장하(漳河) 강변으로 끌고 가서 목을 베니, 그때 죽은 자가 3백여 명이나 되었다. 그리고 백기 아래에 섰던 자들은 모두 상을 내리고 허도로 돌려보냈다.

이때 화살을 어깨에 맞았던 왕필은 상처가 덧나 결국 죽고 말았는데 조조는 그의 장례를 성대히 치러주게 하고 조휴를 어림군 총책임자로 임명하고 종요(鍾繇)를 상국(相國)으로, 화흠(華歆)을 어사대부(御史大夫)로 각각 삼았다.

또한 후작(侯爵)을 6등급 18급으로 나누어 정하고, 관중후(關中侯)의 작위는 17급으로 나누고 그들 모두에게 금 도장과 자주색 인수(金印紫綬)를 내렸다. 그리고 관내외후(關內外侯)는 16급으로 정하여 은 도장과 거북 형상을 세긴 검은 인수(銀印龜紐黑綬)를 내렸다. 또한 5대부(五大夫)는 15급으로 정하여 구리 도장에 고리무늬 검은 인수(銅印環紐黑綬)를 내렸다.

이렇게 작위를 정하고 벼슬을 내리며 조정의 인물들도 바뀌었다. 조조는 문득 관로가 화재가 있을 것이라고 말했던 것이 생각나 관로에게 큰 상을 내렸으나 그는 받지 않았다.

한편 군사를 거느리고 한중에 도착한 조홍은 장합과 하후연으로 하여금 요새에 군사를 주둔하여 지키게 하고 조홍 자신은 직접 군사를 이끌고 적을 맞아 싸우러 나갔다.

이때 장비는 뇌동(雷同)과 함께 파서(巴西)를 지키고 있었다. 마초는 군사를 거느리고 하변(下辨)에 도착해 오란(吳蘭)을 선봉으로 삼아 군사를 데리고 정탐을 나가라고 했는데 바로 그때 조홍의 군사와 마주쳤다.

오란이 후퇴하려고 하는데 아장(牙將) 임기(任夔)가 말하기를: "적의 군사들이 방금 도착했으니 만약 우리가 먼저 저들의 예기(銳氣)를 꺾어놓지 않으면 무슨 낯으로 맹기(孟起: 마초)를 보겠소!"

임기는 자신 있게 창을 꼬나들고 말을 몰고 달려 나가 조홍에게 싸움을 걸었다. 조홍이 직접 칼을 휘두르며 말을 달려 나와서 그와 겨루기를 단 3합 만에 임기를 베어 말 아래로 떨어뜨렸다. 승기를 잡은 조홍이 거세게 몰아치니 오란은 크게 패하여 돌아가 마초를 보았는데, 마초가 그를 꾸짖기를: "너는 어찌하여 내 명도 듣지 않고 경솔하게 적을 대하여 이렇게 패했느냐?"

오란 曰: "임기가 제 말을 듣지 않고 제멋대로 나가 싸우다가 패했습니다."

마초 曰: "요새를 단단히 지키기만 하고 나가서 싸우지 말라."

마초는 조조의 군사가 왔음을 성도에 보고하고 어찌 대처해야 할지 그 지시를 기다렸다.

조홍은 마초가 연일 싸우러 나오지 않자 틀림없이 무슨 계략이 있을 것이라고 생각하고 남정으로 돌아가 버렸다.

장합이 와서 조홍에게 묻기를: "장군은 이미 적장까지 죽였으면서 어째서 군사를 물리신 것이오?"

조홍 曰: "나는 마초가 싸우러 나오지 않는 것을 보고 특별한 계책이 있을까 봐 겁이 났소. 또한 내가 업군에 있을 때 신통한 점쟁이 관로가 이곳에서 대장 한 사람을 잃을 것이라고 말했소. 나는 그 말이 마음에 걸려 경솔하게 나가 싸울 수 없었소."

장합이 껄껄 웃으며 말하기를: "장군은 지금까지 반평생을 싸움터에서 보냈으면서 어찌 그깟 점쟁이 말에 그토록 마음을 쓰신단 말입니까? 제가 비록 재주는 없지만, 본부 군사를 거느리고 가서 파서를 취해보겠소이다. 만약 파서만 점령하면 촉군(蜀郡)을 취하기는 쉽습니다."

조홍 曰: "파서는 장비가 지키고 있는데 그는 예사 장수가 아니니 우습게 봐서는 안 되오."

장합 曰: "사람들은 모두 장비를 두려워하지만 내 보기에 그는 어린애에 불과하오. 이번에 가서 반드시 그놈을 사로잡아 오겠소."

조홍 曰: "만약 실수라도 하시면 그때는 어찌하겠소?"

장합 曰: "군령에 따른 처벌을 달게 받겠습니다."

조홍은 장합에게 군령장을 받은 후에 그가 군사를 이끌고 파서로 가는 것을 허락했다.

이야말로:

자고로 교만한 군사는 실패가 많으니 自古驕兵多致敗
원래 적을 얕보고 성공하기는 어렵지 從來輕敵少成功

승부가 어찌 될지 궁금하거든 다음 회를 기대하시라.

제 70 회

용맹한 장비 지략으로 와구관을 취하고
노장 황충은 계책으로 천탕산을 빼앗다

猛張飛智取瓦口隘

老黃忠計奪天蕩山

장합은 군사 3만 명을 이끌고 세 곳의 험준한 산세에 의지하여 영채를 세웠다. 그 세 곳은 바로 탕거채(宕渠寨), 몽두채(蒙頭寨) 그리고 탕석채(蕩石寨)이다.

장합은 세 영채에서 각기 군사를 절반을 남기어 영채를 지키게 하고 나머지 절반은 차출하여 파서를 치러 떠났다. 이 소식은 정탐꾼에 의해 이미 파서에 보고되었다. 장비는 즉시 뇌동을 불러 대책을 상의했다.

뇌동 曰: "낭중(閬中)은 지세와 산세가 모두 험악하여 군사들을 매복시키기 좋습니다. 장군께서는 직접 나가서 싸우시고, 저는 기병들을 데리고 매복하고 있다가 서로 돕는다면 충분히 장합을 사로잡을 수 있습니다."

장비는 뇌동에게 정예병 5천 명을 뽑아 먼저 떠나도록 했다. 장비는 직접 군사 1만 명을 거느리고 가다가 낭중에서 3십 리 떨어진 곳에서 장합의 군사와 마주쳤다.

양쪽 군사들이 진을 친 가운데 장비가 혼자 말을 타고 나가서 장합에게 싸움을 걸었다. 장합이 창을 꼬나들고 달려 나와 장비를 맞이했다.

둘이서 20여 합을 싸우는데 갑자기 장합의 후군에서 함성이 일기 시작했다. 알고 보니 산 뒤쪽에서 촉병의 깃발들이 펄럭이는 것을 본 장합의 군사들이 놀라서 소란을 떨었던 것이다.

그걸 본 장합은 더 싸울 마음이 없어져 말머리를 돌려 달아나기 시작했다. 장비는 그 뒤를 쫓아갔고 앞에서는 뇌동이 군사를 이끌고 쳐들어와서 양쪽에서 협공을 하니 장합의 군사는 대패하고 말았다. 장비와 뇌동은 함께 장합의 군사를 밤새 추격하여 탕거산(宕渠山)까지 쫓아갔다.

장합은 남아 있던 군사들과 함께 세 곳의 영채를 통나무와 포석(砲石)을 쌓아 놓고 굳게 지키기만 하면서 싸우러 나오지를 않았다. 장비는 탕거에서 10리 떨어진 곳에 영채를 세웠다.

다음 날 장비는 군사를 이끌고 와서 싸움을 걸었다. 그러나 장합은 군사들에게 산 위에서 피리를 불고 북을 치게 하고 자신은 술을 마시면서 산에서 내려올 생각이 전혀 없었다. 장비는 군사들을 시켜 욕설을 퍼붓게 했지만 장합은 끝내 싸우러 내려오지 않았다. 장비는 영채로 돌아올 수밖에 없었다.

다음 날은 뇌동으로 하여금 다시 산 아래로 와서 싸움을 걸게 했다. 장합은 역시 싸움에 응하지 않았다. 뇌동이 군사를 몰아 산 위로 올라가자 산 위에서 통나무와 돌맹이를 사정없이 굴러 내렸다. 뇌동이 급히 군사를 뒤로 물리자 탕석채와 몽두채 두 곳의 영채에서 군사들이 튀어나와 뇌동을 협공하니 뇌동은 패하여 영채로 돌아갔다.

다음 날 장비가 또 가서 싸움을 걸었지만 장합은 역시 나오지 않았다. 장비가 군사들을 시켜 온갖 더러운 욕설을 퍼붓게 하자, 장합의 군사들 역시 산 위에서 욕설을 해댔다.

장비가 아무리 궁리를 해 보았지만 뾰족한 수가 없었다. 장비는 산 앞에 큰 영채를 세워 놓고 매일 술만 마셨는데, 마셨다 하면 잔뜩 취하고,

잔뜩 취하면 산을 바라보고 앉아서 장합을 향해 욕설을 퍼부었다. 이렇게 대치하기를 벌써 50여 일이 지났다.

어느 날 유비가 장비의 군사들을 위로하기 위해 사자를 보냈는데 그 사자가 하루 종일 술만 마시는 장비를 보고 돌아가서 현덕에게 그 사실을 보고했다. 깜짝 놀란 현덕이 황급히 공명에게 물으니, 공명이 웃으며 대답하기를: "내 그럴 줄 알았습니다. 그곳에는 아마 좋은 술이 없을 텐데, 이곳 성도에는 좋은 술이 아주 많이 있으니 5십 항아리 정도의 술을 세 대의 수레에 나누어 실어 진중으로 보내 주어 장 장군이 마시도록 하겠습니다."

현덕 曰: "내 아우는 원래 술만 마시면 실수하는데 군사는 어찌 그에게 도리어 술을 보내겠다는 것이오?"

공명이 웃으며 말하기를: "조공께서는 익덕과 그리 오랫동안 형제로 지냈으면서도 아직도 그의 사람됨을 모르십니까? 익덕은 본래 천성은 굳세고 거칠지만, 이전에 서천을 취할 때 엄안을 의롭게 놓아준 적도 있습니다. 이런 일은 단지 용맹하다고 할 수 있는 일이 아닙니다. 지금 장합과 50여 일을 대치하면서 술에 취해 산 앞에 앉아 욕설을 퍼부으며 방약무인(傍若無人)하게 행동하는 것은 결코 술에 취해서가 아니고 바로 장합을 깨드리기 위한 계책입니다."

현덕 曰: "비록 그렇다 하더라도 너무 중요한 일이니 위연을 보내 그를 도와주게 하십시다."

공명은 위연에게 술을 보내면서 술을 실은 수레마다 큰 글씨로 '군전공용미주(軍前公用美酒: 진중에서 장비가 마실 좋은 술)'라 쓴 황색 깃발을 꽂게 했다.

명을 받은 위연이 술을 싣고 영채에 이르러 장비를 보고 주공께서 술을 내려주셨다고 전하니 장비는 엎드려 절을 하고 그 술을 받았다. 그러고는 위연과 뇌동에게 한 무리의 군사를 이끌고 좌·우익이 되어 매복해 있다가 군중에 붉은 기가 오르거든 일제히 공격하도록 분부했다.

장비는 막사 앞에 가져온 술 항아리를 늘어놓고 군사들에게 깃발을 벌려 세우고 북을 치며 술을 마시도록 했다.

장합의 정탐꾼이 이 사실을 산 위로 보고했다. 장합이 직접 산 정상에 올라가서 보니 장비는 막사 앞에 앉아서 술을 마시면서 두 병사가 씨름하는 것을 구경하고 있었다.

장합 曰: "장비 네놈이 나를 이리도 우습게 보다니!"

장합은 전 군사에게 오늘 밤 산에서 내려가 장비의 영채를 기습할 것이라고 명하고 몽두채와 탕석채 두 곳에 있는 군사들에게도 일제히 나가서 좌우에서 지원하도록 했다.

그날 밤 장합은 희미한 달빛을 틈타 군사를 이끌고 산 옆으로 내려가서 은밀히 장비의 영채 앞으로 갔다. 장비는 등불을 환히 밝혀놓고 막사 안에서 술을 마시고 있었다.

장합은 앞장서서 큰 함성을 지르며, 산 위에서는 북을 쳐서 기세를 돋우며 장비의 영채로 쳐들어갔다. 그런데도 장비는 단정히 앉아 있을 뿐 미동도 하지 않았다. 장합이 말을 달려 그의 면전에서 창으로 찌르고 나서야 장합은 그것이 풀단으로 만든 허수아비라는 것을 알았다.

당황한 장합이 급히 말머리를 돌려 돌아가려 할 때 막사 뒤에서 연주포(連珠砲) 터지는 소리와 함께 한 장수가 나타나 길을 막았다. 고리눈을 부라리며 우레 같은 고함 소리를 내지르니 바로 장비가 아니겠는가!

장비는 장팔사모를 꼬나들고 말을 몰아 곧바로 장합에게 달려들었다. 두 장수는 불빛 속에서 4~5십 합을 싸웠다. 장합은 두 영채에서 구원병이 오기만을 기다렸다. 그러나 누가 알았으랴! 두 영채에서 오던 구원병은 이미 위연과 뇌동에 의해 격퇴되고 두 영채마저 빼앗겼을 줄을!

기다리던 구원병이 오지 않자 장합은 당황하여 어쩔 줄을 몰라 하고 있는데, 이번에는 산 위에서 불길이 솟아오르며 자신의 영채마저 이미 장비의 후군에게 빼앗겨 버렸다.

영채 세 곳을 모두 잃어버린 장합은 어쩔 수 없이 와구관(瓦口關)으로 달아났다. 대승을 거둔 장비는 이 소식을 성도에 보고했다. 현덕은 크게 기뻐하며 익덕이 연일 산 앞에서 술을 마신 것이 장합을 산에서 내려오게 하려는 유인책이었음을 비로소 알게 되었다.

한편 크게 패하고 물러나서 와구관을 지키고 있는 장합은 3만 명의 군사 중 2만 명이나 잃어버렸으니 조홍에게 사람을 보내 구원병을 요청했다.

조홍은 크게 화를 내며 말하기를: "내 말을 듣지 않고 기어이 진군하더니 그 천혜의 요새마저 모두 잃고 또 다시 구원병을 요청했단 말이냐!"

조홍은 구원병은 보내지 않고 오히려 장합에게 사람을 보내 어서 나가서 싸우라고 독촉했다. 그 말을 들은 장합은 막막했지만 군령장까지 쓴 지은 죄가 있으니 어쩌겠는가! 남은 군사만 가지고 장비를 막을 궁리를 한 끝에 짜낸 계책은 매복이었다. 장합은 군사를 둘로 나누어 와구관 어귀에 있는 산속에 군사를 매복해 놓고 지시하기를: "내가 거짓으로 패하여 달아난 척하면 장비는 틀림없이 쫓아올 것이다. 너희들은 기다리고 있다가 그들이 돌아갈 길을 끊어라."

장합은 군사를 거느리고 전진하다가 마침 뇌동을 만났다. 장합이 뇌동과 싸운 지 몇 합 되지 않아 장합이 패한 척 달아나자 뇌동이 그 뒤를 쫓아갔는데 그때 양쪽에서 매복해 있던 장합의 군사들이 일제히 뛰쳐나

猛張飛智
取瓦口隘

와 길을 끊어 버렸다. 다시 돌아온 장합이 뇌동을 한 번에 찔러서 말 아래로 떨어뜨려 죽여 버렸다.

패한 뇌동의 군사들이 돌아가서 장비에게 알리자, 화난 장비가 직접 말을 몰아 장합에게 싸움을 걸었다. 이번에도 장합은 패한 척 달아났으나 장비는 그 뒤를 쫓지 않았다. 장합이 다시 돌아와서 몇 합 싸우고는 또 패한 척 다시 달아났다.

장비는 장합의 계략을 알아채고 군사를 거두어 영채로 돌아와 위연과 상의하기를: "장합이 매복계로 뇌동을 죽이고 또 나까지 속이려 하니 나는 그 계책을 역이용할 것이오."

위연이 묻기를: "어떻게 역이용하겠다는 거요?"

장비 曰: "내가 내일 먼저 한 무리의 군사를 이끌고 나갈 테니, 그대는 정예병을 데리고 뒤따라오다가 장합의 복병들이 뛰쳐나오면 그때 군사를 나누어 치도록 하시오. 그리고 수레 10여 대에 장작과 건초를 싣고 가서 좁은 길을 막아놓고 불을 지르시오. 나는 그 틈에 장합을 사로잡아 뇌동의 원수를 갚을 것이오."

위연은 장비의 계책을 따르기로 했다.

다음 날 장비가 군사를 이끌고 앞으로 나갔다. 장합 역시 군사를 이끌고 와서 장비와 싸웠다. 12여 합 싸우던 장합은 예상대로 또 패한 척 하고 달아났다. 장비가 기병과 보병을 이끌고 그 뒤를 쫓으니 장합은 달아나다 싸우고, 또 싸우다 달아나기를 반복하며 장비를 유인하여 산골짜기 입구를 지나갔다.

그러던 장합이 지난번 뇌동을 죽였을 때 사용한 계책대로 갑자기 돌아서서 후군을 전군으로 바꾸어 진영을 갖추더니 다시 장비와 싸웠다. 그러면서 장합은 매복한 두 부대의 복병들이 뛰쳐나와 장비를 포위하기만 기다렸다. 그러나 뜻밖에 위연의 군사들이 장합의 복병들을 도리어 산골짜기 입구로 몰아넣은 다음 수레로 산길을 막고 불을 질러 장작과 건초들을 태우자 산골짜기 안의 초목들까지 모두 불이 붙어 연기가 자욱해 길이 보이지 않게 되니 장합의 군사들은 나올 수가 없게 되었다.

장비가 그 틈을 이용하여 좌충우돌하며 장합의 군사를 무찌르니 장합은 크게 패하여 죽을힘을 다해 겨우 혈로를 뚫고 와구관으로 달아나 패한 군사들을 수습하여 굳게 지키며 감히 싸우러 나오지를 못했다.

장비와 위연은 연일 와구관을 공격했지만 와구관을 함락시키지 못했다. 이대로는 안 되겠다고 생각한 장비는 결국 군사를 20리 밖으로 물린 다음 위연과 함께 수십 명의 기병만 데리고 직접 산길의 샛길을 찾아다녔다.

그때 문득 남녀 여러 명이 각자 등에 봇짐을 지고 산골짜기 길을 등나무와 칡덩굴을 잡고 올라가는 것이 보였다. 장비는 말 위에서 채찍을 들어 그들을 가리키며 위연에게 말하기를: "와구관을 뺏고 못 뺏고는 저 사람들에게 달려 있소!"

그리고 곧 군사를 불러 분부하기를: "저 사람들을 절대 놀라게 하거나 겁주지 말고 이리 데려오너라."

군사들이 재빨리 가서 그들을 데리고 왔다. 장비는 좋은 말로 그들을 안심시킨 후 어디서 오는 길이냐고 물으니, 백성이 말하기를: "우리는 모두 한중에 사는 사람들로 지금 고향으로 돌아가는 길인데 대군들이 싸우고 있어 낭중(閬中)으로 가는 관도(官道)가 막혔다고 들었습니다. 그래서 지금 창계(蒼溪)를 지나 재동산(梓潼山) 회근천(檜釿川)을 따라 한중으로 들어가 집으로 가려고 합니다."

장비 曰: "이 길로 해서 와구관으로 가려면 얼마나 걸리느냐?"

백성 曰: "재동산의 샛길로 가시면 바로 와구관 뒤쪽이 나옵니다."

장비는 몹시 기뻐하며 백성들을 영채로 데리고 가서 술과 음식을 주며 위연에게 분부하기를: "장군은 군사를 이끌고 와구관 정면을 공격하시오. 나는 직접 경기병을 이끌고 재동산으로 가서 와구관 뒤쪽을 칠 것이오."

장비는 곧바로 백성들에게 길을 안내하게 하여 경기병 5백 명을 이끌고 좁은 샛길을 따라 전진했다.

한편 구원병이 오지 않아 안 그래도 마음이 편치 않은 장합은 위연이 또 관 아래에 와서 공격을 하고 있다는 보고를 받았다.

장합이 갑옷과 투구 등 무장을 하고 말에 올라 막 산을 내려가려는데 갑자기 보고하기를: "관 뒤쪽 네댓 군데에서 불길이 솟아오르는데, 어느 군사인지 모르겠습니다."

장합은 혹시나 조홍이 보낸 구원병이 온 것으로 기대하면서 직접 군사를 이끌고 그들을 맞이하러 갔는데, 깃발 사이로 모습을 드러낸 장수는 바로 장비가 아닌가!

깜짝 놀란 장합은 그대로 샛길로 달아났다. 하지만 길이 워낙 험하여 말이 갈 수 없는 데다 뒤에서 장비가 바짝 추격해왔다. 하는 수 없이 장합은 말을 버리고 산 위로 기어 올라가 길을 찾아 도망을 치니 그를 따르는 자는 겨우 10여 명에 지나지 않았다.

장합은 남정(南鄭)까지 걸어서 갔다. 조홍은 장합이 겨우 10여 명의 군사만 데리고 돌아온 것을 보고 화가 머리끝까지 치밀어 말하기를: "내가 그렇게 가지 말라고 말렸음에도 군령장까지 써놓고 가더니 그 많은 군사를 몽땅 잃어버리고 무슨 낯으로 혼자만 살아 돌아왔느냐?"

그러고는 좌우에 명을 내려 끌고 가서 목을 베라고 했다.

그러자 행군사마(行軍司馬) 곽회(郭淮)가 간하기를: "'삼군(三軍)을 얻기는 쉬워도 장수 하나를 얻기는 어렵다(三軍易得, 一將難求)'고 했습니다. 장합이 비록 죄는 지었지만, 위왕(魏王)께서 매우 아끼는 장수이니 지금 죽여서는 안 됩니다. 다시 그에게 군사 5천 명을 주어 즉시 가맹관(葭萌關)을 취하게 하면 적의 각처 군사들도 그에 따라 움직일 것이니 한중(漢中)은 저절로 안정이 될 것입니다. 만약 이번에도 공을 세우지 못하면 그때 가서 두 가지 죄를 함께 처벌하도록 하십시오."

조홍은 그의 말에 따라 장합에게 다시 군사 5천 명을 내주고 가맹관을 뺏으라고 명했다. 명을 받은 장합은 곧바로 떠났다.

한편 가맹관을 지키는 장수 맹달(孟達)과 곽준(霍峻)은 장합의 군사들이 쳐들어온다는 것을 알았다. 곽준은 나가 싸우지 말고 성을 굳게 지키기만 하자고 했지만 맹달은 적을 맞아 싸워야 한다며 군사를 이끌고 성을 나갔다. 그는 장합과 맞서 싸웠지만 크게 패하고 돌아왔다.

곽준이 급히 문서로써 성도에 보고했다. 보고를 받은 현덕은 군사(軍師) 공명을 청해 상의했다. 공명은 당상(堂上)에 여러 장수들을 모아 놓고 묻기를: "지금 가맹관이 위급한 상황이오. 아무래도 낭중에 있는 익덕을 불러오지 않으면 장합을 물리칠 수 없을 것 같소."

법정 曰: "지금 익덕은 와구(瓦口)에 군사들 주둔시켜 놓고 낭중을 지키고 있습니다. 그곳 역시 가맹관에 버금가는 요충지인데 그를 부를 수는 없습니다. 여기에 있는 장수 가운데 한 사람을 뽑아 장합을 물리치게 해야 합니다."

공명이 웃으며 말하기를: "장합은 위의 손꼽히는 명장이라 우습게 볼 인물이 아니오. 익덕이 아니면 당할 사람이 없을 것이오."

문득 한 사람이 소리를 지르며 나서서 말하기를: "군사께서는 어찌 여기 있는 장수들을 그리도 무시하시오? 내 비록 재주는 없으나 장합의 머리를 베어 휘하에 바치겠소이다!"

그는 바로 노장 황충이었다.

공명 曰: “한승(漢升: 황충)께서 비록 용맹하시지만 연로하시니 아무래도 장합을 대적할 수는 없을 것입니다.”

그 말을 들은 황충이 백발의 수염을 곤두세우며 말하기를: “내 비록 늙었지만 두 팔은 아직 쌀 3섬을 들어 올릴 힘이 필요한 삼석궁(三石弓)을 당길 수 있고 온몸의 힘을 모으면 천근의 무게를 거뜬히 들 수 있는데 어찌 장합 같은 필부 하나 대적하지 못한다 하시오!”

공명 曰: “장군의 연세가 일흔 가까우신데 어찌 늙지 않았다 하겠습니까?”

황충이 성큼성큼 당 아래로 내려가더니 선반 위의 큰 칼을 집어 들고 나는 듯이 휘두르더니, 다시 벽에 걸려 있던 강한 활(硬弓)을 연달아 두 개를 부러뜨렸다.

공명 曰: “장군이 가시겠다면 부장은 누구를 데려가시겠소?”

황충 曰: “노장 엄안(嚴顔)과 함께 가겠소. 만약 일을 그르친다면 먼저 이 흰머리부터 바칠 것이오.”

현덕은 크게 기뻐하며 황충과 엄안에게 즉시 가맹관으로 가서 장합과 싸우라고 했다.

조운이 간하기를: “지금 장합이 직접 가맹관을 쳐들어 왔는데 군사께선 이를 애들 장난으로 봐서는 안 됩니다. 가맹관을 잃고 나면 익주가 위험해집니다. 그런데 군사께선 어찌하여 두 늙은 장수만 보내서 장합 같은 큰 적을 막으라고 하십니까?”

공명 曰: “그대는 두 장군이 늙어서 해내지 못할 것으로 여기는 모양이나 나는 이 두 분의 손으로 반드시 한중을 얻을 수 있을 것이라 생각하오.”

조운 등 몇몇 장수들은 비웃으며 물러갔다.

한편 황충과 엄안이 가맹관에 도착하니, 맹달과 곽준 역시 공명이 이들을 보낸 것을 비웃으며 속으로 말하기를: "이처럼 중요한 요충지에 어찌 저런 두 늙은 장수만 보낸단 말인가!"

황충이 엄안에게 말하기를: "그대도 이곳 사람들의 얼굴 표정과 행동을 잘 보셨지요? 그들이 우리 두 사람이 늙었다고 비웃고 있는데 우리가 특별한 공을 세우는 것만이 저들을 승복시킬 수 있는 유일한 방법이오."

엄안 曰: " 장군의 명을 따르겠습니다."

두 노장군은 상의를 마친 뒤 황충이 군사를 이끌고 관을 내려가 장합을 마주보고 진을 쳤다. 장합이 말을 타고 나와 황충을 보더니 비웃으며 말하기를: "그렇게 나이를 먹었으면 부끄러운 줄 알아야지 그 주제에 무슨 싸움을 한다고 나선단 말이냐?"

황충이 화를 내며 말하기를: "어린놈이 내가 나이 먹었다고 무시하는 것이냐! 내손에 있는 이 보검은 늙지 않았느니라!"

황충이 말에 박차를 가해 앞으로 달려 나가 장합과 싸웠다. 두 말이 어우러져 20여 합을 싸우고 있을 때 갑자기 장합의 등 뒤에서 함성이 일어났다. 이는 엄안의 군사들이 지르는 함성이었다. 실은 황충이 관을 나가 싸우는 동안 엄안은 좁은 샛길을 돌아 장합의 배후를 공격한 것이다. 황충과 엄안이 양쪽에서 협공을 하니 장합은 대패했다. 황충의 군사들은 밤새도록 장합의 뒤를 쫓으니 장합의 군사는 8~9십 리나 뒤로 물러갔다.

군사를 거두어 영채로 돌아간 황충과 엄안은 군사를 쉬게 하고 움직이지 않았다. 조홍은 장합이 또 패했다는 소식을 듣고 다시 죄를 물으려 하는데, 곽회가 말하기를: "지금 장합이 핍박을 받으면 서촉에 투항할지도 모르니 지금은 장수를 보내서 그를 도와주면서 딴 마음을 먹지 않도록 잘 감시해야 합니다."

조홍은 그의 말에 따라 즉시 하후돈의 조카 하후상(夏侯尙)과 투항해 온 장수 한현(韓玄)의 아우 한호(韓浩) 두 사람에게 군사 5천 명을 이끌고 가서 장합을 도우라고 했다. 두 장수는 즉시 출발하여 장합의 영채에 도착하여 정세를 물으니 장합이 말하기를: "황충이 나이가 많아 나도 우습게 봤는데 싸워보니 보통 영웅이 아니오. 게다가 엄안까지 돕고 있으니 가벼이 봐서는 안 되오."

한호 曰: "나는 지난날 장사(長沙)에 있었기에 이 늙은 도적을 잘 알고 있소이다. 그자는 위연(魏延)과 함께 성을 바치고 내 친형님까지 해친 놈이오.(제 53회 참고) 이제 여기서 만났으니 내 반드시 원수를 갚고야 말겠소."

한호는 하후상과 함께 자신들이 데리고 온 군사를 이끌고 영채를 떠나 앞으로 나아갔다. 그러는 동안 황충은 연일 정탐병을 내보내 인근의 지세와 길을 잘 파악해 두었다.

엄안 曰: "여기서 나가면 천탕산(天蕩山)이 있는데, 그 산속에는 조조가 쌓아 놓은 군량과 마초가 있습니다. 만약 그곳을 우리가 점령하여 적의 보급로를 끊어 버리면 한중을 얻을 수 있습니다."

황충 曰: "장군의 말은 바로 내 생각과 같습니다. 나와 함께 여차여차 합시다."

엄안은 그 계책에 따라 한 무리의 군사를 이끌고 떠났다.

황충은 하후상과 한호가 왔다는 말을 듣고 곧바로 군사를 이끌고 영채를 나섰다. 한호가 진 앞으로 나와 황충에게 욕설을 퍼붓기를: "의리 없는 이 늙은 역적 놈아!

그러고는 곧바로 말에 채찍을 가하여 창을 꼬나들고 황충에게 덤벼들었다. 이어서 하후상도 달려 나와 황충을 협공하였다.

황충은 두 장수를 맞아 힘껏 싸웠지만 10여 합을 버티고는 패하여 달아났다. 두 장수는 20여 리를 쫓아와 황충의 영채를 빼앗으니 황충은 뒤로 물러나 또 영채 하나를 세웠다.

다음 날 하후상과 한호가 다시 쫓아와 싸움을 걸었다. 황충이 나가 싸웠으나 몇 합 싸우고는 또 패하여 달아났다. 두 장수는 또 20여 리를 쫓아와 황충의 새 영채를 빼앗은 다음 장합에게 전날 빼앗은 영채를 지키게 했다.

장합이 앞 영채로 와서 두 장수에게 간하기를: "황충이 이틀이나 연속 패하여 달아나는 데에는 반드시 무슨 속임수가 있을 것입니다."

하후상이 장합을 꾸짖으며 말하기를: "그대가 싸울 때마다 진 이유가 이렇게 겁이 많기 때문이라는 것을 어찌 모르시오! 다시는 여러 말 하지 말고 우리가 어찌 공을 세우는지 구경이나 하시오."

연달아 패했던 장수이니 무슨 할 말이 있겠는가! 그저 얼굴을 붉히며 물러날 수밖에 없었다.

다음 날 두 장수가 또 나가서 싸우니 황충은 역시 패하여 20리나 달아났다. 그 다음 날도 두 장수가 나타나자 이제 황충은 싸울 생각도 하지 않고 바라만 보다가 달아났다. 이렇게 여러 번 싸움에 패한 황충은 결국 가맹관으로 들어가 버렸다.

하후상과 한호는 이제 가맹관 아래까지 다가와 영채를 세우고 싸움을 걸었다. 하지만 황충은 관문을 굳게 닫고 지키기만 할 뿐 나와 싸울 생각조차 하지 않았다.

보다 못한 맹달이 은밀히 글을 써서 현덕에게 보고하기를: "황충이 연달아 패하고 물러나 이제 가맹관에 들어와 있으면서 싸울 생각도 하지 않고 있습니다."

당황한 현덕이 공명에게 물으니, 그가 말하기를: "이는 노장의 교병지계(驕兵之計)[18]입니다."

---

18 적을 깔보게 하여 마음을 놓이게 하려는 계책. 역자 주.

그러나 조운 등은 공명의 말을 믿지 않았다. 현덕 역시 마음을 놓을 수 없어 유봉을 보내 황충을 돕도록 했다.

유봉을 본 황충이 그에게 묻기를: "작은 장군님을 이곳으로 보내신 까닭이 무엇이라고 생각하시오?"

유봉 曰: "부친께서는 장군께서 여러 번 패하셨다는 말을 듣고 저를 보내신 것입니다."

황충이 웃으며 말하기를: "그것은 모두 이 늙은이의 교병지계입니다. 오늘 밤 단 한 번의 싸움으로 잠시 그들에게 빌려주었던 영채를 모두 되찾고 적들의 말과 그곳에 쌓아 놓은 군령과 마초까지 모조리 빼앗을 테니 두고 보시오.

오늘 밤 곽준은 남아서 관을 지키고 맹장군은 나와 함께 군량과 마초를 운반하고 말들을 빼앗아 올 테니, 작은 장군님은 내가 적을 쳐부수는 것을 구경이나 하시오."

그날 밤 이경(二更: 밤 9시에서 11시), 황충은 5천 명의 군사를 이끌고 관문을 열고 곧바로 내려갔다. 그때 하후상과 한호 두 장수는 관 위의 군사들이 연일 나오지 않자 모두들 해이해져 아무런 대비도 하지 않고 있었다. 바로 이러한 때에 황충의 군사가 갑작스레 나타나 영채를 부수고 쳐들어오니, 군사들은 미처 갑옷을 입지 못하고 말에 안장도 얹을 틈도 없었고 두 장수는 겨우 목숨을 구해 각자 달아나기에 바빴다. 군사와 말들도 달아나느라 서로 짓밟혀 죽는 자도 수없이 많았다.

날이 밝을 무렵까지 영채 세 개를 모두 빼앗았음은 물론 그 안에 버리고 간 병장기와 말들도 셀 수가 없었다. 황충은 맹달에게 그것들을 모두 관 위로 운반하라고 지시하고 자신은 군사를 재촉하여 계속 적병을 쫓았다.

유봉 曰: "군사들이 지쳐있으니 잠시 쉬었다 공격하시지요."

황충 曰: "호랑이 굴에 들어가지 않고 어찌 호랑이 새끼를 잡을 수 있겠소이까!(不入虎穴, 焉得虎子)"

황충은 말에 채찍을 가하여 앞장서 진군하니 군사들도 모두 있는 힘을 다해 그 뒤를 따랐다.

장합의 군사들은 앞에서 패하여 밀려오는 자기편 군사들을 보고 놀라서 겁을 먹고 영채를 버리고 달아나 한수(漢水) 근처에 이르렀다.

장합이 하후상과 한호를 찾아가 상의하기를: "이곳 천탕산은 군량과 마초를 쌓아둔 곳이며, 천탕산과 이어져 있는 미창산(米倉山) 역시 군량을 쌓아둔 곳이오. 이 두 곳은 한중 군사들의 목숨이 달린 곳이라 만약 이곳을 잃어버리면 한중을 잃은 것이나 마찬가지이니 마땅히 그곳을 지킬 방법을 생각해야 합니다."

하후상 曰: "미창산은 내 숙부이신 하후연 장군이 군사를 나누어 지키고 있고 그곳은 바로 정군산(定軍山)과 접해 있으니 염려할 필요 없소. 천탕산은 내 형님 하후덕 장군이 지키고 있으니 우리는 그곳으로 찾아가서 그 산을 지키도록 합시다."

이리하여 장합과 두 장수는 밤을 새워 천탕산으로 달려가서 하후덕에게 지난 일들을 자세히 설명했다.

하후덕 曰: "이곳에 10만 명의 군사가 주둔하고 있소. 내 군사의 일부를 내어줄 터이니 그대들은 군사를 이끌고 가서 빼앗긴 영채를 되찾으시오."

장합 曰: "당분간은 이곳을 굳게 지켜야지 함부로 군사를 움직여서는 안 됩니다."

그때 갑자기 산 앞에서 징과 북소리가 크게 울리더니 황충의 군사가 당도했다는 보고가 들어왔다.

하후덕이 큰 소리로 웃으며 말하기를: "병법도 모르는 늙은 역적 놈이 용맹만 믿고 날뛰는 구나!"

장합 曰: "황충은 용맹만 믿고 날뛰는 놈이 아닙니다. 지모도 있습니다."

하후덕 曰: "서천의 군사들은 멀리서 오느라 지칠 대로 지쳐있을 텐데 오자마자 이렇게 적진 깊숙이 들어온 것은 무모한 짓이 아니면 무엇이겠소."

장합 曰: "그래도 가벼이 봐서는 안 됩니다. 일단 굳게 지키고 있어야 합니다."

한호 曰: "정예병 3천 명만 내어 주시면 제가 그들을 치겠습니다. 이기지 못할 이유가 없습니다.

하후덕이 군사를 내어 주며 한호로 하여금 관을 나가 싸우도록 했다. 한호가 군사를 이끌고 나오자 황충이 군사를 정비한 뒤 맞아 싸우러 나갔다.

그때 유봉이 간하기를: "해도 이미 저물어 가고 군사들도 먼 길을 오느라 몹시 지쳐 있으니 잠시 쉬는 게 어떻겠습니까?"

황충이 웃으며 말하기를: "그렇지 않소. 이는 하늘이 나에게 공을 세울 기회를 준 것이니, 이를 취하지 않는 것은 바로 하늘의 뜻을 거역한 것이오."

말을 마친 황충이 북을 치며 함성을 지르며 앞으로 나아갔다. 한호 역시 군사를 이끌고 싸우러 나왔다. 황충이 칼을 휘두르며 곧바로 한호에게 달려들어 단 한 합만에 그를 베어 말 아래로 떨어뜨렸다.

촉의 군사들이 함성을 크게 지르며 산 위로 쳐들어갔다. 장합과 하후상이 급히 군사를 이끌고 나와 그들을 맞이했다. 그때 갑자기 산 뒤에서 큰 함성과 함께 불길이 하늘로 치솟더니 산의 위아래가 온통 불바다가 되었다.

하후덕이 불을 끄러 군사를 데리고 달려가다가 마침 노장 엄안과 마주쳤다. 엄안은 들고 있던 칼을 번쩍 들어 그대로 내리쳐 하후덕을 한 칼에 베어 말 아래로 떨어뜨렸다.

실은 황충은 먼저 엄안에게 군사를 주어 산속에 매복해 있으면서 자신의 군사가 당도하여 싸우기 시작할 때 나무 더미에 불을 놓게 했던 것인데 마침 바람까지 거세게 불어주어 불이 산 위 아래로 일시에 옮겨붙으니 놀란 하후덕이 그 불을 끄러 왔다가 그만 엄안에게 당하고 만 것이다.

하후덕을 죽인 엄안이 산 뒤에서 쳐들어오니 앞뒤로 적을 맞은 장합과 하후상은 서로 돌볼 수 없게 되어 어쩔 수 없이 천탕산을 버리고 달아나 하후연이 있는 정군산으로 찾아갔다.

천탕산을 빼앗은 황충과 엄안은 그곳을 지키면서 성도에 그 소식을 급히 보고했다. 그 소식을 들은 현덕은 여러 장수들을 불러 모아 함께 축하했다.

법정 曰: "지난날 조조가 장로(張魯)의 항복을 받고 한중을 평정시킨 뒤 그 기세를 타고 파(巴)와 촉(蜀)까지 도모하지 않고 그저 하후연과 장합에게 그곳을 지키게만 하고 대군을 이끌고 북으로 돌아간 것은 큰 실책이었습니다.

이제 장합이 패하여 천탕산을 잃었으니, 이 틈을 타 주공께서 친히 대군을 이끌고 정벌에 나선다면 충분히 한중을 평정할 수 있습니다. 한중을 평정한 후 다시 군사를 정비하고 군량을 준비하여 적들의 허점을 노린다면, 전진하여 역적을 토벌할 수도 있고 물러나더라도 스스로 지킬 수 있습니다. 이는 하늘이 준 기회이니 놓쳐서는 안 됩니다."

현덕은 물론 공명도 그의 말에 공감했다. 즉시 명령을 전하여 조운과 장비를 선봉으로 현덕과 공명이 몸소 10만 명의 대군을 거느리고 한중을 도모할 날을 정하였다. 그리고 각처에 격문을 보내 방비를 더욱 철저히 하도록 했다.

건안 23년(서기 218년) 7월, 길일을 골라 성도를 떠난 유비는 가맹관에 이르러 영채를 세운 다음 황충과 엄안을 영채로 불러 후한 상을 내렸다.

현덕 曰: "여러 장수들이 모두 장군이 늙었다고 말했지만, 오직 공명 군사만이 장군의 능력을 알아주었는데 이번에 과연 놀라운 공을 세웠소. 지금 한중의 정군산은 곧 남정(南鄭)을 지키는 보루로 적의 군량과 마초를 쌓아둔 곳이오.

만약 우리가 정군산만 얻게 된다면 양평으로 가는 길은 걱정할 게 없을 터인즉 장군들이 한 번 더 가서 정군산을 취해보지 않겠소?"

황충이 흔쾌히 응낙하고 곧바로 군사를 거느리고 출발하려고 할 때 공명이 급히 제지하며 말하기를: "노장군께서 비록 영용(英勇)하시나 하후연은 장합과는 비교할 수 없는 뛰어난 장수입니다. 그는 도략(韜略)[19]을 깊이 통달하고 군사 전술과 전략에 아주 밝아 조조는 그를 믿고 서량을 지키게 하면서 군사는 장안에 주둔시켜 놓고 마맹기(馬孟起: 마초)를 막도록 했고(제 58회 참고), 이제 다시 한중을 지키도록 한 것입니다.

조조가 다른 사람을 쓰지 않고 오로지 하후연에게 한중을 맡긴 것은 그가 대장의 자질이 있기 때문입니다. 지금 장군께서 장합을 이겼지만 하후연까지 이길 수 있을지는 자신할 수 없습니다.

나는 적당한 장수를 한 사람 골라 형주로 보내고 관장군을 돌아오게 하려고 합니다. 그래야만 비로소 하후연을 대적할 수 있을 것입니다."

황충은 그 말에 분연히 대답하기를: "옛날 염파(廉頗)는 나이 여든에

---

19 육도삼략(六韜三略)을 가리키며 이는 중국 주나라 태공망이 지은 병서(兵書)임. 역자 주.

한 말 밥에 열 근의 고기를 먹으니 제후들은 그의 용맹이 두려워 감히 조(趙)나라 경계를 침범하지 못했다고 하였소. 하물며 이 황충은 아직 일흔도 안 되었소. 군사께서는 내가 늙었다고 하시는데 내 이번에는 부장(副將)도 필요 없소. 그저 본부 군사 3천 명만 데리고 가서 즉시 하후돈의 수급을 베어 휘하에 바치겠소이다."

공명이 거듭 말리는데도 황충은 끝내 가겠다고 우겼다.

공명 曰: "기어이 장군께서 가시겠다면 내가 군사 감독관을 한 사람 동행시키려는데, 어쩌시겠소?"

이야말로:

장수를 부리려면 먼저 격동 시켜야지	請將須行激將法
젊은 장수보다는 백전노장이 더 낫네	少年不若老年人

그 사람이 누구인지 궁금하거든 다음 회를 기대하시라.

제 71 회

황충은 건너 산에 앉아 적의 길을 빼고
조운은 한수에서 적은 군사로 대승하다

占對山黃忠逸待勞

据漢水趙雲寡勝衆

공명이 황충에게 분부하기를: "장군께서 꼭 가시겠다면 법정으로 하여금 장군을 돕도록 하겠습니다. 모든 일은 그와 논의하여 하십시오. 내가 뒤따라 군사를 보내서 지원해 드리겠습니다."

황충은 잘 알겠다고 하고 법정과 함께 군사를 거느리고 떠났다.

황충이 떠나자 공명이 현덕에게 말하기를: "황충은 말로써 격분시키지 않으면 가더라도 공을 세우기 어려울 것 같아 제가 일부러 그런 것입니다. 그가 작은 군사만 데리고 가서 하후돈을 잡겠다고 큰 소리치고 갔지만 반드시 군사를 뽑아서 그를 도와줘야 합니다."

그러고는 조운을 불러서 지시하기를: "한 무리의 군사를 거느리고 샛길로 가서 황충을 지원하되, 황충이 유리하면 군이 나설 필요가 없지만 불리하거든 즉시 돕도록 하시오."

또한 유봉과 맹달에게 지시하기를: "3천 명의 군사를 이끌고 가서 산속 험준한 곳에 깃발들을 많이 꽂아놓아 우리의 군세가 막강한 것처럼 위장하여 적들로 하여금 놀라고 의심하게 만드시오."

세 사람은 각자 군사를 거느리고 떠났다. 공명은 또 하변에 사람을 보내 마초에게 여차여차하라는 계책을 전했다. 그리고 엄안을 파서 낭중으로 보내 그곳의 요새를 지키게 하고 파서를 지키던 장비와 유연을 불러들여 함께 한중을 취하도록 했다.

한편 하후상과 함께 정군산의 하후연을 찾아간 장합은 하후연에게 그간의 정황을 상세히 보고하기를: "천탕산은 이미 빼앗겼고 하후덕과 한호도 싸우다 죽고 말았습니다. 게다가 유비가 직접 군사를 거느리고 한중으로 쳐들어오고 있다 합니다. 속히 위왕께 보고하여 정예병과 맹장을 지원해달라고 청해야 합니다."

하후연은 즉시 조홍에게 사람을 보내 위급한 상황을 알렸다. 밤을 새워 허도로 달려간 조홍이 조조를 뵙고 자세히 아뢰니 몹시 놀란 조조는 황급히 문무백관을 소집하여 군사를 보내 한중을 구하는 문제를 상의했다.

장사(長史) 유엽(劉曄)이 나서며 말하기를: "한중을 잃게 되면 중원이 흔들리니 대왕께서 친히 정벌에 나서야 합니다."

조조가 스스로 후회하며 말하기를: "그때 내가 경의 말을 듣지 않아 일을 이 지경으로 만든 것이 후회되는군."(제 67회 참고)

조조는 급히 명을 내려 40만 대군을 일으켜 친히 정벌에 나섰으니, 때는 건안 23년(서기 218년) 7월이었다.

조조는 대군을 세 방면으로 나누어 진군했다. 전군의 선봉은 하후돈이 맡았으며 조조 자신은 중군을 거느렸고 조휴는 후군을 맡았으나 대군의 수가 워낙 많아 전군이 연달아 출발한 것이나 마찬가지였다.

조조는 비단 전포에 옥대를 두르고 금 안장을 얹은 백마를 탔다. 호위하는 무사들은 붉은 비단에 금줄을 입힌 커다란 일산을 손에 들고 조조에게 비치는 햇빛을 가려 주고 그의 좌우에는 금과(金瓜)와 은월(銀鉞),

등봉(鐙棒)과 과모(戈矛)[20] 등을 든 자들이 늘어섰다. 그 다음에는 해와 달, 용과 봉황을 수놓은 깃발(日月龍鳳旌旗)을 들고 지나갔다.

그리고 조조를 본격적으로 호위하는 용호관군(龍虎官軍)이 2만 5천명이었는데, 이들을 5천 명씩 다섯 부대로 나누어 각 부대마다 청·황·적·백·흑 다섯 가지 색깔 중 한 가지로 그 부대의 깃발과 갑옷과 말의 색상을 정하여 따르게 하니 그 광경이 얼마나 휘황찬란하고 웅장했겠는가!

조조의 군사가 동관(潼關)을 지날 무렵 조조가 말 위에서 앞을 바라보니 울창하게 우거진 숲이 있어 주위 사람에게 묻기를: "저곳이 어디냐?"

누군가 대답하기를: "저기는 남전(藍田)이라는 곳입니다. 숲속에 채옹(蔡邕)의 집이 있는데, 지금은 그의 딸 채염(蔡琰)이 남편 동기(董紀)와 함께 살고 있습니다. 원래 조조와 채옹은 친하게 지냈다. 일찍이 채옹의 딸 채염은 위도개(衛道玠)의 처였는데 후에 북방의 흉노족에게 납치되어 그곳에서 아들 둘을 낳았다. 채염은 자신이 흉노에 잡혀와서 힘들게 생활하는 비참한 모습과 고향에 두고 온 자식을 그리며 '호가십팔박(胡笳十八拍)'이라는 노래(樂府)를 지었는데 그 노래가 중원까지 널리 알려졌다.

그녀를 매우 가엽게 여긴 조조가 북방에 사람을 보내 천금(千金)을 줄 테니 그녀를 보내달라고 청하자 흉노족의 좌현왕(左賢王)은 조조의 위세가 겁이나 채염을 한(漢)에 돌려보내 주었다.

조조는 이에 채염을 동기의 아내로 짝을 맺어 주었다. 이날 집 앞에 이른 조조는 옛날 채옹의 일이 생각나서 군사들을 먼저 보내고 1백여 명의 기병만 데리고 문 앞에 이르러 말에서 내렸다. 이때 동기는 외지에서 벼슬을 하느라 밖에 나가 있었고 채염만이 집에 있었다.

---

20 네 가지 모두 무기 겸 의장용 도구임. 모두 긴 철봉 끝에 금과는 황금으로 만든 오이 모양, 은월은 은으로 된 도끼 모양, 등봉은 구리로 만든 말 등자 모양, 과모는 창 모양임. 역자 주.

조조가 왔다는 말을 들은 채염은 황망히 달려 나와 영접했다. 조조가 당에 오르자 채염이 예를 올리고 옆에 시립했다. 조조가 벽에 비문(碑文)이 걸려 있는 것을 보고 걸어가서 살펴보고 무슨 비문인지 채염에게 물었다.

채염 曰: "이것은 조아(曹娥)의 비문입니다. 옛날 화제(和帝) 때 상우(上虞)라는 곳에 조우(曹盱)라는 박수무당이 있었는데 그는 춤을 추어 신을 즐겁게 해 주는 굿을 잘했습니다. 어느 해 5월 5일, 술에 취한 조우가 배 위에서 춤을 추다 그만 강물에 빠져 죽고 말았습니다. 그에게는 14살 된 딸이 하나 있었는데 그녀는 아비의 죽음을 슬퍼하며 강기슭을 오르내리며 칠일 밤낮을 통곡하다 자신도 강물에 뛰어들었습니다. 그런데 뜻밖에도 닷새 후에 조우는 죽은 채로 아비의 시신을 등에 업고 강물에 떠오른 것입니다.

마을 사람들이 부녀의 시신을 잘 거두어 강기슭에 장사 지내 주었고, 상우 현령 도상(度尙)이 조정에 보고하여 그녀를 효녀로 표창해 주었습니다. 그리고 도상은 한단순(邯鄲淳)에게 글을 짓고 비문을 새기게 하여 그 일을 기념하게 했습니다. 한단순의 그해 나이는 13세에 불과했지만 붓을 들면 단번에 문장을 써내려갔는데 한 글자도 고치는 법이 없었으니 이를 돌에 새겨 무덤 옆에 세웠는데 모든 사람들이 기이하게 여겼답니다.

제 아비 채옹이 그 소문을 듣고 비문을 보러 갔는데 마침 날이 저물어 눈으로는 볼 수가 없어 손으로 더듬어 그 비문을 겨우 읽고 나서 붓을 가져오라고 하여 비석 뒷면에 크게 여덟 글자를 써놓고 왔는데 그 뒤에 사림들이 그 글자를 그대로 새겨 놓았다고 합니다."

조조가 탁본을 읽어 보니 '황견유부 외손제구(黃絹幼婦 外孫齏臼)'라 씌어 있었다.

조조가 채염에게 묻기를: "너는 이 글의 뜻을 아느냐?"

채염 曰: "비록 선친의 유필이오나 저는 그 뜻을 잘 모르옵니다."

조조가 여러 모사들을 돌아보며 묻기를: "그대들 중에 이 글의 뜻을 아는 자가 있는가?"

다들 대답을 못 하는데 오직 한 사람이 나서며 말하기를: "저는 그 뜻을 알아냈습니다."

조조가 보니 그는 주부(主簿) 양수(楊修)였다.

조조 曰: "경은 잠시 가만있으라. 나도 좀 생각해 보겠네."

조조는 채염과 작별하고 집을 나왔다. 말을 타고 3리 쯤 갔을 때 조조는 문득 그 뜻을 알아내고 웃으며 양수에게 묻기를: "경이 한 번 그 뜻을 풀어 보게."

양수 曰: "그것은 은어(隱語)입니다. '황견(黃絹)'은 곧 누런 빛깔의 실이니, 빛 색(色) 옆에 실 사(絲)를 더하면 '절(絕)'자가 됩니다. 유부(幼婦)는 '어린 여자'이니 여(女)자 옆에 소(少)를 더하면 묘(妙)자가 되지요. 그러니 황견유부는 곧 절묘(絕妙)가 됩니다.

외손제구(外孫齏臼)도 풀어 보면 먼저 외손(外孫)은 딸의 자식이니 여(女) 옆에 자(子)를 더하면 곧 호(好)자가 되고 제구(齏臼: 절구통)는 다섯 가지 맛(五辛)을 내는 양념을 받아들이는(受) 도구이니 수(受)자 옆에 신(辛)을 더하면 사(辤=辭와 같은 자임) 자가 됩니다. 그러니 외손제구는 호사(好辭)가 되고 이들을 전부 모으면 곧 절묘호사(絕妙好辭)[21]가 되는 것이지요."

조조가 깜짝 놀라며 말하기를: "나도 그렇게 생각했네!"

여러 사람들은 다들 양수의 재주와 식견을 찬탄하고 부러워했다.

하루도 채 지나지 않아 조조의 군사는 남정(南鄭)에 도착했다. 조홍이

---

21 비할 데가 없을 만큼 좋은 글 귀. 역자 주.

조조를 맞이하여 장합의 일을 자세히 보고했다.

조조 曰: "그건 장합의 죄가 아니다. 이기고 지는 것은 싸움에서 늘 있는 일이 아니더냐!(勝負乃兵家之常事)"

조홍 曰: "지금 유비가 황충으로 하여금 정군산을 공격하고 있는데, 하후연은 대왕의 군사가 오는 것을 알고 굳게 지키기만 할 뿐 나가서 싸우지 않고 있습니다."

조조 曰: "나가서 싸우지 않고 지키고만 있으면 우리가 그들을 겁내고 있음을 보여 주는 것이 아닌가!"

조조는 곧바로 사람을 시켜 부절을 가지고 정군산으로 가서 하후연에게 나가서 싸우도록 명했다.

유엽이 간하기를: "하후연은 성격이 너무 강직하여 적의 간계에 빠지지 않을까 걱정됩니다."

이에 조조는 자신이 직접 글을 써서 사자에게 주어 보냈다. 하후연이 받아 보니 그 글의 내용은:

"무릇 장수 된 자는 마땅히 강함과 부드러움을 겸비해야 하나니, 자신의 용기만을 믿어서는 안 된다. 만약 자신의 용맹만 믿는다면 이는 한낱 필부의 적수에 지나지 않을 터, 내 이제 남정에 대군을 주둔시켜 놓고 그대의 뛰어난 재주(妙才)를 구경하고자 하니 그대의 자(字)인 묘재 두 글자를 욕되게 하지 말라."

다 읽고 난 하후연은 매우 기뻐하며 사자를 돌려보내고 장합과 상의하기를: "지금 대왕께서는 유비를 토벌하기 위해 대군을 거느리고 와서 남정에 주둔하고 계시네. 내 그대와 이곳을 지키고만 있으면 어찌 공을 세울 수 있겠소? 내일은 내가 나가서 황충을 사로잡아 올 것이네."

장합 曰: "황충은 지모와 용맹을 겸비한데다 법정까지 옆에서 돕고 있으니 가벼이 맞설 상대가 아닙니다. 더구나 이곳은 산길이 험준하니 굳게 지키는 게 마땅합니다."

하후연 曰: "그러다 만약 다른 사람이 나서서 공을 세워버리면 나와 그대는 무슨 면목으로 위왕을 뵙는단 말이오? 그대는 산을 지키고 있게. 나는 나가서 싸우겠네."

마침내 하후연이 명령을 내리기를: "누가 먼저 나가서 적을 유인하겠는가?"

하후상 曰: "저를 보내 주십시오."

하후연 曰: "너는 나가서 황충과 싸우되 적극적으로 싸우지 말고 패한 척하고 그를 유인하거라. 나에게 묘책이 있으니 여차여차하거라."

명을 받은 하후상은 군사 3천 명을 이끌고 정군산 대채를 나와 앞으로 나아갔다.

한편 황충과 법정은 군사를 정군산 입구에 주둔시켜 놓고 여러 차례 싸움을 걸었으나 하후연이 굳게 지키기만 할 뿐 나오지 않았다. 직접 쳐들어가려고 했지만, 산길이 너무 험해 적의 동태를 살피기 어려워 어쩔 수 없이 그곳에서 지키고만 있었다.

그런데 이날 갑자기 산 위의 조조의 군사들이 내려와 싸움을 걸고 있다는 보고가 들어왔다. 황충이 막 군사를 이끌고 나가 맞아 싸우려고 할 때 아장(牙將) 진식(陳式)이 말하기를: "장군께선 움직이지 마십시오. 제가 나가서 상대하겠습니다."

황충은 크게 기뻐하며 그에게 군사 1천 명을 이끌고 산 입구로 가서 진을 펼치게 했다. 곧 하후상의 군사가 들이닥쳐 양쪽의 교전이 시작되었다. 진식이 하후상과 어울려 몇 합 싸우지도 않았는데 하후상은 패한 척하고 달아났다. 진식이 그 뒤를 좇아가는데 도중에 양쪽 산 위에서 통나무와 돌덩어리 등이 굴러 내려와 앞으로 나아갈 수가 없었다. 진식이 막 군사를 돌리려고 할 때 등 뒤에서 하후연이 군사를 이끌고 뛰쳐나오니 진식은 그들을 감당하지 못하고 하후연에게 사로잡혀 하후연의 영채로 끌려가고 말았다. 진식의 군사들도 대부분 항복했다. 겨우 살아 돌아온 패잔병이 황충에게 진식이 사로잡혔음을 보고했다. 황충은 급히 법정과 상의했다.

법정 曰: "하후연은 경솔하고 조급하며 자신의 용맹만 믿고 지모가 부족한 자입니다. 우리는 군사들의 사기를 북돋은 후에 영채를 거두고 앞으로 나아갑시다. 가는 곳마다 영채를 세워 하후돈이 싸우러 나오도록 유인하면 그를 사로잡을 수 있습니다. 이것이 바로 손님이 오히려 주인이 된다는 '반객위주지계(反客爲主之計)'입니다."

황충은 법정의 계책에 따라 가지고 있던 물건들을 모두 군사들에게 상으로 나누어 주니 환호성이 골짜기를 가득 메웠고 다들 죽기로 싸우겠다고 나섰다.

황충은 곧바로 영채를 거두어 나아가면서 가는 곳마다 영채를 세우고 매 영채마다 며칠만 머무르고 다시 앞으로 나아갔다.

황충이 오고 있다는 소식을 들은 하후연이 나가 싸우려 했다.

장합 曰: "이것은 바로 '반객위주지계'이니 나가 싸우면 안 됩니다. 반드시 패할 것입니다."

하지만 하후연은 듣지 않고 하후상에게 군사 수천 명을 이끌고 나가 싸우라고 명했다. 하후상이 곧바로 황충의 영채 앞으로 가자 황충이 말에 올라 칼을 들고 나가 하후상을 맞아 싸웠는데 단 한 합에 그를 사로잡아 영채로 돌아갔다. 남은 군사들은 모두 달아나 하후연에게 돌아가 보고했다.

하후연은 즉시 사자를 황충의 영채로 보내 진식과 하후상을 교환하자고 제안했다. 황충은 내일 진 앞에서 서로 바꾸자고 약속했다.

다음 날 양쪽의 군사들이 모두 산골짜기의 넓은 개활지로 나와 진을 쳤다. 황충과 하후연은 각자 자기 진영의 문기 아래에 말을 세웠다. 황충은 하후상을 데리고 나오고 하후연은 진식을 데리고 나왔는데 둘 다 전포나 투구도 없이 얇은 옷만 걸치고 있었다.

북소리가 한 번 울리자 진식과 하후상은 각각 자신의 진영을 향해 달리기 시작했다. 하후상이 자기 진영의 문에 거의 이르렀을 때 황충이 쏜 화살에 등을 맞아 하후상은 등에 화살이 꽂힌 채 돌아갔다.

크게 화가 난 하후연은 즉시 말을 몰아 황충에게 달려들었다.

하후연을 자극하려고 했던 황충의 계책이 성공한 것이다. 황충은 기다렸다는 듯이 달려 나가 두 장수가 말을 엇갈리며 20여 합 싸웠을 때 갑자기 조조의 진영에서 징을 울렸다. 하후연이 급히 말머리를 돌려 영채로 돌아가자 황충이 승세를 타고 하후연의 군사들을 무찔렀다.

자신의 진영으로 돌아간 하후연이 큰 소리로 압진관(押陣官)에게 묻기를: "왜 징을 쳤느냐?"

그가 답하기를: "저편 산 움푹 파인 곳에 촉병의 기치가 보이기에 혹시 복병이 숨어 있는 게 아닐까 염려되어 급히 징을 울려 장군을 불러들인 것입니다."

하후연은 그의 말을 믿고 그 후로는 굳게 지키기만 하고 나가지 않았다.

황충이 정군산 바로 앞까지 접근했지만 하후연이 좀처럼 나오려 하지 않으니 법정과 상의하였다.

법정이 손으로 가리키며 말하기를: "정군산 서쪽에 우뚝 솟은 저 높은 산은 보다시피 사면이 모두 매우 험합니다. 저 산 위에서는 하후연의 군사들의 내막을 훤히 내려다 볼 수 있습니다. 장군께서 만약 저 산만 취하신다면 정군산은 손에 넣은 것이나 다름없습니다."

황충이 올려다보니 산을 올라가기는 매우 가파르지만, 정상에는 약간 평평한 곳이 있으며 그곳에 약간의 군사들이 보였다.

그날 밤 이경(二更) 황충은 군사를 이끌고 징을 울리고 북을 치며 곧바로 산꼭대기를 향해 쳐들어갔다. 이 산은 하후돈의 부장(部將) 두습(杜襲)이 지키고 있었는데, 데리고 있는 군사가 고작 수백 명밖에 없었다. 그들은 황충이 대규모 군사를 거느리고 쳐들어오는 것을 보고 어쩔 수 없이 산을 버리고 달아났다. 황충이 그 산꼭대기를 차지하고 보니 정말로 정군산이 훤히 내려다보였다.

법정 曰: "저는 이곳에 있을 테니 장군께서는 산중턱을 지키십시오. 하후연의 군사가 올라오면 제가 백기를 올리겠습니다. 그때는 장군께서 군사를 움직이지 말고 기다리십시오. 그들이 지쳐서 방비가 허술한 틈이 보이면 제가 홍기를 올리겠습니다. 그때 장군은 곧바로 산을 내려가 적을 공격하십시오. 편히 쉬면서 힘을 축적한 상태에서 지친 적을 친다면 반드시 이길 수 있습니다."

황충은 매우 기뻐하며 법정의 계책을 따르기로 했다.

산꼭대기를 잃은 두습이 군사를 데리고 도망쳐 돌아가 하후연에게 그 사실을 보고했다.

하후연이 크게 화를 내며 말하기를: "황충이 맞은편 산을 차지했으니 이제 내가 싸우러 나가지 않을 수 없게 됐다."

장합 曰: "이는 법정의 계략입니다. 장군은 싸우러 나가지 말고 굳게 지키고만 있어야 합니다."

하후연 曰: "적이 우리 맞은편 산을 차지하고 우리의 허와 실을 훤히 내려다보고 있는데 어찌 나가서 싸우지 않을 수 있겠소?"

장합이 간곡하게 말렸지만 듣지 않은 하후연은 군사를 나누어 맞은편 산을 에워싼 뒤 마구 욕설을 퍼부으며 싸움을 걸었다. 하지만 산위에서 법정이 백기를 든 것을 본 황충은 하후연이 온갖 욕설을 퍼부어도 아랑곳하지 않고 싸우러 나가지 않았다.

오후가 되면서 하후연의 군사들이 지치고 사기도 떨어져 군사들 대부분이 말에서 내려 땅바닥에 앉아 쉬고 있었다. 이를 본 법정이 홍기를 흔들자 북소리·피리 소리가 요란하게 울리고 함성이 진동하면서 황충이 말을 타고 앞장서서 산 아래로 달려 내려가자 그 기세가 마치 하늘이 무너지고 땅이 꺼지는 듯했다.

일산 아래에서 쉬고 있던 하후연은 눈 깜짝할 사이에 황충이 코앞까지 쳐들어오자 미처 손을 써볼 틈도 없었다. 천둥 같은 호통소리와 함께 황충의 보도(寶刀)가 번쩍이자 하후연은 칼을 뽑아보지도 못하고 머리에서 어깨를 가르며 몸이 두 동강 나고 말았다.

후세 사람이 황충을 칭찬하여 시를 지었으니:

노년의 나이에 강한 적을 만났지만 　　蒼頭臨大敵
흰 머리카락 날리며 신위를 떨쳤네 　　皓首逞神威
힘센 두 팔로 강궁을 당길 수 있고 　　力趁雕弓發
서릿발 같은 칼날은 바람을 일었네 　　風迎雪刃揮

호통 소리는 범의 울부짖음 같았고 　　雄聲如虎吼
그가 탄 준마는 용이 나는 듯 했지 　　駿馬似龍飛
적장의 머리를 베어 공훈을 세우고 　　獻馘功勳重
강토 넓혀 제국의 터전을 마련했네 　　開疆展帝畿

하후연이 황충에게 죽임을 당하자 조조의 군사들은 일시에 무너져 각자 살기 위해 도망치기에 바빴다. 승세를 탄 황충은 정군산을 빼앗으러 치고 올라갔다. 장합이 군사를 이끌고 싸우러 나왔으나 황충과 진식이 양쪽에서 협공을 하며 일제히 쳐들어가자니 장합은 패하여 달아났다.

그때 홀연히 산모퉁이에서 한 무리의 군사들이 뛰쳐나와 길을 막고 나섰다. 앞장 선 대장이 큰 소리로 외치기를: "상산(常山) 조자룡이 여기 있느니라!"

깜짝 놀란 장합이 패한 군사들을 이끌고 가까스로 길을 열고 정군산을 향해 달아나는데 앞에서 한 무리의 군사들이 나타나 그들을 맞이하는데, 그는 바로 두습이었다.

두습 曰: "정군산은 이미 유봉과 맹달에게 빼앗겼습니다."

장합은 크게 놀라 곧바로 두습과 패한 군사들을 데리고 한수(漢水)로 가서 영채를 세우고, 사람을 보내 급히 조조에게 보고하게 했다.

하후연이 죽었다는 소식을 들은 조조는 대성통곡을 했다. 그리고 비로소 관로가 말했던 점괘의 의미를 깨달았다. 즉 '삼팔종횡(三八縱橫)'의 삼과 팔이 종횡으로 누빈다는 뜻은 곧 삼팔 이십사로 건안 24년(서기 219년)을 말한 것이고, '황저우호(黃猪遇虎)'의 누런 돼지가 범을 만난다는 뜻은 기해년(己亥年: 돼지해) 인월(寅月: 호랑이 달)을 말한 것이며, '정군지남(定軍之南)'은 곧 정군산의 남쪽을 말한 것이며, '상절일고(傷折一股)'의 한 다리를 잃는다는 뜻은 바로 조조와 친형제처럼 친한 하후연의 죽음을 의미했다는 것을 깨달았다.

조조는 사람을 시켜 관로를 찾아보도록 했으나 그가 어디로 가 버렸는지 아는 사람이 아무도 없었다.

황충에 대해 원한이 뼈에 사무친 조조는 마침내 하후연의 원수를 갚기 위해 직접 대군을 거느리고 정군산으로 달려갔다. 서황을 선봉으로 한수에 이르자 장합과 두습이 조조를 영접했다.

두 장수가 말하기를: "이미 정군산을 잃었으니 미창산(米倉山)에 있는 군량과 마초를 북산(北山)의 영채로 옮긴 후에 진군하시는 게 좋겠습니다."

조조는 그렇게 하기로 했다.

한편 하후연의 수급을 벤 황충이 가맹관으로 가서 현덕에게 공을 아뢰었다. 현덕은 크게 기뻐하며 황충을 정서대장군(征西大將軍)으로 올리고 연회를 베풀어 그 공을 축하했다.

그때 아장(牙將) 장저(張著)가 들어와 보고하기를: "조조가 직접 2십만 대군을 거느리고 하후연의 원수를 갚기 위해 오고 있습니다. 지금 장합은 미창산에 있는 군량과 마초를 한수의 북산으로 옮기고 있습니다."

공명 曰: "지금 조조가 이곳까지 대군을 이끌고 왔지만, 군량과 마초가 부족할까 염려되어 진군하지 못하고 있는 것입니다. 만약 우리 진영에서 누군가 한 사람이 조조 진영에 깊숙이 침투하여 그들의 군량과 마초를 불태우고 군수 물자를 실어 나르는 수레를 빼앗을 수 있다면 능히 적의 예봉을 꺾을 수 있습니다."

황충 曰: "이 늙은이가 그 임무를 맡겠습니다."

공명 曰: "조조는 하후연과 비교할 수 없는 상대이니 절대로 가볍게 보아서는 안 됩니다."

현덕 曰: "하후연이 비록 총수(總帥: 전군의 지휘자)라 해도 그는 한낱 용맹한 장수에 불과하니 어찌 장합에 비하겠소? 만약 장합을 참한다면 하후연의 목을 벤 것보다 그 공로가 열 배는 될 것이오."

황충이 분연히 말하기를: "내가 가서 그를 참하겠소."

공명 曰: "그럼 조자룡과 함께 한 무리의 군사를 이끌고 가시오. 다만 모든 일은 함께 의논해서 해야 합니다. 누가 공을 세우는지 한번 보겠소."

황충이 응낙하고 곧바로 떠났다. 공명은 장저를 부장으로 삼아 함께 가게 했다.

가면서 조운이 황충에게 묻기를: "지금 조조는 20만 대군을 이끌고 와서 10개의 영채로 나누어 주둔하고 있습니다. 장군은 주공 앞에서 적의 군량과 마초를 빼앗겠다고 큰 소리쳤는데 이는 결코 쉬운 일이 아닙니다. 장군께선 무슨 계책이 있으십니까?"

황충 曰: "내가 가서 어찌하는지 구경이나 하시오."

조운 曰: "제가 먼저 가겠습니다."

황충 曰: "나는 주장이고 그대는 부장인데 그대가 어찌 먼저 가겠다는 것인가?"

조운 曰: "저나 장군 모두 주공을 위해 힘쓰기는 마찬가지인데 그런 것을 따질 필요가 어디 있습니까? 우리 두 사람이 제비를 뽑아 먼저 가기를 결정합시다."

황충이 이에 동의하여 제비를 뽑았는데 역시 황충이 먼저 가게 되었다.

조운 曰: "기왕에 장군이 먼저 가게 되었으니 저는 뒤에서 도울 것이오. 시간을 미리 정해 놓고 장군께서 그 정한 시간 내에 돌아오면 저는 움직이지 않겠지만, 만일 그 시간이 지나도 돌아오지 않으면 제가 즉시 군사를 이끌고 지원하러 가겠습니다."

황충 曰: "공의 말이 옳소."

두 사람은 약속 시간을 오시(五時: 오전 11시에서 오후 1시)로 정했다. 본채로 돌아온 조운은 부장 장익(張翼)에게 말하기를: "황 장군이 내일 군량과 마초를 빼앗으러 가기로 했다. 만약 오시까지 돌아오지 않으면 내가 지원을 나가야 한다. 우리 영채 앞에는 한수(漢水)가 있고 지세가 험하니 내가 없는 동안 그대가 영채를 잘 지키고 경솔하게 움직이지 마라."

장익은 그리하겠다고 대답했다.

한편 영채로 돌아온 황충은 부장 장저(張著)에게 말하기를: "내가 하후연을 베어 죽였으니 지금 장합은 간담이 서늘해 있을 것이다. 내일 나는 영채를 지키는 군사 5백 명만 남겨 두고 모든 군사를 거느리고 저들의 군량과 마초를 빼앗으러 갈 것이다. 그대는 함께 가서 나를 돕도록 하라. 오늘 밤 삼경(三更: 밤 11시에서 새벽 1시)에 군사들을 배불리 먹인 다음 사경에 영채를 떠나 북산 기슭 아래로 쳐들어가서 먼저 장합을 잡은 뒤에 군량과 마초를 약탈할 것이다."

장저는 영에 따르겠다고 했다.

그날 밤 황충은 군사를 거느리고 앞장을 서고 장저는 그 뒤를 따랐다. 그들은 한수를 건너 곧바로 은밀히 북산 기슭 아래에 도착했다. 해가 뜰 무렵이 되자 산처럼 쌓여 있는 군량이 보이고 약간의 군사들이 지키고 있었는데 이들은 촉군이 습격해온 것을 보고 모두 달아나 버렸다. 황충은 기병들에게 일제히 말에서 내려 땔나무와 건초 더미를 군량미 위에 쌓으라고 지시하고 막 불을 지르려 하는데 장합의 군사들이 들이닥쳐 황충과 한바탕 혼전을 벌였다.

이 소식을 들은 조조가 급히 서황을 지원하러 보냈다. 서황이 군사를 거느리고 달려가 황충을 가운데 두고 포위해 버렸다. 장저는 3백 명의 군사를 데리고 간신히 포위망을 벗어나 황급히 영채로 돌아가려는데 갑자기 한 무리의 군사들이 뛰쳐나와 가는 길을 막았다. 앞장선 대장은 문빙(文聘)이었다. 이어서 조조의 대군이 몰려와 장저를 에워쌌다.

한편 영채에서 기다리던 조운은 오시(午時)가 되어도 황충이 돌아오지 않자, 황급히 갑옷과 투구를 걸치고 말에 올라 군사 3천 명을 이끌고 지원하러 가면서 부장 장익에게 말하기를: "그대는 영채를 굳게 지키고 있게. 영채 양쪽에 활과 쇠뇌를 배치하여 적의 불의의 습격에 대비하고 있으라!"

장익은 연신 네, 네, 하고 대답했다.

조운은 창을 꼬나들고 쏜살처럼 말을 달려 앞으로 나아갔다. 그때 정면에서 한 장수가 길을 막아서는데 바로 문빙의 부장 모용열(慕容烈)이었다. 그가 말에 박차를 가해 칼을 휘두르며 조운에게 달려들었지만 조운의 창이 한번 번쩍이더니 그를 찔러 죽이니, 나머지 군사들은 모두 달아나 버렸다. 조운이 겹겹이 에워싼 적의 포위망 속으로 곧바로 쳐들어가는데, 또 한 무리의 군사들이 길을 막았다. 그 우두머리는 위의 장수 초병(焦炳)이었다.

조운이 호통을 치며 묻기를: "촉의 군사들은 어디 있느냐?"

초병 曰: "이미 다 죽여 버렸다!"

화가 난 조운은 그대로 달려들어 또 한 번에 초병을 찔러 죽였다. 이어서 그의 군사들을 닥치는 대로 무찌르니 모두 흩어져 버렸다. 그 길로 북산 아래까지 달려가 보니 장합과 서황이 황충을 포위하고 있는데 군사들은 이미 곤경에 빠진 지 오래었다.

조운은 버럭 소리를 한 번 지르고 창을 꼬나들고 말을 달려 두텁게 에워싼 포위 속으로 좌충우돌하며 돌진해 들어가는데 마치 무인지경을 달리는 듯했다. 혼신을 다해 휘두르는 창 솜씨는 마치 하얀 배꽃이 춤추는 것 같고, 현란하게 번쩍이는 창날은 마치 상서로운 눈발이 바람에 흩날리는 듯했다.

그동안 수많은 싸움을 경험한 장합과 서황 조차도 심장이 놀라고 간담이 떨려 감히 그와 맞서 싸울 엄두를 내지 못했다. 황충을 구한 조운은 잠시 싸우고 달아나기를 거듭했는데 그가 가는 곳마다 감히 그를 막는 자가 없었다.

높은 곳에서 이 광경을 바라보던 조조가 놀라 좌우의 여러 장수들에게 묻기를: "도대체 저 장수가 누구냐?"

그를 아는 자가 말하기를: "그는 상산 조자룡입니다."

조조 曰: "지난날 당양 장판파의 영웅이 아직도 살아 있구나!"

그리고 급히 명령을 내리기를: "그가 이르거든 결코 가벼이 대적하지 말라."

조운은 황충을 구해 포위망을 뚫고 나왔는데 한 군사가 손으로 가리키며 조운에게 말하기를: "저기 동남쪽에 포위되어 있는 장수가 필시 부장 장저일 것입니다."

조운은 본채로 돌아가지 않고 즉시 말머리를 동남쪽으로 돌려 쳐들어갔다. 그가 이르는 곳마다 군사들은 모두 도망가고 다만 '상산 조운(常山 趙雲)'이란 네 글자가 쓰인 깃발만 펄럭였는데, 일찍이 당양 장판파에서 활약했던 그의 용맹을 아는 자들이 서로 말을 전하여, 그 깃발만 보고 모두 도망쳐 버렸기 때문이다. 이리하여 조운은 장저마저 구해냈다.

조조는 조운이 동에 번쩍 서에 번쩍하면서 그가 가는 곳에선 어느 누구도 감히 대적하지 못해 황충을 구한데 이어 장저마저 구출해가는 것을 보자 화가 몹시 났다. 조조는 자신이 직접 장수들을 거느리고 조운의 뒤를 쫓았다.

그때 조운은 거의 본채까지 돌아왔는데, 부장 장익이 그를 맞이하며 보니 조운의 뒤쪽에서 먼지가 자욱하게 일고 있었다. 장익은 그것이 조조의 군사들이 추격해 오는 것이 틀림없다고 생각하고 다급하게 조운에게 말하기를: "추격병이 가까이 오고 있습니다. 군사들에게 영채의 문을 닫고 성루로 올라가 적을 막도록 해야 합니다."

조운이 호통치기를: "영채 문을 닫지 마라! 그대는 내가 지난날 당양

장판파에서 말 한 필 창 한 자루(單槍匹馬)로 조조의 83만 대군을 초개처럼 여겼던 사실을 잊었느냐? 더구나 지금은 장수도 있고 군사도 많은데 무엇이 두렵겠느냐!"

조운은 궁노수들을 영채 밖 해자 속에 매복시켜놓고 영채 안의 군사들에게는 깃발과 창을 모두 내려놓게 한 다음 북과 징도 울리지 못하게 했다. 그런 다음 자신은 영채 밖에서 필마단창(匹馬單槍)으로 서 있었다.

장합과 서황이 군사를 거느리고 촉의 영채 앞에 이르렀을 때는 이미 해가 저물고 있었다. 그런데 영채 안에는 깃발도 꽂혀 있지 않고 북소리도 들리지 않는데 영채 문까지 활짝 열어 놓고 조운이 혼자서 말 위에 앉아 창을 잡고 영채 문 앞에 버티고 서 있는 것이 아닌가!

무슨 수작인지 갈피를 잡지 못한 장합과 서황은 감히 앞으로 더 나가지 못하고 주저하고 있는데, 조조가 친히 군사를 이끌고 오더니 이는 필시 조운이 허세를 부리는 것이라 짐작하고 속히 진격하라고 재촉했다.

명을 받은 군사들이 함성을 지르며 영채 앞으로 쳐들어가는데도 조운은 꼼짝하지 않고 버티고 서 있었다. 겁을 집어먹은 조조의 군사들이 도리어 돌아서서 돌아가려는 순간, 조운이 창을 번쩍 들어 신호를 보내자 해자 속에 매복해 있던 궁노수들이 일제히 활과 쇠뇌를 발사했다. 이때 날은 이미 캄캄해져서 조조는 촉병의 군사가 얼마나 되는지조차 판단할 수도 없었다.

겁을 먹은 조조가 먼저 말머리를 돌려 달아났다. 그러자 등 뒤에서는 함성이 진동하고 북소리 풀피리 소리가 일제히 울리면서 촉군들이 쫓아왔다. 조조의 군사들은 자기들끼리 서로 밟고 밟히면서 한수까지 밀려났으니 물에 빠져 죽은 자만도 다 헤아릴 수 없을 정도였다.

조운과 황충 그리고 장저가 각각 한 무리의 군사를 이끌고 추격을 하자 조조는 정신없이 달아나는데 갑자기 유봉과 맹달이 각기 또 한 무리의 군사를 이끌고 미창산으로 쳐들어가 군량과 마초에 불을 질러 태워버렸다.

조조는 북산의 군량과 마초도 버리고 급히 남정(南鄭)으로 돌아가고 서황과 장합도 그곳에 계속 주둔해 있을 수 없어 본채를 버리고 달아났다. 조운은 조조의 영채를 모두 차지했고 황충은 북산의 양초를 모두 빼앗았으며 한수에서 노획한 조조의 병장기도 수없이 많았다. 그야말로 근래에 보기 드문 큰 승리(大捷)였다.

조운이 사람을 현덕에게 보내 승전보를 알렸다.

현덕은 공명과 함께 한수로 와서 조운의 군사에게 묻기를: "자룡이 어떻게 싸우던가?"

군사들은 자룡이 황충을 구해내고, 한수에서 조조를 무찌른 일을 자세히 아뢰었다. 현덕은 너무 기뻐 어쩔 줄 모르며 산 앞뒤의 험준한 길들을 두루 살펴보고는 공명에게 말하기를: "자룡은 몸 전체가 모두 간덩이인 모양입니다!"

후세 사람이 자룡을 찬탄하여 지은 시가 있으니:

옛날 장판교에서 싸웠던 용맹과	昔日戰長坂
위풍이 전혀 줄어들지 않았으니	威風猶未減
적진으로 나가 영웅됨 드러내고	突進顯英雄
포위당했을 때 용맹을 과시하네	被圍施勇敢
귀신조차 곡을 하며 울부짖으니	鬼哭與神號
하늘이 놀라고 땅이 두려워하네	天驚并地慘
원래 상산의 조자룡이란 장수는	常山趙子龍

據漢水趙雲寡勝衆

온몸이 온통 담으로 이루어졌네　　　　　　　一身都是膽

현덕은 자룡을 '호위장군(虎威將軍)'으로 삼고 연회를 성대히 베풀어 밤늦도록 모든 장수와 군사들을 위로했다.

그때 갑자기 보고가 들어오기를, 조조가 다시 야곡(斜谷) 샛길로 대군을 보내 한수를 되찾으려 하고 있다고 했다.

현덕이 웃으며 말하기를: "조조가 이번에 온다 하더라도 무슨 수가 있겠는가. 내 반드시 한수를 차지하고 말 것이다."

현덕은 적을 맞아 싸우려고 직접 군사를 거느리고 한수 서편으로 갔다. 조조는 서황을 선봉으로 삼아 나가 싸우게 했다. 이때 막사 앞에 한 사람이 나서며 말하기를: "제가 이곳 지리를 잘 압니다. 제가 서 장군을 도와 함께 나가서 촉의 군사를 쳐부수겠습니다."

조조가 보니 파서 탕거(宕渠) 사람으로 성은 왕(王)이고 이름은 평(平), 자는 자균(子均)으로 현재 아문장군(牙門將軍)으로 있었다. 조조는 크게 기뻐하며 왕평을 부선봉(副先鋒)으로 삼아 서황을 돕게 하고 자신은 정군산 북쪽에 군사를 주둔시켜 놓았다.

서황과 왕평이 군사를 이끌고 한수에 이르자 서황이 왕평에게 물을 건너가서 진을 치도록 했다.

왕평 曰: "군사들이 모두 물을 건넜다가 만약 급히 후퇴해야 할 일이 생기면 어찌합니까?"

서황 曰: "옛날 한신(韓信)도 배수진(背水陣)을 쳤으니, 이른바 '죽을 땅에 들어가야 산다(致之死地而後生).'는 말 아니겠는가!"

왕평 曰: "그렇지 않습니다. 그 옛날 한신은 적의 무모함을 알고 그런 계책을 썼지만, 지금 장군께선 조운과 황충의 뜻을 헤아릴 수 있습니까?"

서황 曰: "그대는 보병을 이끌고 여기서 적을 막으면서 내가 기병을 거느리고 가서 적을 쳐부수는 것이나 구경하고 있게."

그러고는 부교(浮橋)를 설치하도록 한 다음 촉군과 싸우러 한수를 건넜다.

이야말로:

위나라 사람 제멋대로 한신 따라 하지만　　魏人妄意宗韓信
촉의 정승이 장자방인 줄 어찌 알겠는가　　蜀相那知是子房

승부가 어찌 될지 궁금하거든 다음 회를 기대하시라.

제 72 회

제갈량은 계략을 써서 한중을 차지하고
조조는 야곡으로 자신의 군사를 물리다

諸葛亮智取漢中

曹阿瞞兵退斜谷

서황은 왕평이 적극 말렸음에도 듣지 않고 끝내 군사를 이끌고 한수를 건너가서 영채를 세웠다.

황충과 조운이 현덕에게 고하기를: "저희들이 본부 군사를 이끌고 가서 적을 맞겠습니다."

현덕이 이를 허락하자 두 사람은 군사를 이끌고 떠났다.

황충이 조운에게 말하기를: "서황이 자신의 용맹만 믿고 한수를 건너 왔는데 지금 당장 싸울 게 아니라 해가 저물어 적이 피곤해지거든 우리들이 군사를 나누어 양쪽에서 쳐들어가는 것이 어떻겠소?"

조운도 그 의견에 찬성했다. 각자 군사를 거느리고 영채에 머물고 있는데 서황이 군사를 이끌고 진시(辰時: 아침 7시에서 9시)부터 와서 신시(申時: 오후 3시에서 5시)까지 싸움을 걸었지만, 촉의 군사들은 움직이지 않았다. 서황은 궁노수들에게 촉군 진영을 향해 화살을 쏘도록 지시했다.

황충이 조운에게 말하기를: "서황이 궁노수들에게 활을 쏘게 한 것은 틀림없이 이제 군사를 뒤로 물리려는 것이네. 이때를 틈타 저들을 공격하도록 하세."

말이 끝나기도 전에 보고가 들어오기를, 조조군의 후미 부대가 물러나기 시작한다는 것이다. 곧바로 촉의 군사들은 북소리를 크게 울리며 황충은 왼쪽에서, 조운은 오른쪽에서 각자 군사를 이끌고 쳐들어갔다.

서황의 군사들은 크게 패하여 한수를 건너지 못하고 물에 빠져 죽은 자가 수도 없이 많았다. 서황은 죽기로 싸워 겨우 목숨을 부지하여 영채로 돌아와 왕평을 꾸짖기를: "너는 우리 군사들이 위험에 빠진 것을 보고도 어찌 구원하러 오지 않았느냐?"

왕평 曰: "제가 만약 구원하러 갔다면 이 영채마저 보전하지 못했을 것이오. 제가 그렇게 가지 말라고 말렸음에도 공께서 들으려 하지 않아서 결국 이렇게 된 것이 아닙니까?"

자신의 잘못은 인정하지 않고 왕평의 말대꾸에 화풀이를 하면서 왕평을 죽이려 했다. 왕평은 이날 밤 자신의 군사를 데리고 영채 안으로 가서 불을 질러버렸다. 조조의 군사들이 놀라 혼란에 빠지자 서황은 영채를 버리고 달아났다. 왕평은 한수를 건너 조운을 찾아갔다. 조운이 그를 데리고 현덕에게 가니 왕평은 한수의 지리를 자세히 설명해 주었다.

현덕은 크게 기뻐하며 말하기를: "내가 왕자균(王子均: 왕평)을 얻었으니 한중을 취할 날도 머지않았구나!"

현덕은 왕평을 편장군(偏將軍)으로 삼아 군사들의 길을 안내하는 향도사(向導使)의 임무를 맡겼다.

한편 서황은 도망쳐 돌아가서 조조에게 보고하기를: "왕평이 배신하여 유비에게 항복했습니다."

몹시 화가 난 조조는 자신이 직접 대군을 통솔하여 한수의 영채를 빼앗으러 갔다. 조운은 고립된 지역에서 많지 않은 군사로 그곳을 지키기가 어렵다고 판단하여 한수 서쪽으로 물러나니 결국 양군은 한수를 사이에 두고 대치하게 되었다.

현덕은 공명과 함께 와서 그곳의 형세를 살펴보았다. 공명은 한수 상류에 군사 1천여 명을 매복시킬 만한 토산(土山)이 있는 것을 보고 영채로 돌아와 조운에게 분부하기를: "장군은 군사 5백 명에게 모두 북과 나팔을 나누어 주고 토산 아래에 매복해 있다가 밤중이나 황혼 녘에 우리 영채에서 포성이 울리거든 한바탕 북과 나팔을 요란하게 울리되 절대 나가서 싸우지는 마시오."

자룡이 공명의 계책을 듣고 떠났다. 공명은 높은 산 위에 올라가 적의 동태를 살폈다. 이튿날 조조군이 와서 싸움을 걸었으나 촉의 진영에서는 한 사람도 나서지 않고 궁노수들도 화살 한 개를 쏘지 않았다. 조조의 군사들은 스스로 물러갔다.

그날 밤, 밤이 깊어지자 조조의 영채에서 등불이 꺼지고 군사들이 막 잠자리에 든 것을 본 공명이 곧바로 신호 포를 쏘아 올렸다. 그 소리를 들은 자룡은 군사들에게 일제히 북을 치고 나팔을 불도록 했다.

조조의 군사들은 촉의 군사들이 영채를 기습하러 온 줄 알고 놀라서 일제히 밖으로 뛰쳐나왔지만 한 사람도 보이지 않았다.

조조의 군사들이 다시 영채로 들어가 쉬려고 하니 또 포성과 함께 북과 나팔 소리 및 함성이 땅을 흔들고 산골짜기에 메아리쳤다. 조조군은 불안에 떨며 뜬 눈으로 밤을 새웠다. 이렇게 사흘 밤을 계속 하니 놀라고 겁이 난 조조는 결국 영채를 거두어 30리나 물러나서 사방이 확 트인 개활지에 영채를 세웠다.

공명이 웃으며 말하기를: "조조는 비록 병법은 알지만, 속임수는 모르는구나!"

공명은 현덕에게 친히 한수를 건너가서 배수진을 치고 영채를 세우라고 청했다.

현덕이 계책을 물으니 그가 말하기를: "여차여차하시면 됩니다."

조조는 현덕이 배수진까지 치고 영채를 세우는 것을 보고 마음속으로 의혹이 일었지만, 그의 속내도 파악하기 위해 사람을 시켜 도전장을 보냈다. 그러자 공명이 내일 싸우자는 답을 보냈다.

다음 날 양쪽 군사들은 중간에 있는 오계산(五界山) 앞에서 만나 서로 진을 쳤다. 조조가 먼저 말을 타고 문기(門旗) 아래에 나타났다. 용과 봉황을 수놓은 정기(旌旗)를 두 줄로 벌여 세우고 북을 세 번 치더니 현덕을 불렀다. 현덕은 유봉과 맹달을 비롯한 서천의 여러 장수를 거느리고 나갔다.

조조가 채찍을 들어 현덕을 가리키며 큰 소리로 꾸짖기를: "유비 네놈은 은혜를 망각하고 의리를 저버렸으며 조정을 배반한 역적임을 아는가!"

현덕 曰: "나는 대한(大漢)의 황실 종친으로 천자의 조서를 받들어 역적을 토벌하려 한다. 네놈은 모후(母后)를 시해하고 스스로 왕이 되어 천자의 수레와 의장을 멋대로 쓰고 있으니 너야말로 역적이 아니고 무엇이냐?"

화가 난 조조가 서황에게 나가 싸우도록 명했다. 유봉이 그를 맞아 싸우러 나갔는데 둘이서 싸우는 도중에 현덕은 먼저 자신의 진영으로 들어가 버렸다. 유봉은 서황을 당해내지 못하고 말머리를 돌려 달아났다.

조조가 명을 내리기를: "유비를 사로잡는 자는 서천의 주인으로 삼을 것이다!"

조조의 대군이 일제히 함성을 지르며 촉군 진영으로 쳐들어갔다. 촉군은 영채를 버리고 말과 병장기들도 길가에 버려두고 한수를 향해 달아났다. 조조의 군사들은 버려진 것들을 먼저 줍기 위해 서로 다투느라 뒤쫓는 것조차 잊어버렸다. 이런 광경을 본 조조는 급히 징을 쳐서 군사를 거두었다.

여러 장수들이 묻기를: "저희들이 막 유비를 사로잡을 판인데 대왕께서는 어찌 군사를 거두셨습니까?"

조조 曰: "내가 보니, 촉병이 한수를 등지고 영채를 세운 것도 의심스러운데, 그리 쉽게 마필과 병기까지 모두 버리고 달아난 것이 더욱 의심스럽다. 길가에 버려진 물건을 줍지 말고 속히 퇴군하라."

그리고 다시 명령을 내리기를: "한 가지 물건이라도 함부로 줍는 자는 즉시 목을 벨 것이다. 모두 신속히 퇴군하라!"

조조의 군사들이 막 말머리를 돌리려는데 공명이 신호로 깃발을 들어 올리니 현덕이 거느린 중군이 쳐들어오고, 황충은 왼편에서, 또 조운은 오른편에서 각각 군사를 거느리고 일제히 쳐들어왔다.

당황한 조조의 군사들은 일시에 무너지며 도망을 쳤다. 공명은 밤새도록 추격을 하니 조조는 달아나면서 군사를 남정으로 물리라고 명령을 했다. 그런데 이게 어찌 된 일인가! 그곳에서 남정으로 통하는 길이 다섯 갈래가 있는데 그 길에서 모두 불길이 솟고 있었다. 알고 보니 낭중을 지키던 위연과 장비가 그곳을 엄안에게 대신 지키게 하고 군사를 나누어 쳐들어와서 먼저 남정을 차지해 버린 것이다.

깜짝 놀란 조조는 황급히 말머리 돌려 양평관(陽平關)으로 달아났다. 현덕은 대군을 거느리고 적을 남정의 포주(褒州)까지 추격했다.

백성들을 안심시키고 나서 현덕이 공명에게 묻기를: "조조가 이번 싸움에서 어찌 그리 쉽게 패한 것이오?"

공명 曰: "조조는 원래 의심이 많은 사람입니다. 비록 병법에 능하다 할지라도 의심이 많으면 판단이 흐려지니 싸움에 지기 마련입니다. 이번에 우리가 승리한 것은 의병(疑兵)을 썼기 때문입니다."

현덕 曰: "지금 조조는 물러나서 양평관을 지키고 있는데 기세가 많이 꺾여 있소. 군사는 앞으로 어떤 계책으로 그를 물리칠 작정이오?"

공명 曰: "제가 이미 계책을 마련해 놓았습니다."

공명은 곧바로 장비와 위연에게 군사를 두 방면으로 나누어 가서 조조의 군량미를 운반하는 길목을 끊어 버리도록 하는 한편, 황충과 조운에게도 역시 군사를 두 방면으로 나누어 가서 산에 불을 지르게 했다. 네 장수는 각기 향도관과 군사를 이끌고 떠났다.

한편, 물러나서 양평관을 지키고 있는 조조는 정탐꾼을 보내 적의 동태를 알아보게 했다.

정탐꾼이 돌아와서 보고하기를: "지금 촉의 군사들은 가까운 곳이든 먼 곳이든 샛길은 모두 차단하고 마른 풀과 나무로 불을 지르고 있는데 군사들은 어디에 있는지 보이지 않습니다."

조조가 한창 의심을 하고 있는데 또 보고가 들어오기를, 장비와 위연이 군사를 나누어 군량을 약탈하고 있다고 했다.

조조가 묻기를: "누가 가서 장비와 맞서겠는가?"

허저 曰: "제가 가겠습니다."

조조는 허저에게 정예병 1천 명을 이끌고 양평관으로 오는 길로 가서 군량미와 마초를 호송해 오도록 했다.

군량을 호송해 오던 관원이 허저를 보자 기뻐서 말하기를: "만약 장군께서 오시지 않았더라면 군량을 양평관까지 운반해 가지 못할 뻔했습니다."

그러고는 수레 위에 있던 술과 고기를 허저에게 바쳤다. 주는 대로 다 받아 마신 허저는 자신이 취한 줄도 모르고 술김에 군량을 실을 수레를 빨리 가자고 재촉했다.

군량 운송관이 말하기를: "날이 이미 저물고 저 앞의 포주까지는 산길이 험해 쉽게 지나갈 수 없습니다."

허저 日: "나는 만 명의 장부도 혼자서 물리칠 수 있는 용맹이 있는데 누구를 두려워하겠는가! 오늘 밤은 마침 달빛이 밝아서 수레를 끌고 가기가 참으로 좋겠소."

그러고는 앞장서서 칼을 비껴들고 말에 올라 군사를 이끌고 나아갔다. 이경(二更: 밤 9시에서 11시)이 지날 무렵 군량을 실은 수레와 군사들은 포주로 가는 길에 들어섰다. 험한 길을 절반쯤 지날 때 갑자기 산의 움푹 파인 곳에서 북소리와 나팔 소리가 천지를 진동하더니 한 무리의 군사들이 길을 막고 나섰는데, 앞장선 대장은 바로 장비였다. 장비가 장팔사모를 꼬나들고 말을 달려 곧바로 허저에게 달려들자 허저도 칼을 휘두르며 나가서 그를 맞아 싸웠다. 그러나 술에 취해 있는 허저가 장비의 적수가 되겠는가!

불과 몇 합 만에 장비의 창에 어깨를 찔린 허저는 그만 말에서 떨어지고 말았다. 군사들이 급히 그를 구조해 일으켜 달아났다. 장비는 군량과 마초 및 수레들을 모두 빼앗아 가지고 돌아왔다.

한편 여러 장수들이 허저를 보호하고 돌아가 조조를 보자, 조조는 즉시 의사에게 허저의 상처를 치료하게 하고 친히 군사를 거느리고 유비와 결판을 내러 갔다.

현덕도 군사를 이끌고 나가서 그를 맞이했다. 양쪽 군사가 서로 마주보고 둥글게 진을 치고 나자 현덕은 유봉에게 나가 싸우도록 했다.

조조가 욕설을 퍼붓기를: "짚신이나 삼아 팔던 촌놈아, 너는 매번 싸울 때마다 가짜 아들만 앞세우느냐! 내 아들 황수아(黃鬚兒: 조조의 둘째 아들 조창의 별명)만 있었다면 네놈의 가짜 자식은 뼈도 못 추렸을 것이다."

諸葛亮智取漢中

크게 화가 난 유봉이 창을 꼬나들고 말을 몰아 곧바로 조조에게 달려들었다. 조조는 서황에게 나가 싸우라고 명했다. 유봉이 몇 합 싸우지 않고 패한 척하고 달아나니 조조는 군사를 이끌고 추격해 왔다. 바로 그때 촉군의 영채의 사방에서 포성이 울리고 북소리와 나팔 소리가 일제히 울려 퍼졌다.

조조는 또 적의 복병이라도 있을까 두려워 급히 군사를 후퇴시키라고 명하니 조조군은 자기들끼리 서로 짓밟혀 죽는 자가 수없이 많았다. 겨우 양평관으로 돌아온 조조의 군사들이 막 한숨 돌리려는 순간, 촉의 군사들이 성 아래까지 쫓아와서 동문에 불을 지르고, 서문에서는 함성을 지르고, 남문에도 불을 지르고 북문에서는 북을 쳤다.

겁을 잔뜩 먹은 조조는 다시 양평관도 버리고 달아나는데 촉의 군사들은 계속 그 뒤를 쫓았다. 조조가 한창 달아나는데 앞에서 장비가 한 무리의 군사를 이끌고 나타나 길을 막았다. 뒤에서는 조운이 또 군사를 거느리고 쫓아오고 포주(褒州) 쪽에서는 황충이 쳐들어오고 있었다.

크게 패한 조조는 여러 장수들의 보호 아래 겨우 혈로들 뚫고 달아나 야곡(斜谷)의 경계에 이르렀다. 그런데 또 전면에서 먼지가 일어나며 한 무리의 군사들이 나타났다.

조조 曰: "저들이 만약 복병이라면 나는 이제 끝장이로구나!"

그런데 가까이 오고 있는 군사를 보니, 그는 자신의 둘째 아들 창(彰)이었다.

조창의 자는 자문(子文)으로, 어릴 때부터 말 타기와 활쏘기를 좋아했으며 힘이 남달라 맨손으로 맹수를 때려잡았다. 조조는 늘 그를 훈계하며 말하기를: "너는 책은 읽지 않고 말 타고 활쏘기만 좋아하니, 이는 필부의 용맹일 뿐 어찌 귀한 사람이 되겠느냐!"

조창 曰: "대장부라면 마땅히 위청(衛靑)과 곽거병(霍去病)[22]을 본받아 사막에서도 공을 세우고 수십 만의 군사를 거느리고 천하를 누벼야지, 어찌 글이나 읽는 박사가 되겠습니까?"

한번은 조조가 여러 아들들을 불러 모아 놓고 장차 어떤 사람이 되고 싶은지 물은 적이 있었다.

조창 曰: "저는 훌륭한 장수가 되고 싶습니다."

조조 曰: "장수가 되어서 어찌하겠느냐?"

조창 曰: "갑옷을 입고 창칼을 들고 어려운 일을 당해도 몸을 사리지 않으며 군사들의 앞장을 서겠습니다. 공을 세우면 상을 주고 잘못하면 벌을 내리겠습니다."

조조는 껄껄 웃었다.

건안 23년(서기 218년), 대군(代郡)의 오환(烏桓)이 반란을 일으키자 조조는 조창에게 군사 5만 명을 이끌고 가서 토벌하도록 했다.

떠날 때 조조가 그에게 훈계하기를: "집에서는 비록 부자지간이지만 나랏일을 할 때는 임금과 신하 사이임을 잊지 말라. 법은 사사로운 정에 얽매이지 않으니 각별히 명심하거라."

조창은 대군 북쪽에 이르러 선두에 서서 싸움을 지휘하고 곧바로 상건(桑乾)까지 쳐들어가 북방을 완전히 평정했다. 그때 마침 조조가 양평관에 있다는 소식을 듣고 싸움을 도우러 오는 길이었다.

조조는 자신의 아들 창이 온 것을 보고 너무나 기뻐서 말하기를: "내 아들 황수아(黃鬚兒 :노란 수염쟁이)가 왔으니 이제 유비를 쳐부술 수 있겠구나!"

조조는 군사를 다시 되돌려 야곡 어귀로 가서 영채를 세웠다. 누군가

22 위청과 곽거병 두 사람 모두 한(漢) 무제(武帝) 때의 유명한 장수임. 역자 주.

현덕에게 조조의 아들 조창이 군사를 이끌고 왔다고 보고를 했다.

현덕이 묻기를: "누가 나가서 조창과 싸우겠느냐?"

유봉 曰: "제가 가겠습니다."

맹달 역시 자신이 가겠다고 하였다.

현덕 曰: "너희 둘이 함께 가거라. 누가 공을 세우는지 보겠다."

유봉과 맹달은 각기 군사 5천 명씩을 거느리고 싸우러 갔다. 유봉이 앞에 서고 맹달은 그 뒤를 따랐다. 조창이 말을 달려 나와 유봉과 싸운 지 겨우 3합에 유봉은 크게 패하고 돌아왔다. 곧바로 맹달이 군사를 이끌고 나가 막 싸우려고 하는데 갑자기 조조 진영의 후군이 크게 어지러워지기 시작했다. 알고 보니 마초와 오란의 군사들이 갑자기 나타나 조조군의 후미를 공격한 것이다. 놀란 조조의 군사들이 혼란을 일으키자 맹달이 군사를 이끌고 가서 협공을 시작했다.

그 당시 마초의 군사들은 사기가 최고조에 있던 터라 무력의 위세를 크게 떨치니 조조군은 그 세력을 당해낼 수가 없었다. 결국 조조의 군사들이 패하여 달아나는데 조창은 마침 오란을 만났다. 둘이 서로 어우러져 싸우는데 몇 합 싸우지 않아 조창이 오란을 찔러 말에서 떨어뜨렸다. 그 바람에 일방적으로 후퇴만 하던 조조의 군사들이 혼전을 벌일 수 있었다. 조조는 군사를 거두어 야곡 어귀에 주둔시켰다.

조조가 야곡에 군사를 주둔한 지도 여러 날이 지났다. 그러나 앞으로 진격하자니 마초가 버티고 있어 나아갈 수가 없고, 군사를 거두어 돌아가자니 촉군의 비웃음을 면치 못할 것 같아 이러지도 저러지도 못하고 있었다. 그날 마침 주방장이 식사로 계탕(鷄湯)을 올렸다. 조조는 국그릇 속에 있는 닭갈비(鷄肋)를 보고 느끼는 바가 있어 생각에 잠겨 있던 중에 하후돈이 막사 안으로 들어오더니 오늘 밤 야간 암구호를 정해 달라고 했다.

조조는 무심코 입에서 나오는 대로 말하기를: "계륵, 계륵!"

하후돈은 모든 관원들에게 오늘 밤 암구호는 '계륵'이라고 전했다. 행군주부(行軍主簿) 양수(楊修)는 그날 밤 암구호가 '계륵'으로 정해졌다는 말을 듣고 곧바로 수행하는 군사들에게 행장을 꾸려 돌아갈 준비를 하라고 했다.

누군가 이 사실을 하후돈에게 보고하니, 하후돈은 깜짝 놀라서 즉시 양수를 자신의 영채로 불러들여 묻기를: "공은 어찌하여 군사들에게 행장을 꾸리라고 한 것이오?"

양수 曰: "오늘 밤 암구호를 보고 위왕께서 곧 퇴군하실 것으로 짐작하였소. 계륵은 먹자니 먹을 게 없고 그냥 버리자니 맛이 있어 아까운 것이지요. 지금 우리 처지가 그와 같습니다. 앞으로 나가자니 이길 수 없고 물러가려니 남의 웃음거리가 될까 두렵습니다. 여기 있어도 별 이익이 없으니 차라리 빨리 돌아가는 게 낫지요. 내일 틀림없이 위왕께서 회군 명령을 내릴 것 같아 미리 행장을 꾸리라고 하여 출발 직전에 혼란을 피하려 했던 것입니다."

하후돈 曰: "공은 참으로 위왕의 속내를 꿰뚫고 있구려!"

그러고는 자신도 수하들에게 행장을 수습하도록 일렀다. 이에 영채 안의 모든 장수들이 돌아갈 준비를 했다.

그날 밤 조조는 마음이 심란하여 잠을 이루지 못해 손에 쇠도끼(鋼斧)를 들고 혼자서 가만히 영채를 돌아보고 있었다. 그러다 하후돈의 영채를 돌던 중 문득 안에서 군사들이 행장을 꾸리고 있는 것을 보았다.

몹시 놀란 조조는 급히 영채로 돌아와 하후돈을 불러 그 까닭을 물었다.

하후돈 曰: "주부 양덕조는 대왕께서 돌아가실 뜻이 있음을 이미 알고 있었습니다."

조조가 다시 양수를 불러 물으니 양수는 계륵의 뜻을 풀어 대답했다.

조조가 크게 화를 내며 말하기를: "네놈이 어찌 감히 없는 말을 지어내어 우리 군사들의 마음을 어지럽힌단 말이냐!"

즉시 도부수들에게 그를 끌어내어 당장 목을 베어 그 수급을 원문 밖에 내다 걸도록 호령했다.

원래 양수는 사람됨이 자신의 재주만 믿고 제멋대로 까불다 여러 차례 조조의 비위를 거슬렀다. 한번은 조조가 화원(花園)을 꾸미게 한 적이 있는데, 화원이 완성된 뒤에 조조가 와서 둘러보고는 어떠한 칭찬이나 책망도 없이 다만 붓을 들어 문 위에다 '활(活)' 자 한 자를 써놓고 가 버렸다. 어느 누구도 그 뜻을 이해하지 못했다.

양수 曰: "문(門) 안에 활(活) 자를 더했으니 곧 넓은 활(闊) 자가 된다. 승상께서는 이 화원의 문이 너무 넓어 마음에 들지 않은 것이다."

이에 사람들이 담을 다시 쌓고 문을 좁힌 다음 조조를 모셔와서 보였다. 조조는 비로소 크게 기뻐하며 묻기를: "누가 내 뜻을 알았느냐?"

좌우에서 말하기를: "양수입니다."

조조는 겉으로는 양수를 칭찬했지만, 속으로는 불쾌히 여겼다.

또 한 번은 새북(塞北)에서 양젖으로 만든 연유 한 합을 보내왔다. 조조는 그 뚜껑에 직접 '일합수(一合酥)'라고 세 글자를 써 두었는데 양수가 들어와 그것을 보더니, 숟가락을 가져와 여러 사람과 다 나누어 먹어 버렸다.

조조가 왜 그랬냐고 묻자, 양수가 대답하기를: "뚜껑 위에 분명히 한 사람이 한 입씩 먹는 연유(一人一口酥)라고 씌어 있었습니다. 어찌 승상의 뜻을 거역할 수 있겠습니까?"

조조는 비록 웃어넘겼지만, 속으로는 그를 미워했다.

조조는 남이 자기를 해칠지도 모른다는 경계심을 갖고 있었기 때문에 늘 좌우 사람들에게 분부하기를: "나는 꿈꾸다 사람을 죽이는 습관이 있으니 내가 잠들어 있을 때 너희들은 절대로 내 가까이 오지 마라."

하루는 막사에서 낮잠을 자는데 덮고 있던 이불이 땅에 떨어졌다. 가까이 모시던 신하가 급히 이불을 집어서 덮어주었다. 그때 조조가 벌떡 일어나더니 칼을 뽑아 그 신하의 목을 베고는 다시 침상에 누워 잠이 들었다. 한참 잠을 자고 깨어난 조조는 침상 밑에 죽어 있는 신하를 보고 놀란 척하며 묻기를: "누가 나의 근시(近侍)를 죽였느냐?"

곁에 있던 사람들이 사실을 아뢰니 조조는 슬피 울며 그를 후하게 장사지내 주라고 명했다. 사람들은 모두 조조가 정말로 꿈을 꾸는 중에도 사람을 죽이는 습관이 있는 줄로 믿었으나 양수만은 다른 뜻이 있음을 알았다. 죽은 근시를 장사 지내는 날 양수는 그 관을 가리키며 탄식하며 말하기를: "승상께서 꿈을 꾸고 계셨던 것이 아니라 그대가 꿈을 꾸고 있었던 것이네."

그 말을 전해들은 조조는 양수를 더욱 미워했다.

조조의 셋째 아들 조식(曹植)은 양수의 재주를 아끼며 늘 양수를 불러 밤이 새도록 담론하기를 좋아했다. 조조는 여러 아들 중 가장 재주가 좋은 셋째 아들 조식을 세자로 책봉하기 위하여 여러 관원들과 의논한 적이 있었다. 맏아들 조비(曹丕)가 이를 알고 몰래 조가현(朝歌縣) 현령 오질(吳質)을 동궁으로 불러 상의하려고 했는데, 혹시 남의 눈에 띌까 두려워 오질을 큰 대나무 상자 속에 넣고 안에 비단이 들어 있다고 속여 부중으로 들어오게 했다.

양수가 이 일을 알고 조조에게 일러바쳤다. 조조는 사람을 조비의 부중으로 보내 살펴보도록 했다. 당황한 조비가 오질에게 이 사실을 알렸다.

오질 曰: "걱정하지 마십시오. 내일 상자에 정말 비단을 넣어 다시 들여오게 하시면 오늘도 비단이 들어온 것으로 생각할 것입니다."

다음 날 조비는 비단이 가득 든 상자를 실어 왔다. 조조의 명을 받은 사람이 그 상자를 뒤져보니 정말 비단 외에 아무것도 없었다. 이 말을 전해 들은 조조는 양수가 조비를 헐뜯으려고 일부러 그런 줄로 의심하고 그를 더욱 미워했다.

하루는 조조가 조비와 조식의 재간을 시험해 보기 위해 두 사람 모두 업성문(鄴城門) 밖으로 나가 있으라고 명한 다음, 업성문을 지키는 문지기에게는 그들을 절대로 밖으로 내보내지 말라고 은밀히 영을 내렸다.

조비가 문 앞에 먼저 이르러 성문을 나가려는데 문지기가 못나가게 막으니 어쩔 수 없이 돌아왔다. 이 말을 들은 조식이 양수에게 어찌하면 좋겠느냐고 물었다.

양수 曰: "군(君)께서 왕명을 받들어 나가려 하는데 이를 막는 자가 있다면 그 자리에서 당장 베어 버려도 됩니다."

조식은 그의 말을 따랐다. 문에 이르러 나가려 하니 문지기가 막았다.

조식이 호통치며 말하기를: "내가 왕명을 받들어 나가려는데 누가 감히 막는단 말이냐!"

그러고는 그 자리에서 문지기의 목을 베어 버렸다. 그 일로 조조는 조비 보다는 조식이 더 유능하다고 생각했다.

그런데 나중에 어떤 사람이 조조에게 고해바치기를: "그것은 양수가 가르쳐준 것입니다."

그 말을 들은 조조는 몹시 화가 났다. 양수를 더욱 미워함은 물론 총애하던 조식마저도 좋아하지 않게 되었다.

양수는 또 조식에게 조조가 묻는 말에 대답할 내용 10여 개를 만들어 주며, 조조의 갑작스런 질문에도 자연스럽게 대답할 수 있도록 준비해 주었다. 조조가 군사나 나라의 중요한 일을 물을 때마다 조식의 대답은 청산유수처럼 막힘이 없었다. 조조는 처음에는 매우 기특하게 여겼으나 갈수록 의심이 들었다.

아니나 다를까 어느 날 조비가 몰래 조식의 사람을 매수해 양수가 만들어 준 문답지를 훔쳐다가 조조에게 바쳤다.

그것을 본 조조가 머리끝까지 화가 치밀어 말하기를: "양수 이 하찮은 놈이 감히 나를 농락했단 말인가!"

그때 이미 양수를 죽이려고 했었는데 이제 군사들의 마음을 어지럽혔다는 죄목으로 그를 죽인 것이다. 이때 양수의 나이 34살이었다. 후세 사람이 그를 한탄하여 시를 지었으니:

아주 총명했던 양덕조라는 사람은	聰明楊德祖
대대로 이어온 명문가의 자손으로	世代繼簪纓
붓을 들면 용과 뱀 꿈틀거리는 듯	筆下龍蛇走
가슴에는 출세의 욕망이 가득했네	胸中錦繡成
그가 말을 하면 온 좌중이 놀라고	開談驚四座
재치 있는 대답 영재 중 으뜸이네	捷對冠群英
그의 죽음은 재주 잘못 부린 까닭	身死因才誤
퇴병하려던 것과는 관계가 없었네	非關慾退兵

양수를 죽인 조조는 양수에게 놀아난 하후돈에게도 경각심을 주는 게 필요하다고 생각했다. 하후돈에게 화를 내며 그의 목도 베려고 했다. 모든 관원이 용서해 달라고 만류하니 못 이기는 척하고 하후돈을 꾸짖

어 물러가게 한 다음 내일 진격하라고 명했다.

다음 날 조조의 군사들이 야곡 어귀로 나오자 전면에 한 무리의 군사들이 나와 맞서는데 앞장선 장수는 위연이었다. 조조는 위연에게 항복하라고 권하자 위연이 오히려 욕설을 퍼부었다.

조조는 방덕에게 나가서 싸우라고 명했다. 두 장수가 한창 싸우고 있는데 조조의 영채 안에서 불길이 치솟았다. 누군가 보고하기를 마초가 중간과 후미에 있는 영채를 기습했다는 것이다.

칼을 빼어 든 조조가 소리치기를: "장수들 가운데 물러서는 자는 목을 베리라!"

모든 장수들이 힘을 다해 앞으로 밀고 나가니 위연은 패한 척하고 달아났다. 조조는 군사를 돌려 마초와 싸우도록 하고 자신은 싸움의 형세를 판단하기 위해 높은 언덕 위로 올라갔다. 그때 갑자기 한 무리의 군사들이 앞에서 쳐들어오면서 큰 소리로 외치기를: "위연이 왔느니라!"

위연이 활시위에 화살을 메겨 조조를 쏘아 맞히니 조조는 몸이 뒤집히며 말 아래로 굴러떨어졌다. 위연이 활을 버리고 칼을 들고 말을 달려 조조를 죽이려고 산언덕을 올라갔다. 이때 옆에서 한 장수가 번개처럼 뛰어들며 소리치기를: "내 주인을 해치지 말라!"

보니 그 장수는 방덕이었다. 필사적으로 달려든 방덕이 위연을 물리치고 조조를 구해 앞으로 달려갔다. 마초도 그때는 군사를 이미 물린 뒤였다.

부상을 당한 조조가 영채로 돌아와서 보니, 위연이 쏜 화살에 정확히 인중(人中: 코와 입술 사이)에 맞아 앞니가 두 개나 부러져 급히 의원을 불러 치료를 하도록 했다. 그제서야 조조는 비로소 양수의 말이 떠올라 양수의 시신을 거두어 후하게 장사 지내 주도록 했다.

그러고는 곧바로 회군 명령을 내리고 방덕에게 뒤에서 추격하는 적을 막으라고 했으며 조조 자신은 담요를 깐 수레에 누워 좌우로 호분군(虎賁軍)의 호위를 받으며 돌아갔다. 그때 갑자기 야곡산 위의 양쪽에서 불길이 치솟으며 복병들이 쳐들어온다는 보고가 들어왔다. 겁에 질린 조조의 군사들은 어찌할 바를 몰랐다.

이야말로:

지난날 동관의 재앙이 어렴풋이 생각나고　　依稀昔日潼關厄
옛날 적벽에서 겪었던 위기와 흡사하구나　　仿佛當年赤壁危

조조의 목숨이 어찌 될지 궁금하거든 다음 회를 기대하시라.

제 73 회

현덕은 마침내 한중왕의 자리에 오르고
운장은 조인을 공격하여 양양을 빼앗다

玄德進位漢中王

雲長攻拔襄陽郡

조조가 군사를 야곡으로 물리는 것을 본 공명은 조조가 틀림없이 한중을 버리고 달아날 것으로 예상하고 마초를 비롯한 여러 장수들에게 10여 방면으로 나누어 불시에 공격하도록 한 것이다. 그래서 조조는 한곳에 오래 머물러 있을 수가 없을뿐더러 위연에게 화살까지 맞았으니 서둘러 회군할 수밖에 없었다.

조조군의 사기는 이미 떨어질 대로 떨어진 상태였다.

이러한 때 선두 부대가 떠나자마자 양쪽에서 불길이 치솟으며 마초의 복병이 추격해 오니 조조의 군사들은 모두 간담이 떨어졌다. 조조는 군사들에게 행군 속도를 높이라고 명하여 밤낮으로 쉬지 않고 달려서 경조(京兆)에 이르러서야 비로소 마음을 놓을 수 있었다.

한편 현덕은 유봉·맹달·왕평(王平) 등의 장수에게 한중의 상용(上庸) 등 여러 군(郡)을 점령하라고 명했다. 상용 태수 신탐(申耽) 등은 조조가 이미 한중을 버리고 달아났다는 말을 듣고 모두 자진하여 투항해 왔다. 현덕은 백성을 안심시키고 난 뒤 전군에게 큰 상을 내리니 백성들과 군사들 모두 크게 기뻐했다.

여러 장수들은 모두 현덕을 황제로 떠받들 생각을 갖고 있었지만, 감히 직접 아뢰지 못하고 제갈 군사를 찾아가 고했다.

공명 曰: "나도 이미 그렇게 생각하고 있었소이다."

공명은 곧바로 법정 등을 데리고 들어가 현덕에게 말하기를: "지금은 조조가 황제를 무시하고 권력을 제 마음대로 주무르고 있으니 백성들에게는 주군(主君)이 없습니다. 주공께서는 인자하시고 의로우시다는 것이 천하에 널리 알려져 있으며 이제 서천과 동천 땅도 안정시켰으니 하늘의 뜻을 따르고 민심에 순응하여 황제의 자리에 오르십시오. 그래야만 정당한 명분과 옳은 주장으로 나라의 역적을 토벌할 수 있습니다. 이 일은 한시도 지체할 수 없으니 곧바로 길일을 택하여 제위에 오르도록 하십시오."

현덕은 매우 놀라며 말하기를: "군사의 말은 틀렸소이다! 이 유비는 비록 한(漢) 황실의 종친이기는 하나 역시 신하에 불과하오. 만약 그리한다면 이는 한에 반역하는 것이오."

공명 曰: "그렇지 않습니다. 지금 천하는 갈라지고 무너져 영웅들이 일어나 각기 한 지방씩 차지하고 있습니다. 재능과 덕이 있는 천하의 인사들이 자신의 목숨을 돌보지 않고 주인을 섬기는 것은 모두 명철한 주인을 도와 천하를 바로잡고 공명을 이루려는 것입니다. 지금 주공께서 의(義)를 지키신다는 명분으로 계속 사양하신다면 많은 사람들의 기대를 저버리게 될까 그것이 두렵습니다. 주공께서는 부디 이점을 깊이 헤아려 주시기 바랍니다."

현덕 曰: "나에게 지존의 자리에 오르라고 하는 것은 분수에 맞지 않으니 결코 받아드릴 수 없소. 다시 멀리 내다보는 좋은 계책을 의논해 보도록 합시다."

여러 장수들이 일제히 고하기를: "주공께서 끝내 거절하신다면 여러 사람들의 마음이 흩어질 것입니다."

공명 曰: "주공께서 평생을 의로움을 근본으로 삼아 오셨으니 곧바로 황제의 존호(尊號)를 받아드리기가 부담이 되시면, 이제 형주와 양주에 서천과 동천까지 얻으셨으니 한중왕(漢中王)에라도 오르시지요."

현덕 曰: "그대들이 비록 나를 왕으로 높이려 하고 싶지만, 천자의 조칙이 없는 한, 이 또한 참칭(僭稱)인 것이오."

공명 曰: "지금은 마땅히 임시방편의 권도(權道)를 따라야 하며 평소의 이치(常理)를 고집하셔서는 안 됩니다."

보다 못한 장비가 참지 못하고 큰 소리로 외치기를: "황실과 성이 다른 놈들도 다 왕이 되려고 날뛰는 판인데, 하물며 형님은 황실의 종친인데 한중왕이 아니라 황제 자리에 못 오를 게 뭐 있수!"

현덕이 꾸짖기를: "그만두지 못하겠느냐?"

공명 曰: "주공께서는 지금 마땅히 임기응변의 권도를 따르셔야 합니다. 먼저 한중왕에 오르신 후에 황제께 표문을 올려 주청하셔도 늦지 않습니다."

현덕은 재삼 사양했지만, 워낙 적극적으로 간청을 하니 할 수 없이 승낙했다.

건안 24년(서기 219년) 가을 7월, 면양(沔陽)에 한중왕 즉위식을 거행할 단(壇)을 쌓았다. 단의 둘레는 9리나 되었고 오방(五方: 동·서·남·북·중앙)에 각각 정기(旌旗)와 의장(儀仗)을 세우고, 모든 신하들이 서열에 따라 늘어섰다. 허정(許靖)과 법정(法正)이 현덕을 단에 오르도록 청하여 면류관과 옥새와 인수를 바치니 현덕은 남쪽을 향해 자리에 앉고 문무 관원들의 하례를 받으며 마침내 한중왕이 되었다.

玄德進位
漢中王

아들 유선(劉禪)이 왕세자가 되었고, 허정은 왕세자의 스승인 태부(太傅)로, 법정을 상서령(尙書令)으로 봉했으며 제갈량은 군사(軍師)로서 군사 및 나라의 중대사를 맡도록 했다. 관우·장비·조운·마초·황충을 오호대장(五虎大將)으로 봉하고 위연을 한중 태수로 삼았다. 그 밖의 사람들에게는 각각 그 공훈에 따라 벼슬을 주었다

현덕은 한중왕이 된 후 곧바로 표문(表文)을 지어 사람을 허도로 보냈다. 그 표문의 내용은:

"비(備)는 상장(上將)의 소임을 맡아 전군을 총독(總督)하며 밖에서 폐하의 명을 받들고 있으나 단지 자리만 채우고 있어 도적의 난을 소탕하여 왕실을 안정시키지 못함으로써 폐하의 거룩한 가르침이 갈수록 힘을 잃고 천하가 태평하지 못하옵니다. 이를 생각하면 근심과 걱정으로 잠을 이루지 못해 울화병이 날 지경입니다.

지난날 동탁이 대역무도한 난을 일으킨 이래로 여러 흉악한 도적들이 천하를 누비며 백성을 괴롭히고 나라를 어지럽혔습니다. 그러나 다행히 폐하의 성덕과 위엄에 힘입어 백성과 신하가 하나같이 힘을 합치고 충의(忠義)의 인사들이 힘을 떨쳐 역적을 토벌하였으며 하늘 또한 벌을 내려 포악한 역적들이 거의 사라졌습니다.

그러나 유독 조조는 오랫동안 없애지 못해 나라의 권세를 독차지하고 농단하며 제멋대로 휘둘러 천하를 어지럽히고 있습니다. 신은 과거 거기장군(車騎將軍) 동승(董承)과 함께 조조를 치려고 일을 꾸몄지만 기밀이 사전에 누설되는 바람에 동승은 죽임을 당하고 신은 의지할 곳 없이 떠돌게 되어 충의를 다하지 못했습니다. 마침내 조조는 모후(母后)를 시해하고 황자(皇子)를 독살하는 등 극악무도한 짓을 제멋대로 자행하고 있습니다. 비록 신이 뜻이 있는 자들을 규합하려 최선을 다 했지만 아직

조조에 맞서기에는 너무 힘이 부족하여 여러 해가 지나도록 뜻을 이루지 못하였습니다. 제가 혹시 헛되이 죽어 나라의 은혜를 저버리지나 않을까 두려워 자나 깨나 깊은 탄식으로 나날을 보내고 있습니다.

이제 신의 모든 문무 관료들이 생각하기를, '우서(虞書)에서 이른 바와 같이 천자가 황족들을 두텁게 대하니 많은 현인들이 힘써 천자를 도와(敦敍九族, 庶明勵翼), 제위와 왕위의 자리가 중도에 끊어지지 않고 길이 전해졌습니다.'

또한 주(周) 왕조는 이전의 하(夏)·은(殷) 두 왕조를 거울삼아 주씨(周氏) 외에 희씨(姬氏)를 제후로 삼아 이들이 진(晉)과 정(鄭)의 보좌에 힘써 주나라가 오래 지속될 수 있었습니다.

그리고 우리 대한(大漢)의 고조(高祖)께서 제업(帝業)을 이루신 후 아들과 동생들을 아홉 제국의 왕으로 봉하시었기에 그들이 한 왕조를 찬탈하려던 여씨(呂氏)들을 죽이고 한 황실을 안정시킬 수 있었습니다.

지금 조조는 정직한 인사들은 미워하여 모두 제거하고 자신을 따르는 무리들만 거느리고 황실에 화를 불러올 마음만 품고서 제위를 찬탈할 의도를 이미 드러내고 있습니다. 하지만 종실(宗室)이 미약하고 황족들은 이렇다 할 관직이 없으니, 옛 방식을 참작하여 임기응변으로 신을 대사마(大司馬) 한중왕(漢中王)으로 칭하고자 합니다.

신이 엎드려 거듭 생각해보니 나라의 두터운 은혜를 입고 한 지방을 다스릴 책임을 맡았지만, 아직 이렇다 할 성과를 내지 못했음에도 다시 높은 자리에 오르는 것은 스스로의 죄를 더 무겁게 할 뿐이라고 생각했습니다. 하지만 신을 따르는 모든 무리들은 한결같이 의리를 내세워 극력 간청하기에 신이 잠시 물러나서 곰곰이 생각해 보니, 지금 역적을 제거하지 못하고 국난을 아직 바로잡지 못하여 종묘가 위태롭고 사직이 장차 무너지려고 하니 지금이야말로 진정으로 신이 나라를 걱정하고 분골

쇄신해야 할 때라고 다짐했습니다. 만약 임기응변의 권도를 써서라도 성스러운 조정을 편안하게 할 수만 있다면 설령 물이나 불속으로 뛰어들어가는 것도 사양해서는 안 된다고 생각했습니다. 그래서 모든 사람들의 간곡한 요청에 따라 어쩔 수 없이 인수와 옥새를 받고 나라의 위엄을 높이려고 하였습니다.

이제 우러러 작위(爵位)를 받고자 하니 지위는 높고 은총은 두텁지만 폐하의 은혜에 머리 숙여 깊이 보답할 일을 생각하면 근심은 깊고 책임은 막중하여 숨이 막힐 정도로 두려우며 마치 위태로운 벼랑 끝에 선 듯합니다.

그러니 어찌 감히 힘과 정성을 다하여 천자의 군사(六師)를 기르는데 최선을 다하지 않겠습니까! 또한 어찌 감히 하늘의 뜻에 응하고 천시(天時)에 따라서 사직을 편안케 하지 않을 수 있겠습니까!

삼가 표문을 올리오니 부디 윤허하여 주시옵소서."

표문이 허도에 도착했다. 조조는 업군에서 현덕이 스스로 한중왕에 올랐다는 소식을 듣고 화를 버럭 내며 말하기를: "돗자리나 짜던 놈이 감히 이럴 수가 있나! 내 맹세코 그놈을 없애 버리고 말테다!"

즉시 명령을 내려 나라 안의 모든 군사를 동원하여 양천(兩川)으로 달려가 한중왕과 자웅을 겨루려고 했다.

이때 한 사람이 나서며 말하기를: "대왕께서는 한때의 분노 때문에 몸소 수레를 몰고 그 먼 곳까지 가는 수고를 하실 필요가 없습니다. 신에게 한 가지 계책이 있으니, 화살 하나 소비하지 않고 유비로 하여금 촉에서 화를 자초하도록 할 수 있습니다. 그리하여 촉의 군사의 힘이 약해지면 장수 하나만 보내도 서천은 어렵지 않게 정복할 수 있습니다."

조조가 보니 그는 사마의(司馬懿)였다.

조조가 기뻐서 묻기를: "중달(仲達: 사마의의 자)은 무슨 좋은 생각이 있는가?"

사마의 曰: "강동의 손권은 자신의 누이를 유비에게 시집보냈다가 그가 없는 틈을 타 몰래 데려가 버렸고(제 61회 참고) 유비는 또 형주를 잠시 빌리겠다고 하고 돌려주지 않고 있어 서로 분하여 이를 갈고 있지요. 그러니 지금 언변이 좋은 사람에게 대왕의 서신을 가지고 가서 손권을 설득하여 그로 하여금 형주를 치게 한다면 유비는 틀림없이 서천과 동천에 있는 군사를 보내 형주를 도와주려고 할 것입니다. 그때 대왕께서 군사를 일으켜 한중과 양천을 치시면 유비는 머리와 꼬리가 서로 도울 수 없게 되니 위태로운 지경에 빠지지 않겠습니까?"

조조는 매우 기뻐하며 즉시 서신을 써서 만총(滿寵)을 사자로 삼아 밤낮을 가리지 말고 강동으로 달려가 손권을 만나 보게 했다.

손권은 만총이 조조의 사자로 왔다는 보고를 받고 즉시 모사들과 상의했다.

장소가 나서며 말하기를: "위(魏)와 우리 오(吳)는 원래 원수진 일이 없었는데 제갈량의 말에 놀아나 두 집안 간의 싸움이 해마다 그치지 않고 있어 백성들이 도탄에 빠져 있습니다. 이번에 만백녕(滿伯寧: 만총)이 온 것은 틀림없이 우리와 강화의 뜻이 있어서일 것이니 예를 갖추어 그를 대우해야 할 것입니다."

손권은 그의 말에 따라 여러 모사들로 하여금 만총을 성 안으로 맞아들이게 하여 손님으로써의 최고의 대우를 했다.

만총이 조조의 서신을 올리며 말하기를: "위와 오 두 나라는 원래 원수진 일이 없었는데 유비 때문에 사이가 벌어졌습니다. 위왕께서 저를 이곳으로 보내면서 장군과 약속하겠다는 것이 있습니다. 그것은 장군께서 형주를 치시면 위왕께서는 한천을 공격하여 유비의 머리와 꼬리를 동시에 협공하자는 것입니다. 유비를 쳐부순 뒤에는 강토를 함께 나누고 다시는 서로 침범하지 말도록 맹세하자는 것입니다."

서신을 다 읽고 난 손권은 연회를 베풀어 만총을 극진히 대접한 뒤 그를 관사(館舍)에서 편히 쉬게 했다.

손권은 여러 모사들과 함께 상의했다.

고옹 曰: "그의 말을 액면 그대로 다 받아들이는 것은 아니지만 그래도 일리는 있습니다. 그러니 만총에게는 유비를 앞뒤로 서로 공격하자는 조조의 제의를 받아들이겠다는 뜻을 전하여 돌려보내고, 한편으로는 사람을 시켜 강을 건너가서 운장의 동정을 살펴본 다음 일을 진척시키면 될 것입니다."

제갈근 曰: "제가 듣기로 운장이 형주로 온 이후 유비가 장가를 들어주어 아들 하나와 딸 하나를 두었는데, 그 딸이 아직 혼처를 정하지 않았으니 제가 가서 주공의 세자와 혼인하기를 청해보겠습니다. 만약 운장이 우리의 뜻을 받아들인다면 즉시 운장과 함께 조조를 칠 일을 상의하고, 만약 받아들이지 않는다면 그때는 조조의 제안대로 형주를 취하도록 하시지요."

손권은 일단 제갈근의 계책을 써보기로 하고 먼저 만총을 허도로 돌려보냈다. 그리고 곧바로 제갈근을 사자로 삼아 형주로 보냈다.

형주에 도착한 제갈근이 성 안으로 들어가 운장을 만났다.

운장 曰: "자유(子瑜: 제갈근)께서 이번에 무슨 일로 오셨소?"

제갈근 曰: "제가 이번에 양가 사이에 좋은 인연을 맺어주기 위해 특별한 걸음을 했소이다. 저의 주공이신 오후(吳侯)께 아드님이 한 분 계시는데 아주 총명하십니다. 듣자니 장군께 따님 한 분이 있다고 하기에 저를 보내 혼인을 청해보라고 하셨습니다. 두 집안이 좋은 인연을 맺고 힘을 합쳐 조조를 친다면 이보다 아름다운 일이 어디 있겠소. 군후(君侯)께서 깊이 생각해보시지요."

운장이 발끈하여 호통치기를: "내 어찌 호랑이의 딸을 개의 자식에게 시집보낸단 말이냐? 그대 아우의 체면만 아니면 당장 목을 베었을 것이니 다시는 그런 소리 입 밖에 내지 마시오!"

운장은 당장 주위 사람을 불러 밖으로 쫓아내니 제갈근은 얼굴을 싸매고 도망치듯 돌아와서 오후에게 감히 숨길 수가 없어 사실대로 고했다.

몹시 화가 난 손권이 소리치기를: "그놈이 어찌 그리 무례하단 말인가!

곧바로 장소 등 여러 문무 관원들을 불러 형주를 칠 계책을 상의했다.

보즐 曰: "조조가 오래 전부터 한나라를 없애고 천자의 자리에 오르려 마음먹었지만 ,지금까지 그러지 못한 것은 바로 유비가 두렵기 때문입니다. 이번에 조조가 사자를 보내 우리 동오로 하여금 군사를 일으키게 하여 촉을 삼키려는 의도는 모든 자신의 재앙을 우리 동오에 전가시키려는 계책입니다."

손권 曰: "나 역시 형주를 되찾으려 한 지 이미 오래되었소."

보즐 曰: "지금 조인(曹仁)은 양양과 번성에 군사를 주둔시켜 놓고 있습니다. 그곳에서는 우리와는 달리 장강이라는 험한 곳을 건너지 않고도 육로로 곧바로 형주를 취할 수 있는데 어찌하여 자기들은 치지 않고 도리어 주공께 군사를 일으키라고 하겠습니까? 이것만 보아도 그들의 속내가 뻔히 들여다보이니 주공께서는 먼저 허도로 사람을 보내 조조로 하여금 조인에게 육로로 먼저 형주를 치라고 하십시오. 그러면 운장은 틀림없이 형주의 군사를 빼서 번성을 공격할 것입니다. 운장이 그렇게 움직이는 것을 봐서 그때 주공께서 장수 한 사람을 몰래 보내 형주를 치시면 간단히 빼앗을 수 있을 것입니다."

손권은 그의 계책을 따라 즉시 사자를 강동으로 보내 조조에게 서신을 전하고 이 일을 자세히 설명하도록 했다. 조조는 크게 기뻐하며 먼저 사자를 돌려보낸 뒤 곧바로 만총을 번성으로 보내 조인을 도와 참모관이 되어 군사 움직이는 일을 상의하도록 했다. 그리고 한편으로 동오에 격문을 보내 군사를 이끌고 수로로 와서 형주를 공격하여 조인의 군사와 접응하도록 했다.

한편 한중왕 현덕은 위연에게 군사를 총지휘하여 동천을 지키게 하고 모든 관원들을 거느리고 성도로 돌아왔다. 그리고 관원을 파견하여 궁궐을 짓고 성도에서 백수(白水)에 이르기까지 모두 4백여 개의 관사와 정우(亭郵: 역참)를 세웠다. 또한 군량과 마초를 저장하고 병장기를 만들어 장차 중원 공략을 위한 준비를 했다.

이때 조조가 동오와 손을 잡고 형주를 취하려 한다는 정보를 첩자가 알아내 촉에 급히 보고를 했다. 한중왕은 급히 공명을 청해 상의했다.

공명 曰: "저는 이미 조조가 그런 꾀를 쓸 줄 알고 있었습니다. 하지만 동오에도 모사가 많으니 무조건 조조가 하자는 대로 하지는 않고 조조에게 조인으로 하여금 먼저 군사를 일으키라고 할 것입니다."

한중왕 曰: "그렇다면 우리는 어찌해야 하오?"

공명 曰: "사자를 보내 운장에게 작위를 내린다는 교지를 내리고 그로 하여금 군사를 일으켜 번성을 선제 공격하여 적의 간담을 서늘하게 한다면 그들의 계획은 저절로 와해되고 말 것입니다.

한중왕은 크게 기뻐하며 곧바로 전부사마(前部司馬) 비시(費詩)를 사자로 삼아 교지를 받들고 형주로 보냈다. 운장은 성 밖까지 나와 그를 영접하여 안으로 들어갔다.

공청(公廳)에 이른 운장이 예를 마치고 묻기를: "한중왕께서 내게 무슨 작위를 내리셨소?"

비시 曰: "오호대장(五虎大將)의 수장으로 삼으셨습니다."

운장 曰: "오호대장은 누구누구요?"

비시 曰: "관우·장비·조운·마초·그리고 황충입니다."

운장이 화를 내며 말하기를: "익덕은 내 아우이고 맹기(孟起: 마초)는 대대로 명문가의 자손이며 자룡은 오랫동안 우리 형님을 따라다녔으니 내 아우나 마찬가지이다. 그래서 이들의 벼슬이 나와 동급이어도 괜찮지만 황충은 도대체 어떤 놈이기에 나와 같은 반열에 선단 말인가! 대장부가 어찌 그런 늙은 졸개와 같은 줄에 서겠는가!"

운장은 인수를 받으려 하지 않았다.

비시가 웃으며 말하기를: "장군의 말씀은 틀렸습니다. 지난날 소하(蕭何)와 조삼(曹參)은 한 고조(高祖)와 더불어 대사를 도모한 가장 친한 사이였습니다. 이에 비해 한신(韓信)은 초나라에서 도망쳐온 장수에 불과했지요. 그래도 그를 왕으로 세워서 소하와 조삼보다 윗자리에 올랐지만 두 사람은 결코 이를 원망했다는 말을 들어 보지 못했습니다.

지금 한중왕께서 장군을 비록 오호장군에 봉하셨지만, 원래 장군과는 형제의 의가 있으니 한 몸으로 생각하고 계십니다. 즉 장군이 바로 한중왕이고, 한중왕이 곧 장군이신데 어찌 다른 사람과 같을 수 있겠습니까?

장군께서는 한중왕의 두터운 은혜를 입고 계시니 마땅히 기쁨과 슬픔은 물론이고 화(禍)와 복(福)도 함께 나눠야 할 것이며 관직이나 벼슬의 높고 낮음을 따져서는 안 됩니다. 장군께서는 부디 깊이 헤아리시기를 바랍니다."

크게 깨달은 운장은 비시에게 두 번이나 절을 하며 말하기를: "내 소견이 좁아 그대의 가르침이 없었다면 자칫 대사를 그르칠 뻔하였소!"

운장은 즉시 엎드려 인수를 받았다. 비시는 그제서야 한중왕의 교지를 전하며 군사를 일으켜 번성을 치라고 했다. 명을 받은 운장은 즉시 부사인 (傅士仁)과 미방(糜芳)을 선봉으로 먼저 군사를 거느리고 형주성 밖에 주둔해 있도록 하는 한편 성 안에서는 연회를 열어 비시를 대접했다.

술자리가 깊어 이경(二更: 밤 9시에서 11시) 무렵이 되었을 때 갑자기 성 밖 영채에서 불이 났다는 보고가 들어왔다. 운장이 급히 갑옷과 투구를 쓰고 말에 올라 성을 나가서 알아보니 부사인과 미방이 술을 마시다 실수로 불을 낸 것이었다. 그런데 그 불이 화포에 옮겨 붙어 그 화포가 터지는 바람에 영채가 흔들리며 병장기와 군량미 그리고 마초까지 모두 불길에 휩싸인 것이다.

운장이 군사를 이끌고 가서 불을 끄기 시작하여 사경(四更)이 지나서야 겨우 불길을 잡았다. 성 안으로 들어온 운장이 부사인과 미방을 불러 호되게 꾸짖기를: "내 너희 두 사람을 선봉으로 삼았는데 출병도 하기 전에 많은 무기와 군량과 마초를 태워버리고 화포까지 터져 군사들까지 죽였다. 이렇게 일을 그르친 네놈들을 대체 어디에 쓴단 말이냐!"

그러면서 두 사람을 끌어내 목을 베라고 호령했다.

비시가 아뢰기를: "출병도 하기 전에 장수의 목부터 베는 것은 우리 군사들의 사기에도 이롭지 못하니 잠시 그 죄를 용서해 주시지요."

여전히 분을 삭이지 못한 운장은 두 사람에게 호통치기를: "내가 비사마(費司馬: 비시)의 낯을 보지 않았더라면 반드시 네놈들의 목을 베었을 것이다!"

운장은 무사를 불러 두 사람에게 각각 곤장 40대씩을 치도록 하고 선봉의 인수를 거두어들인 뒤 벌로 미방은 나가서 남군(南郡)을 지키게 하고 부사인은 공안(公安)을 지키도록 했다.

그리고 이어서 말하기를: "내 이기고 돌아올 때까지 네놈들이 조금이라도 잘못이 있으면 두 가지 죄를 함께 물을 것이니 그리 알라!"

이에 두 사람은 얼굴 가득 부끄러움을 감추지 못하고 그저 예, 예, 하며 물러갔다.

운장은 즉시 요화(廖化)를 선봉장으로 삼고 관평(關平)을 부장으로 삼은 뒤, 자신은 직접 중군을 통솔하고 마량(馬良)과 이적(伊籍)을 참모로 삼아 마침내 번성을 치기 위한 출정 길에 올랐다.

이보다 앞서 호화(胡華)의 아들 호반(胡班)이 형주로 와서 운장에게 투항했는데, 운장은 지난날 그가 자신을 구해준 정을 생각하며 호반을 매우 아꼈다(제 27회 참고). 그래서 호반에게 비시를 따라가서 한중왕을 뵙고 벼슬을 받도록 했다. 비시는 관공에게 하직 인사를 한 다음 호반을 데리고 촉으로 돌아갔다.

관공은 출정하는 날 수(帥)자의 장수 깃발에 제사를 지낸 다음 막사 안에서 깜빡 잠이 들었다. 갑자기 황소만한 검은 돼지 한 마리가 막사 안으로 뛰어들어 운장의 발목을 물었다. 몹시 화가 난 운장이 칼을 뽑아 한 칼에 베니 그 돼지는 비단 찢는 소리를 내며 죽었다. 깜짝 놀라 깨어보니 꿈이었다. 그런데 이상하게 꿈에 돼지에게 물린 발이 욱신거리며 아파서 아무래도 이상한 예감이 들어 관평을 불러 꿈 얘기를 해 주었다.

관평 曰: "돼지에게는 용(龍)의 상(象)이 있는데 용이 발에 붙었다는 것은 곧 아버님께서 높이 오르신다는 뜻이니 공연히 의심하시거나 꺼려할 필요 없습니다."

운장은 여러 관원들을 막사 안에 모아 놓고 다시 그 꿈 얘기를 해 주고 길흉을 물으니 누구는 길몽이라고 하고 또 누구는 상서롭지 못한 징조라고 하여 중론이 한 가지로 모아지지 않았다.

운장 曰: "대장부 나이 육순이 다 되어 가는데 지금 죽은들 무슨 한이 있겠는가!"

한창 이런 말을 나누고 있을 때 촉에서 사자가 와서 운장을 전장군(前將軍)에 봉하고 부절(符節)과 황월(黃鉞)을 내려 형양(荊襄)의 아홉 개

군(郡)을 맡아 다스리라는 한중왕의 교지를 전했다.

운장이 한중왕의 명을 받들고 나니 여러 관원들이 모두 축하의 절을 하며 말하기를: "이것은 저룡(猪龍)이 발을 문 것은 상서로운 꿈이었음이 확인되었습니다."

마침내 운장은 홀가분한 마음으로 군사를 일으켜 양양으로 가는 큰 길로 나아갔다.

한편 성 안에 있던 조인은 갑자기 운장이 직접 군사를 거느리고 온다는 말을 듣고 깜짝 놀라 성문을 굳게 닫고 싸우러 나가지 않으려 했다.

부장(副將) 적원(翟元) 曰: "위왕께서 장군에게 동오와 합세하여 형주를 취하라고 하셨는데 지금 저들이 이곳으로 온 것은 곧 관우가 죽을 곳을 제 발로 찾아온 것이나 다름없습니다. 그런데 무슨 까닭으로 저들을 피하십니까?"

참모 만총이 간하기를: "제가 운장을 잘 압니다. 그는 용맹할 뿐만 아니라 지모도 있는 장수이니 가벼이 대적할 장수가 아닙니다. 굳게 지키는 것이 상책입니다."

효장(驍將: 사납고 날랜 장수) 하후존(夏侯存) 曰: "그런 말은 한낱 글이나 읽은 선비나 하는 소리이지요. 그대는 '물이 쏟아지면 흙을 퍼다 막고, 장수가 오면 군사로 맞으라(水來土掩, 將至兵迎).'라는 말도 들어 보지 못했소? 우리 군사들은 편히 앉아서 먼 길 오느라 지쳐있는 적군을 상대하는데 이는 저절로 이길 수 있는 싸움이오."

조인은 하후존의 말에 따라 만총에게 번성을 지키게 하고 자신이 직접 군사를 거느리고 운장을 맞아 싸우러 나갔다.

운장은 조인의 군사가 나오는 것을 보고 관평과 요화 두 장수를 불러 계책을 일러주고 먼저 나가 조인의 군사와 마주보고 진을 치게 했다. 요화가 먼저 말을 타고 나가 싸움을 거니 적원이 나와 맞았다. 두 장수가 어우러져 싸운 지 얼마 되지 않아 요화는 패한 척하고 말머리를 돌려 달아났다. 적원이 그 뒤를 쫓아오니 형주의 군사들은 20리나 뒤로 물러났다.

다음 날 요화가 또 와서 싸움을 거니 이번에는 하후존과 적원이 함께 나와서 싸웠다. 형주 군사는 또다시 패하여 20리쯤 쫓겨 가는데 바로 그 때 배후에서 함성이 크게 일면서 북과 나팔 소리가 일제히 울렸다. 조인은 급히 선두에서 쫓아가던 군사들에게 퇴각 명령을 내렸는데, 정신없이 도망만 가는 줄 알았던 관평과 요화의 군사들이 갑자기 돌아서 밀물처럼 쳐들어오자 조인의 군사는 순식간에 대오가 무너지며 큰 혼란에 빠지고 말았다.

조인은 그제야 계략에 빠진 것을 알고 먼저 한 무리의 군사를 이끌고 급히 양양으로 달아났다. 조인이 성에서 몇 리 떨어진 곳에 이르자 전면에 수놓은 깃발이 펄럭이더니 운장이 말 위에 청룡도를 비껴들고 서 있는 것이 아닌가!

간담이 떨리고 오금이 저린 조인은 감히 싸울 엄두를 내지 못하고 양양쪽 샛길로 빠져 달아났다. 그러나 운장은 그 뒤를 쫓지 않았다. 잠시 후 하후존이 이르렀다. 운장을 본 하후존이 크게 화를 내며 창을 휘두르며 운장에게 달려들었다. 하지만 단 한 합만에 운장의 청룡도에 두 동강이 나고 말았다. 이를 본 적원이 곧바로 달아났으나 관평이 그를 쫓아가 한칼에 베어 버리고 승세를 몰아 뒤를 추격하니 조인의 군사는 태반이 양강(襄江)에 빠져죽고 말았다. 겨우 번성으로 몸을 피한 조인은 꼼짝하지 않고 성을 지키고만 있었다.

양양을 손에 넣은 운장은 군사들에게 상을 주고 백성을 위무했다.

수군사마(隨軍司馬) 왕보(王甫) 曰: "장군께서 한 번의 공격으로 양양을 손에 넣었으니 조인의 군사들이야 간담이 떨어질 정도로 놀랐겠지만 제 어리석은 소견으로는 지금 동오의 여몽(呂蒙)이 육구(陸口)에 군사를 주둔하고 있으면서 호시탐탐 형주를 노리고 있으니, 만일 그들이 군사를 일으켜 형주를 치려 한다면 어찌하시렵니까?"

운장 曰: "내 역시 그것을 걱정하고 있었네. 그들의 기습에 대비하여 봉수대를 세우려고 하니 자네가 그 일을 맡아 주게. 강기슭을 따라 2~30리마다 높은 언덕을 골라 봉화대를 세우고 봉화대마다 군사 50명씩 두어 지키도록 하게. 만약 동오의 군사들이 강을 건너오거든 밤에는 불을 밝히고 낮에는 연기를 피워 올려 신호를 보내면 내가 직접 나가서 적을 무찌르겠소."

왕보 曰: "미방과 부사인이 중요한 두 요새를 지키고 있는데 힘을 다하지 않는 것 같아서 걱정입니다. 아무래도 형주를 총감독할 한 사람을 더 보내는 것이 좋을 듯합니다."

운장 曰: "내 이미 치중(治中) 반준(潘濬)을 보냈으니 걱정할 필요 없네."

왕보 曰: "반준은 시기심과 개인적 탐욕이 많은 자이니 그런 중요한 자리를 맡길만한 인물이 못됩니다. 군전도독양료관(軍前都督糧料官) 조루(趙累)를 대신 보내시지요. 조루는 충성스럽고 청렴하고 정직하니 그에게 맡기면 실수가 없을 것입니다."

운장 曰: "나도 평소 반준의 사람됨을 알고 있으나 이미 보냈으니 이제 다시 바꿀 필요야 있겠는가. 더구나 조루는 군량과 마초를 맡고 있는데 그 자리 역시 중요하네. 자네는 너무 걱정하지 말고 어서 봉화대 쌓는 일이나 도와주게."

왕보는 더 이상 간하기가 어려웠다. 불안한 마음을 간직한 채로 절을 올리고 떠나갔다. 운장은 관평에게 배를 준비하여 양강을 건너 번성을 공격하라고 했다.

한편 두 명의 장수를 잃은 조인은 번성으로 물러나 지키면서 만총에게 말하기를: "내가 공의 말을 듣지 않아 싸움에 패하고 장수도 둘이나 죽고 양양까지 빼앗겼으니 장차 이 일을 어찌하면 좋겠소?"

만총 曰: "운장은 범 같은 장수인데다 지모까지 뛰어나니 함부로 대적해서는 안 되고 굳게 지키고만 있어야 합니다."

이런 말을 나누고 있는데 운장이 이곳을 치러 이미 강을 건너고 있다는 보고가 들어왔다.

조인이 깜짝 놀라니 만총이 말하기를: "그저 굳게 지키기만 하십시오."

부장 여상(呂尙)이 분연히 일어나며 말하기를: "제게 군사 몇 천 명만 주시면 당장 양강 안에서 적을 막겠습니다."

만총이 간하기를: "절대 안 되오."

여상이 화를 내며 말하기를: "당신들 문관들은 그저 지키기만 하라고 하니 그래서야 어찌 적을 물리칠 수 있단 말이오? 그대는 '군사들이 반쯤 물을 건널 때 공격하라(軍半渡可擊).'는 병법도 모른단 말이오? 지금 운장의 군사들이 강을 반쯤 건너고 있는 지금이 저들을 치기 가장 좋은 시기인데 어찌 공격하면 안 된다는 것이오? 만약 적병들이 성 아래 해자까지 이르면 그들을 막기가 더욱 어려워질 것이오!"

조인은 즉시 여상에게 군사 2천 명을 내어 주며 번성을 나가서 양강으로 가라고 명했다. 여상이 군사를 이끌고 강어귀로 와보니 전면에 수를 놓은 깃발들이 펼쳐진 가운데 운장이 칼을 비껴들고 말을 타고 나왔다.

여상이 즉시 운장을 맞아 싸우려고 하는데 그를 따르던 병사들이 운장의 늠름한 모습만 보고도 겁에 질려 싸우기도 전에 달아나기 시작했다. 여상이 호통을 치며 제지했지만 말을 듣지 않았다.

그러는 사이 운장이 번개처럼 달려들어 휩쓸고 지나가니 조인의 군사는 대패하여 마군과 보병의 태반을 잃고 번성으로 다시 들어갔다. 조인은 구원병을 청하러 급히 사람을 보냈다.

사자가 밤낮으로 달려 장안에 도착하여 조조에게 서신을 올리고 말하기를: "운장이 양양을 빼앗고 현재 번성을 포위하고 있는데 형세가 매우 위급합니다. 바라건대 대장을 보내 구원해 주시기 바랍니다."

조조가 늘어서 있는 장수들 가운데 한 사람을 손으로 가리키며 말하기를: "그대가 가서 번성의 포위를 풀어 주도록 하라!"

조조의 명이 떨어지기 무섭게 그 사람이 앞으로 나오는데, 그는 바로 우금(于禁)이었다.

우금 曰: "선봉으로 삼을 장수 한 사람을 붙여 주시면 군사를 이끌고 함께 가겠습니다."

조조가 여러 장수들을 바라보며 말하기를: "누가 감히 선봉이 되겠는가!"

한 사람이 분연히 나오며 말하기를: "제가 견마지로(犬馬之勞)를 다해 관 아무개를 사로잡아 대왕께 바치겠습니다!"

조조는 그를 보고 매우 기뻐했다.

이야말로:

동오는 아직 공격할 준비도 하지 않는데	未見東吳來伺隙
북위에서는 또 지원병을 증파시키려하네	先看北魏又添兵

이 장수가 누구인지 궁금하거든 다음 회를 기대하시라.

제 74 회

방령명은 관을 메고 결사전을 감행하고
관운장은 강물 터뜨려 칠군 수장시키다

龐令明抬櫬決死戰

關雲長放水淹七軍

조조는 번성을 구하기 위해 우금을 보내려고 하면서 누가 감히 선봉장으로 나설 것임을 묻자 한 사람이 추호도 망설임이 없이 바로 나섰다. 조조가 보니 그는 방덕(龐德)이었다.

조조는 매우 기뻐하며 말하기를: "천하에 위엄을 떨치던 관우가 여태껏 적수가 될 만한 사람을 못 만났는데 이제 영명(令明: 방덕)을 만났으니 제대로 상대를 만난 셈이군."

조조는 우금을 정남장군(征南將軍)으로 방덕을 정서도선봉(征西都先鋒)으로 각각 승진시켜 크게 칠군(七軍)을 일으켜 번성으로 떠나게 했다. 이 칠군은 북방에서 가장 용맹한 군사로 두 명의 장교가 통솔하고 있었는데 바로 동형(董衡)과 동초(董超)였다. 이 두 사람은 칠군의 다른 장교들을 데리고 우금에게 인사하러 찾아갔다.

동형 曰: "이제 장군께서는 칠군을 거느리고 가서 번성의 위기를 해결하고 승리를 쟁취하려 하시면서 어찌 방덕을 선봉으로 삼아 일을 그르치려 하십니까?"

우금이 깜짝 놀라 무슨 까닭이냐고 물으니 동형이 말하기를: "방덕은 원래 마초 수하의 부장(副將)이었는데 어쩔 수 없이 우리 위(魏)에 항복을 한 사람입니다. 지금 그의 옛 주인이 촉에서 오호상장(五虎上將)으로 있습니다. 게다가 그의 친형 방유(龐柔) 역시 서천에서 벼슬을 하고 있습니다. 그러니 방덕을 선봉으로 삼는 것은 불을 끄려고 하면서 기름을 붓는 격(潑油救火)이 아니겠습니까? 장군께서는 어찌하여 위왕께 아뢰어 다른 사람으로 바꾸려 하지 않으십니까?"

우금은 그날 밤 곧바로 부중으로 조조를 찾아가 동형의 말을 그대로 아뢰었다. 그 말을 들은 조조는 깨달은 바가 있어 즉시 방덕을 불러들여 선봉장의 인수를 반납하라고 명했다.

방덕은 크게 놀라 말하기를: "제가 이제야 대왕을 위해 힘을 써보려고 하는데 무슨 까닭으로 저를 내치려 하십니까?"

조조 曰: "본래 나는 시기나 의심이 없다. 하지만 지금 마초가 서천에 있고 자네 형 방유 역시 서천에서 유비를 보좌하고 있으니 설령 나는 의심을 하지 않는다 해도 여러 사람들이 말이 많으니 어찌하겠는가?"

그 말을 들은 방통이 관(冠)을 벗어던지고 머리를 땅에 짓찧어 온 얼굴이 피범벅이 되어 아뢰기를: "제가 한중에서 투항해 온 이후 매번 대왕께 두터운 은혜만 입었나이다. 설령 간과 뇌를 땅바닥에 쏟는다고 해도 그 은혜에 보답할 길이 없사온데 대왕께서는 어찌 이 방덕을 의심하시옵니까? 제가 지난날 고향에서 형과 함께 살 때 형수가 워낙 어질지 못해 제가 술 취한 김에 형수를 죽여 버렸습니다. 형님은 그 일로 저에 대한 한이 골수에 사무쳐 다시는 서로 보지 않기로 맹세했으니 형제간의 우의는 이미 끊어졌습니다. 그리고 옛 주인 마초는 비록 용맹하지만 지모가 없어 싸움에서 패한 뒤, 땅을 다 잃어버리고 홀로 서천으로 달아났습니다. 이제 서로 섬기는 주인이 다르니 이미 옛 의리도 끊어졌습니다. 저는 대왕의 하늘과 같은 은혜에 감사하고 있는데 어찌 감히 터럭만큼이라도 딴 마음을 품을 수 있겠습니까? 대왕께서 부디 굽어살펴 주시옵소서."

조조는 마침내 방덕을 붙들어 일으키며 위로의 말을 하기를: "내 평소 경의 충성과 의리를 잘 알고 있소. 방금 전 내가 그리 말한 것은 경을 의심하는 여러 사람들의 마음을 풀어 주기 위해 일부러 그런 것이니 괘념치 말고 이번에 가서 반드시 공을 세우도록 힘쓰시오. 경이 나를 배반하지 않는다면 나 역시 경을 저버리지 않을 것이오."

조조에게 하직 인사를 하고 나온 방덕은 집으로 돌아와 목수를 불러 관(棺)을 하나 짜도록 했다. 다음 날 여러 친구를 부른 방덕은 연회를 베풀며 관을 대청 위에 갖다 놓으니 여러 친구들이 놀라서 묻기를: "출정을 앞둔 마당에 장군은 이런 불길한 물건을 어디에 쓰려고 그러신가?"

방덕이 술잔을 들고 여러 친구들에게 말하기를: "나는 위왕의 두터운 은혜를 입었으니 죽음으로 보답하기로 맹세했네. 이제 번성으로 가서 관 아무개와 결전을 앞두고 있는데 내가 만약 그놈을 죽이지 못하면 내가 틀림없이 그의 손에 죽을 것이네. 내가 만약 싸움에 진다면 설령 그의 손에 죽지 않는다 하더라도, 네 스스로 목숨을 끊을 것이기에 이 관을 준비하여 어떤 일이 있어도 빈손으로 돌아오지 않겠다는 나의 의지를 여러분께 보이는 것이네."

그 말을 들은 친구들이 모두 놀라며 탄식했다. 이어서 방덕은 자신의 처 이씨(李氏)와 아들 방회(龐會)를 불러 그 처에게 말하기를: "내가 이제 선봉을 맡았으니 나는 싸움터에서 죽기로 싸울 것이다. 내가 만약 죽거든 당신은 내 아들을 잘 길러 주시오. 아들이 범상치 않으니 크면 반드시 내 원수를 갚아줄 것이오."

그의 처는 통곡을 하며 방덕과 작별했다.

방덕은 수하 한 명에게 그 관을 짊어지고 떠나가도록 했다. 떠나기에 앞서 부하 장수들에게 말하기를: "내 이제 관 아무개와 죽기로 싸울 것이니, 내가 만약 그의 손에 죽거든 너희들은 즉시 내 시신을 이 관 속에 넣어라. 내가 만약 그를 죽이게 되면 내 그의 수급을 베어 이 관 속에 넣어 위왕께 바치리라!"

부하 장수 5백 명이 일제히 말하기를: "장군께서 이처럼 충성스럽고 용맹하신데 저희들이 어찌 감히 온 힘을 다하지 않겠습니까?"

마침내 방덕은 군사를 이끌고 출발했다. 누군가 이 말을 조조에게 알렸다.

조조가 매우 흡족해하며 말하기를: "방덕의 충성과 용맹이 이와 같으니 내가 무엇을 근심하랴!"

가후 曰: "방덕이 자신의 혈기와 용맹만 믿고 관우와 죽기로 결판을 내려 하는데 신은 그 점이 오히려 걱정이 됩니다."

조조 역시 그 말이 일리가 있다고 여겨 급히 사람을 보내 방덕에게 주의하라는 명을 전하기를: "관우는 지혜와 용맹을 모두 갖추고 있으니 절대 가벼이 대적해서는 안 된다. 싸울 만하면 계속 싸우되 아니다 싶으면 신중하게 지키도록 하라."

명을 전해 들은 방덕은 여러 장수들에게 말하기를: "대왕께서는 어찌하여 관 아무개를 그처럼 대단하게 여기는가? 내 이번에 그놈이 30여 년간 누려온 명성을 단번에 꺾어놓고 말 테다!"

우금 曰: "위왕의 말씀을 따라야 하오."

방덕은 분연히 군사를 휘몰아 징과 북을 울리고 위세를 부리며 번성 앞에 이르렀다.

한편 관공이 마침 막사 안에 앉아 있는데 정탐꾼이 급히 달려와 보고하기를: "조조가 우금을 장수로 삼아 칠군의 정예병을 보냈다고 합니다. 선두 부대의 선봉장은 방덕이라는 장수인데 맨 앞의 군사가 관을 메고 오면서 장군과 죽기로 한 판 붙을 것이라는 불손한 말을 지껄이고 있습니다. 군사들은 성에서 겨우 삼십 리 떨어진 곳까지 와 있습니다."

그 말을 들은 관공은 안색이 변하더니 아름다운 수염을 떨면서 몹시 화난 목소리로 말하기를: "천하의 어떤 영웅도 내 이름을 듣고 두려워 떨지 않은 자가 없었거늘, 방덕 이 어린놈의 자식이 어찌 감히 나를 얕본단 말이냐! 관평, 너는 가서 번성을 공격하라. 내 직접 가서 그 놈의 목을 베어 내 분을 풀어야겠다."

관평 曰: "아버님은 태산처럼 중하신 몸으로 어찌 하찮은 돌멩이와 높고 낮음을 다투려 하십니까? 제가 아버님을 대신하여 싸우러 가겠습니다."

관공 曰: "그럼 네가 시험 삼아 한 번 나가 보거라. 내 곧 뒤따라가서 지원하겠다."

관평이 막사를 나와 칼을 들고 말에 올라 군사를 거느리고 방덕을 맞으러 나갔다. 양쪽의 군사가 마주보고 둥글게 진을 쳤다. 위군(魏軍) 영채 앞에 있는 검은 깃발 하나에 흰 글씨로 '남안방덕(南安龐德)'이란 네 글자가 씌어 있었다. 푸른 전포에 은색 갑옷을 걸친 방덕은 칼을 치켜들고 백마를 타고 진 앞에 서 있었다. 그의 배후에는 5백 명의 군사들이 바짝 붙어 있는데 보병 몇 명이 나무 관을 메고 서 있었다.

관평이 방덕을 향해 큰 소리로 욕을 하기를: "주인을 배반한 이 도적놈아!"

방덕이 부하 군사에게 묻기를: "저놈은 누구냐?"

누군가 대답하기를: "저자는 관공의 양아들 관평입니다."

龐令名擡櫬決死戰

방덕이 큰 소리로 외치기를: "나는 위왕의 명을 받들어 네 애비의 머리를 가지러 왔느니라. 너처럼 머리에 쇠똥도 벗겨지지 않은 애송이를 죽이러 온 것이 아니니 어서 네 아비나 불러오너라!"

몹시 화가 난 관평이 칼을 휘두르며 말을 달려 방덕에게 덤벼들었다. 방덕도 칼을 비껴들고 관평을 맞았다. 두 사람이 어우러져 30합을 싸웠지만 승부가 나지 않았다. 그러자 양쪽은 징을 울려 싸움을 멈추고 쉬게 했다.

관평이 싸우는 동안 한 군사가 이 소식을 관공에게 알렸다. 크게 화가 난 관공은 요화(廖化)에게 번성을 치라고 명하고 자신이 직접 방덕과 싸우기 위해 나섰다. 관평이 관공에게 자신이 방덕과 싸웠지만 승부를 내지 못했다고 말하니 관공이 청룡도를 비껴들고 즉시 말을 몰고 달려 나가 호통치기를: "관운장이 왔느니라! 방덕은 어서 나와 목숨을 바쳐라!"

북소리가 울리면서 방덕이 말을 타고 나와서 말하기를: "나는 위왕의 명을 받들어 특별히 너의 머리를 가지러 왔다! 믿기지 않거든 여기 너의 관까지 준비해 왔으니, 죽는 게 두렵다면 지금이라도 속히 말에서 내려 항복하라!"

관공이 큰 소리로 꾸짖기를: "네까짓 하찮은 놈이 무얼 할 수 있겠느냐? 쥐새끼 같은 도적놈을 베기에는 이 청룡도가 아까울 뿐이다!"

관공이 먼저 칼을 휘두르며 말을 달려 나가니 방덕 역시 그를 맞이하러 나왔다. 두 장수는 1백여 합을 싸웠지만 싸울수록 더욱 힘이 솟는 것 같았다. 양쪽의 군사들은 모두 두 장수의 싸움을 넋을 놓고 멍하니 구경할 뿐이다. 위군 진영에서 방덕이 실수할까 두려웠는지 급히 징을 쳐서 군사를 거두니, 관평 역시 나이 든 부친이 염려되어 급히 징을 쳐서 두 장수는 각각 물러났다.

영채로 돌아온 방덕이 여러 장수들에게 말하기를: “사람들이 관공을 영웅이라고 하더니 이제는 나도 인정하네.”

이런 말을 하고 있을 때 마침 중군을 이끌고 우금이 도착했다.

인사를 나눈 뒤 우금이 말하기를: “듣자니 장군이 관공과 1백 합 이상 싸웠지만 얻은 게 별로 없다고 하던데 군사를 뒤로 물려야 하지 않겠소?”

방덕이 분연히 말하기를: “위왕께서 장군을 대장으로 삼으셨는데 어찌 이리 약하십니까? 나는 내일 관 아무개와 다시 죽기로 싸울 것이며 절대로 군사를 물리는 일은 없을 것입니다!”

우금은 감히 그를 막지 못하고 돌아갔다.

한편 관공은 영채로 돌아와 관평에게 말하기를: “방덕의 칼 쓰는 솜씨가 제법 능숙하여 나의 적수가 될 만하더구나.”

관평 曰: “속담에 하룻강아지 범 무서운 줄 모른다는 말이 있습니다. 아버님께서 설령 그자의 목을 베어 죽인다 한들 그는 한낱 서강(西羌)의 조무래기에 불과합니다. 만일 사소한 실수라도 하여 백부님의 당부를 저버리시지나 않을까 염려됩니다.”

관공 曰: “내 그놈을 죽이지 않고 어찌 분을 풀겠느냐. 내 뜻은 이미 결정되었으니 더 이상 여러 말 말거라!”

다음 날 관공이 말에 올라 군사를 이끌고 앞으로 나아가니 방덕 역시 군사를 이끌고 나와 관공을 맞았다. 양쪽이 서로 마주보고 진을 친 뒤 두 장수는 동시에 말을 달려 나왔다. 이번에는 아무 말도 나누지 않은 채 맞붙어 싸우기 시작했다. 두 장수가 어울려 싸운 지 50여 합에 이르렀을 때 갑자기 방덕이 말머리를 돌려 칼을 끌면서 달아났다. 관공은 그 뒤를 추격하니 관평은 혹시 관공이 실수라도 할까 염려되어 급히 뒤를 따랐다.

관공이 큰 소리로 꾸짖기를: "방덕, 이 역적 놈아, 네놈이 타도계(拖刀計)를 쓴다고 내가 그걸 두려워할 줄 아느냐!"

실은 방덕은 타도계를 쓰는 척하면서 칼을 말안장에 걸어 놓고 몰래 활을 잡고 잽싸게 몸을 돌려 활시위를 당겼다. 눈이 밝은 관평이 그것을 발견하고 큰 소리로 외치기를: "역적 놈아, 비겁하게 활 쏘는 짓을 멈추지 못하겠느냐!"

그제야 무슨 상황인지 눈치를 챈 관공이 급히 눈을 부릅뜨고 보는 순간 시위소리가 울리며 화살이 날아왔다. 몸을 미처 피하지 못한 운장은 그만 왼쪽 팔에 화살을 맞고 말았다. 관평이 급히 달려와 부친을 구해서 영채로 돌아가는데 방덕이 곧바로 말머리를 돌려 칼을 휘두르며 쫓아왔다.

그때 방덕의 진영에서 징소리가 크게 울렸다. 방덕은 후군에 무슨 일이 생기지 않았나 염려되어 급히 말머리를 돌려 돌아갔다. 사실은 방덕이 화살로 관공을 쏘아 맞힌 것을 본 우금이 자칫하면 방덕이 정말로 큰 공을 세워 자신의 위풍이 떨어지게 될 것을 염려하여 서둘러 징을 쳐서 군사를 거둔 것이었다.

돌아온 방덕이 묻기를: "어째서 징을 울린 것이오?"

우금 曰: "관공은 지혜와 용맹을 모두 갖춘 장수라고 위왕께서 경계하라고 하시지 않았는가. 비록 그가 화살에 맞았지만 다른 속임수가 있지 않을까 염려되어 징을 울려 군사를 거둔 것이오."

방덕 曰: "만약 징만 울리지 않았더라면 내 이미 그놈의 목을 베었을 것이오."

우금 曰: "너무 서두르다 보면 일을 망치는 법(急行無好步)이니 천천히 도모하도록 합시다."

방덕은 우금의 속내는 알지 못하고 그저 관공을 죽이지 못한 것만 못내 아쉬워했다.

한편 화살에 맞은 채 영채로 돌아온 관공은 팔에 박힌 화살촉을 뽑았다. 다행히 깊이 박히지 않아 상처에 금창약(金瘡藥)을 바르는 정도로 치료할 수 있었다. 관공은 방덕에 대한 분을 참지 못하고 여러 장수들에게 말하기를: "내 맹세코 이 화살에 대한 원수를 갚고 말 것이다!"

여러 장수들이 말하기를: "장군께서는 우선 며칠 쉬셔야 합니다. 그런 뒤에 싸워도 늦지 않습니다."

다음 날 방덕이 다시 군사를 이끌고 와서 싸움을 걸었다. 관공이 곧바로 싸우러 나가려 했지만 여러 장수들이 말려서 나가지 않았다. 방덕은 군사들을 시켜 욕을 퍼부으며 계속 싸움을 걸었지만 관평은 요새를 굳게 지키기만 할 뿐 여러 장수들에게 이런 사실조차 관공에게 알리지 말도록 했다.

방덕이 이렇게 싸움을 건지 10여 일이 지났지만 관공의 영채에서는 사람 한 명 나오지 않으니 방덕이 우금과 상의하기를: "아무래도 관공은 화살 맞은 상처가 덧나 움직이지 못하는 것 같소. 이 기회에 전군을 거느리고 일시에 영채로 쳐들어가면 번성의 포위를 풀 수 있을 것이오."

하지만 우금은 방덕이 정말로 큰 공을 세울까 봐 그게 걱정이었다. 그래서 그저 위왕이 경계하라고 한 말을 핑계로 군사를 움직이려고 하지 않았다. 방덕은 몇 번이니 군사를 움직여야 한다고 주장했지만, 우금은 끝내 받아 주지 않고 칠군을 이동시켜 산모퉁이를 지나 번성에서 북쪽으로 10여리 떨어진 곳에 산을 의지하여 영채를 세웠다.

우금은 직접 군사를 거느리고 큰길을 차단하고 방덕에게는 좁은 골짜기에 군사를 주둔하게 하여 그가 진격하여 공을 세울 수 없게 했다.

한편 관평은 관공의 화살 맞은 상처가 다 아문 것을 보고 매우 기뻐하고 있는데 그때 우금이 칠군을 번성 쪽으로 옮겨서 영채를 세웠다는 보고를 받았다. 하지만 관평은 우금이 무슨 까닭으로 영채를 그쪽으로 옮긴 것인지 알 수 없어 즉시 이 일을 관공에게 알렸다.

관공이 곧바로 말에 올라 기병 몇 명만 거느리고 높은 언덕으로 올라가 바라보니 번성 위의 기치들이 가지런하지 못하고 군사들의 움직임도 혼란스러워 보였다. 그리고 성 북쪽의 10리 떨어진 산골짜기에 군사들이 주둔하고 있었으며 양강(襄江)의 물살이 매우 급하게 흐르고 있는 것이 보였다.

한참을 바라보던 관공이 향도관(鄕導官)을 불러 묻기를: "번성 북쪽 군사들이 주둔하고 있는 저 산골짜기 이름이 무엇이냐?"

그가 대답하기를: "증구천(罾口川)입니다."

관공이 매우 기뻐하며 말하기를: "우금은 이제 나에게 사로잡힌 것이나 다름없다."

여러 군사들이 묻기를: "장군께선 그걸 어찌 이십니까?"

관공 曰: "고기(漁)가 증구(罾口: 어망 입구)에 들어 왔는데[23] 어찌 빠져나갈 수 있겠느냐?"

하지만 장수들은 믿지 않았다. 관공은 본채로 돌아왔다.

때는 마침 가을 8월인데 며칠 동안 계속 소나기가 쏟아졌다. 관공은 군사들을 시켜 배와 뗏목을 준비하도록 하고 노와 삿대 등 물에서 필요한 기구들을 준비토록 했다.

관평이 묻기를: "우리는 지금 육지에서 서로 대치하고 있는데 물에서 쓰는 도구가 왜 필요합니까?"

---

23 고기(漁)의 어와 우금(于禁)의 于의 중국어 발음이 모두 yu로 같음. 그래서 고기를 증구 (罾口: 어망 입구)로 몰아넣으면 쉽게 사로잡을 수 있다는 의미임. 역자 주.

관공 曰: "너는 아직 모르는구나. 우금의 칠군은 지금 넓은 평지에 주둔하지 않고 증구천의 험하고 좁은 계곡에 주둔하고 있지 않느냐? 요사이 가을비가 연일 내렸으니 필시 강물이 넘칠 것이다. 내 이미 군사들을 각처의 물 어귀에 보내 제방을 쌓도록 지시했다. 물이 넘칠 때를 기다려 우리는 높은 데로 올라가 배를 타고 제방 둑을 일제히 터뜨리면 번성과 증구천에 있는 군사들은 모두 물고기나 자라 신세가 되지 않겠느냐."

그 말을 들은 관평은 탄복했다.

한편 증구천에 주둔하고 있는 위군(魏軍)은 며칠 동안 계속해서 비가 내리자 독장(督將) 성하(成何)가 우금에게 건의하기를: "우리의 대군이 증구천 어귀에 주둔하고 있는데 이곳은 지세가 매우 낮고 비록 토산이 있기는 하나 영채에서 멀리 떨어져 있습니다. 지금 가을비가 며칠째 내려 군사들의 고생이 심합니다. 근래에 형주의 군사들은 높은 언덕 위로 옮기고 있고 한수(漢水) 어귀에 배와 뗏목도 준비하고 있다 합니다. 만일 강물이 범람하면 우리 군사가 위험에 빠질 수도 있으니 빨리 계책을 세워야 합니다."

우금이 꾸짖기를: "네까짓 놈이 뭘 안다고 군심을 어지럽히려 하느냐? 다시 여러 말 하는 자가 있으면 바로 목을 벨 것이다."

결국 야단만 맞고 물러나온 성하는 다시 방덕을 찾아가 이 일을 말했다.

방덕 曰: "그대 말이 맞네. 우 장군이 끝내 군사를 움직이려 하지 않으면 내가 거느린 군사만이라도 내일 다른 곳으로 옮길 것이네."

이렇게 두 사람은 의견을 모았다.

그런데 그날 밤 비바람이 거세게 몰아쳤다. 방덕이 막사 안에 앉아 있는데 갑자기 수만 마리의 말들이 앞 다투어 몰려오는 소리와 함께 북소리가 천지를 진동했다. 깜짝 놀란 방덕이 급히 막사를 나와 말에 올라 바라보니 사면팔방에서 집채만 한 물결이 쏟아져 들어오고 있었다. 많은 군사들이 허둥지둥 달아나다 뒤에서 덮치는 물결에 그대로 빨려 들어가 물에 빠져 죽은 자만도 부지기수였다. 평지에도 물은 한길이 넘었다. 우금과 방덕은 여러 장수들과 함께 각자 작은 산 위로 올라가 물을 피했다.

동이 트자 관공과 여러 장수들은 모두 깃발을 흔들고 북을 치고 함성을 지르며 큰 배를 타고 나타났다. 우금은 사방을 둘러봐도 도저히 달아날 구멍이 보이지 않고 주위에 있는 군졸이라고는 겨우 5~60명뿐이었다. 더 이상 달아날 수 없음을 안 우금은 제 입으로 '항복하겠습니다!' 하고 소리쳤다. 관공은 그들이 입고 있는 갑옷과 무기를 모두 버리게 한 뒤 붙잡아서 배 안에 묶어 놓고 방덕을 사로잡으러 갔다.

이때 방덕은 동형·동초·성하 및 5백여 명의 군사와 함께 있었는데 모두 갑옷도 입지 않은 채 둑 위에 서 있었다. 그러나 방덕은 관공이 오고 있는 것을 보고도 전혀 겁내지 않고 분연히 싸우러 앞으로 나갔다. 관공은 사면을 배로 에워싸고 군사들로 하여금 일제히 활을 쏘게 하니 그곳에 있는 군사의 태반이 화살에 맞아 죽었다. 형세가 매우 위태로움을 느낀 동형과 동초가 방덕에게 말하기를: "군사의 태반이 죽거나 다쳤고 이제 달아날 길도 없습니다. 차라리 항복하는 편이 낫겠습니다."

방덕이 몹시 화를 내며 말하기를: "나는 위왕의 두터운 은혜를 입은 몸인데 어찌 적에게 절개를 굽히고 항복할 수 있겠느냐?"

즉시 동형과 동초를 직접 베어 버리고 큰 소리로 외치기를: "다시 항복하자는 놈이 있으면 이놈들처럼 될 것이다."

이에 모두가 분발하여 적을 맞아 싸웠다. 아침부터 한낮이 될 때까지 싸웠는데 방덕의 용기와 힘은 오히려 더 솟는 듯했다.

관공이 군사들을 재촉하여 사방에서 포위를 좁혀가며 돌과 화살을 비 오듯 퍼부었다. 방덕은 군사들에게 짧은 무기를 들고 마주 붙어 싸우라고 명했다.

방덕이 성하를 돌아보며 말하기를: "'용맹한 장수는 죽음을 겁내 구차하게 살려고 하지 않고, 장사는 절개를 굽혀 삶을 구걸하지 않는다(勇將不怯死以苟免, 壯士不毀節而求生).'고 하였다. 오늘이 바로 내가 죽는 날이니 그대도 죽을힘을 다해 싸우라!"

성하는 그 말을 듣고 앞으로 나갔지만, 관공이 쏜 화살에 맞아 물속에 떨어지고 말았다. 나머지 군사들은 모두 항복했지만 오로지 방덕 혼자 끝까지 버티고 싸우고 있었다. 이때 형주 군사 수십 명이 작은 배를 타고 언덕 가까이 오자 방덕이 칼을 들고 몸을 날려 배로 뛰어 올라 순식간에 형주 군사 10여 명을 베어 죽였다. 그러자 나머지 무리들은 배를 버리고 물속으로 뛰어들어 달아났다.

방덕은 한 손에 칼을 들고 또 한 손으로는 노를 저어 번성을 향해 달아나려 했다. 바로 그때 상류에서 한 장수가 뗏목을 타고 급히 노를 저어 내려오더니 방덕이 타고 있는 배로 돌진하여 들이받아 버렸다. 방덕이 탄 배가 뒤집히며 방덕이 물속에 빠지자, 뗏목을 타고 온 그 장수는 물속으로 뛰어들어가 방덕을 사로잡아 배 위로 끌어올렸다. 그 장수는 바로 주창(周倉)이었다.

주창은 원래 물에 익숙한데다 형주에 몇 년 있으면서 강물에서의 솜씨를 익혔다. 게다가 힘이 원래 장사여서 쉽게 방덕을 사로잡을 수 있었던 것이다.

이리하여 우금이 이끌고 온 칠군은 거의 다 물에 빠져 죽었으며 그중 수영을 할 줄 아는 군사들도 더 이상 달아날 길이 없음을 알고 모두 항복했다. 후세 사람이 관공의 승리를 찬탄하여 시를 지었으니:

한밤중에 북소리 하늘을 진동하더니	夜半征鼙響震天
양양과 번성의 땅 깊은 못이 되었네	襄樊平地作深淵
관공의 신기묘산 따를 자 뉘 있으랴	關公神算誰能及
천하에 떨친 그 이름 만고에 전하네	華夏威名萬古傳

관공이 높은 언덕으로 돌아와 막사 안으로 들어가 자리에 앉으니 여러 도부수들이 우금을 압송해 왔다. 우금이 땅에 엎드려 절하며 목숨만 살려 달라고 애걸을 했다.

관공 曰: “네놈이 어찌 감히 나에게 맞서려고 했느냐?”

우금 曰: “조조가 직접 지명을 하여 가라고 명령을 하니 어쩔 수가 없었습니다. 부디 군후께서 저를 불쌍히 여겨 살려만 주신다면 맹세코 죽음으로 보답을 하겠습니다.”

관공이 수염을 쓰다듬고 웃으면서 말하기를: “내 너를 죽이는 것은 개돼지를 죽이는 것과 무엇이 다르겠느냐. 공연히 내 칼만 더럽힐 뿐이로다.”

그러고는 무사들로 하여금 그를 결박하여 형주로 보내 감옥에 가두어 두라고 명하면서 말하기를: “내 돌아가서 따로 처리할 것이다.”

우금이 끌려 나가자 관공은 또 방덕을 끌어오게 했다.

방덕은 두 눈을 부릅뜨고 성난 눈으로 째려보면서 버티고 서서 무릎조차 꿇지 않았다.

관공 曰: “네 형이 지금 한중에 있고, 너의 옛 주인 마초 역시 촉에서 대장으로 있는데 너는 어찌하여 진즉 항복하지 않았느냐?”

방덕이 크게 화를 내며 말하기를: “내 차라리 칼에 맞아 죽을지언정 어찌 네놈에게 항복하겠느냐!”

그러고는 관공이 말할 틈도 주지 않고 계속 욕을 퍼부었다. 몹시 화가 난 관공은 도부수들에게 당장 그를 끌고 가서 목을 베라고 호통을 쳤다. 방덕은 목을 길게 늘여 도부수의 칼을 받았다. 관공은 그를 가엾게 여겨 장사를 지내 준 다음, 아직 물이 빠지지 않은 틈을 타서 다시 전선(戰船)에 올라 대소 장교들을 거느리고 번성을 공격하러 갔다.

한편 번성 주위는 온통 흰 파도가 출렁이는 물바다가 되어 있었다. 거센 물살에 성벽은 물에 잠겨 점점 허물어졌다. 성 안의 백성들은 남녀를 불문하고 모두 나와서 흙을 나르고 벽돌을 쌓아 무너진 성벽을 보수하려 했지만 감당할 수가 없었다.

낙담한 조조군의 여러 장수들이 황망히 조인을 찾아와 고하기를: "지금의 이 위기는 사람의 힘으로는 구해낼 길이 없습니다. 적군이 이곳에 이르기 전에 밤을 틈타 배를 타고 달아나야 합니다. 그러면 비록 성은 잃더라도 목숨만은 건질 수 있습니다."

조인은 그들의 말에 따라 배를 준비하여 달아나려고 하는데 만총이 간하기를: "가시면 아니 됩니다. 막았던 둑을 터뜨려 갑자기 쏟아져 내려온 물인데 얼마나 오래 가겠습니까? 열흘 안에 물은 저절로 빠질 것입니다. 관공이 아직 성을 공격하지 않고 이미 다른 장수들을 겹하(郟下)로 보냈습니다. 그가 쉽게 성을 쳐들어오지 못한 이유는 바로 우리의 군사가 저들의 배후를 기습할까 염려되기 때문입니다. 그런데 지금 우리가 성을 버리고 달아난다면 황하 이남은 더 이상 우리의 땅이 안 될 것입니다. 바라건대 장군께서는 이 성을 굳게 지키시어 황하 이남을 사수하는 버팀목이 되어야 합니다."

조인은 두 손을 마주잡고 고맙다는 인사를 하며 말하기를: "백녕(伯寧: 만총)의 깨우침이 없었다면 대사를 그르칠 뻔했소."

마침내 조인은 백마를 타고 성 위로 올라가 여러 장수들에게 맹세하

며 말하기를: "나는 위왕의 명을 받아 이 성을 끝까지 지킬 것이다. 누구든지 성을 버리자고 말을 하는 자는 즉시 목을 벨 것이다."

여러 장수들이 모두 말하기를: "저희들은 죽기를 각오하고 이 성을 지킬 것입니다."

조인은 매우 기뻐하며 곧바로 성 위에 궁노수 수백 명을 배치하고 군사들에게 밤낮으로 경계를 철저히 하도록 했다. 성 안의 백성들은 남녀노소를 불문하고 모두 나와서 흙과 돌을 날라 무너진 성벽을 보수했다. 예상대로 물은 열흘이 안 되어 점점 줄어들었다.

한편 관공은 위의 장수 우금을 비롯한 여러 장수들을 사로잡으니 그 위엄이 천하에 크게 떨쳐 놀라지 않은 자가 없었다. 이때 문득 관공의 둘째 아들 관흥(關興)이 부친을 뵈러 영채로 찾아왔다. 관공은 관흥에게 여러 장수들의 공적을 기록한 문서를 주면서 성도로 가서 한중왕을 뵙고 관직을 올려주도록 부탁하라고 했다. 부친에게 하직 인사를 한 관흥은 곧바로 성도로 떠났다.

한편 관공은 군사를 둘로 나누어 절반은 겹하로 보내고 나머지 절반은 자신이 직접 거느리고 번성을 사방으로 에워싸고 공격을 시작했다.

북문으로 간 관공이 말을 세우고 채찍을 들어 성 위를 가리키며 말하기를: "이 쥐새끼 같은 놈들아! 어서 나와 항복하지 않고 무얼 망설이느냐!"

마침 이때 성 위 망루에 있던 조인은 관공이 가슴을 가리는 갑옷(掩心甲)만 걸치고 있고 녹색 전포도 한쪽으로 벗겨져 있는 것을 발견하고 급히 5백 명의 궁노수들에게 일제히 활을 쏘라고 명령했다.

관공이 급히 말머리를 돌리려는 순간 그는 오른팔에 화살을 맞고 뒤로 나자빠지며 말에서 떨어지고 말았다.

이야말로:

칠군을 물속에 빠뜨려 간담을 서늘케 하더니　水裏七軍方喪膽
성 안에서 날아온 화살에 자신이 부상당하네　城中一箭忽傷身

관공의 목숨이 어찌 될지 궁금하거든 다음 회를 기대하시라.

제 75 회

관운장은 뼈를 갉아서 독기를 제거하고
여몽은 군사에 흰 옷 입혀 강을 건너다

關雲長刮骨療毒

呂子明白衣渡江

한편 관공이 말에서 떨어진 것을 본 조인은 즉시 군사를 이끌고 성에서 뛰쳐나왔다. 그러나 관평이 즉시 달려와 조인의 군사를 물리치고 관공을 구하여 영채로 돌아와서 팔에 박힌 화살을 뽑았다. 하지만 원래 화살촉에 독약을 묻혀 놓았기 때문에 이미 독의 기운이 뼛속까지 스며들어 오른팔이 시퍼렇게 퉁퉁 부어올라 팔을 움직일 수조차 없었다.

당황한 관평이 여러 장수를 불러 상의하기를: "부친께서 만약 이 팔을 못 쓰게 된다면 어떻게 나가서 적과 싸울 수 있겠소? 차라리 잠시 형주로 돌아가 몸조리를 하시는 편이 낫지 않겠소."

관평이 여러 장수들과 함께 막사 안으로 들어가 관공을 뵈었다.

관공이 묻기를: "너희는 무슨 일로 왔느냐?"

여러 장수들이 대답하기를: "장군께서 오른팔에 입은 독화살 상처는 절대 안정이 필요하며 적을 대하면 노기로 인해 상처 치료에 매우 해롭습니다. 그래서 우리가 의논하기를, 잠시 군사를 물려서 형주로 돌아가 몸을 돌보시는 것이 좋겠습니다."

관공이 버럭 화를 내며 말하기를: "번성을 빼앗는 것이 바로 눈앞에 있다. 번성을 취한 다음에 곧바로 군사를 몰고 허도로 진격하여 역적 조조를 섬멸함으로써 한 황실을 편안케 할 생각인데 어찌 이런 조그만 상처 때문에 대사를 그르친단 말이냐? 너희가 감히 우리 군사의 사기를 꺾으려고 작정이라도 했단 말이냐?"

관평 등은 아무 말도 하지 못하고 물러났다. 여러 장수들은 관공이 군사를 물리려고도 하지 않는 데다 상처 또한 차도가 없자, 어쩔 수 없이 사방으로 명의(名醫)를 찾아 나섰다.

어느 날 문득 강동에서 한 사람이 작은 배를 타고 와서 영채 앞에 이르렀다. 하급 장수가 그를 안내하여 관평에게 데려갔는데, 관평이 보니 그 사람은 머리에 네모난 두건을 쓰고 몸에는 헐렁한 옷을 걸치고 팔에는 푸른 자루를 메고 있었다.

그는 스스로 자신에 대해 말하기를: "저는 패국(沛國)의 초군(譙郡) 사람으로 성은 화(華) 이름은 타(佗)이며 자를 원화(元化)라 합니다. 천하의 영웅이신 관 장군께서 독화살을 맞으셨다는 말을 듣고 치료를 해드리려고 일부러 찾아왔습니다."

관평 曰: "그렇다면 지난날 동오의 주태(周泰)를 치료해 주셨다는 그분 아니십니까?"

화타 曰: "그렇습니다."

뛸 듯이 기쁜 관평은 여러 장수들과 함께 즉시 그를 데리고 관공을 뵈러 막사 안으로 들어갔다. 이때 사실 관공은 팔의 통증이 매우 심했지만 내색하면 군사들의 마음이 흔들릴까 염려되어 통증도 잊을 겸 마량과 바둑을 두고 있었다. 의원이 왔다는 말에 바둑 두는 것을 제쳐놓고 그를 맞이하여 서로 인사가 끝나자 자리에 앉아 차를 대접했다. 차를 다 마신 화타가 상처 부위를 보여 달라고 하니 관공이 웃옷을 벗고 팔을 뻗어 화타에게 상처를 보여 주었다.

화타 曰: "장군이 맞으신 쇠뇌 화살촉에 오두(烏頭)[24]의 독이 그대로 뼛속까지 스며들었습니다. 속히 치료하지 않으면 이 팔은 쓸 수 없게 됩니다."

관공 曰: "치료는 할 수 있겠소?"

화타 曰: "오직 한 가지 치료 방법이 있긴 한데 군후께서 견디어 내실지 그것이 걱정입니다."

관공이 웃으며 말하기를: "나는 죽는 것도 마치 집으로 돌아가는 것처럼 여기는데 견디지 못할 게 뭐 있겠소."

화타 曰: "우선 조용한 곳에 기둥을 하나 세우고 큰 고리를 박은 다음 군후의 팔을 고리 속에 끼워 팔을 절대 움직일 수 없도록 노끈으로 꽁꽁 묶은 뒤 볼 수 없도록 얼굴을 가려야 합니다. 그런 다음 제가 뾰족한 칼로 살을 째고 뼈를 드러내 뼛속에 스며든 독을 긁어내고 약을 바른 다음 실로 살을 꿰매야만 치료가 끝납니다. 그런 치료 과정을 감당할 수 있겠습니까?"

관공이 웃으며 말하기를: "그런 쉬운 일에 기둥이니 고리니 그런 게 뭐가 필요하겠소?"

관공은 술상을 내오라고 하여 화타를 대접했다.

술을 몇 잔 마신 관공은 마량과 두던 바둑을 계속하면서 한편으로 팔을 내밀어 화타에게 상처를 째라고 했다. 화타는 뾰족한 칼을 손에 들고 하급 장수 한 사람에게 큰 대야를 팔 밑에 대고 흘러내리는 피를 받도록 했다.

화타 曰: "지금부터 칼로 살을 째겠습니다. 군후께서는 놀라지 마십시오."

---

24 바꽃의 덩이뿌리로 독성이 강함. 역자 주.

관공 曰: “이미 그대에게 맡겼으니 마음대로 치료하시게. 내 어찌 일반 사람들처럼 아픈 것을 무서워하겠소!”

화타가 드디어 칼을 잡고 살을 째기 시작했다. 이어서 뼈가 드러났는데 뼈에 이미 독이 스며들어 뼈 색깔이 시퍼랬다. 화타는 날카로운 칼로 뼈를 긁어냈다. 사각사각 나는 소리가 뼈를 긁는 것이 아니고 마치 깎아내는 것이나 다름이 없다. 막사 안팎에서 그 모습을 본 모든 사람들은 차마 볼 수가 없어 겁에 질려 손으로 얼굴을 가렸고 안색이 모두 창백해졌다. 그런데 정작 본인은 마치 아무 일도 없다는 듯이 계속 술을 마시고 안주를 먹으며 마량과 담소를 나누면서 바둑을 두고 있지 않는가!

잠깐 사이에 흘러내린 피가 대야에 가득 찼다.

마침내 화타는 뼛속의 독을 다 긁어내고 그 위에 약을 바른 다음 살을 실로 꿰맸다.

관공이 껄껄 웃으며 일어나더니 여러 장수들에게 말하기를: “이 팔이 예전처럼 쭉 펴지고 통증도 전혀 없소. 세상에 이런 신의(神醫)가 계셨다니!”

화타 曰: “제가 평생 의원노릇을 하면서 이런 분은 처음 봤습니다. 군후께서는 진정 천신(天神)이십니다.”

이 일을 두고 후세 사람이 시를 지었으니:

병을 치료하는 데 내과 외과로 나뉘지만	治炳須分內外科
세상에 신묘한 의술 만나기 어디 쉬우랴	世間妙藝苦無多
신위의 명장으로는 관운장 따를 자 없고	神威罕及惟關將
신통한 의술로 화타를 따를 자 있겠는가	聖手能醫說華佗

화살에 맞은 상처가 다 낫자 관공은 연회를 베풀어 화타를 대접하며

고마움을 표했다.

화타 曰: "군후의 상처가 비록 지금 낫긴 했지만 절대로 안정을 해야 하며 노기(怒氣)가 있으면 상처가 덧날 수 있으니 그런 일은 피해야 합니다. 최소한 백 일이 지나야 예전처럼 회복되실 수 있습니다."

관공은 사례로 금 1백 냥을 주었다.

화타 曰: "저는 군후의 높으신 의기(義氣)를 듣고 일부러 찾아와 치료해 드린 것인데 어찌 보수를 받겠습니까?"

화타는 끝내 사양하고 받지 않았으며 상처에 바를 약봉지 하나를 남긴 다음 하직 인사를 하고 떠났다.

한편 관공이 우금을 사로잡고 방덕을 죽인 사실이 알려지자 그 위명을 크게 떨치면서 세상 사람들이 모두 놀랐다. 이런 사실이 정탐꾼에 의해 허도에 전해지자 조조는 크게 놀라며 문무 관원들을 불러 모아 상의하며 말하기를: "나는 일찍이 운장의 지모와 용맹이 세상에 제일임을 알고 있었다. 그가 이제 형주와 양양을 모두 손에 넣었으니 마치 호랑이가 날개를 얻은 것과 같지 않은가. 우금이 사로잡히고 방덕은 죽임을 당했으니 우리 군사의 사기가 꺾일 대로 꺾였다. 만일 그가 군사를 이끌고 허도로 쳐들어오면 어찌하겠는가! 나는 차라리 천도하여 그를 피하고자 하는데 그대들은 어찌 생각하는가?"

사마의가 간하기를: "불가하옵니다. 우금 등은 물에 빠졌을 뿐 싸움에 진 것이 아닙니다. 우리가 지금 두 장수를 잃었지만, 그 정도로 국가의 대계(大計)에 손실이 있는 것은 아닙니다. 지금 손권은 유비를 미워하는데 이번에 운장의 뜻대로 된 것을 손권이 절대로 좋아할 리가 없습니다. 대왕께서는 사자를 동오에 보내시어 이해관계로 잘 설득하시어 손권으로 하여금 은밀히 군사를 일으켜 운장의 배후를 기습하게 하시고 일

이 끝난 뒤에는 강남의 땅을 떼어 주겠다고 하시면 번성의 위기는 저절로 해결될 것입니다."

주부(主簿) 장제(蔣濟)도 말하기를: "중달(仲達: 사마의)의 말이 맞습니다. 지금이라도 즉시 사자를 동오로 보내십시오. 도읍을 옮겨서 공연히 백성들을 동요시킬 필요가 없습니다."

조조는 그들의 말에 따라 천도하려는 생각은 접었다. 하지만 탄식을 하며 여러 장수들에게 말하기를: "30여 년간 나를 따라 따라다닌 우금이 위기를 맞아 방덕만도 못하단 말인가! 이제 한편으로 동오에 사자를 보내고 또 한편으로는 운장의 예기를 꺾을 대장을 한 사람 보내야 하는데 누가 적임자이겠는가?"

조조의 말이 채 끝나기도 전에 계단 아래서 한 장수가 나서며 말하기를: "저를 보내 주십시오."

조조가 보니 서황이었다. 조조는 매우 기뻐하며 즉시 정예병 5만 명을 내어 주며 서황을 대장으로, 여건(呂建)을 부장으로 삼았다. 그리고 날짜를 정해 군사를 출발시켜 양릉파(楊陵坡)로 가서 군사를 주둔하고 있다가 동오의 호응을 보아 진격하도록 했다.

한편 손권은 조조의 서신을 받아 보고 흔쾌히 응낙하고 즉시 답신을 써서 사자에게 주어 돌려보내고 문무 관원들을 모아 상의했다.

장소 曰: "요사이 듣자니 운장이 우금을 사로잡고 방덕을 죽여 그 위세가 천지를 뒤흔들고 있다 합니다. 조조는 도읍을 옮겨서라도 그 예봉을 피하려 한다고 합니다. 지금 번성이 위태로워지자 사자를 보내서 구원을 요청하고 있지만 일이 끝난 뒤에 약속을 뒤집지 않을까 걱정이 됩니다."

손권이 막 대답을 하려고 하는데 갑자기 보고가 들어오기를 여몽이 육구에서 작은 배를 타고 와서 주공께 드릴 말씀이 있어 기다리고 있다는 것이다. 손권이 즉시 그를 불러들여 무슨 일인지 물었다.

여몽 曰: "지금 운장이 군사를 이끌고 번성을 포위하고 있는 틈을 타서 형주를 기습하면 쉽게 빼앗을 수 있습니다."

손권 曰: "나는 북으로 가서 서주를 치고 싶은데 그대는 어찌 생각하오?"

여몽 曰: "지금 조조는 멀리 하북에 있으니 동쪽을 돌볼 겨를이 없습니다. 더구나 서주에는 지키는 군사도 그리 많지 않으니 쳐들어가면 언제든지 이길 수 있습니다. 하지만 그곳은 지세(地勢)가 육전에 이롭고 수전에 불리하여 비록 서주를 얻는다 해도 그곳을 오래 지키기는 어려울 것입니다. 그러니 먼저 형주를 쳐서 장강을 손에 넣은 뒤에 달리 좋은 방도를 찾아보는 편이 나을 듯합니다."

손권 曰: "나도 본래 형주를 취하려 했소. 먼저 한 말은 경의 속내를 떠본 것이오. 경은 속히 형주를 치도록 하시오. 나도 곧 경을 따라 군사를 일으킬 것이오."

여몽이 손권에게 하직 인사를 하고 육구로 돌아오니 정탐꾼이 와서 보고하기를, 강을 따라 위아래로 2~30리 간격으로 높은 언덕 위에 봉화대를 세워 놓았으며 또한 형주의 군사들이 잘 정비되어 있고 대비를 철저히 하고 있다고 했다.

여몽은 깜짝 놀라서 말하기를: "그렇다면 쉽게 도모하기는 어렵지 않겠느냐? 나는 그것도 모르고 오후의 면전에서 형주를 공격하자고 권했으니 이제 이 일을 어찌한단 말인가?"

아무리 생각해도 좋은 계책이 떠오르지 않은 여몽은 결국 병을 핑계로 나가지도 않고 사람을 보내 손권에게 보고했다.

손권은 여몽이 병이 났다는 소식에 마음이 편치 않았다. 그런데 육손(陸遜)이 들어와 말하기를: "여자명(呂子明: 여몽)은 지금 꾀병을 부리고 있으며 정말 병이 난 것이 아닙니다."

손권 曰: "정말 꾀병인지 아닌지 백언(伯言: 육손)이 한번 가서 확인해 보거라."

명을 받은 육손은 그날 밤 육구의 영채로 가서 여몽을 만나 보니 과연 얼굴에 병색이라고는 없었다.

육손 曰: "저는 오후(吳侯)의 명을 받들어 장군의 병문안을 왔습니다."

여몽 曰: "이 천한 몸이 병들었기로 수고스럽게 일부러 병문안까지 오게 만들었군!"

육손 曰: "오후께서 공에게 막중한 책임을 맡기셨는데 이런 중요한 시기에 움직이지 않고 공연히 울적해 하면서 시간만 보내고 계시니 어찌된 까닭이오?"

여몽은 그저 육손을 빤히 쳐다보기만 할 뿐 한참 동안 말이 없다.

육손 曰: "제게 간단한 처방전이 있는데 능히 장군의 병을 고칠 수 있을 것입니다. 한번 써 보시겠습니까?"

여몽은 좌우 사람들을 물리고 묻기를: "백언의 간단한 처방전이 무엇인지 어서 가르쳐 주시오?"

육손은 웃으며 말하기를: "자명의 병환은 형주의 군사들이 잘 정돈되어 있고 장강을 따라 봉화대가 세워져 있어 대비를 철저히 하고 있어서 생긴 것이지요. 제게 한 가지 계책이 있는데, 강 연안을 지키고 있는 수비병들이 봉화를 올리지 못하게 하고 형주의 군사들이 스스로 손을 묶고 항복하게 하면 되지 않겠습니까?"

깜짝 놀란 여몽이 고마워하며 말하기를: "백언은 마치 내 속을 훤히 들여다보고 말씀하시는 것 같구려. 부디 그 좋은 계책을 들려주시오."

육손 曰: "운장은 스스로를 영웅이라 여기고 아무도 자신을 대적할 사람이 없다고 생각하지만 오직 장군은 두려워하고 있소. 장군은 이번 기회에 병을 핑계로 물러나고 이 육구를 다른 사람에게 넘기시지요. 그런 다음 이 육구를 넘겨받은 사람으로 하여금 온갖 아첨의 말로 관공을 칭송하게 하면 그는 반드시 교만한 마음이 생겨 형주의 군사들을 철수하여 모조리 번성으로 향할 것입니다. 이렇게 하여 아무런 방비가 없다면 적은 군사만 가지고도 기이한 계책을 내지 않더라도 형주를 습격하여 쉽게 수중에 넣을 수 있을 것입니다."

여몽은 몹시 기뻐하며 말하기를: "참으로 훌륭한 계책이오!"

이리하여 여몽은 병을 핑계로 일어나지 않고 사직서를 올렸다. 육손이 돌아가서 손권에게 그 계책을 자세히 설명했다. 손권은 여몽을 불러 건업(建業)으로 가서 병을 치료하도록 했다. 여몽이 손권을 보러 들어오자 손권이 묻기를: "육구는 우리 동오의 가장 중요한 요충지요. 지난날 주공근(周公瑾: 주유)은 노자경(魯子敬: 노숙)을 천거하여 자신을 대신하게 했고, 후에 자경은 다시 경(卿)을 천거하지 않았소. 이제 경 역시 재주와 명망을 겸비한 사람을 천거하여 경을 대신하게 하시오."

여몽 曰: "만약 명망 있는 사람이 그 자리를 맡으면 운장은 반드시 대비를 할 것입니다. 육손은 생각이 깊은 사람이지만 아직 이름이 알려지지 않아 운장이 대수롭지 않게 여길 것입니다. 만약 저를 대신하여 그를 보내신다면 반드시 일을 성공시킬 수 있을 것입니다."

손권은 크게 기뻐하며 그날로 육손을 편장군(偏將軍) 우도독(右都督)으로 삼아 여몽을 대신해 육구를 지키게 했다.

육손은 사양하며 말하기를: "저는 아직 나이도 어리고 배운 것도 부족하여 그런 막중한 소임을 감당하지 못 할까 봐 두렵습니다."

손권 曰: "자명(子明: 여몽)이 경을 보증했으니 반드시 잘못됨이 없을 것이다. 경은 사양하지 말라."

육손은 마침내 절을 하며 인수를 받고 그날 밤으로 육구로 갔다. 육손은 마군(馬軍)·보군(步軍)·수군(水軍) 등 삼군의 인계를 받자마자 즉시 사자에게 한 통의 서신과 함께 명마와 진귀한 비단, 좋은 술 등 예물을 갖추어 가지고 번성으로 가서 관공을 뵙도록 했다.

이때 관공은 화살 맞은 상처를 치유중이라 군사를 묶어두고 움직이지 않고 있었는데 갑자기 보고가 들어오기를: "강동의 육구를 지키던 장수 여몽의 병세가 위중하여 손권이 그를 불러들여 조리하게 하고 그를 대신하여 육손이라는 젊은 장수를 임명하였습니다. 지금 육손이 보낸 사람이 서신과 예물을 가지고 와서 장군을 뵙자고 청합니다."

관공이 불러들이라 하여 찾아온 사자에게 손가락질을 하며 말하기를: "중모(仲謀: 손권)가 식견이 모자라 그런 애송이를 장수로 삼았구나!"

사자가 엎드려 고하기를: "육 장군이 서신과 예물을 올리는 것은 첫째로 조조와의 싸움에 대승하신 것을 축하드리기 위함이요, 둘째는 두 집안이 사이좋게 지내고자 함이오니 부디 웃으며 기꺼이 받아 주시기 바라옵니다."

관공이 서신을 열어 읽어 보니 글의 내용이 매우 겸손하고 정중했다. 글을 다 읽은 관공은 흡족한 마음에 얼굴을 쳐들고 크게 웃으며 좌우 사람들에게 예물을 받아두라고 지시하고 사자를 돌려보냈다.

돌아간 사자가 육손을 보고 말하기를: "관공은 매우 흡족해 하면서 다시는 강동에 대해서는 걱정을 하지 않을 듯한 눈치였습니다."

육손은 매우 기뻐하며 은밀히 사람을 보내 알아보도록 했다. 과연 관공은 형주 군사의 태반을 철수하여 번성으로 옮기고 상처가 낫는 대로 즉시 출병하려 한다는 보고였다. 육손은 사람을 보내 급히 이런 사실을 손권에게 보고했다.

손권이 여몽을 불러 상의하기를: "지금 운장이 형주의 군사를 번성으로 이동시켜 번성을 총공격하려 하고 있으니 우리는 이 틈에 곧바로 형주를 습격할 계책을 세워야겠소. 경이 내 아우 손교(孫皎)와 함께 대군을 이끌고 가는 것이 어떻겠소?"

손교의 자는 숙명(叔明)으로 손권의 숙부 손정(孫靜)의 둘째 아들이다.

여몽 曰: "주공께서는 이 여몽을 쓰시려거든 여몽만 쓰시고, 숙명을 쓰시려거든 숙명만 쓰십시오. 지난날 주유와 정보가 각각 좌우 도독으로 있을 때 모든 일은 주유가 결정했으나 정보는 늘 동오의 오래된 신하임에도 주유의 아래에 있는 것에 불만을 품고 서로 화목하지 못하다가 나중에 주유의 재주를 보고 나서야 비로소 복종하고 따랐던 일(제 44회 참고)을 잊으셨습니까? 지금 저의 재주는 주유만 못하고 숙명은 정보보다도 주공과 가까운 사이이니, 서로 화합하여 일을 치러내지 못할까 두렵습니다."

크게 깨달은 손권은 마침내 여몽을 대도독으로 삼아 강동의 모든 군사를 총괄하게 했다. 그리고 손교에게는 뒤에서 군량과 마초를 관리하며 여몽을 지원하게 했다.

손권에게 인사를 하고 나온 여몽은 곧바로 군사 3만 명과 쾌선 80여 척을 점검했다. 여몽은 물에 익숙한 자들을 선발하여 상인으로 분장하고 그들에게는 모두 흰옷을 입히고 노를 젓게 하고 정예병들은 선창 안에 숨겨놓았다. 그리고 한당(韓當)·장흠(蔣欽)·주연(朱然)·반장(潘璋)·주태(周泰)·서성(徐盛)·정봉(丁奉) 등 일곱 명의 대장으로 하여금 차례로 그 뒤를 따르게 하고 나머지는 모두 오후를 수행하며 후군을 지원하도록 했다. 그리고 조조에게 사자를 보내 글을 전하여 운장의 뒤를 습격하게 하는 한편 육손에게 이러한 사실을 모두 전했다.

사전 조치를 완벽히 마친 여몽은 흰옷으로 변장한 군사들에게 쾌선을 저어 심양강(潯陽江)을 거슬러 올라가 밤낮으로 노를 저어 곧바로 장강 북쪽 강기슭에 닿았다.

강변의 봉화대를 지키는 형주의 군사들이 꼬치꼬치 물으니 동오의 군사가 대답하기를: "우리는 모두 장사치인데 오다가 큰 바람을 만나 잠시 이곳으로 피해왔습니다."

그러고는 봉화대를 지키는 군사들에게 뇌물을 잔뜩 주었다. 군사들은 그 말을 믿고 강기슭에 배를 정박하도록 허락해 주었다. 그날 밤 이경(二更: 밤 9시에서 11시) 무렵 배 안에 매복해 있던 군사들이 일제히 뛰쳐나와 봉화대 위의 군사들을 결박하고 암호를 외쳤다. 80여 척의 쾌선에 타고 있던 정예병들이 일제히 쏟아져 나와 요새의 망루를 지키던 군사들을 모조리 붙잡아 배 안에 가두었는데, 한 사람도 달아난 자가 없었다. 첫 번째 봉수대에 불이 오르지 않으니 그 다음의 모든 봉수대는 무용지물이었다. 여몽이 이끄는 대군이 진군해 가는데도 이를 알아차린 자가 아무도 없었다.

형주에 거의 이르렀을 때 여몽은 강변 망루에서 사로잡은 형주 군사들에게 많은 뇌물을 주어 회유하여 성 문을 속여서 열게 하고 성 안으로 들어가서 불을 질러 신호하도록 했다. 그들이 여몽의 제안을 받아들이자 여몽은 곧바로 그들을 앞세워 길을 안내하도록 했다.

한밤중이 되어 성 아래에 이른 여몽은 회유한 형주의 군사들에게 성문을 열라고 외치게 했다. 문을 지키는 군사들은 형주 군사임을 확인하고 성문을 활짝 열었다. 그들은 들어가자마자 함성을 지르며 불을 질렀다. 그 불을 본 동오의 군사들이 일제히 밀고 들어가 단숨에 성을 차지해 버렸다.

여몽은 곧바로 군사들에게 명을 내리기를: "만약 함부로 백성을 해치거나 백성의 재물을 하나라도 취하는 자가 있으면 군법으로 다스릴 것이다."

그리고 형주의 관리들에게는 모두 예전처럼 일을 보게 했다. 또한 관공의 가솔들에게는 별도로 집을 마련해 주고 관련자 외에는 아무도 출입을 못하게 했다. 그런 다음 손권에게 사람을 보내 이 소식을 보고했다.

하루는 큰비가 내렸다. 여몽은 몇 명의 기병만 데리고 비를 맞으며 성문 네 곳을 점검하고 있는데 문득 갑옷을 입은 한 군사가 백성들이 사용하는 대나무 삿갓을 쓰고 비를 피하고 있는 것을 발견했다. 여몽이 주위 사람들에게 호령하여 그자를 잡아오라고 하여 보니 여몽과 동향 사람이었다.

여몽 曰: "네 비록 나와 동향 사람이나 나의 명을 고의로 어겼으니 마땅히 군법으로 다스릴 것이다."

그 사람이 울면서 고하기를: "저는 관에서 지급한 갑옷이 비에 젖을까 염려되어 잠시 삿갓을 가져와 가렸을 뿐 절대로 사사로이 사용한 것이 아닙니다. 장군께서는 제발 고향 사람으로서의 정을 보아서라도 한번만 용서해 주십시오."

여몽 曰: "나도 네가 관의 물건인 갑옷을 보호하기 위한 행동으로 이해는 되지만 어쨌든 백성의 물건을 빼앗지 말라는 군령을 어겼으니 어쩔 수가 없다."

여몽은 좌우에 명하여 그를 끌어내어 목을 베도록 했다. 그 목을 저잣거리에 매달아 군사와 백성들에게 보이고 나서 그 시신을 수습해 울면서 장사를 지내주었다. 이로부터 모든 군사들은 놀라서 군령을 어기는 자가 한 명도 없었다.

하루도 지나지 않아 손권이 군사를 거느리고 형주에 당도했다. 여몽은 성 밖으로 나가 손권을 영접하여 관아로 맞아들였다.

손권은 여러 장수를 위로한 다음 반준(潘濬)을 치중(治中)으로 임명하여 형주를 다스리게 하고 옥에 갇혀 있던 우금을 풀어 주어 조조에게 돌려보냈다. 이어서 백성들을 위무하고 군사들에게는 상을 내리고 성대한 연회를 베풀어 형주 탈환을 축하했다.

손권이 여몽에게 말하기를: "이제 형주는 되찾았지만 공안(公安)의 부사인(傅士仁)과 남군(南郡)의 미방(麋芳), 두 곳은 어찌 수복(收復)하면 좋겠소?"

말이 미처 끝나기도 전에 한 사람이 나서며 말하기를: "구태여 화살 한 대 쏘지 않고도 저의 세 치 혀로 공안의 부사인을 설득해 항복하도록 만들면 어떻겠습니까?"

여러 사람들이 보니 그는 우번(虞翻)이었다.

손권 曰: "중상(仲翔: 우번)은 무슨 좋은 계책이 있어 부사인을 항복하게 만들겠다는 것이오?"

우번 曰: "저는 어릴 적부터 우번과 아주 친했습니다. 제가 가서 이해(利害)로 설득하면 그는 틀림없이 항복할 것입니다."

손권은 매우 기뻐하며 우번에게 군사 5백 명을 데리고 곧장 공안으로 달려가도록 했다.

한편 형주가 함락되었다는 소식을 들은 부사인은 급히 성문을 굳게 닫고 지키고 있었다. 우번이 이르러 보니 성문이 굳게 닫혀 있어 곧바로 글을 써서 화살에 매달아 성 안으로 쏘아 보냈다. 군사가 그것을 주워 부사인에게 바쳤다. 부사인이 종이쪽지의 글을 읽어 보니 우번의 항복을 권유하는 글이었다. 문득 지난번 관공이 떠나던 날 자신을 심하게 매질하며 꾸짖던 일을 떠올리고 차라리 빨리 항복하는 게 낫겠다고 생각했다.

그는 즉시 성문을 열라고 명령하고 우번을 성 안으로 맞아들였다. 인사를 마친 두 사람은 서로 옛 정을 나눴다. 우번이 오후의 성품에 대해 얘기했다. 그는 너그럽고 도량이 넓으며 어진 이를 예와 겸손으로 대한다고 말하자 부사인은 매우 기뻐하며 즉시 우번과 함께 인수(印綬)를 가지고 형주로 가서 투항했다.

손권은 매우 기뻐하며 부사인에게 돌아가서 계속 공안을 지키도록 했다.

그러자 여몽이 손권에게 은밀히 말하기를: "아직 운장을 사로잡지 못한 터에 부사인을 공안에 그대로 있게 하면 자칫 변고가 생길 줄도 모릅니다. 차라리 남군으로 보내 미방을 항복시키도록 하시지요."

손권이 다시 부사인을 불러들여 말하기를: "그대는 미방과 교분이 두터운 사이이니 그대가 미방을 달래 항복하게 한다면 내 마땅히 별도로 큰 상을 내릴 것이오."

부사인은 흔쾌히 응낙하고 10여 명의 기병만 데리고 미방을 귀순시키기 위해 남군으로 달려갔다.

이야말로:

부사인이 공안을 지킬 뜻이 없는걸 보니	今日公安無守志
지난날 왕보가 하던 말이 과연 옳았구나	從前王甫是良言

이번에 가는 일이 어찌 될지 궁금하거든 다음 회를 기대하시라.

제 76 회

서공명은 면수에서 크게 싸움을 벌이고
관운장은 싸움에 패하고 맥성으로 가다

徐公明大戰沔水

關雲長敗走麥城

한편 형주가 함락되었다는 소식을 들은 남군의 미방(糜芳)은 어찌해야 좋을지 모르고 있는데 마침 공안을 지키던 부사인(傅士仁) 장수가 찾아왔다는 보고가 들어왔다. 미방은 황급히 나가 그를 성 안으로 맞이하여 어찌 된 일인지 물었다.

부사인 曰: “내게 충성심이 없어서가 아니라 형세가 워낙 위태롭고 힘이 다하여 더 이상 버틸 수가 없었소이다. 나는 이미 동오에 항복했으니 장군도 속히 항복하는 게 낫겠소.”

미방 曰: “우리들은 한중왕의 두터운 은혜를 입었는데 어찌 차마 그를 배신한단 말이오?”

부사인 曰: “관공이 형주를 떠나던 날 우리 두 사람을 그토록 책망하고 경고하지 않았소이까. 만약 그가 이기고 돌아오면 틀림없이 우리를 가만두지 않을 것 같은데 공은 잘 생각해 보시오.”

미방 曰: “우리 형제[25]는 오랫동안 한중왕을 섬겨 왔는데 어찌 하루아

25 미방은 미축의 아우임. 역자 주.

침에 배반할 수 있겠소?”

미방이 결정을 못하고 망설이고 있는데 문득 관공이 보낸 사자가 도착했다는 보고가 들어왔다. 미방이 사자를 대청 위로 맞아들였다.

사자 曰: “관공께서 군량미가 부족하여 남군과 공안 두 곳에서 백미 십만 석을 가져오라고 하셨소. 두 분 장군께서는 밤낮으로 서둘러 운반하여 군중에 보내셔야 합니다. 만일 지체하면 즉시 목을 벨 것이라고 하셨소.”

깜짝 놀란 미방이 부사인을 돌아보며 말하기를: “형주는 이미 동오의 손에 들어갔는데 그 많은 군량을 대체 어디서 마련하여 보낸단 말이오?”

부사인이 버럭 화를 내며 말하기를: “지금 그런 것을 걱정할 때요?”

그러고는 칼을 뽑아 사자를 베어 버렸다.

미방이 놀라서 말하기를: “이게 무슨 짓이오?”

부사인 曰: “관공이 이런 지시를 한 속셈은 우리 두 사람을 죽이기 위한 핑곗거리를 찾는 것이오. 우리라고 어찌 속수무책으로 가만히 앉아서 죽기만 기다린단 말이오? 공도 이제 빨리 동오에 항복하지 않으면 틀림없이 관공에게 죽음을 당하게 될 것이오.”

그때 갑자기 여몽이 군사를 이끌고 성 아래까지 쳐들어왔다는 보고가 들어왔다. 깜짝 놀란 미방은 마침내 부사인과 함께 성을 나가 항복했다.

여몽은 크게 기뻐하며 그를 손권에게 데리고 갔다. 손권은 두 사람에게 큰 상을 내리고 백성들을 위무한 다음 큰 연회를 베풀어 삼군을 위로하고 배불리 먹였다.

이 무렵 조조는 허도에서 여러 모사들과 형주의 일을 의논하고 있었다. 그때 갑자기 동오에서 사자가 서신을 가지고 왔다는 보고가 들어왔다. 조조가 그 사자를 불러들이자 그는 손권이 보낸 글을 올렸다. 조조가 그 서신을 읽어 보니, 동오의 군사들이 장차 형주를 습격할 것이라며 조조에게 운장을 협공해 줄 것을 요청했다. 그러면서 운장이 대비할 수 없도록 이 계책을 누설하지 말아 달라는 내용이었다.

조조가 여러 모사들과 이 문제를 상의했다.

주부(主簿) 동소(董昭)가 말하기를: "지금 번성은 오랫동안 포위당해 있어 우리가 구해 주기를 목이 빠지도록 기다리고 있습니다. 우선 사람을 시켜 이 편지를 번성 안으로 쏘아 보내 군사들의 마음을 안심시키는 한편, 관공에게는 동오가 곧 형주를 습격할 것이라는 것을 알려주면 관공은 형주를 잃을까 두려워 틀림없이 곧바로 군사를 물릴 것입니다. 그때 서황으로 하여금 그 뒤를 공격하게 하면 승리는 완전히 우리의 것입니다."

조조는 그 계책에 따라 사람을 서황에게 보내 급히 싸우라고 재촉하는 한편, 자신이 직접 대군을 거느리고 곧바로 낙양(雒陽) 남쪽의 양릉파(陽陵坡)로 가서 조인을 구하기로 했다.

한편 서황은 막사 안에 앉아 있는데 위왕 조조가 보낸 사자가 왔다는 말을 듣고 그를 맞아들여 무슨 일인지 물었다.

사자 曰: "지금 위왕께서는 군사를 거느리고 이미 낙양을 지나셨습니다. 장군께 급히 관공과 싸워서 번성의 포위를 풀어 주라는 명령을 전하라고 하셨습니다."

한창 이야기를 나누고 있을 때 정탐꾼이 와서 보고하기를: "관평이 군사를 언성(偃城)에 주둔시켜 놓고 요화는 사총(四冢)에 주둔하고 있는데, 앞뒤로 모두 열두 개의 영채를 서로 연결하여 끊임없이 연락을 취하고 있습니다."

서황은 즉시 부장 서상(徐商)과 여건(呂建)으로 하여금 언성으로 가서 관평과 맞서 싸우게 하면서 서황이 직접 싸우러 온 것처럼 서황의 깃발을 들고 가도록 하고, 정작 자신은 정예병 5백 명을 이끌고 면수(沔水)를 돌아서 언성 배후를 기습하기로 했다.

한편 관평은 서황이 직접 군사를 이끌고 왔다는 말을 듣고 곧바로 본부 군사를 거느리고 적을 맞아 싸우러 나갔다. 양편이 마주 보고 진을 친 가운데, 관평이 말을 타고 나가 서상과 싸웠다. 서상은 불과 3합 만에 패한 채 달아나니 관평이 그 뒤를 쫓아가자 여건이 싸우러 나왔다. 그런데 여건 역시 5~6합 싸우고는 달아나 버렸다.

승세를 잡았다고 생각한 관평은 20여 리를 추격해 갔는데 갑자기 자신의 성 안에서 불길이 치솟는다는 보고가 들어왔다. 관평은 그제야 적의 계략에 빠진 것을 알고 급히 군사를 돌려 언성을 구하러 돌아오는데 한 무리의 군사들이 길을 막고 나섰다. 서황이 문기 아래 말을 세우고 고함을 치기를: "관평 조카! 네 죽을 날이 머지않았음을 진정 모르느냐? 너희 형주 땅은 이미 모두 동오에게 빼앗겼는데 너는 여기서 무슨 미친 짓을 하고 있느냐!"

몹시 화가 난 관평은 칼을 휘두르며 말을 몰아 곧바로 서황에게 달려들었다. 그러나 3~4합도 싸우지 않았는데 모든 군사들이 일제히 외치기를: "언성 안에서 불길이 크게 치솟고 있습니다."

여기서 싸우고 있을 상황이 아니라고 판단한 관평은 큰 길로 나가 사총(四冢)의 영채로 달려갔다.

요화가 그를 맞아하며 말하기를: "형주가 여몽에게 기습을 당해 이미 동오에 넘어갔다는 소문에 군사들이 많이 흔들리고 있습니다. 이를 어찌하면 좋겠소?"

관평 曰: "그것은 틀림없이 조조군이 지어낸 유언비어일 것이오. 또다시 그런 말을 한 자는 목을 벨 것이오."

그때 파발꾼이 달려와 보고하기를, 북쪽의 첫 번째 영채가 지금 서황의 군사들에게 공격을 받고 있다고 했다.

관평 曰: "첫 번째 영채를 잃어버리면 나머지 영채들을 어찌 보전할 수 있겠소? 이곳은 뒤에 면수(沔水)가 있어 적들이 감히 이쪽으로 오지는 못할 것이니, 장군은 나와 함께 첫 번째 영채를 구하러 갑시다."

요화는 자신의 부장을 불러 분부하기를: "너희들은 영채를 단단히 지켜라. 만일 적들이 쳐들어오면 즉시 봉화를 올려 알리도록 하라."

부장 曰: "사총의 영채는 녹각(鹿角)으로 열 겹이 둘러쳐져 있어 나는 새도 들어올 수 없습니다. 어찌 적병을 염려하십니까?"

관평과 요화는 사총 영채의 정예병들을 모두 거느리고 첫 번째 영채로 달려갔다. 관평은 위(魏)의 군사들이 나지막한 산 위에 주둔하고 있는 것을 보고 요화에게 말하기를: "서황은 군사들을 지형 상 불리한 곳에 주둔시켜 놓았소. 오늘밤 군사를 이끌고 가서 영채를 습격합시다."

요화 曰: "장군은 군사의 절반을 데리고 습격하러 가시오. 나는 여기 남아서 본채를 지키겠소."

이날 밤 관평은 한 무리의 군사를 이끌고 위군의 영채로 쳐들어갔다. 그러나 영채는 텅 비어 한 사람도 보이지 않았다. 적의 계략에 빠졌음을 안 관평이 황급히 군사를 물리려고 할 때 왼편에서는 서상이, 오른쪽에서는 여건이 양쪽에서 협공을 해왔다. 관평은 크게 패하여 영채로 돌아오니 위군은 승세를 몰아 추격해 와서 사방을 포위해버렸다. 관평과 요화는 더 이상 버티지 못하고 결국 첫 번째 영채를 포기하고 사총 영채를 향해 달아났다. 그런데 멀리서 바라보니 사총 영채에서도 불길이 치솟고 있는 것이 아닌가! 급히 달려가 영채 앞에 이르렀으나 보이는 것은 온통 위병의 깃발뿐이었다.

갈 곳이 없어진 관평과 요화는 황급히 번성으로 가는 큰길로 달아났다. 한 무리의 군사가 앞길을 막아서는데 앞장선 대장은 바로 서황이었다. 죽기로 싸워 간신히 혈로를 뚫고 달아나 대채(大寨)로 돌아온 관평과 요화 두 장수가 관공에게 보고하기를: "지금 서황에게 언성 등 여러 곳을 빼앗겼으며 조조가 직접 대군을 거느리고 세 길로 나누어 번성을 구하러 오는 중입니다. 또 여러 사람들이 말하기를 형주가 이미 여몽에게 빼앗겼다고 합니다."

관공이 호통치기를: "그것은 모두 적들이 우리 군사들의 마음을 어지럽게 흔들어 놓으려고 퍼뜨린 유언비어이다! 동오의 여몽은 병이 위중하여 애송이 육손이 그를 대신하고 있는데 무슨 걱정이 있단 말이냐!"

말이 채 끝나기도 전에 서황의 군사가 쳐들어왔다는 보고가 들어왔다. 관공이 말을 준비하라고 명령하자, 관평이 간하기를: "아버님께서는 몸이 아직 온전치 못하시니 나가 싸우시면 안 됩니다."

관공 曰: "나는 서황과 알고 지낸 지 오래므로 그의 능력 또한 잘 알고 있느니라. 그가 만약 물러서지 않으면 내 먼저 그의 목을 베어 위군 장수들에게 경고할 것이다."

관공은 갑옷에 투구를 쓰고 청룡도를 잡고 말 위에 올라 분연히 달려갔다. 그를 본 위군 병사들은 겁을 먹고 두려워하지 않은 자가 없었다.

관공이 말을 세우고 묻기를: "서공명(徐公明: 서황)은 어디 있느냐?"

위군 영채의 문기가 열리더니 서황이 말을 타고 나와 몸을 숙여 인사를 하고 말하기를: "군후와 헤어진 지 어느덧 여러 해가 되었습니다. 그동안 군후를 뵙지 못했는데 뜻밖에 머리와 수염이 반백이 되셨구려. 젊은 시절 장군을 따라다니며 많은 가르침을 받았는데 늘 잊지 않고 감사하게 생각하고 있습니다. 지금 군후의 영걸스러운 위풍이 천하를 흔들고 있으니 옛 친구로써 감탄과 부러움을 감출 수가 없구려. 이제 다행히 이렇게 뵙게 되어 마음에 큰 위로가 되었습니다."

관공 曰: "나와 공명사이의 교분은 다른 사람들과 비교할 수 없을 정도로 두터운데, 이번에 무슨 까닭으로 내 아들을 여러 차례 궁지에 몰아붙였는가?"

서황은 여러 장수들을 돌아보며 크게 외치기를: "만약 운장의 수급을 가져오는 자는 천금(千金)의 상을 내리리라!"

관공이 깜짝 놀라 말하기를: "공명이 어찌 그런 말을 한단 말인가!"

서황 曰: "오늘 나라 일을 하러 왔는데 사사로운 정으로 공사(公事)를 저버릴 수는 없지요."

말을 끝내기가 무섭게 서황이 큰 도끼를 휘두르며 곧바로 관공에게 달려들었다. 몹시 화가 난 관공 역시 청룡도를 휘두르며 그를 맞이하여 80여 합을 싸웠다. 그러나 관공의 무예가 아무리 뛰어나다고 해도 화살을 맞은 오른팔이 예전 같지 않았다.

관평은 관공이 혹시 실수라도 할까 염려되어 급히 징을 쳤다. 관공이 말머리를 돌려 영채로 돌아오는데 갑자기 사방에서 천지를 뒤흔드는 함성이 들렸다. 그것은 번성 안에 갇혀 있던 조인이 구원병이 왔다는 소식을 듣고 군사를 이끌고 성 밖으로 뛰쳐나와 서황과 합세하여 양쪽에서 협공하는 소리였다.

형주의 군사들은 큰 혼란에 빠지고 말았다. 관공은 여러 장수를 이끌고 황급히 양강(襄江) 상류로 달아났다. 뒤에서는 위군이 추격해 왔다. 급히 양강을 건넌 관공은 양양(襄陽)을 향해 달렸다. 그때 갑자기 파발꾼이 와서 보고하기를, 형주는 이미 여몽에게 빼앗기고 장군의 가족들도 모두 잡혀있다는 것이다.

깜짝 놀란 관공은 양양으로 가려는 것을 포기하고 군사를 이끌고 공안으로 향했다. 그런데 정탐꾼이 또 와서 알리기를, 공안의 부사인(傅士仁) 역시 이미 동오에 항복했다는 것이다.

분을 참지 못하고 있던 관공에게 이번에는 군량을 재촉하러 갔던 사람이 달려와서 보고하기를, 공안의 부사인이 남군으로 와서 사자를 죽여 버리고 미방을 회유하여 함께 동오에 항복해 버렸다는 것이 아닌가!

이 말을 들은 관공은 온몸이 터질 듯한 노기로 꽉 차, 거의 아물어가던 상처가 터지면서 정신을 잃고 쓰러져 버렸다. 여러 장수들이 황급히 구원하여 한참 만에 깨어난 관공은 사마(司馬) 왕보(王甫)를 돌아보며 말하기를: "내 그대의 말을 듣지 않아 결국 이런 일을 당하고 말았구나!"

그러고는 정탐꾼에게 묻기를: "강기슭에서는 어째서 봉화를 올리지 않았느냐?"

정탐꾼 曰: "여몽이 수군들에게 모두 흰 옷을 입혀 장사치로 변장하여 강을 건너왔는데 배 안에 매복해있던 정예병들이 봉화대를 지키는 군사들을 모조리 사로잡아 버리는 바람에 봉화를 올릴 수 없었습니다."

관공은 발을 구르며 탄식하기를: "내가 간사한 도적들의 꾀에 빠지고 말았구나! 이제 무슨 면목으로 형님의 얼굴을 뵙는단 말인가!"

관량도독(管糧都督) 조루(趙累) 曰: "지금 사태가 매우 위급합니다. 빨리 사람을 성도로 보내 구원을 청하시는 한편, 군사를 이끌고 육로로 형주를 취하러 가셔야 합니다."

관공은 그의 말에 따라 마량과 이적에게 세 통의 글을 써 주며 밤낮을 가리지 말고 성도로 달려가 구원을 요청하라고 하는 한편, 군사들을 이끌고 형주로 향했다. 관공 자신이 직접 선봉이 되어 앞장서고, 요화와 관평은 뒤에서 적의 공격을 차단하게 했다.

한편 조인은 번성의 포위가 풀린 뒤 여러 장수를 데리고 가서 조조를 보고 울면서 절을 하며 죄를 청했다.

조조 曰: "이는 타고난 운수이지 너희들의 죄가 아니다."

그러고는 오히려 전군에 큰 상을 내리고 직접 사총의 영채로 가서 주위를 살펴본 뒤 여러 장수들에게 말하기를: "형주 군사들의 영채 주위가 온통 깊은 도랑이고 또 녹각으로 여러 겹을 쳐놓았음에도 서공명이 그 안으로 뚫고 들어가 마침내 완벽한 승리를 거두었구나. 나는 30여 년간 군사를 부리면서도 이처럼 과감하게 적진 속으로 곧바로 쳐들어 가본 적이 없다. 공명은 참으로 담력과 식견이 뛰어난 장수로다!"

여러 장수들이 모두 탄복했다. 조조는 군사를 거느리고 마파(摩陂)로 가서 주둔했다. 서황이 군사를 이끌고 도착하자 조조는 직접 영채를 나가 그를 맞이했다. 조조는 서황의 군사들이 대오를 지어 조금도 흐트러짐이 없이 질서 정연하게 오는 것을 보고 크게 기뻐하며 말하기를: "서장군은 참으로 주아부(周亞夫)[26]의 풍도(風度)가 있구나!"

조조는 서황을 평남장군(平南將軍)에 봉하여 하후상(夏侯尙)과 함께 양양을 지키면서 관공의 공격을 막도록 했다. 그리고 조조 자신은 아직 형주가 완전히 평정되지 않았으므로 마파에 군사를 주둔시켜 놓고 추후 상황을 보기로 했다.

한편 형주로 가는 길에서 진퇴양난에 빠진 관공은 조루에게 말하기를: "지금 앞에는 동오군이 막고 있고 뒤에는 위군이 쫓아오고 있으며, 우리는 그 가운데 있는데 구원병마저 올 가망이 없으니 이를 어찌하면 좋겠는가?"

26 서한시대의 명장. 그가 명을 받들어 세류(細柳) 땅을 지키고 있을 때 한(漢) 문제(文帝)가 직접 그를 위문하기 위해 그의 영채를 찾아왔지만 그는 항상 갑옷에 투구를 쓰고 병장기를 들고 있었기 때문에 무릎도 꿇지 못하고 단지 두 손을 모아 얼굴 앞으로 들고 허리를 굽혀 인사를 했음. 문제는 그를 진정한 장수라며 칭찬을 했음. 역자 주.

조루 曰: “지난날 여몽이 육구(陸口)에 있을 때 자주 군후께 서신을 보내 양가가 좋은 관계를 유지하며 함께 역적 조조를 치자고 했습니다. 그런데 이제 와서 조조를 도와 우리를 기습한 것은 그 맹세를 배신한 것이니 군후께서 잠시 이곳에 군사를 주둔시켜 놓으시고 사자 편에 서신을 보내시어 여몽에게 책임을 물으십시오. 그런 뒤 저쪽의 반응을 보고 행동을 결정하십시오.”

관공은 그의 말에 따라 곧바로 글을 써서 사자에게 주어 형주로 보냈다.

한편 여몽은 형주의 모든 고을에 영을 내리기를: “관공을 따라 출정한 모든 장수와 군사들의 가족들에게 동오의 군사들은 어떠한 피해를 주는 것도 금한다. 그들에게도 매월 일정량의 양곡을 지급할 것이며 병든 자가 있으면 의원을 보내 치료해 줄 것이다.”

그러자 출정을 나간 장졸들의 집에서는 모두 다 그 은혜에 감격하여 안심하며 동요하는 사람이 없었다. 그때 문득 관공의 사자가 도착했다는 보고가 들어왔다. 여몽은 성 밖에까지 나가 그 사자를 영접하여 성 안으로 들어와 손님으로 정중하게 예우했다.

사자가 여몽에게 서신을 올리니 여몽이 그 글을 다 보고나서 사자에게 말하기를: “내가 지난날 관공과 우호 관계를 맺자고 했던 것은 개인적인 생각이었소. 하지만 지금의 일은 주군의 명을 받들어야 했던 것이니 내 마음대로 할 수가 없소. 미안하지만 사자는 돌아가서 관 장군께 내 뜻을 잘 전해 주시오.”

그러고는 연회를 베풀어 사자를 융숭하게 대접한 뒤 역관에 가서 쉬도록 했다. 관공의 사자가 역관에 머물고 있다는 소문이 퍼지자, 관공을 따라 출정한 군졸들의 식구들이 역관으로 찾아와 사자에게 소식을 묻는데 누구는 서신을 전해 달라고 하고 또 누구는 말로 안부를 전해 달라고 부탁을 했다. 모두들 말하기를 먹는 것 입는 것 부족함이 없이 집안이 두루 무고하니 걱정하지 말라는 내용이었다.

사자가 여몽에게 하직 인사를 올리자 여몽은 친히 성 밖까지 나와 전송했다. 사자는 돌아가 관공에게 여몽의 말을 그대로 전하고 덧붙여 말하기를: "성 안에 있는 군후의 가솔들과 여러 장수 및 군졸들의 가족들 모두 무고하고 양식이나 의복도 정상적으로 공급되고 있었습니다."

그 말을 들은 관공은 버럭 화를 내며 말하기를: "그것은 여몽 그 간사한 도적놈의 계책이다. 내 살아서 그 도적놈을 죽이지 못한다면 죽어서라도 반드시 그놈을 죽여서 내 한을 풀리라!"

관공이 사자를 물러가라고 호통쳤다. 사자가 영채를 나오자 밖에서 기다리던 많은 장수들이 각자 자기 집안 소식을 물었다. 사자는 그들에게 여몽이 가족들을 잘 돌봐주어 집안이 모두 무고하다는 말을 전해 주었다. 아울러 가족들에게 부탁받은 말이며 서신을 일일이 전해 주었다. 그동안 가족들 걱정에 잠도 제대로 이루지 못했던 장수들은 비로소 안도의 한숨을 내쉬며 여몽과 싸울 마음이 없어지고 말았다.

관공이 여몽에 대한 복수를 결심하고 군사를 거느리고 형주로 출발했다. 그러나 행군이 계속될수록 군사의 수는 점점 줄어들었다. 장수와 군사들 가운데 도망을 쳐서 형주로 돌아가는 자들이 계속 늘어나는 것이었다. 더욱 화가 난 관공은 군사를 재촉하여 서둘러 가는데 갑자기 함성이 터져 오르며 한 무리의 군사들이 달려와 앞을 가로막았는데, 앞장선 장수는 장흠(蔣欽)이었다.

장흠은 말을 세우고 창을 꼬나들고 크게 외치기를: "운장은 어찌하여 빨리 항복하지 않는가!"

관공이 꾸짖기를: "한(漢)의 장수인 내가 어찌 도적놈에게 항복하겠느냐?"

그러고는 말을 박차고 청룡도를 휘두르며 곧바로 장흠에게 달려들었다. 불과 3합도 버티지 못한 장흠이 패하여 달아나니 관공은 그 뒤를 20여 리나 쫓아갔다.

바로 그때 함성이 일면서 왼편 골짜기에서는 한당(韓當)이, 오른편 골짜기에서는 주태(周泰)가 각각 군사를 이끌고 쏟아져 나왔다. 달아나던 장흠도 말머리를 돌려 관공에게 달려들자 세 방면에서 동시에 협공을 했다. 관공은 급히 군사를 돌려 왔던 길로 달아나기 시작했다.

몇 리쯤 달려 되돌아오는데 남쪽 산언덕 위에 사람들이 모여서 흰 깃발을 흔들고 있는데, 그 깃발에는 '형주토인(荊州土人: 형주 토박이)'이란 네 글자가 씌어 있었다. 그들이 모두 큰 소리로 외치기를: "이곳 사람들은 어서 빨리 투항하시오!"

몹시 화가 난 관공은 언덕 위로 올라가서 그들을 죽이려 했다. 그때 갑자기 양쪽 산기슭에서 함성이 일면서 매복하고 있던 군사들이 일제히 뛰쳐나오는데, 왼편은 정봉이, 오른편은 서성이 군사를 이끌고 나왔다. 이들은 장흠 등 세 길로 쫓아오는 군사들과 합세하니 함성이 땅을 뒤흔들고 북 치고 나팔 부는 소리가 하늘을 진동하며 관공을 가운데 두고 겹겹이 에워싸 버렸다.

형주의 장수와 군사들은 항복하거나 달아나 점점 줄어들고 어느새 날이 저물어 갔다. 닥치는 대로 적을 무찌르던 관공이 문득 사방의 산 위를 쳐다보니 형주의 군사들이 서로 형과 아우를 부르고, 아들과 아비를 찾느라 애타게 울부짖는 소리가 그치지를 않았다.

그나마 관공을 따르던 군사들도 산 위에서 부르는 소리에 마음이 흔들려 산으로 달려갔다. 관공이 가지 말라고 호통을 쳐도 소용이 없었다.

이제 남은 군사라고는 고작 3백여 명뿐이었다.

관공은 남은 군사들을 데리고 죽기로 싸우며 삼경(三更: 밤 11시에서 새벽 1시)에 이르자, 마침 동쪽에서 함성 소리가 하늘을 진동하며 두 갈래 길로 군사들이 포위를 뚫고 들어오는데 그들은 바로 관평과 요화였다.

관평이 고하기를: "지금 군사들의 마음이 어지러워 제대로 싸울 수가 없습니다. 가까운 곳의 작은 성이라도 들어가 잠시 군사를 주둔시켜 놓고 구원병이 오기를 기다리는 게 좋겠습니다. 근처에 맥성(麥城)이 있는데 비록 작지만 잠시 주둔할 수는 있습니다."

관공은 그의 말에 따라 남아있는 군사를 재촉하여 맥성으로 들어가서 군사를 나누어 네 곳의 성문을 굳게 지키게 한 다음 장수들을 불러 놓고 의논했다.

조루 曰: "여기서는 상용(上庸)과 가깝습니다. 그곳에는 현재 유봉(劉封)과 맹달(孟達)이 지키고 있으니 속히 그곳으로 구원병을 요청하십시오. 만약 그곳에서 지원해준다면 서천에서 대군이 올 때까지 군사들의 마음은 저절로 안정이 될 것입니다."

한창 의논하고 있을 때 동오의 군사들이 성을 에워싸고 있다는 보고가 들어왔다.

관공이 묻기를: "누가 포위를 뚫고 상용으로 가서 구원병을 요청하겠느냐?"

요화 曰: "제가 가겠습니다."

관평 曰: "그대가 포위를 뚫고 나갈 수 있도록 내가 호위해 주겠소."

관공은 즉시 서신을 써서 요화에게 주었다. 서신을 몸속에 안전하게 챙긴 요화는 밥을 배불리 먹고 말에 올라 성문을 열고 달려 나갔다. 나가자마자 동오의 장수 정봉이 앞을 가로막았다. 그러나 뒤따라 나온 관평이 칼을 휘두르며 정봉에게 달려드니 정봉은 관평을 감당하지 못하고

關雲長敗走麥城

달아났다. 요화는 그 틈을 타서 포위를 뚫고 상용으로 달려갔다. 요화를 보낸 관평은 곧바로 성으로 돌아와 굳게 지키고 있었다.

한편 유봉과 맹달이 한중의 상용을 점령하자 겁을 먹은 상용 태수 신탐(申耽)이 군사를 이끌고 항복하는 바람에 쉽게 상용을 취하게 되었다. 이에 한중왕 현덕은 유봉의 직위를 부장군으로 높여 맹달과 함께 상용을 지키도록 했던 것이다.(제 73회 참고)

그날 유봉과 맹달은 관공이 싸움에 대패했다는 소식을 듣고 두 사람이 한창 대책을 의논하던 중 문득 요화가 왔다는 보고를 받았다. 유봉이 그를 들어오라고 하여 어찌 된 일인지 물었다.

요화 曰: "관공께서 크게 패하시어 지금 맥성에 계신 데 적군에게 포위당해 매우 위급한 상황에 처해 있소. 촉에서 오는 구원병이 오늘내일 올 수 없기에, 일부러 저로 하여금 포위망을 뚫고 이곳으로 와서 도움을 요청하라고 하시었소. 부디 두 분 장군께서 상용의 군사를 속히 일으켜 이 위기를 구해 주기를 바라오. 한시가 급하오니 만일 조금이라도 지체하시면 관공은 틀림없이 위험에 빠지고 말 것입니다."

유봉 曰: "장군은 잠시 역관에서 쉬고 계시오. 우리가 의논해 보겠소."

역관으로 돌아온 요화는 오로지 군사를 일으켜 주기만 기다리며 쉬고 있었다.

유봉이 맹달에게 말하기를: "숙부께서 곤경에 처해 계시는데 어찌하면 좋겠소?"

맹달 曰: "동오의 장수는 모두 용맹스럽고 군사들은 정예병이오. 그들은 이미 형주의 아홉 개 군 모두를 차지했으며 유일하게 남은 곳이라고는 손바닥만 한 맥성뿐이오. 게다가 조조가 직접 대군 4~5십만 명을 거느리고 마파에 주둔하고 있다 하지 않소. 이곳 산성에 있는 얼마 되지 않은 우리 군사로 어찌 동오와 위(魏)의 대군을 대적할 수 있겠소? 경솔하게 움직여서는 안 되오."

유봉 曰: "나 역시 그런 줄은 알고 있지만 관공은 나의 숙부이시고 위기에 처해 있어 이렇게 도와달라고 요청까지 하는데 어찌 차마 가만히 앉아서 구경만 하겠소이까?"

맹달이 웃으며 말하기를: "장군께서는 관공을 숙부로 생각하시지만, 과연 관공은 장군을 조카로 여길까요? 제가 알기로 한중왕이 장군을 처음 양자로 들이실 때 관공은 그다지 좋아하지 않았다고 합디다. 또한 한중왕이 왕위에 오른 뒤 후사를 세우기 위해 공명에게 물었는데, 공명이 말하기를, '그것은 집안일이니 관(關)·장(張) 두 장군과 상의하라.'고 해서 한중왕이 다시 사람을 형주로 보내 관공에게 물으셨소. 그때 관공이 무어라 대답한 줄 아시오? 양자를 후사로 세워서는 안 된다고 하시면서 장군을 멀리 상용의 산성 땅으로 보내서 후환을 없애라고 하였소. 이 일은 모든 사람이 다 알고 있는데 어찌 장군만 모르고 계시오? 그런데도 지금 숙질(叔侄)간의 정리에 사로잡혀 위험을 무릅쓰고 경솔하게 군사를 움직이시겠다는 것이오?"

유봉 曰: "그대 말이 비록 옳다 해도 어떻게 그 요청을 거절한단 말이오?"

맹달 曰: "그야 어렵지 않소. 산성을 점령한 지 얼마 되지 않아 아직 민심이 안정되지 못하여 섣불리 군사를 일으켰다가 자칫 이 성까지 잃을까 두렵다고 하시오."

결국 유봉은 맹달의 말을 따르기로 마음먹었다.

다음 날 요화를 불러들여 유봉이 말하기를: "이 산성은 얻은 지 오래지 않아 군사를 나누어 구원하러 갈 수가 없소."

청천벽력 같은 소리에 요화는 이마를 땅에 짓찧으며 말하기를: "그러시면 관공은 끝장이 나고 맙니다!"

맹달 曰: "우리가 지금 간다고 한들 뭐가 달라지겠소? 한 잔의 물로 한 수레의 장작더미에 활활 타고 있는 불을 어찌 끌 수 있겠소?(一杯之水, 安能救一車薪之火乎?) 장군은 속히 돌아가서 촉의 지원병이 오기를 가만히 기다리도록 하시오."

요화는 통곡을 하면서 구원병을 보내달라고 애걸했지만 유봉과 맹달은 냉정하게 소매를 떨치고 일어나 안으로 들어가 버렸다.

여기서는 어찌할 길이 없음을 깨달은 요화는 결국 한중왕께 구원을 청하고자 곧바로 말에 올라 한바탕 욕설을 퍼부으며 성을 나와 성도로 나는 듯이 달려갔다.

한편 맥성에서 간신히 버티고 있는 관공은 상용의 군사들이 오기를 눈이 빠지게 기다리고 있었다. 하지만 요화가 떠난 지 여러 날이 지났건만 기다리는 군사는 물론 요화마저 소식이 끊어졌다. 수하에 남은 군사라 해야 고작 5~6백 명뿐인데 그나마 태반은 부상을 당했고, 성 안에는 양식마저 떨어져 가니 그 고초는 이루 말할 수가 없었다.

그때 갑자기 보고가 들어오기를: "성 밑에 한 사람이 와서 화살을 쏘지 말라고 하면서 군후를 뵙고 드릴 말씀이 있다고 하십니다."

관공이 들여보내라고 하며 누군지 물어보라고 하니 바로 제갈근이었다. 서로 인사를 나누고 차를 다 마신 뒤 제갈근이 말하기를: "오후의 명을 받아 장군께 권유하기 위해 일부러 왔습니다. 예로부터 말하기를; '세상 물정을 아는 자가 뛰어난 인물이다(識時務者,爲俊傑).'라고 했습니다. 지난날 장군께서 다스리던 한수(漢水) 위쪽 지역의 아홉 개 군은 이미 모두 남의 손에 넘어가 버리고 남은 거라곤 이 고립된 조그만 성 하나뿐이오. 게다가 성 안에는 양식도 마초도 다 떨어지고, 성 밖에는 구원병이 없으니 그야말로 위험이 조석에 달렸소이다. 그런데 장군께서는 어찌하여 제 말을 듣지 않으시오? 오후께 귀순하시면 다시 예전처럼 형주와 양양을 다스리며 가솔들을 지킬 수 있습니다. 부디 군후께서는 깊이 생각해 보십시오."

관공이 정색을 하고 말하기를: "해량(解良) 땅의 일개 무부(武夫)에 불과했던 나를 우리 주공께서는 마치 자신의 손발처럼 대우해 주셨는데 어찌 의리를 저버리고 적국에 몸을 담을 수가 있겠소? 성이 함락된다면 오직 죽음만이 있을 뿐이오. '옥은 깨트릴 수는 있을지언정 그 흰빛을 바꿀 수는 없고(玉可碎而,不可改其白), 대나무는 불사를 수는 있어도 그 마디를 개조할 수는 없다(竹可焚而,不可毁其節).'고 하였소. 이 몸은 비록 죽더라도 이름만은 죽백(竹帛: 청사靑史)에 남길 것이오. 그대는 더 이상 여러 말 말고 속히 성을 나가시오. 내 손권과 더불어 마지막으로 죽기로 싸울 것이오."

제갈근 曰: "오후께서는 군후와 더불어 진진지호(秦晉之好)[27]의 관계를 맺고 힘을 합쳐 조조를 쳐부수고 함께 한(漢) 황실을 다시 일으켜 세우려는 것일 뿐 다른 뜻은 없는데 군후께서는 왜 이렇게 고집만 부리시오?"

옆에서 듣고 있던 관평이 참다못해 말이 채 끝나기도 전에 칼을 빼어 들고 앞으로 나와 제갈근의 목을 베려고 했다.

관공이 급히 제지하며 말하기를: "저분의 아우인 공명이 촉에서 너의 백부를 보좌하고 계시는데 여기서 만약 저분을 죽인다면 그들 형제의 정을 상하게 하지 않겠느냐!"

---

27 춘추전국시대(春秋戰國時代)의 진나라(晉) 헌공(獻公)은 진나라(秦)의 목공(穆公)에게 자기 딸을 시집보냈음. 목공(穆公)은 헌공(獻公)의 아들인 중이(重耳)에게 일족(一族)의 혼례(婚禮)를 맺게 했음. 중이(重耳)는 훗날 문공(文公)이 되었음. 문공(文公)은 아들을 태자(太子)로 책봉(冊封)하고 진나라(秦) 왕실(王室)의 딸과 혼인(婚姻)하게 함으로써 부자(父子)가 진나라(秦)와 인척(姻戚) 관계(關係)를 맺었음. 역자 주.

그러고는 좌우의 사람들로 하여금 제갈근을 쫓아내게 했다.

제갈근은 설득을 해 보려고 했던 자신이 너무 부끄러워 얼굴을 들 수 없었다. 급히 말에 올라 성을 나온 제갈근은 돌아가서 오후에게 말하기를: "관공의 마음은 철석(鐵石)같아서 도저히 설득할 수가 없었습니다."

손권 曰: "과연 충신이로다! 그렇다면 이제 어찌해야 하나!"

여범 曰: "제가 한번 그의 앞날을 점쳐 보겠습니다."

손권이 즉시 그에게 점을 쳐보라고 하니 여범이 시초(蓍草)를 뽑았는데 바로 지수사(地水師) 괘(卦)에 현무(玄武)가 대응하는 괘가 나왔는데 이는 적이 멀리 달아난다는 뜻이었다.

손권이 여몽에게 묻기를: "괘는 관공이 멀리 달아난다고 나왔는데 그대는 어떤 계책으로 그를 사로잡을 것인가?"

여몽이 웃으며 말하기를: "여범의 점괘는 바로 제가 생각한 계책과 꼭 들어맞았습니다. 관공에게 비록 하늘을 나는 날개가 있다 하더라도 나의 그물망을 빠져나가지 못할 것입니다."

이야말로:

용이 도랑에서 놀면 새우에게 놀림 당하고　　龍游溝壑遭蝦戲
봉황이 새장 속에 있으면 새도 업신여기네　　鳳入牢籠被鳥欺

필경 여몽의 계책은 어떤 것일까? 다음 회를 기대하시라.

제 77 회

관공은 혼령이 되어 옥천산에 나타나고
조조는 낙양성에서 관공 혼령을 만나다

玉泉山關公顯聖

洛陽城曹操感神

손권이 여몽에게 그 계책이 무엇인지 물었다.

여몽 曰: "내 생각에 군사가 얼마 남지 않은 관우가 큰길로 도망치지는 않을 것이며 맥성 북쪽에 마침 험한 샛길이 나 있으니 그 길로 달아날 것입니다. 주공께서는 주연(朱然)에게 정예병 5천 명을 이끌고 맥성 북쪽 20리 되는 지점에 매복하고 있다가 그들이 오면 그들과 직접 싸우지 말고 뒤에서 기습만 하라고 하십시오. 적군들은 이미 싸울 마음이 없으므로 반드시 임저(臨沮)로 달아날 것입니다.

그때 반장(潘璋)에게 정예병 5백 명을 이끌고 임저의 골짜기 좁은 길에 매복하고 있으라고 하시면 운장을 사로잡을 수 있습니다. 지금 장수들로 하여금 각 성문을 공격하되 북문은 비워 두어 저들이 그쪽으로 달아나도록 하십시오."

손권은 여몽의 말을 듣고 나서 여범에게 다시 점을 쳐보라고 했다. 점괘를 본 여범이 말하기를: "운장은 서북쪽으로 달아나는데 오늘밤 해시(亥時: 밤 9시에서 11시)에 사로잡히는 것으로 점괘가 나왔습니다."

손권은 크게 기뻐하며 주연과 반장에게 각각 정예병을 거느리고 가서 군령에 따라 매복하고 있으라고 했다.

한편 맥성에 있는 관공은 남은 병사를 점검해보니 기병과 보병을 모두 합해 고작 3백여 명뿐이고 군량과 마초도 다 떨어졌다. 밤이 되자 성 밖에서 동오의 군사들이 그나마 남은 병사들의 이름을 일일이 부르며 투항을 권하니 성벽을 타고 넘어가는 군사도 많았다.

구원병이 올 기미는 보이지 않고 아무리 궁리를 해도 계책은 떠오르지 않자 관공이 왕보에게 말하기를: "나는 이전에 공의 말을 듣지 않은 게 정말 후회되오. 이제 이렇게 위급한 지경에 빠졌으니 어찌하면 좋겠소?"

왕보가 울면서 대답하기를: "이제는 비록 자아(子牙: 강태공)가 다시 살아서 온다고 해도 어찌해 볼 도리가 없을 것입니다."

조루 曰: "상용에서 구원병이 오지 않는 것은 유봉과 맹달이 군사를 묶어 놓고 움직이려 하지 않기 때문입니다. 차라리 이 고립된 성을 버리고 서천으로 가서 군사를 정비한 다음 다시 와서 땅을 회복하시는 게 어떻겠습니까?"

관공 曰: "내 생각에도 그 수밖에 없을 것 같네."

관공이 성 위로 올라가 살펴보니 북문 쪽에는 군사가 그리 많지 않았다. 관공이 맥성 토박이를 불러 묻기를: "이곳에서 북쪽으로 나가면 지세가 어떠한가?"

그가 대답하기를: "여기서 나가면 계속 산골짜기 좁은 길인데 서천으로 이어집니다."

관공 曰: "오늘 밤에 이 길로 빠져나가야겠다."

왕보가 간하기를: "좁은 산길은 반드시 복병이 있을 것이니 큰길로 가셔야 합니다."

관공 曰: "설령 복병이 있다 한들 내가 뭣을 겁내겠느냐!"

그러고는 곧바로 데려갈 군사들에게 여장을 잘 꾸려 성을 빠져나갈 만반의 준비를 하라고 영을 내렸다.

왕보가 울면서 말하기를: "군후께서는 부디 몸조심하시기 바랍니다. 저는 군사 1백 명을 데리고 죽기로 싸워 이 성을 지키겠습니다. 성이 비록 함락되더라도 이 몸은 절대로 항복하지 않을 것입니다. 오직 군후께서 저희를 속히 구하러 오기만을 손꼽아 기다릴 것입니다."

관공 역시 함께 눈물을 흘리며 그와 작별했다. 그리고 주창은 남도록 하여 왕보와 함께 성을 지키도록 하고 관공 자신은 관평·조루와 함께 남은 군사 2백 명을 데리고 북문을 빠져나갔다.

관공은 청룡도를 비껴들고 앞장서서 나아갔다. 초경(初更)이 넘어 성에서 20여리 떨어진 곳에 이르자 갑자기 산기슭에서 징과 북소리가 일제히 울리면서 함성이 진동하더니 한 무리의 군사들이 쫓아왔다. 앞장을 선 대장은 주연이었다.

주연이 창을 꼬나들고 소리치기를: "운장은 달아나지 마라. 투항하면 목숨은 살려 주겠다!"

몹시 화가 난 관공이 말에 박차를 가하여 청룡도를 휘두르며 달려드니 주연은 싸우지 않고 곧바로 달아났다. 기세를 몰아 관공이 그 뒤를 추격하니 갑자기 큰 북소리와 함께 사방에서 복병이 일제히 일어났다. 관공은 그들을 맞아 싸울 마음이 없었다. 공연히 힘과 시간만 낭비할 헛된 싸움이라는 생각이 들었기 때문이다. 관공은 임저(臨沮)의 샛길로 달아났다. 그러자 주연이 그 뒤를 쫓아왔다. 관공을 따르는 군사의 수는 점점 줄었다.

4~5리쯤 달렸는데 앞에서 또다시 함성이 크게 울리고 불길까지 크게 치솟더니 이번에는 반장(潘璋)이 칼을 휘두르며 달려왔다.

관공은 크게 화를 내며 청룡도를 휘두르며 그를 맞아 싸웠다. 그러나

3합 만에 반장은 패하고 달아났다. 관공은 더 이상 싸울 마음이 없어 곧장 산길을 향해 달려갔다. 뒤에서 따라오던 관평이 조루가 혼전 중에 싸우다 죽었다고 말했다.

관공은 비통함과 당혹감을 억누르며 관평에게 뒤쫓아 오는 적을 막으라 하고 자신은 앞장서서 길을 열며 달려갔다. 뒤를 따른 군사는 이제 고작 10여 명 남았다.

마침내 관공이 결석(決石)에 이르렀다. 양쪽은 모두 산이고 산 옆으로는 갈대와 마른 풀, 그리고 나무들이 무성했다. 시간은 이미 오경(五更: 새벽 3시에서 5시)을 지나고 있었다.

관공이 한창 말을 달려가는데 갑자기 함성이 일면서 양편에 매복하고 있던 군사들이 일제히 튀어나와 긴 갈고리와 올가미를 일제히 들어 올려 관공이 타고 있는 말의 다리를 걸어 넘어뜨렸다. 관공이 벌렁 뒤집히며 말에서 굴러떨어지면서 그곳에서 기다리고 있던 반장의 부장 마충(馬忠)에게 그만 사로잡히고 말았다.

관평은 부친이 사로잡힌 것을 알고 급히 구하러 갔지만 등 뒤에서 반장과 주연이 군사를 거느리고 일시에 들이닥쳐 관평을 사방으로 에워싸 버렸다. 관평은 혼자서 죽을힘을 다해 싸웠지만 결국 힘이 다 떨어져 그 역시 사로잡히고 말았다.

날이 밝았다. 관공 부자를 사로잡았다는 소식을 들은 손권은 매우 기뻐하며 여러 장수들을 막사 안으로 불렀다.

잠시 후 마충이 군사들과 함께 관공을 에워싸고 들어왔다.

손권 曰: "나는 오랫동안 장군의 성덕을 흠모하며 진진지호(秦晉之好)처럼 우리 양가의 자식들을 혼인시켜 서로 사이좋게 지내고 싶었는데 공은 왜 내 뜻을 저버리셨소? 공은 평소에 스스로 천하에 대적할 자가 없다고 하더니 오늘 어찌하여 내게 사로잡히고 말았소? 장군, 지금이라도 이 손권에게 항복하지 않으시겠소?"

관공이 버럭 소리를 지르며 꾸짖기를: "이 눈알 새파란 애송이, 수염 붉은 쥐새끼 같은 놈아! 나는 유 황숙과 도원결의를 맺으면서 한(漢) 황실을 일으키기로 맹세했는데 어찌 나라를 배신한 역적 놈인 네놈과 한패가 될 수 있겠느냐? 내 어쩌다 방심하여 네놈들의 간사한 꾀에 빠지고 말았으니, 죽음이 있을 뿐 더 무슨 말이 필요하겠느냐!"

손권이 여러 관원을 돌아보며 말하기를: "운장은 당대의 호걸이라, 내 그를 너무나 아껴왔소. 지금 예로써 대우하며 항복을 권해보려고 하는데 그대들은 어찌 생각하는가?"

주부(主簿) 좌함(左咸)이 아뢰기를: "아니 됩니다. 지난날 조조가 저 사람을 자기 사람으로 만들려고 후작(侯爵)에 봉하고 사흘에 한 번은 작은 연회를, 닷새에 한 번은 큰 연회를 베풀고, 말에 오를 때마다 황금을 걸어 주고, 말에서 내릴 때마다 은을 걸어 주는 등 극진한 예의와 은혜를 베풀고도 결국 그를 붙들어 두지 못하고 그가 다섯 관문의 장수를 모두 죽이고 떠나가 버렸다는 보고만 받았을 뿐입니다(제 27회 참고). 오늘에 이르러서는 도리어 그의 칼끝을 피하기 위해 천도할 생각까지 했었을 정도입니다. 이제 주공께서는 그를 사로잡고도 죽이지 않으시면 틀림없이 후환이 있을 것입니다."

한동안 말없이 침묵에 잠겨 있던 손권이 입을 열기를: "그 말이 맞다!"

그러고는 그를 끌어내 참하라고 명하니 이로써 관공 부자는 마침내 손권에게 죽임을 당했다. 때는 건안 24년(서기 219년) 겨울 시월이었다. 그때 관공의 나이 쉰여덟이었다.

후세 사람이 그의 죽음을 탄식하여 시를 지었으니:

한나라 말 그의 재주 당할 자 없어	漢末才無敵
관운장은 무리들 중 홀로 빼어났지	雲長獨出群
신비한 위엄으로 능히 무예 떨쳤고	神威能奮武
의젓한 태도에 학문 또한 깊었다네	儒雅更知文
태양처럼 밝은 마음 거울과 같았고	天日心如鏡
변치 않는 의기는 구름에 닿았다네	春秋義薄雲
만고에 전해지는 빛나는 그의 이름	昭然垂萬古
삼국 중에서 으뜸에 그치지 않았네	不止冠三分

또 이런 시도 있으니:

인걸을 찾아서 옛 해량 땅에 이르니	人傑惟追古解良
사람들은 앞다투어 운장을 추모하네	士民爭拜漢雲長
도원에서 어느 날 형과 아우로 만나	桃園一日兄和弟
오랜 세월 천자와 왕으로 제사 받네	俎豆千秋帝與王
폭풍과 우레 같은 기개 견줄 이 없고	氣挾風雷無匹敵
그 뜻 해와 달처럼 밝은 빛 드리운다	志垂日月有光芒
모시는 사당 지금도 천하에 가득하니	至今廟貌盈天下
고목의 갈까마귀 지는 해가 얼마던가	古木寒鴉幾夕陽

관공이 죽자 그가 타던 적토마를 마충이 끌어다가 손권에게 바쳤다. 손권은 그 적토마를 다시 마충에게 주어 타도록 했으나 그 말은 며칠 동안 아무것도 먹지 않더니 결국 굶어 죽고 말았다

한편 맥성을 지키던 왕보는 뼈가 떨리고 살이 경직되는 고통을 느끼고 주창에게 묻기를: "지난밤에 주공께서 온몸이 피투성이가 되어 내 앞에 서 계셨소. 급히 그 까닭을 물어보려다 깜짝 놀라 깨어 보니 꿈이었소. 이 꿈이 무슨 징조일까요?"

한창 이런 말을 하고 있는데 문득 동오의 군사들이 관공 부자의 수급을 가지고 성 아래까지 와서 항복을 권유하고 있다고 알렸다.

왕보와 주창은 깜짝 놀라 황급히 성 위로 올라가서 보니 정말로 관공 부자의 수급이 아닌가!

왕보는 외마디 비명을 지르며 성 위에서 떨어져 죽었다. 주창은 스스로 자신의 목을 찔러 죽었다. 이리하여 형주의 마지막을 지키고 있던 맥성 마저 동오의 손에 들어가고 말았다.

한편 한을 품고 죽은 관공의 혼령은 흩어지지 않고 정처 없이 떠돌다가 한곳에 이르렀는데 바로 형문주(荊門州) 당양현(當陽縣)에 있는 옥천산(玉泉山)이었다.

그 산에는 늙은 스님이 한 명 있었는데 법명은 보정(普靜)으로 원래 사수관(氾水關) 진국사(鎭國寺)의 장로(長老)였다(제 27회 참고). 그는 구름처럼 천하를 떠돌아다니다 마침 이곳에 이르니 산수가 너무나 수려하여 이곳에 터를 고르고 풀을 엮어 암자를 지어 놓고 매일 좌선(坐禪)을 하며 도를 닦고 있었다.

암자에는 유일하게 어린 행자(行者) 한 명이 그의 시중을 들며 공양을 하고 있었다. 그날 밤 달은 밝고 바람은 청명했다. 삼경(三更: 밤 11시에서 새벽 1시)이 지날 무렵 보정이 마침 암자에서 좌선을 하고 수행을 하고 있는데 문득 공중에서 누군가 크게 외치기를: "내 머리를 돌려주시오!"

보정이 고개를 들고 자세히 보니 공중에 한 사람이 적토마를 타고 청룡도를 들고 있는데 그 왼쪽에는 얼굴이 흰 장수를, 오른쪽에는 검은 얼굴에 곱슬곱슬한 수염이 난 장수를 데리고 함께 구름을 타고 옥천산 꼭대기로 내려오는 것이었다.

보정은 그가 운장임을 바로 알아보고 곧바로 손에 들고 있던 주미(麈尾)[28]로 문을 치며 말하기를: "운장은 어디 계시오?"

관공의 혼령이 즉시 깨닫고 즉시 말에서 내려 바람을 타고 암자 앞에 이르러 두 손을 맞잡고 묻기를: "스님은 누구시오? 법명을 일러 주십시오."

보정 曰: "노승은 보정이외다. 옛날 사수관 앞의 진국사에서 군후를 뵌 적이 있는데 어찌 벌써 잊으셨소?"

관공 曰: "지난날 스님께서 저의 목숨을 구해 주셨는데 그 은혜를 어찌 잊겠습니까? 그러나 지금은 화를 입어 이미 죽은 몸이니 부디 길을 헤매고 있는 저를 가르치시어 올바른 길로 인도하여 주시오."

보정 曰: "지난날과 지금의 시시비비를 일체 거론하지 마시오. 지금의 결과는 이전의 원인 때문이오. 원인과 결과는 앞뒤가 서로 어긋나는 법이 없소이다. 지금 장군께서는 여몽에게 화를 입어 '내 머리를 돌려 달라.'고 외치시는데, 그렇다면 안량과 문추, 그리고 다섯 관문에서 죽은 여섯 장수 등 수많은 사람들은 누구에게 머리를 돌려 달라고 하겠소?"

그 말을 들은 관공의 혼령은 크게 깨닫고 머리를 조아려 절을 하고 불법(佛法)에 귀의(歸依)하러 떠났다. 이 일이 있은 뒤로 옥천산에는 종종 관공의 혼령이 나타나 백성들을 보호해 주었다. 고을 사람들은 그 덕을 감사하여 산 정상에 사당을 지어 놓고 사시사철 제사를 지냈다.

후세 사람이 사당의 기둥에 시를 지어서 붙였으니:

---

28 고라니 꼬리로 만든 먼지떨이. 역자 주.

玉泉山關公顯聖

붉은 얼굴에 거짓 없는 참된 마음으로　赤面秉赤心
적토마 타고 달릴 때는 바람이 일었고　騎赤兎追風
말을 달리면서도 황제를 잊은 적 없네　馳驅時無忘赤帝

푸른 등을 밝히고 청사를 읽을 때에도　青燈觀青史
청룡언월도는 늘 그의 손에 쥐고 있고　仗青龍偃月
마음 깊은 곳까지 청천에 부끄럼 없네　隱微處不愧青天

한편 관공을 죽이고 마침내 형주와 양양의 모든 땅들을 차지한 손권은 전군에 상을 내리고 큰 연회를 베풀어 모든 모사와 장수를 모아 놓고 공로를 치하했다.

그는 여몽을 상석에 앉히고 여러 장수를 돌아보며 말하기를: "내 오랫동안 형주를 얻지 못했는데 이제 침 뱉듯이 쉽게 손에 넣을 수 있었던 것은 모두 자명(子明: 여몽)의 공이다."

여몽이 계속 겸손한 태도를 보이자 손권이 말하기를: "지난날 주랑(周郎: 주유)의 계책이 누구보다 뛰어나 조조를 적벽에서 쳐부수었지만 불행히도 일찍 죽어 노자경(魯子敬: 노숙)이 그의 자리를 대신했다.

자경이 처음 나를 만났을 때 제왕이 될 큰 책략을 일러 주었으니 이것이 첫 번째 쾌거였고, 조조가 강동으로 쳐내려올 때 모든 사람이 나에게 항복을 권했지만, 자경 혼자서 공근(公瑾: 주유)을 불러와 조조를 물리치게 했으니 이것이 두 번째 쾌거였다. 다만 나에게 형주를 유비에게 빌려주라고 권한 것은 자경의 잘못이었다.

그런데 이번에 자명이 계책을 세우고 꾀를 내어 단번에 형주를 취하게 했으니 자명은 자경과 주랑보다 훨씬 낫지 않느냐!"

손권은 친히 여몽에게 술을 따라 주었다.

잔을 받아 술을 마시려던 여몽이 돌연 술잔을 땅에 내던져 버리고 느닷없이 손권을 꽉 붙잡더니 큰 소리로 욕설을 퍼붓기를: "이 눈알 푸른 애송이 녀석, 붉은 수염 달린 쥐새끼 같은 놈아! 내가 누군지 알겠느냐?"

깜짝 놀란 여러 장수들이 급히 손권을 구하려 하자, 여몽은 손권을 밀어 넘어뜨리고 성큼성큼 걸어가더니 손권의 자리에 털썩 앉았다. 그는 양쪽 눈썹을 치켜올리고 두 눈을 부릅뜨고 큰 소리로 호통 치기를: "내가 황건적을 쳐부순 이래 30여 년 동안 천하를 누볐는데 이번에 어쩌다 네놈의 간계에 빠져 이 꼴이 되고 말았다. 내 살아서는 네놈의 살점을 씹어 먹지 못했지만 죽은 후에는 기필코 여몽 네놈의 혼을 쫓아다닐 것이다. 나는 한수정후(漢壽亭侯) 관운장(關雲長)이다!"

대경실색한 손권은 정신없이 여러 장수들과 함께 계단 아래로 내려가 모두 엎드려 절을 하며 감히 고개를 들지 못했다. 한참 만에 일어나 보니 여몽은 땅 위에 쓰러져 일곱 구멍으로 피를 쏟으며 이미 죽어 있었다. 그 끔찍한 광경을 보고 두려움에 떨지 않은 장수가 어디 있었겠는가!

손권은 여몽의 시신을 잘 수습하여 정중하게 장례를 치러주고 그에게 남군 태수 잔릉후(孱陵侯)에 추서하고 그 아들 여패(呂覇)에게 그 작위를 물려받게 했다. 이 일이 있고 난 뒤에 손권은 관공을 생각할 때마다 놀라고 의아해하지 않을 수 없었다.

그때 갑자기 건업에서 장소(張昭)가 왔다는 보고가 들어왔다.

손권이 그를 불러들여 무슨 일이냐고 물으니 장소가 말하기를: "이번에 주공께서 관공 부자를 죽였으니 머지않아 강동에 화가 닥칠 것입니다. 관공은 도원에서 유비와 의형제의 결의를 맺을 때 생사를 함께 맹세했습니다. 이제 유비는 양천(兩川)의 많은 군사와 제갈량의 지모에 장비·황충·마초·조운까지 용맹한 장수들까지 겸하여 가지고 있습니다. 유비가 만약 운장 부자가 해를 당한 사실을 알게 되면 틀림없이 자신의 군사를 총동원하여 원수를 갚으려 할 터인데, 그리되면 우리 동오가 감당하기 어려울 것입니다."

그의 말을 듣고 보니 손권은 정신이 번쩍 들었다. 손권이 발을 동동 구르며 말하기를: "그를 죽이는 게 아니었는데 내 생각이 짧았구나! 일이 이렇게 되었으니 어찌하면 좋겠소?"

장소 曰: "주공께서는 너무 염려하지 않으셔도 됩니다. 제게 한 가지 계책이 있으니, 이대로만 하시면 서촉의 군사들이 동오를 침범하지 못하게 하여 형주를 반석처럼 안전하게 하실 수 있습니다."

손권이 묻기를: "무슨 계책인지 어서 말해 보시오?"

장소 曰: "지금 조조는 백만 대군을 거느리고 천하를 손아귀에 넣기 위해 호시탐탐 기회를 엿보고 있습니다. 유비는 시급히 원수를 갚기 위해 틀림없이 조조와 강화를 맺으려 할 것입니다. 만약 그리되어 두 곳에서 동오로 쳐들어온다면 동오는 참으로 위태로워집니다.

그러니 우리가 먼저 사람을 보내 관공의 수급을 조조에게 보내 주고 유비로 하여금 우리가 관공을 죽인 것은 조조가 시켜서 한 일로 알게 한다면 유비는 틀림없이 조조를 원망할 것이며 서촉의 군사는 동오로 오지 않고 위(魏)로 향할 것입니다.

우리는 그들의 승부가 어찌 되는지 지켜보면서 그 형세를 보아 대처하면 되니 이게 바로 상책이 아니겠습니까?"

손권은 그의 말에 따라 관운장의 수급을 나무 상자에 담아 사자로 하여금 밤낮으로 달려가 조조에게 바치도록 했다. 이때 조조는 마파에서 군사를 철수하여 낙양으로 돌아와 있었다.

조조는 동오에서 관공의 수급을 가지고 왔다는 말을 듣고 기뻐서 말하기를: "운장이 죽었으니 이제는 발 뻗고 편히 잘 수 있겠구나!"

그때 계단 아래서 한 사람이 나서며 말하기를: "이것은 동오가 자신들에게 닥칠 재앙을 우리에게 떠넘기려는 술책입니다."

조조가 보니 그는 주부(主簿) 사마의(司馬懿)였다.

조조가 그 까닭을 물으니 사마의가 말하기를: "지난날 유비·관우·장비 세 사람이 도원에서 의형제 결의를 할 때 그들은 생사를 함께 하기로 맹세했습니다. 동오가 막상 관공을 죽이고 보니 그 보복이 두려워진 것입니다. 그래서 그의 수급을 대왕께 바침으로써 유비로 하여금 대왕께 분노심을 갖게 하여 동오를 공격하지 말고 위(魏)를 공격하게 하고 자기들은 중간에서 구경만 하다가 형세를 보아가며 이득을 취하려는 술책입니다."

조조 曰: "중달의 말이 맞다. 그렇다면 우리는 저들의 술책에 어찌 대응하면 되겠는가?"

사마의 曰: "이 일은 아주 쉽습니다. 대왕께서는 관공의 머리에 향나무로 관공의 몸을 잘 조각하여 붙이시고 대신(大臣)의 예로 성대하게 장례를 치러주십시오. 유비가 이를 알면 틀림없이 손권에 대한 원한이 더 깊어져 있는 힘을 다해 동오를 칠 것입니다. 우리는 도리어 그 싸움이 어찌 되는지 살펴보면서 촉이 이기면 동오를 치고, 동오가 이기면 촉을 공격하면 됩니다. 그리하여 둘 중의 한 곳만 얻게 되면 나머지 한 곳은 오래 가지 못할 것입니다."

조조는 매우 기뻐하며 사마의의 계책에 따라 즉시 동오의 사자를 불러들였다. 사자가 나무 상자를 바치자 조조가 그 상자를 열어보았다. 관공의 얼굴은 마치 살아있는 모습 그대로다.

조조가 웃으며 말하기를: "운장공은 그간 별고 없으셨소?"

말이 채 끝나지도 않았는데 관공의 입이 벌어지고 눈동자가 움직이며 머리털과 수염이 꼿꼿이 일어서는 것이 아닌가!

소스라치게 놀란 조조는 그만 뒤로 나자빠지고 말았다. 여러 관원들이 급히 부축하여 한참 만에 비로소 깨어난 조조가 여러 관원들을 돌아보며 말하기를: "관 장군은 과연 천신(天神)이로다!"

이때 사자가 동오에서 일어났던 일, 즉 관공의 혼령이 여몽의 몸에 붙어 손권을 꾸짖고 여몽을 그 자리에서 죽게 만든 사실을 조조에게 자세히 고했다. 그 말을 들은 조조는 더욱 겁이 나고 두려운 마음이 생겨 희생 제물을 마련하여 제사를 지낸 다음 침향목(沈香木)을 깎아서 몸통을 만들고 여기에 머리를 이어붙인 다음 왕후(王侯)의 예로써 낙양성 남문 밖에 장사 지내 주었다. 조조는 대소 신료들에게 영구를 운반하게 하고 조조 자신이 직접 절하고 제사를 지냈다. 그런 뒤 그를 형왕(荊王)으로 추증하고 관원을 보내 묘를 지키게 했다.[29] 이런 성대한 장례를 치른 다음에 동오의 사신은 돌려보냈다.

한편 한중왕이 동천(東川)에서 성도로 돌아오자, 법정이 아뢰기를: "주상의 선부인(先夫人)께서는 돌아가신 지 오래고 다시 얻으신 손 부인은 강남으로 가셔서 언제 돌아오실지 알 수 없습니다. 인륜의 도(道)는 없애거나 그만둘 수가 없으니 새 왕비를 맞아들이시어 내정(內政)을 살피도록 하셔야 하옵니다."

한중왕이 그리하겠다고 하니 법정이 다시 아뢰기를: "오의(吳懿)에게 누이가 한 사람 있는데 아름답고, 현숙합니다. 예전에 관상쟁이가 그의 상을 보고 아주 귀하게 될 것이라고 했답니다. 전에 유언(劉焉)의 아들 유모(劉瑁)에게 출가한 적이 있는데 유모가 일찍 죽어 지금까지 홀로 지내고 있습니다. 대왕께서 그녀를 맞아들이시어 왕비로 삼으시면 어떻겠습

29 민간에서 전해 내려오는 관우의 묘는 모두 세 개 있음. 그의 몸은 호북(湖北)의 당양(當陽)에 누워 있고 머리는 하남(河南)의 낙양(洛陽)에 있으며 그의 혼은 산서(山西)로 돌아갔다는 것임. 역자 주.

니까?"

한중왕 曰: "유모와 나는 종친인데 도리상 그럴 수는 없지 않겠소?"

법정 曰: "친소(親疎)관계로 따진다면 옛날 진(晉) 문공(文公)이 회영(懷嬴)[30]을 아내로 맞아들인 것과 다를 게 무엇이겠습니까?"

한중왕은 마침내 법정의 건의를 받아들여 오씨를 왕비로 삼았다. 오씨는 후에 두 아들을 낳았으니 장자의 이름은 유영(劉永), 자는 공수(公壽)이며 둘째 아들은 유리(劉理), 자는 봉효(奉孝)였다.

한중왕이 나라를 다스린 이후 동천과 서천 모두 백성은 평안하고 나라는 부유하며 농사는 매년 풍년이 들었다. 그러던 어느 날 형주에서 온 어떤 사람이 말하기를: "동오의 손권이 관공에게 두 집안 간 혼인을 청했는데 관공이 이를 거절했습니다."

공명 曰: "그런 일이 있었다면 형주가 위험합니다. 다른 사람을 보내 형주를 다스리게 하고 관공은 돌아오도록 해야 합니다."

한창 이런 상의를 하고 있을 때 형주에서 싸움에 이겼다는 보고가 연달아 들어왔다. 또 하루도 안 되어 관흥(關興)이 와서 조조의 칠군을 강물에 빠뜨려 몰살시켰다는 승전보를 전했다. 이어서 파발마가 달려오더니 관공이 장강 연안 곳곳에 봉화대를 설치하여 적의 침략에 철저히 대비하고 있어 만에 하나의 실수도 없을 것이라고 보고하니 현덕은 형주의 일은 걱정을 하지 않았다.

그러던 어느 날 현덕은 갑자기 온몸의 살이 떨리고 앉으나 서나 불안하기만 했다. 밤이 깊어도 잠을 이룰 수가 없어 등불을 밝히고 책을 읽던 현덕은 정신이 혼미해져서 책상에 엎드려 있었다. 갑자기 방안에 찬바람이 휭 하고 불더니 등불이 꺼졌다가 다시 켜졌다. 현덕이 고개를 들

30 춘추시대 진秦 목공穆公의 딸로 진晉 회공懷公에게 시집을 갔다가 후에 다시 남편의 백부인 진문공에게 개가함. 역자 주.

어보니 웬 사람이 등불 아래 서 있는 것이 아닌가!

현덕이 묻기를: "그대는 누구기에 이 야심한 밤에 내 내실에 들어왔는가?"

그 사람은 아무 대답이 없었다. 현덕은 괴이한 생각이 들어 일어나서 그를 자세히 보니 틀림없는 관공인데 등불 그림자를 따라서 왔다 갔다 하더니 몸을 피하는 것이 아닌가!

현덕 曰: "아우님은 그간 별고 없으신가! 이 한밤중에 나를 찾아온 것을 보니 틀림없이 보통 일은 아닐 것이네. 나와 자네는 친형제나 다름없는데 어찌하여 몸을 피하시는가?"

관공이 울면서 고하기를: "원컨대 형님께서 군사를 일으키시어 이 아우의 원한을 씻어주십시오!"

말이 끝나자 다시 찬바람이 일면서 관공의 모습은 어디론가 사라지고 없었다.

현덕이 깜짝 놀라 깨어 보니 꿈이었다. 그때 밖에서 삼경(三更: 밤 11시에서 새벽 1시)을 울리는 북소리가 들렸다.

현덕은 의구심을 떨쳐 버릴 수 없어 급히 대전(大殿)으로 나가 사람을 보내 공명을 불러오도록 했다.

공명이 들어오자 현덕은 방금 꾼 꿈 이야기를 자세히 말했다.

공명 曰: "주상께서 늘 관공을 염려하며 생각하시기에 그런 꿈을 꾸시게 된 것입니다. 괘념치 마십시오."

현덕이 재삼 의심하고 걱정을 하니 공명은 거듭 좋은 말로 꿈을 풀이해 현덕의 의심을 풀어 주고 물러 나와 중문을 나서는데 허정(許靖)이 그곳에서 공명을 기다리고 있었다.

허정 曰: "제가 군사께 긴급히 보고해야 할 기밀 사항이 있어 군사의 사무실로 갔었는데 군사께서 궁에 들어가셨다는 말을 듣고 여기로 와서 기다리고 있었습니다."

공명 曰: "이 밤중에 무슨 기밀인가?"

허정 曰: "저도 방금 외부 사람이 전하는 말을 듣고 오는 중인데 동오의 여몽이 형주를 손에 넣었고 관공은 이미 해를 당하셨답니다. 그래서 급히 군사께 보고하러 온 것입니다."

공명 曰: "나도 밤에 천문을 보니 장수별이 형주와 초(楚) 지역에 떨어지는 것을 보고 운장이 틀림없이 화를 당한 줄 이미 알고 있었소. 하지만 주상께서 충격을 받으실까 두려워 감히 말씀드리지 못했소."

두 사람이 이런 이야기를 나누고 있는데 갑자기 대전(大殿)에서 한 사람이 나오더니 공명의 소매를 잡아당기며 말하기를: "그런 엄청난 소식을 어찌 나에게 알리지 않는단 말이오?"

아무래도 미심쩍었던 현덕이 공명이 물러간 뒤 잠을 이루지 못해 밖으로 나오다가 그들의 대화를 들은 것이다.

공명과 허정이 아뢰기를: "방금 한 말들은 모두 소문을 들은 것이라 믿을 것이 못 됩니다. 주상께서는 마음을 느긋이 하시고 심려하지 마시옵소서."

현덕 曰: "나와 운장은 생사를 함께하기로 맹세하였소! 만약 그에게 무슨 일이 있다면 나 혼자만 어찌 살아 있을 수 있겠는가!"

공명과 허정이 현덕을 안심시키기 위해 애쓰고 있는데 갑자기 가까이서 모시는 신하가 와서 아뢰기를: "마량과 이적이 왔습니다."

현덕이 급히 그들을 불러들여 물으니 두 사람은 현덕에게 표문을 올리면서 형주를 이미 잃었으며 관공이 싸움에 패해 급히 구원을 요청한다고 아뢰었다. 현덕이 표문을 펼쳐보기도 전에 또 신하가 들어와서 아뢰기를: "형주의 요화가 당도했습니다."

현덕이 급히 그를 불러들이니 요화가 땅에 엎드려 울면서 유봉과 맹달이 구원병을 보내지 않은 일을 낱낱이 고했다.

깜짝 놀란 현덕이 말하기를: "그렇다면 내 아우는 그대로 끝장이란 말이냐!"

공명 曰: "유봉과 맹달이 그런 무도한 짓을 했다면 그것은 그들을 죽이는 것만으로는 부족한 죄입니다. 주상께서는 마음을 너그러이 가지셔야 합니다. 제가 직접 군사를 이끌고 가서 형양(荊襄)의 위급함을 구하겠습니다."

현덕이 울면서 말하기를: "운장을 잃으면 나는 절대 혼자 살아가지는 않을 것이오. 내일 내가 직접 군사를 거느리고 가서 운장을 구할 것이다."

현덕은 즉시 사람을 낭중(閬中)으로 보내 익덕에게 이 소식을 알리는 한편 군사를 총 동원하도록 지시했다. 날이 미처 밝기도 전에 또 다른 보고가 들어왔다. 관공이 임저(臨沮)로 달아나던 중 동오의 장수에게 사로잡혀 의리와 절개를 굽히지 않다가 결국 부자가 함께 죽임을 당했다는 것이다.

그 보고를 받은 현덕은 외마디 비명을 지르고 혼절하여 땅에 쓰러지고 말았다.

이야말로:

함께 죽기로 맹세한 그때 일 생각하니	爲念當年同誓死
오늘 차마 그를 홀로 죽게 할 수 없네	忍教今日獨捐生

현덕의 목숨이 어찌 될지 궁금하거든 다음 회를 기대하시라.

제 78 회

신의는 조조의 풍병을 고치려다가 죽고
간웅인 조조는 유언을 남기고 운명하다

治風疾神醫身死

傳遺命奸雄數終

관공 부자가 살해당했다는 소식을 들은 한중왕이 울다가 땅에 쓰러졌다. 옆에 있던 여러 문무 관원들이 급히 손을 써서 한참만에 겨우 깨어나자 부축하여 내전으로 들어갔다.

공명이 권하기를: "주공께서는 너무 상심하지 마십시오. 자고로 '인간의 살고 죽음은 다 천명(天命)에 달려있다(死生有命).'고 했습니다. 관공은 평소 강직하고 자긍심이 높아 오늘 이런 화를 입었으니 주상께서는 부디 옥체 보중하시고 천천히 원수 갚을 일을 도모하셔야 합니다."

현덕 曰: "나는 관우 장비와 더불어 도원결의를 할 때 생사를 함께 하기로 맹세했소. 이제 운장이 죽었는데 나 혼자 살아 어찌 부귀영화를 누리겠소?"

말이 미처 끝나기도 전에 부친의 소식을 들은 관흥이 통곡을 하며 들어왔다. 관흥이 서럽게 우는 모습에 현덕은 또다시 큰 소리로 외마디 비명을 지르며 울부짖다 혼절하고 말았다. 여러 관원들이 부축하여 다시 깨어났다. 이렇게 울다가 기절하기를 하루에만 네댓 번, 사흘 동안 물 한 모금 마시지 않고 통곡만 하니, 눈물에 적셔진 옷깃의 반점이 마치 피눈물 자국처럼 변했다.

공명과 여러 관원들이 재삼 위로하니 현덕이 말하기를: "나는 동오와 맹세코 한 하늘을 이고 살지 않을 것이다!"

공명 曰: "듣자니, 동오에서 관공의 수급을 조조에게 바쳤는데 조조는 오히려 관공을 왕후의 예로써 장사를 치러주었다고 합니다."

현덕 曰: "무슨 의도로 그리했을까요?"

공명 曰: "이는 동오가 장차 자신들에게 불어 닥칠 재앙을 조조에게 전가시키려고 했는데 조조는 동오의 속셈을 알아차리고 후한 예우로 관공의 장례를 치러줌으로써 주상의 원한을 동오에 돌리려 한 것입니다."

현덕 曰: "내 지금 즉시 군사를 일으켜 동오의 죄를 물어 나의 한을 씻을 것이오!"

공명이 간하기를: "안 됩니다. 지금 동오는 우리로 하여금 위를 치게 하고 위 또한 우리에게 동오를 치게 하면서 저마다 간교한 계책을 품고서 틈이 생기기만 노리고 있습니다. 주상께서는 당분간 군사를 눌러 놓고 움직이지 마시고 우선 관공을 위한 장례나 치르십시오. 그러면서 오와 위가 서로 불화할 때를 기다렸다가 그 틈새를 노려 치셔야 합니다."

여러 관원들도 거듭 권하니 현덕은 그제야 비로소 식사를 하면서 동천과 서천의 모든 장수들에게 상복을 입으라고 교지를 내리고 친히 남문 밖으로 나가서 초혼제(招魂祭)를 지내고 하루 종일 슬픈 곡소리가 끊이지 않았다.

한편 조조는 낙양에서 관공의 장례를 치른 후부터 밤마다 눈만 감으면 운장의 모습이 보여 잠을 이룰 수가 없었다. 조조는 놀랍고 두려운 나머지 여러 관원들에게 물었다.

관원들이 말하기를: "낙양 행궁(行宮)의 옛 전각에는 요괴들이 많으니 새로운 전각을 지어 거처를 옮기시는 게 좋겠습니다."

조조 曰: "나는 훌륭한 전각을 하나 짓고, 건시전(建始殿)이라 이름하고 싶은데 그런 궁전을 지을 좋은 목수가 없는 것이 한이로다."

가후 曰: "낙양에 소월(蘇越)이라는 좋은 목수가 있는데 손재주뿐만 아니라 설계 또한 뛰어납니다."

조조는 그를 불러들여 새로 지을 전각의 도면을 그리도록 했다. 소월이 아홉 칸짜리 전각과 앞뒤로 행랑과 누각을 배치한 도면을 그려서 조조에게 바쳤다.

조조가 그 도면을 보고 말하기를: "네 도면이 마음에 들기는 하지만 그런 전각을 지을 기둥과 대들보를 구할 수 있겠느냐?"

소월 曰: "성 밖 30리 되는 곳에 약룡담(躍龍潭)이란 못이 하나 있습니다. 그 앞에 약룡사(躍龍祠)라는 사당이 있는데 그 사당 옆에 높이가 십여 길(丈)이나 되는 큰 배나무가 한 그루 있습니다. 그것이면 건시전의 대들보로 쓸 수 있습니다."

조조는 매우 기뻐하며 즉시 그 나무를 베어 가지고 올 공인들을 그곳으로 보냈다.

그런데 다음 날 보고가 들어오기를 그 나무는 톱으로 켤 수도 없고 도끼로 찍어도 들어가지 않아 벨 수가 없다고 했다. 그 말을 믿을 수가 없는 조조는 직접 수백 명의 기병을 데리고 직접 약룡사 앞으로 가서 그 나무를 쳐다보니 우뚝 높이 솟은 모양이 마치 일산을 펴놓은 것 같고 마치 하늘을 찌르듯 높이 솟아 있으며 굽은 곳이나 마디도 전혀 없는 아주 훌륭한 나무였다.

조조가 그 나무를 베라고 명을 내리자 마을 노인 여러 명이 와서 조조에게 간하기를: "이 나무는 수령이 수백 년이 넘은 나무로 저 꼭대기에는 신인(神人)이 살고 있다고 합니다. 부디 베지 말아주십시오."

조조가 몹시 화를 내며 말하기를: "내 평생 40여 년 동안 천하를 누비고 다니면서 위로는 천자에서부터 아래로는 서민에 이르기까지 누구 하나 나를 두려워하지 않는 자가 없었거늘 그 무슨 요망한 귀신이라고 감히 내 뜻을 거역한단 말인가!"

그러고는 손수 차고 있던 칼을 빼어 나무를 쳤다. 그 순간 쨍하는 소리와 함께 그 나무에서 피가 튀어나와 조조의 온몸에 튀었다. 깜짝 놀란 조조는 칼을 버리고 말에 올라 궁으로 돌아와 버렸다.

이날 밤 이경(二更) 잠을 자려고 누웠지만 불안한 마음에 잠을 이룰 수가 없어 앉아 있다가 책상에 기댄 채 깜빡 잠이 들었다. 그때 문득 산발 머리에 검은 옷을 걸친 한 사람이 손에 칼을 들고 앞으로 오더니 손으로 조조를 가리키며 호통치기를: "나는 배나무의 신령이니라. 네가 건시전을 지으려는 것은 황제의 자리를 빼앗겠다는 것이며 게다가 내 신목(神木)까지 베려 들다니! 나는 이제 네 명이 다했음을 알고 너의 목숨을 가지러 왔느니라!"

소스라치게 놀란 조조가 급히 부르기를: "여봐라! 무사들은 어디 있느냐?"

검은 옷을 입은 사람이 칼을 들어 조조를 내리쳤다. 그 순간 조조는 외마디 비명을 지르며 놀라서 깨어 보니 꿈이었다. 하지만 머리가 쪼개질 듯 아파 견딜 수가 없었다. 급히 명을 내려 널리 용한 의원을 불러다 치료를 받아 보았지만 조금도 차도가 없었다. 여러 관원들은 모두 근심에 빠졌다.

그때 화흠이 들어와 아뢰기를: "대왕께서는 혹시 신의(神醫) 화타(華佗)에 대해 들어 보신 적이 있으십니까?"

조조 曰: "그 사람은 강동에서 주태를 치료해준 사람 아닌가?"(제 15

회 참고)

화흠 曰: "네, 그러하옵니다."

조조 曰: "내 그 이름은 들어 보았지만, 그의 의술이 어느 정도인지는 알지 못한다."

화흠 曰: "화타의 자는 원화(元化)로 패국(沛國) 초군(譙郡) 사람입니다. 천하에 그의 의술을 따를 자는 없을 것입니다. 그는 환자의 병세에 따라 약을 쓰거나 침을 놓거나 뜸을 뜨는데, 그의 손만 닿으면 곧바로 낫는다고 합니다. 그는 설령 오장육부가 모두 상해 도저히 약으로 치료를 할 수 없는 환자에게도 마폐탕(麻肺湯)을 먹여 마취시키고 날카로운 칼로 배를 가른 다음 탕약으로 장부(臟腑)를 깨끗이 소독하고 치료하는데도 환자는 아픈 줄을 거의 모른다고 합니다. 치료 후 약실로 그 가른 곳을 다시 꿰매고 약을 붙여 두면 한 달 혹은 20일이면 곧 병이 낫는다고 하니 이 얼마나 신통한 의술 아니겠습니까?

하루는 길을 가다가 한 사람이 신음하는 소리만 듣고도 화타는 '음식을 먹어도 아래로 내려가지 않는 병이로구나.' 하고 그 환자에게 물으니 과연 그랬습니다. 화타는 그 사람에게 마늘 다진 즙을 석 되를 먹였는데 그 사람은 길이가 두세 자나 되는 뱀 한 마리를 토해내고 곧바로 음식을 잘 넘길 수가 있었답니다.

광릉 태수 진등(陣登)이 가슴이 답답하고 얼굴이 붉어지며 음식을 먹을 수가 없어 화타를 불러 치료를 받았습니다. 진등은 화타가 지어준 약을 마시고 석 되나 되는 벌레를 토해냈는데 그 벌레의 머리는 모두 붉은 색으로 마리와 꼬리가 계속 꿈틀거리는 것을 보고 진등이 그 까닭을 물으니. 화타가 말하기를 '이것은 물고기를 날것으로 많이 먹어 생긴 독입니다. 지금은 비록 나았지만 3년 후에 반드시 재발할 것이고 그때는 고칠 수 없습니다.'라고 했는데 진등은 정말 3년 뒤 죽었습니다.

또 어떤 사람은 미간에 혹이 하나 생겼는데 가려움을 참을 수가 없어 화타를 청했습니다.

화타가 말하기를, '혹 안에 무언가 날아다니고 있소.'

사람들은 그 말을 듣고 모두 비웃었습니다. 화타가 칼로 그 혹을 째니 노란 참새 한 마리가 그 속에서 나와 날아가고 그 환자는 곧 나았습니다. 또 한 사람은 개에게 발을 물렸는데 물린 데서 두 개의 혹이 생기더니 하나는 통증이 너무 심하고 하나는 가려움증이 나무 심해 견딜 수가 없어 화타를 청했습니다.

화타가 말하기를, '통증이 있는 부위에는 바늘이 열 개 들어 있고 가려운 부위에는 흑백 바둑알이 각각 하나씩 들어 있소.'

사람들은 모두 믿지 않았습니다. 화타가 칼로 째고 보니 과연 그의 말대로 나왔습니다.

화타는 실로 춘추시대의 명의인 편작(扁鵲)과 서한 시대의 명의인 창공(倉公)과 견줄 만합니다. 그는 마침 이곳에서 멀지 않은 금성(金城)에 머물고 있는데 대왕께서는 어찌 그를 부르지 않으십니까?"

조조는 즉시 사람을 보내 그날 밤으로 화타를 불러와서 진맥을 하고 병세를 살피게 했다.

화타 曰: "대왕께서 그리 머리가 아픈 이유는 풍(風)으로 인해 생긴 것입니다. 병의 뿌리가 뇌 안의 주머니(腦袋)에 있는데 그 주머니의 풍연(風涎: 풍을 일으키는 물질)을 끄집어내지 못하면 아무리 탕약을 써봐야 소용이 없습니다. 제게 한 가지 치료 방법이 있습니다. 먼저 마폐탕으로 마취시킨 뒤에 날카로운 도끼로 머리를 쪼개고 그 안의 풍연을 걷어 내야만 병의 뿌리를 제거할 수 있습니다."

조조가 크게 화를 내며 말하기를: "네놈이 나를 죽이려고 작정을 했구나!"

화타 曰: "대왕께서 들으셨는지 모르지만 관공이 독화살을 맞아 오른팔을 움직이지도 못할 때 제가 뼈를 긁어 독을 제거한 적이 있습니다. 그때 관공은 마페탕을 쓰지 않고도 전혀 두려워하지 않았습니다. 지금 대왕의 병환은 대수롭지 않은 병환인데 어찌 그리 의심이 많으십니까?"

조조 曰: "팔을 째서 뼈를 긁어낼 수야 있겠지만 어찌 머리를 쪼갤 수 있단 말이냐? 네놈은 필시 관공과 매우 친하여 이 기회에 관공의 원수를 갚으려는 수작이로구나!"

조조는 좌우 사람을 불러 그를 잡아다 옥에 가두고 고문을 하여 자백을 받아 내라고 했다.

가후가 간하기를: "이처럼 훌륭한 의원은 세상에 없습니다. 그러시면 안 됩니다."

조조가 꾸짖기를: "이자는 기회를 틈타 나를 해치려는 것이다. 바로 길평(吉平)과 같은 놈이다!"(제 22회 참고)

그러고는 급히 고문을 하여 자백을 받아 내라고 명령했다.

화타가 갇혀 있는 감옥에 성이 오씨(吳氏)인 옥졸이 있었는데 사람들은 그를 오 압옥(吳押獄)이라고 불렀다. 그는 매일 화타에게 술과 음식을 가져다주었다. 그걸 고맙게 여긴 화타가 그에게 말하기를: "나는 이제 곧 죽게 될 것이나 나의 청낭서(靑囊書)를 세상에 전하지 못하는 것이 한이오. 공의 후의에 보답할 길이 없는데 내가 편지를 한 통 써드릴 테니 공은 내 집으로 사람을 보내서 편지를 전하고 그 청낭서를 받아오시오. 내 그것을 공에게 드릴 테니 공이 나의 의술을 이어가 주시오."

오 압옥은 몹시 기뻐하며 말하기를: "제가 만약 그 책을 얻게 된다면 이 옥졸 노릇을 그만두고 세상의 모든 병든 자들을 치료하여 선생의 덕을 전할 것이오."

화타는 즉시 오 압옥에게 편지를 써 주었다. 오 압옥은 직접 금성으로 가서 화타의 처에게 편지를 전하고 청낭서를 가지고 감옥으로 돌아와서 화타에게 건네주었다. 그 책을 쭉 한번 훑어 본 화타는 곧바로 오 압옥에게 주었다. 오 압옥은 그 책을 받아 집으로 돌아와 집안 깊숙이 숨겨 두었다.

열흘 후 화타는 결국 옥중에서 죽고 말았다. 오 압옥은 죽은 화타를 위해 염을 해 주고 관을 사서 장사를 지내준 다음 옥졸을 그만두고 집으로 돌아와 그 책을 가지고 의술을 배우려고 했다. 그런데 집에 돌아와 보니 그의 아내가 그 청낭서를 꺼내 불사르고 있는 것이 아닌가!

깜짝 놀란 오 압옥은 황급히 달려들어 불타고 있는 청낭서를 집어 들었지만 이미 책은 다 타버리고 겨우 한두 장만 남아있을 뿐이었다. 화가 난 오 압옥이 자신의 처를 꾸짖으니, 그 처가 말하기를: "당신이 설령 화타처럼 신묘한 의술을 배운다 한들, 결국 옥중에서 죽고 말 터인데 그까짓 것이 무슨 소용이 있겠소!"

오 압옥은 그저 탄식만 할 뿐이었다. 이처럼 어이없이 청낭서의 비법은 세상에 전해지지 못하고, 겨우 전해지는 것이라고는 닭이나 돼지 따위를 거세하는 하찮은 의술들만 마지막 타다 남은 한두 장 속에 있는 것이었다.

후세 사람이 이를 탄식하여 시를 지었으니:

화타의 신묘한 의술은 장상군에 견주고	華佗仙術比長桑
몸속을 마치 담장을 들여다보듯 했으니	神識如窺垣一方
슬프도다 사람 죽고 책마저 없어지다니	惆悵人亡書亦絕
후세 사람 다시는 청낭서를 볼 수 없네	後人無復見靑囊

한편 조조는 화타를 죽인 후 병세가 날로 악화되었다. 게다가 오와 촉에 대한 일까지 걱정을 하고 있는데 측근 신하가 동오에서 사자가 서신을 올렸다고 아뢰었다.

조조가 그 서신을 가져오라고 하여 읽어 보니:

"신(臣) 손권은 오래전부터 천명(天命)이 이미 주상께 돌아갔음을 알고 있습니다. 엎드려 바라오니 속히 대위(大位)에 오르시고 장수를 보내시어 역적 유비를 섬멸하여 동서 양천(兩川)을 평정하십시오. 그리하시면 신은 즉시 수하 무리를 거느리고 주상께 땅을 바치고 항복하겠나이다."

다 읽고 난 조조가 큰 소리로 웃으며 그 서신을 여러 신하에게 내보이고 말하기를: "이 애송이 놈이 나더러 화롯불 위에 올라가 앉으라는 것 아니냐!"

그때 시중 진군(陳群) 등이 아뢰기를: "한(漢) 황실은 쇠미한지 이미 오래고 전하의 공덕은 하늘처럼 높고 커서 만백성들이 모두 우러러보고 있습니다. 이제 손권조차 신을 자처하며 귀순하겠다고 하니 이는 하늘과 사람이 더불어 원하는 것입니다. 그러니 전하께서는 마땅히 하늘의 뜻에 응하고 백성들의 기대에 따르시어 속히 대위에 오르시옵소서."

조조가 웃으며 말하기를: "나는 오랫동안 한(漢)을 섬겨왔느니라. 비록 나의 공덕이 백성들에게까지 미쳤다고 하나, 내가 이미 왕의 지위까지 올랐으니 명예와 벼슬은 더할 수 없이 높아졌는데 어찌 감히 다른 것을 바라겠느냐? 만일 천명이 나에게 있다면 나는 주(周) 문왕(文王)[31]처럼 될

31 주문왕 : 중국 상(商)나라 제후로 본명은 희창(姬昌). 상나라 주(紂) 임금 시기에 서백후(西伯侯)로 봉해졌음. 인정을 시행하여 제후들로부터 깊은 신임과 추종을 받았음. 상나라를 멸망시키고 주(周)나라를 세우는 기틀을 마련해 주었음. 무왕이 주(周)나라를 세운 후에 '文王(문왕)'으로 추증했음. 역자 주.

것이다."

사마의 曰: "지금 손권이 신하를 자처하며 귀순해 왔으니, 주상께서는 그에게 관직과 벼슬을 내리시고 그에게 유비를 치라고 명하십시오."

조조는 사마의의 말에 따라 천자에게 표문을 올려 손권을 표기장군(驃騎將軍) 남창후(南昌侯)에 봉하고 형주목을 겸하도록 했다. 그날로 사자로 하여금 칙령을 가지고 동오로 떠나게 했다.

조조의 병세는 갈수록 나빠졌다. 어느 날 밤, 그는 세 필의 말이 한 구유에서 여물을 먹는 꿈을 꿨다. 날이 새자마자 조조는 가후를 불러 묻기를: "나는 지난날 세 필의 말이 한 구유에서 여물을 먹는 꿈을 꾼 적이 있는데 그때는 마등 부자들에게 내가 해를 당하지 않을까 하고 의심했었다. 지금은 마등도 죽고 없는데 지난밤에 똑같은 꿈을 꿨다. 이것이 길몽인가 아니면 흉몽인가?"

가후 曰: "원래 녹마(祿馬)는 길조(吉兆)입니다. 녹마가 구유로 돌아왔으니(祿馬歸槽)[32] 길몽입니다. 주상께서 의심하실 필요가 없으십니다."

그 말을 들은 조조는 더 이상 의심하지 않았다. 이 일에 대해 후세 사람이 시를 지었으니:

세 필의 말 한 구유에 있어 의심했지만	三馬同槽事可疑
이미 진의 터전 시작된 줄 전혀 몰랐네	不知已植晉根基
조조가 가진 간웅의 지략도 헛되었으니	曹瞞空有奸雄略
조정에 사마사 있음을 어찌 알았겠는가	豈識朝中司馬師

그날 밤 조조가 침실에 누워있는데 삼경(三更)이 되도록 두통이 심하

32 조(槽)와 조(曹)는 음이 같으니 말이 조씨 집안에 들어온 것으로 좋게 해석해 줌. 역자 주.

고 눈앞이 캄캄해지며 현기증이 나서 잠을 이룰 수가 없어 자리에서 일어나 탁자에 엎드려 있었다. 그때 문득 궁전 안에서 비단을 찢는 듯한 날카로운 소리가 들렸다. 깜짝 놀란 조조가 가만히 살펴보니 복황후(伏皇后)·동귀인(董貴人)·두 황자(皇子)·복완(伏完)·동승(董承) 등 20여 명이, 온몸이 피투성이인 처참한 모습으로 나타나 원수를 갚으러 왔다고 외치는 소리가 어슴푸레 들렸다.

조조는 황급히 칼을 빼서 허공을 향해 내리쳤는데 그 순간 갑자기 엄청난 굉음 소리와 함께 전각의 서남쪽 모서리가 무너져 내렸다. 조조는 놀라서 그만 땅에 넘어지고 말았다. 근시(近侍)가 그를 부축하여 별궁으로 옮기고 병간호를 했다.

다음 날 밤, 전각 밖에서는 또 남녀의 곡성이 끊이지 않고 들려왔다. 날이 밝자마자 조조는 신하들을 불러들여 말하기를: "나는 30여 년간 싸움터를 누비면서 한 번도 괴이한 일들을 믿은 적이 없었다. 그런데 이제와서 어찌 이런 일들이 벌어진단 말인가?"

여러 신하들이 아뢰기를: "대왕께서는 도사로 하여금 제단을 설치하여 재앙을 쫓는 기도를 올리도록 하십시오."

조조가 탄식하며 말하기를: "성인께서 이르기를 '하늘에 죄를 지으면 빌 곳이 없다(獲罪於天 無所禱也).'고 하셨다. 내 천명이 이미 다한 것을 어찌 빈다고 구원을 받을 수 있겠는가!"

그러고는 제단 설치를 끝내 허락하지 않았다.

조조의 병세는 갈수록 악화되어 기가 점점 위로 올라와 숨쉬기도 힘들고 눈으로는 아무것도 볼 수 없었다. 죽을 날이 얼마 남지 않았음을 직감한 조조는 급히 하후돈을 불렀다.

하후돈이 궁전 문을 막 들어서려는데 갑자기 복황후·동귀인·두 황자·복완·동승 등이 검은 구름 속에 서 있는 것이 아닌가!

몹시 놀란 하후돈은 그만 정신을 잃고 그 자리에 쓰러지고 말았다. 좌우 사람들이 부축하여 데려갔지만 그 후 하후돈 역시 병석에 눕고 말았다.

조조는 조홍·진군·가후·사마의 등을 다 함께 침상 앞으로 불러들여 후사를 부탁했다.

조홍 등이 머리를 조아리며 말하기를: "대왕께서는 옥체를 보중하시옵소서! 수일 내로 틀림없이 쾌차하실 것이옵니다."

조조 曰: "내 30여 년 동안 천하를 누비며 수많은 영웅들을 소멸시켰지만 오직 강동의 손권과 서촉의 유비만 제거하지 못했다. 내 지금 병세가 위중하여 다시는 경들과 더불어 이야기를 나누지 못할 것 같아 특별히 집안일을 부탁하겠노라.

나의 장자 앙(昻)은 유씨 소생인데 불행히도 완성(宛城)에서 젊은 나이에 죽었다. 변씨 소생으로 네 아들이 있으니 비(丕)·창(彰)·식(植)·웅(熊)이다. 내가 평소 제일 사랑했던 자식은 셋째 식이었으나 그의 사람됨이 허황되고 성실하지 못할 뿐 아니라 술을 좋아하고 방종하니 후사로 세울 수 없다. 둘째 창은 용맹하지만, 지모가 없다. 넷째 웅은 병치레가 많아 몸을 보전하기 어렵다. 오직 첫째 비만이 성실하고 너그럽고 공손하며 신중하니 내 기업(基業)을 이어갈 만하다. 경들은 마땅히 그 아이를 잘 보필해 주기를 바라노라."

조홍 등은 울면서 명을 받고 물러갔다.

조조는 근시(近侍)에게 명하여 평소 모아두었던 명향(名香)들을 가져오도록 하여 여러 시첩(侍妾)들에게 골고루 나누어 주고 그들에게 당부하기를: "내 죽은 뒤 너희들은 손재주를 부지런히 익혀 비단신 등을 만들어 팔면 그 돈으로 충분히 살아갈 수 있을 것이다."

또 여러 첩들에게는 모두 동작대에 살면서 매일 제(祭)를 지내되 반드시 기녀(妓女)들로 하여금 음악을 연주하게 하고 제사 음식을 올리도록 하라고 명했다."

그리고 마지막으로 유언하기를: "창덕부(彰德府) 강무성(講武城) 밖에 의총(疑塚: 가짜 무덤) 72개를 만들어 후세 사람들에게 내가 어느 무덤에 묻혀 있는지 모르게 하라. 그들이 내 무덤을 파헤칠지도 모르기 때문이다."

유언을 마친 조조는 길게 탄식을 한 번 하더니 눈물을 비 오듯 흘리면서 마침내 숨을 거두었다. 그때 그의 나이 66세, 건안 25년(서기 220년) 봄 정월이었다.

후세 사람이 조조를 탄식하는 업중가(鄴中歌) 한 편을 지었는데:

업은 업성이요 물은 바로 장수이니	鄴則鄴城水漳水
여기서 필시 특이한 인물 일어났네	定有異人從此起
영웅의 계략에 문장 시부 뛰어나니	雄謀韻事與文心
군신 및 형제에 부자도 배출했다네	君臣兄弟而父子
영웅의 큰 포부 속인과는 다르거늘	英雄未有俗胸中
그의 생사를 어찌 범인이 평가하랴	出沒豈隨人眼底
큰 공과 허물이 두 사람 짓 아니듯	功首罪魁非兩人
오욕 명성 남긴 것 한 사람 일이네	遺臭流芳本一身
빼어난 문장에 패기도 지닌 사람이	文章有神霸有氣
어찌 구차하게 한 무리와 섞이겠나	豈能苟爾化爲群
태항 마주보고 물가에 지은 동작대	橫流築臺距太行
그 규모와 기세는 태항산과 다투네	氣與理勢相低昂

이런 사람이 어찌 반역인들 못할까	安有斯人不作逆
작게는 패자요 크게는 왕이 아닌가	小不爲霸大不王
패왕노릇 한 자가 아녀자처럼 우니	霸王降作兒女鳴
이제 불평해야 어찌할 도리 없구나	無可奈何中不平
도사 불러 비는 일 무익한 줄 알고	繐帳明知非有益
향 나눠준 일 무정하다 할 수 없네	分香未可謂無情

아, 슬프도다!	嗚呼!
옛사람 한 일 크고 작음 따로 없어	古人作事無鉅細
적막하든 호화롭든 다 뜻이 있다네	寂寞豪華皆有意
서생들 가벼이 죽은 사람 논하지만	書生輕議塚中人
무덤 속에서 되려 서생들 비웃으리	塚中笑爾書生氣

조조가 죽자 문무 관원들은 모두 곡(哭)을 했다. 그리고 즉시 사람을 보내 세자 조비·언릉후(鄢陵侯) 조창·임치후(臨淄侯) 조식·소회후(蕭懷侯) 조웅에게 상사(喪事)를 전하는 한편 조조의 시신을 금관(金棺)과 은곽(銀槨)에 안치 후 밤낮으로 운반하여 업군(鄴郡)으로 갔다.

조비는 부친이 돌아가셨다는 소식을 듣고 대성통곡을 하며 대소 관원들을 거느리고 성 밖 10리까지 나와 길에 엎드려 영구를 맞이하여 성 안으로 들어와 편전에 모셨다. 관원들은 모두 상복을 입고 편전에 모여 곡을 했다.

그때 한 사람이 나서며 말하기를: "세자께서는 이제 슬픔을 멈추시고 우선 대사부터 논의하셔야 합니다."

여러 사람이 보니 그는 바로 중서자(中庶子) 사마부(司馬孚)였다.

사마부 曰: "위왕(魏王)께서 돌아가셨으니 이제 천하가 진동할 것입니다. 속히 왕위를 계승하시어 백성들을 안정시켜야 하는데 어찌 통곡만 하고 계시옵니까?"

여러 신하들이 말하기를: "세자께서 마땅히 왕위를 계승하셔야 하나 아직 천자의 조서를 받지 못했으니 어찌 함부로 즉위식을 거행할 수 있겠소?"

병부상서(兵部尙書) 진교(陳矯) 曰: "왕께서 외부에서 돌아가셨으니 만약 사랑받았던 셋째 아드님이 사사로이 왕위에 올라 서로 간에 변고라도 생기면 사직이 위태로워질 것이오."

그러더니 칼을 뽑아 자신의 소매를 베어 보이며 사나운 목소리로 말하기를: "지금 즉시 세자께 왕위를 이으시도록 청합시다. 누구를 막론하고 딴소리를 하는 자는 이 소매처럼 될 것이오!"

모든 관원들이 두려워서 감히 말을 못했다. 그때 갑자기 화흠(華歆)이 허창으로부터 급히 달려왔다는 보고가 들어왔다. 두려움에 떨고 있던 모든 관원들의 표정이 놀라움으로 변했다. 잠시 후 화흠이 들어오니 여러 관원들이 무슨 일로 오셨는지 물었다.

화흠 曰: "지금 위왕께서 서거하셔서 천하가 흔들리고 있는데 그대들은 어찌하여 세자를 청해 왕위를 계승하시도록 서두르지 않는 것이오?"

여러 관원이 말하기를: "아직 천자의 조서가 내리지 않아 마침 왕후 변씨(卞氏)의 뜻(慈旨)으로 세자를 왕으로 세우려고 논의 중이었소."

화흠 曰: "내 이미 황제로부터 조서를 받아가지고 왔소이다."

여러 관원들이 펄쩍펄쩍 뛰며 좋아서 어쩔 줄을 몰라 했다.

화흠은 품에서 황제의 조서를 꺼내 큰 소리로 읽기 시작했다.

원래 화흠은 위왕에게 아첨을 일삼던 인물로 조조가 죽자 조서의 초안을 작성한 뒤 헌제를 협박하니 헌제는 그가 시키는 대로 따를 수밖에 없어 즉시 조비를 위왕으로 삼고 동시에 승상과 기주목(冀州牧)도 함께 봉하는 조서를 내리게 된 것이다.

조비는 그날로 왕위에 올라 대소 관료들의 하례를 받았다.

한창 축하연을 베풀고 있을 때 갑자기 언릉후 조창이 장안으로부터 10만 대군을 거느리고 왔다는 보고가 들어왔다. 조비가 깜짝 놀라 여러 신하들에게 묻기를: "노란 수염(조창의 별칭) 내 아우는 평소 성격이 거친데다 무예 또한 출중하다. 그가 군사를 이끌고 멀리서 온 것은 틀림없이 나와 왕위를 다투겠다는 것인데, 이를 어찌하면 좋겠소?"

계단 아래서 문득 한 사람이 나서며 말하기를: "신이 직접 언릉후를 만나서 한 마디 말로 그의 뜻을 꺾어놓겠습니다."

관원들이 모두 말하기를: "대부가 아니면 이 재앙을 해결할 사람이 없습니다."

이야말로:

조비와 조창의 일 어찌 할지 두고 보자	試看曹氏丕彰事
자칫 원담과 원상처럼 싸우려고 하는지	幾作袁家譚尙爭

이 사람이 누구인지 궁금하거든 다음 회를 기대하시라.

제 79 회

형은 아우 조식을 핍박해 시 짓게 하고
유봉은 관공을 위험에 빠뜨려 처벌받다

兄逼弟曹植賦詩

侄陷叔劉封伏法

조비는 조창이 거병하여 왔다는 말에 깜짝 놀라 여러 관원들에게 물었다. 한 사람이 선뜻 앞으로 나서더니 자신이 가서 설복시키겠다고 했다. 사람들이 보니 그는 바로 간의대부(諫議大夫) 가규(賈逵)였다. 조비는 매우 기뻐하며 그에게 즉시 가라고 명했다. 가규가 성을 나와 조창을 만났다.

조창이 묻기를: "선왕의 옥새와 인수는 어디 있는가?"

가규가 정색을 하고 말하기를: "집안에는 장자가 있듯이 나라에는 황태자가 있는 법입니다. 선왕의 옥새와 인수에 대해 군후께서 물으실 일이 아닙니다."

조창은 가규의 말에 아무런 말도 없이 가규를 따라 성 안으로 들어갔다. 궁문 앞에 이르자 가규가 다시 묻기를: "군후께서 지금 오신 것은 부친을 분상(奔喪)[33]하기 위함입니까 아니면 왕위를 다투기 위함입니까?"

조창 曰: "나는 분상 목적 외에 다른 마음 없소."

33 먼 곳에서 부모가 돌아가신 소식을 듣고 급히 집으로 돌아감. 역자 주.

가규 曰: "다른 마음이 없으시다면 무슨 까닭으로 군사를 데리고 성 안으로 들어가려 하십니까?"

조창은 즉시 좌우의 장수들에게 군사를 물리라고 지시하고 홀로 궁 안으로 들어가 조비에게 절을 했다. 두 형제는 서로 끌어안고 대성통곡을 했다. 조창은 자신이 데리고 온 군사를 모두 조비에게 넘겨주었다. 조비는 조창에게 언릉(鄢陵)으로 돌아가 그곳을 잘 지키라고 명하니 조창은 하직 인사를 하고 떠났다. 이리하여 조비는 안심하고 왕위에 올라 연호(年號)를 건안 25년에서 연강(延康) 원년(서기 220년)으로 바꾸었다. 가후(賈詡)를 태위(太尉)로, 화흠을 상국(上國)으로, 왕낭(王郎)을 어사대부(御史大夫)로 각각 봉했다. 이어서 대소 관료들도 모두 벼슬을 높여주고 상을 내렸다.

그리고 조조의 시호(諡號)를 무왕(武王)이라 하고 업군의 고릉(高陵)에 장사를 지내고 우금(于禁)에게 능묘 만드는 일을 감독하게 했다.[34]

명을 받은 우금이 그곳에 가서 능 안에 들어서니 하얀 백분을 바른 벽 위에 그림이 그려져 있었는데 바로 관운장이 강물을 터뜨려 칠군을 몰살시키고 우금을 사로잡은 장면이 그려져 있는 게 아닌가! 운장이 엄숙한 모습으로 상석에 앉아 있고 방덕은 분노를 참지 못하고 반항하고 있는 반면 우금 자신은 땅에 엎드려 목숨을 구걸하고 있는 모습이 생생하게 그려져 있었다.

원래 조비는 싸움에 패해 사로잡힌 우금이 절개를 지키지 못하고 항

---

34 1천 7백여년 동안 행방을 모르던 조조의 묘는 2006년 허난성 안양현 안풍향 서고혈(河南省安阳县安丰乡西高穴村)에서 마을 주민에 의해 처음 발견되어 2008년 국가 문화재국의 공식 승인 하에 발굴을 진행한 결과 상당 부분 도굴되었음이 확인됨. 2009년 12월 중국 국가문물국은 이 고릉(高陵)을 조조의 묘로 공식 인정하고 현재 발굴 작업을 마무리 했으며 2022년 5월 1일부터 일반인에게 전면 개방 예정이었으나 코로나 19가 진정되지 않아 2022년 6월 현재 사전 예약제로 개방하고 있음. 역자 주.

조조묘 발굴 현장

조조묘 대외 개방 준비

복한 뒤 다시 돌아온 것에 대해 그의 사람됨을 아주 비루하게 여기고 있었다. 그래서 사람을 시켜 먼저 그 능 안에 그런 그림을 그리게 하고 일부러 우금을 보내 제 눈으로 보고 비굴하게 살아온 자신의 부끄러움을 느끼게 하려 한 것이었다.

그 그림을 본 우금은 창피하고 또 괴로움에 사무쳐 병을 얻어 얼마 못가 결국 죽고 말았다.

후세 사람이 이를 탄식하여 시를 지었으니:

30년이면 오래 사귀었다고 할 수도 있는데	三十年來說舊交
가련하게 어려움 당해 조씨에 불충을 했네	可憐臨難不忠曹
사람은 알아도 마음속까지는 알 수 없으니	知人未向心中識
범을 그리려면 이젠 뼛속부터 그려야 하리	畵虎今從骨裏描

한편 화흠이 조비에게 아뢰기를: "언릉후(鄢陵侯) 창(彰)은 분상을 하고 군마까지 인계하고 돌아갔으나 임치후(臨淄侯) 식(植)과 소회후(蕭懷侯) 웅(雄) 두 사람은 끝내 분상조차 오지 않으니 도리 상 마땅히 죄를 물어야 합니다."

조비는 그의 말에 따라 즉시 사자를 두 곳에 각각 보내 죄를 묻도록 했다. 하루도 안 되어 소회후에게 갔던 사자가 돌아와 보고하기를, 소회후 웅은 벌 받는 것이 두려워 이미 스스로 죽었다고 하였다. 조비는 그를 후하게 장례를 치러주도록 하고 소회왕으로 추증했다.

다시 하루가 지나고 임치후에게 갔던 사자가 돌아와 보고하기를: "임치후는 정의(丁儀)·정이(丁廙) 형제와 더불어 술만 마시며 사자가 명을 가지고 왔다고 했지만 오만 불손하게 가만히 앉아서 일어나지도 않았습니다.

뿐만 아니라 정의는 저에게 욕하기를, '지난날 선왕께서는 우리 주인을 세자로 세우고자 하셨으나 간신들의 참소로 뜻을 접으셨다. 이제 선왕께서 돌아가신지 얼마 되지도 않았는데 형제에게 죄를 묻는 다는 게 가당키나 한 일인가?'

또 정이는 꾸짖기를, '총명하기로는 우리 주인이 세상에서 으뜸이니 대위를 이으셔야 마땅한데 오히려 왕위에 오르지 못하셨다. 너희 조정 신하들은 어찌 인재를 알아보지 못하는 것이냐?'

임치후는 화를 내며 무사들에게 호령하여 신을 몽둥이로 매질하여 내쫓았습니다."

그 말을 들은 조비는 화가 머리끝까지 치밀어 즉시 허저로 하여금 호위군 3천 명을 이끌고 급히 임치로 가서 조식을 비롯한 그 일당을 모두 잡아오라고 명령했다.

허저가 명을 받들어 군사를 이끌고 임치성에 이르자 성문을 지키는 장수가 가로 막았다. 허저는 즉시 그의 목을 배어 버리고 곧바로 성 안으로 들어갔는데 어느 누구도 감히 그의 앞을 가로 막지 못했다. 허저가 조식의 부중(府中)으로 들어가 보니 조식은 정의·정이 등과 술판을 벌이다 모두 대취하여 곯아떨어져 있었다.

허저는 그들을 모두 결박해 수레에 싣고 부중의 대소 관료들도 모조리 붙잡아 업군으로 압송해 와서 조비의 처분을 기다렸다.

조비는 먼저 정의·정이 형제를 비롯한 주요 관료들을 모조리 참수하도록 했다. 정의의 자는 정례(正禮), 정이의 자는 경례(敬禮)이며 이들은 모두 패군 사람들로 당대의 유명한 문사(文士)였다.

그들이 처형당하는 것을 본 많은 사람들이 그들의 죽음을 애석해 했다.

한편 조비의 모친 변씨는 조웅이 목을 매고 죽었다는 소식에 슬픔을 감당 못하고 매우 비통해 하고 있었다. 그런데 갑자기 또 조식이 잡혀 왔고 그의 일당인 정의 등은 이미 죽임을 당했다는 말을 듣고 몹시 놀라 급히 대전(大殿)으로 나가 조비를 불렀다.

모친이 대전에 나오셨다는 말을 들은 조비가 황급히 가서 모친을 뵙자 변씨가 울면서 조비에게 말하기를: "네 아우 식은 평소 술을 너무 좋아하다 보니 행동이 제멋대로이고 제 가슴속의 재주만 믿고 그처럼 버릇없게 구는 모양이다. 너는 이 어미의 한 뱃속에서 나온 정을 생각해서라도 그의 목숨만은 살려 주거라. 그래야 내가 구천(九泉)에 가더라도 눈을 편히 감을 수 있을 것이다."

조비 曰: "저 역시 아우의 재주를 무척이나 아끼는데 그를 해칠 리가 있겠습니까? 이번 기회에 그의 성질을 좀 고치려고 하는 것뿐이니 어머니께서는 너무 심려치 마십시오."

변씨는 눈물을 흘리며 안으로 들어갔다. 조비가 편전으로 나가 조식을 불러들이게 했다.

곁에 있던 화흠이 묻기를: "방금 태후께서 나오신 것은 전하께 자건(子建: 조식)을 죽이지 말라고 당부하려 하심이지요?"

조비 曰: "그렇소."

화흠 曰: "자건은 재주가 많고 지혜가 출중해 보통 사람으로 살아갈 사람이 아닙니다. 이 기회에 없애지 않으면 반드시 후환이 있을 것입니다."

조비 曰: "모친의 명령을 거역할 수는 없소."

화흠 曰: "사람들은 모두 자건이 입만 열면 저절로 문장이 된다고 하는데 신은 그 말을 믿지 못하겠습니다. 대왕께서 이번에 그를 불러들여 재주를 시험해 보십시오. 만일 문장을 제대로 이루지 못한다면 그를 죽이시고 과연 소문대로 잘 한다면 그 재주를 폄하하여 천하 문인들의 입을 막아 버리도록 하십시오."

조비는 화흠의 말대로 하기로 했다. 잠시 후 겁을 잔뜩 먹은 조식이 두려워하며 들어와 조비 앞에 엎드려 죄를 청했다.

조비 曰: "나와 너는 사사로이 정(情)으로는 비록 형제이나 공적인 의(義)로 보면 임금과 신하이다. 그런데 너는 감히 네 재주만 믿고 군신간의 예도 무시한단 말이냐? 지난날 부친께서 살아계실 때 너는 항상 남들에게 글재주를 과시했는데, 나는 그 글이 네가 직접 지은 것이 아니고 다른 사람이 대신 써준 것이 아닌가 하는 의심을 떨쳐버릴 수가 없었느니라. 그래서 네 재주를 직접 확인해 볼 것이다. 내 너에게 일곱 걸음 걸어가는 동안에 시 한 수를 읊도록 명하노니 만약 네가 능히 해낸다면 죽음은 면하겠지만 그렇지 못하면 중죄로 다스릴 것이며 결코 용서치 않을 것이다."

조식 曰: "바라건대 시제를 내려주십시오."

이때 대전(大殿)의 벽에 수묵화 한 폭이 걸려 있었는데 두 마리의 소가 토담 밑에서 싸우다 한 마리가 우물 속에 빠져 죽는 그림이었다.

조비는 손으로 그 그림을 가리키며 말하기를: "이 그림을 시제로 삼되 시 안에는 두 마리의 소가 담장아래에서 싸우다 한 마리가 우물에 빠져 죽었다는 말이 들어가서는 안 된다."

조식이 일곱 걸음 걷는 동안 시는 이미 완성되었다. 그 시는:

고깃덩어리 두 개가 나란히 길을 가는데	兩肉齊道行
머리 위에 우묵하게 휘어진 뼈가 달렸네	頭上帶凹骨
볼록하게 솟은 산 밑에서 서로 만나더니	相遇凸山下
갑자기 두 개가 서로 들이받기 시작했네	欻起相搪突

둘이 겨루는데 힘세기가 서로 같지 않아	二敵不俱剛
고깃덩이 하나가 토굴 속에 누워 버렸네	一肉臥土窟
누운 것은 그의 힘이 모자라서가 아니라	非是力不如

兄逼弟曹植賦詩

그의 성한 기운 다 쏟아내지 못해서였네 盛氣不泄畢

조비를 비롯한 모든 신하들이 놀랐다.

조비가 다시 말하기를: "일곱 걸음에 시 한수 짓는 것을 무슨 대수로운 것이라 하겠느냐? 이번엔 말이 떨어지자마자 바로 시를 지을 수 있겠느냐?"

조식 曰: "시제를 내려주십시오."

조비 曰: "나와 너는 형제다. 이를 시제로 삼되 역시 시 속에 형제라는 글자가 들어가서는 안 된다."

조식은 말이 떨어지기 무섭게 바로 시 한 수를 읊었으니, 그 시는:

콩을 삶는데 콩깍지로 불을 때니 煮豆燃豆萁
콩은 가마솥 안에서 울고 있구나 豆在釜中泣
본래 같은 뿌리에서 나고 자라서 本是同根生
어찌 정말 이처럼 심히 들볶는가 相煎何太急

조비는 그 시를 들으며 자신도 모르게 하염없이 눈물을 흘렸다. 마침 그때 그의 모친께서 대전 뒤쪽에서 걸어 나오며 말하기를: "형이란 사람이 어찌 그리도 심하게 아우를 핍박한단 말이냐?"

조비는 황망히 자리에서 일어나며 말하기를: "아무리 아우라도 국법을 무시하며 봐줄 수는 없기 때문입니다."

결국 조비는 조식의 벼슬을 안향후(安鄕侯)로 강등시켰다. 조식은 하직 인사를 하고 말에 올라 떠났다.

왕위를 이어 받은 조비는 곧바로 법령을 자신의 위엄을 높이는 쪽으로 새롭게 고치고 황제를 위협하고 핍박하는 정도가 조조보다 더 심했다. 이런 소식은 정탐꾼에 의해 곧바로 성도에 전해졌다.

그 소식을 들은 한중왕은 매우 놀라서 즉시 여러 문무 관원들을 불러 모아 상의하며 말하기를: "조조가 죽고 그의 아들 조비가 왕위를 계승하면서 황제를 위협하고 핍박하는 정도가 그 애비보다도 훨씬 심해졌다고 하오. 게다가 동오의 손권은 두 손을 모아 스스로를 조비의 신하를 자청한다고 하니, 나는 먼저 동오를 쳐서 운장의 원수를 갚고 그 다음에 중원을 쳐서 난적을 제거하려 하오."

말이 채 끝나기도 전에 요화가 앞으로 나오더니 땅에 엎드려 절하며 울면서 말하기를: "관공 부자께서 해를 당하신 것은 모두가 유봉과 맹달의 죄입니다. 먼저 그 두 놈부터 죽여주십시오."

현덕은 곧바로 사람을 보내 두 사람을 잡아들이려 했다.

이때 공명이 간하기를: "안 됩니다. 두 사람을 처리하는 것은 천천히 해야지 급히 서두르다가는 변란이 발생할 수 있습니다. 먼저 이 두 사람을 군수로 승진시켜 서로 떼어놓은 다음에 사로잡는 것이 좋겠습니다."

현덕은 그의 말에 따라 사자를 보내 유봉을 승진시켜 면죽을 지키도록 했다. 현덕의 신하 중에 팽양(彭羕)이란 자가 있었는데 그는 원래 맹달과 교분이 두터웠다. 팽양은 현덕과 공명이 말하는 것을 듣고 집으로 돌아와 급히 서신을 써서 심복에게 주어 맹달에게 전해 주도록 했다. 그런데 그 심복이 남문을 나가자마자 순찰 중이던 마초의 부하에게 붙잡혀 마초에게 압송되어 갔다. 마초는 그를 심문한 끝에 그 사실을 알아내고 즉시 팽양을 찾아갔다. 그런 사실을 전혀 모르는 팽양은 그를 맞아들여 술상을 내와 대접했다. 몇 순배 돈 뒤 마초가 넌지시 팽양의 속을 떠보며 말하기를: "예전에는 한중왕이 공을 매우 후대했는데 요즘 들어서는 좀 야박하신 것 같던데요."

그 말에 술에 취한 팽양은 원망하며 욕설을 퍼붓기를: "그 늙은 것이 정신이 혼미해져 제 멋대로 하고 있소. 내 반드시 보복을 하고 말 것이오."

마초가 다시 떠보기를: "내 역시 원망하고 있는지 오래 되었소."

팽양 曰: "공이 군사를 일으켜 맹달과 합세하여 쳐들어오시오. 나는 서천 군사를 이끌고 안에서 호응하면 대사를 도모할 수 있을 것이오."

마초 曰: "선생의 말이 지당하십니다. 그럼 내일 다시 논의하기로 합시다."

팽양과 작별 인사를 한 마초는 즉시 한중왕을 찾아가 붙잡은 팽양의 심복과 편지를 보이며 그 사실을 자세히 고했다. 매우 화가 난 현덕은 즉시 팽양을 잡아다가 옥에 가두고 고문을 하며 추궁했다. 팽양은 옥중에서 땅을 치며 후회했지만 때는 이미 늦었다.

현덕이 공명에게 묻기를: "팽양이 모반의 뜻을 품었으니 이를 어찌 처리하면 좋겠소?"

공명 曰: "팽양은 비록 정신 나간 선비에 불과하지만 오래 두면 반드시 화가 생길 것입니다."

현덕은 결국 팽양을 옥중에서 죽여 버렸다.

팽양이 옥에서 죽은 소식을 누군가 맹달에게 알려주었다. 깜짝 놀란 맹달이 어찌할 바를 모르고 있는데, 마침 사자가 와서 유봉에게 즉시 면죽으로 가서 그곳을 지키라는 명을 전했다.

맹달은 급히 상용(上庸)과 방릉(房陵)의 도위(都尉)로 있는 신탐(申耽)과 신의(申儀) 형제를 불러 상의하기를: "나는 법효직(法孝直: 법정)과 더불어 한중왕을 위해 많은 공을 세웠는데 효직은 이미 죽었고 한중왕은 예전의 나의 공로는 잊은 채 나를 해치려고 하고 있소. 어찌하면 좋겠소?"

신탐 曰: "저에게 한중왕이 공을 해치지 못하게 할 계책이 하나 있습니다."

맹달은 크게 기뻐하며 그 계책을 묻자, 신탐이 말하기를: "우리 형제는 위에 투항할 뜻을 품은 지 오래되었소. 공께서도 한중왕에게 사직 상소를 올리고 위왕 조비에게 투항한다면 조비는 반드시 공을 중용할 것입니다. 그럼 우리 두 형제도 뒤따라가서 투항하겠습니다."

신탐의 말에 정신이 번쩍 든 맹달은 즉시 표문을 작성하여 성도에서 온 사자에게 주어 돌려보낸 뒤, 그날 밤 50여 명의 기병만 데리고 위(魏)로 투항해 갔다. 표문을 가지고 성도로 돌아간 사자는 한중왕에게 맹달이 위로 투항했음을 아뢰자 한중왕은 몹시 화를 내며 그 표문을 읽어보았는데, 그 내용은:

"신(臣) 맹달이 엎드려 생각하건대, 전하께서 이윤(伊尹: 상商의 명 재상)·여상(呂尙: 주周의 건국공신 강태공)의 업을 세우시고 환공(桓公: 춘추를 제패한 제齊의 군주)·문공(文公: 진晉의 군주)의 큰 공을 본받고자 대사를 일으키시어 그 형세가 오와 초에 버금가니 천하의 뜻 있는 인사들이 소문만 듣고도 전하께 몰려왔습니다.

신이 전하께 몸을 의탁한 이래 저의 허물이 산처럼 쌓였음을 저 자신이 잘 알고 있는데 명철하신 전하께서 어찌 모르실 리가 있겠습니까? 이제 조정에는 수많은 영웅과 준걸이 모여 있어 신은 조정에서 전하를 모실 그릇이 못되고, 밖에서는 대군을 거느릴 장수의 재목도 되지 못하면서 공신의 반열에 끼여 있음을 늘 부끄러워하고 있습니다.

신이 듣기에 범여(範蠡)[35]는 자신의 부족함을 알기에 오호(五湖)에 배

---

35 춘추시대 장수. 월(越) 왕 구천을 도와 오나라를 멸망시켰으나 월왕이 고생은 함께 할 수 있어도 즐거움은 함께 할 수 없는 사람임을 알고 스스로 물러나 자신의 신분을 감춘 채 오호(五湖)에 배를 띄우고 살았음. 역자 주.

를 띄웠고 구범(舅犯)[36]은 스스로의 허물을 사죄하고 강변에서 살았다고 합니다. 저들이 출세할 수 있는 좋은 기회임에도 그만 물러감을 청하는 것은 무슨 까닭이겠습니까? 이는 그들이 거취를 분명히 하여 사심 없이 물러나고자 함이 아닌가요?

하물며 신은 비루한 몸으로 큰 공도 세우지 못하고 시간만 허비하면서 그처럼 어진 이들을 흠모하면서 앞으로 다가올 수치스러움을 미리 생각해 보게 되었습니다.

옛날 신생(申生: 진 문공의 이복형異腹兄)은 지극한 효자였음에도 부모에게 의심을 받았고, 오자서(伍子胥: 춘추 말 오나라 대부)는 충성스런 신하였음에도 임금에게 죽임을 당했으며, 몽염(蒙恬: 진秦의 명장)은 변방을 개척했지만 큰 형벌을 받았고, 악의(樂毅: 전국시대 연燕의 명장)는 제나라를 쳐부수었지만 간신들의 참소와 모함에 결국 다른 나라로 갈 수밖에 없었습니다.

신은 이런 옛 글을 읽으며 분개하면서 눈물을 흘렸는데 지금 제가 이런 일을 직접 당하고 보니 더욱 슬퍼집니다.

근자에 형주가 동오에 함락되었을 때 대신들은 모두 절개를 꺾고 돌아온 사람은 백 명 가운데 한 사람도 없었습니다. 그러나 신은 이런 트집을 잡아서라도 자진하여 방릉(房陵)과 상용(上庸)을 반환해 드리고 저 혼자서 외지로 떠나가려 합니다.

엎드려 생각해보니 전하의 성은(聖恩)을 느끼고 깨닫게 됩니다. 전하께서는 부디 신의 이런 마음을 불쌍히 여기시고 신의 떠남을 가엾게 여겨 주십시오. 신은 참으로 소인에 불과하여 시작과 끝맺음을 온전히 할

36 그의 이름은 호언(狐偃)이며 자는 자범(子犯) 또는 구범이라고 함. 춘추시대 진(晉) 문공의 처남으로 19년간 문공을 보좌하며 망명생활을 하였으나 진나라로 돌아갈 즈음 황하를 건너려고 할 때 문공이 자신의 공로는 잊고 허물만 기억할 것이 두려워 죄를 청하고 돌아가지 않고 황하 강변에서 살았다고 함. 맹달은 이 두 고사를 인용하며 자신을 변명하는 것임. 역자 주.

수 없으며 이를 알면서도 이런 행동을 하였으니 어찌 감히 죄가 아니라고 말할 수 있겠습니까?

신이 듣기로 '절교를 하더라도 미워하는 말을 남기지 말고(交絕而無惡聲), 떠나는 신하는 원망의 말을 하지 말라(去臣無怨辭).'고 하였습니다. 신은 과거 군자에게서 이런 가르침을 받았사온데 부디 군왕께서도 이런 말을 따르는데 힘써 주십시오.

신은 황공한 마음을 이길 수가 없사옵니다."

표문을 다 읽고 난 현덕이 불같이 화를 내며 말하기를: "이 하찮은 놈이 나를 배반하고 떠나면서 어찌 감히 이런 글로 나를 희롱한단 말인가!"

그러고는 즉시 군사를 일으켜 그를 잡으러 가려고 했다.

공명 曰: "유봉으로 하여금 군사를 일으켜 두 범이 서로 싸우게 하십시오. 유봉은 싸움에 이기든 지든 반드시 성도로 돌아올 테니 그때 제거하면 두 놈을 다 없애 버릴 수 있지 않겠습니까?"

현덕은 그의 말에 따라 곧바로 사자를 면죽으로 보내 유봉에게 명을 전하도록 했다. 명을 받은 유봉은 군사를 이끌고 맹달을 사로잡으러 갔다.

한편 조비는 문무 관원들을 모아 놓고 한창 정사를 의논하고 있는데 근시가 들어와 아뢰기를: "촉의 장수 맹달이 투항해 왔습니다."

조비가 그를 불러들여 묻기를: "네가 여기에 온 것은 거짓 항복하려는 게 아니냐?"

맹달 曰: "신이 이전에 관공이 위험에 처했을 때 도와주지 않은 적이 있는데 한중왕이 그것을 알고 저를 죽이려고 합니다. 저는 그 처벌 받는 것이 두려워 항복하러 온 것이지 다른 뜻은 전혀 없습니다."

조비가 여전히 의구심을 떨치지 못하고 있는 그때 또 보고가 들어오

기를: "유봉이 군사 5만 명을 이끌고 양양으로 쳐들어왔는데 이곳으로 도망 온 맹달만 내놓으면 싸우지 않고 돌아가겠다고 합니다."

조비 曰: "자네 말이 진심이라면 곧바로 양양으로 가서 유봉의 목을 베어오너라. 그러면 너의 말을 믿을 것이니라."

맹달 曰: "굳이 군사를 움직일 필요도 없습니다. 유봉도 한중왕에게 지은 죄가 있으니 제가 그를 이해관계로 설득하여 유봉 역시 항복해 오도록 하겠습니다."

조비는 크게 기뻐하며 곧바로 맹달을 산기상시(散騎常侍) 건무장군(建武將軍) 평양정후(平陽亭侯)에 봉하고 신성(新城) 태수를 겸하게 하면서 양양과 번성을 지키러 가도록 했다.

원래 양양에는 하후상과 서황이 군사를 주둔하고 있으면서 장차 상용(上庸)을 칠 준비를 하고 있었다. 양양으로 간 맹달은 우선 두 장수를 만나 인사를 한 다음 유봉이 성 밖 50리 되는 지점에 영채를 세우고 있음을 알게 되었다. 맹달은 즉시 편지 한 통을 써서 사자로 하여금 촉의 영채로 가서 유봉에게 전달하여 항복을 권유하도록 했다.

서신을 받아 본 유봉은 크게 화를 내며 말하기를: "이 역적 놈이 내게 숙질(叔姪)간의 의리를 끊게 한 것도 모자라 이번에는 또 부자지간의 정리마저 끊게 하여 나를 불충불효(不忠不孝)한 인간으로 만들려 하는구나!"

유봉은 편지를 찢어 버린 다음 사자의 목을 베어 버렸다. 다음 날 유봉은 군사를 이끌고 나가 싸움을 걸었다.

유봉이 편지를 찢어 버리고 사자마저 베어 죽였다는 말을 들은 맹달은 버럭 화를 내며 그 역시 군사를 거느리고 유봉을 맞이해 싸우러 나갔다. 양편이 마주보고 진을 친 다음 유봉이 문기 아래에 말을 세우고 칼을 들어 맹달을 가리키며 욕설을 퍼붓기를: "나라를 배반한 역적 놈이 어찌 그리 난잡한 글로 나를 또 꾀려 한단 말이냐?"

맹달 曰: "너는 죽음이 이미 네 머리 위에 이르렀음에도 미련하게 아직도 그걸 깨닫지 못하고 있단 말이냐?"

유봉이 더는 화를 참지 못하고 말에 박차를 가해 칼을 휘두르며 곧바로 맹달에게 달려들었다. 그러나 싸운 지 3합도 되지 않아 맹달은 패하여 달아났다. 유봉이 기세를 몰아 20여리를 추격해 갔는데 그때 갑자기 함성이 일면서 복병들이 일제히 뛰쳐나왔다. 왼쪽에서는 하후상이, 오른쪽에서는 서황이 각각 쳐들어오자 달아나기만 하던 맹달 역시 몸을 돌려 다시 싸우러 왔다. 세 방면에서 군사들이 협공해 오니 유봉은 크게 패하여 달아났다.

유봉이 밤새도록 달려 상용으로 돌아오는데 뒤에서는 군사들이 바짝 추격해 왔다. 가까스로 성 아래 도착한 유봉이 성문을 열라고 소리치자 도리어 성 위에서 화살이 마구 쏟아지는 것이 아닌가!

이어서 신탐이 성 위의 망루에 나타나 소리치기를: "나는 이미 위(魏)에 항복했다."

몹시 당황하고 화가 난 유봉이 성을 공격하고 싶었지만 뒤에서 쫓아오는 추격병 때문에 어쩔 수 없이 방릉(房陵)을 향해 달아나기 시작했다. 그러나 방릉에 이르러 보니 성 위에는 모두 위(魏)의 깃발들만 꽂혀 있었다. 성루에서 신의가 깃발을 흔들자 성 뒤에서 한 무리의 군사들이 쏟아져 나오는데 그들이 들고 있는 깃발에는 '우장군 서황(右將軍 徐晃)'이라고 크게 씌어 있었다. 유봉은 그들을 대적할 엄두도 내지 못하고 서천을 향해 달아났다. 승세를 잡은 서황이 계속 추격해 왔다.

위기에서 벗어난 유봉이 남은 병사를 점검해보니 겨우 기병 1백여 명뿐이었다. 유봉은 그들을 데리고 성도로 들어가 한중왕을 뵙고 땅에 엎드려 울면서 그간의 일을 자세히 고했다.

현덕이 화를 내며 말하기를: "아비를 욕보인 자식이 무슨 낯으로 다시 돌아와 나를 보려 하느냐?"

유봉 曰: "숙부님께서 난을 당하신 것은 제가 구하지 않아서가 아니라 맹달이 돕지 못하도록 말렸기 때문입니다."

현덕은 그 말에 더욱 화가 나서 말하기를: "너도 사람이 먹는 밥을 먹고 사람이 입는 옷도 입는 놈이 아니더냐? 네놈이 흙이나 나무로 만든 허수아비가 아닌 이상 그런 간사한 역적 놈의 말에 넘어간단 말이냐!"

그러고는 좌우에 명하여 그를 끌어내어 목을 베라고 했다.

한중왕은 유봉을 죽이고 난 후 맹달이 편지를 보내서 유봉에게 항복을 권유했으나 그 편지를 찢어 버리고 사신의 목을 베었다는 말을 듣고 유봉을 죽인 것을 못내 후회했다. 그러나 그런 후회와 더불어 관공의 죽음을 애통해하다가 한중왕 역시 병이 들고 말았다. 그래서 당장 군사를 움직이지 못했다.

한편 위왕 조비는 왕위에 오른 뒤 문무 관료들의 벼슬을 모두 올려주고 30만 명의 군사를 무장시켜 거느리고 남쪽에 있는 자신의 고향 패국(沛國)을 순시하고 조상의 묘를 찾아 제사를 올렸다. 조비가 고향으로 내려가자 그 고장 어른 들이 구름처럼 몰려와 길을 막고 술을 바쳤다. 그 옛날 한고조 유방이 황제에 오른 후 자기 고향 패국에 들렀을 때의 일을 흉내 낸 것이었다.

그때 대장군 하후돈의 병세가 위독하다는 보고가 들어왔다. 조비는 즉시 업군으로 돌아왔으나 이미 하후돈이 죽은 뒤였다. 조비는 몸소 상복을 입고 후한 예로 그의 장례를 치러주었다.

그해 8월, 석읍현(石邑縣)에 봉황이 날아들고 임치성(臨淄城)에 기린이 출현하고 황룡(黃龍)이 업군에 나타났다는 보고가 들어왔다.

이에 중랑장 이복(李伏)과 태사승(太史丞) 허지(許芝)가 상의하기를: "이

姪陷叔劉封伏法

런 여러 가지 상서로운 조짐들은 모두 위(魏)가 한(漢)을 대신하여 천하를 다스려야 한다는 뜻이 아니겠소? 어서 제위를 선양받을 예를 마련하여 헌제로 하여금 위왕에게 선위(禪位)하도록 해야 할 것이오."

마침내 이 두 사람은 화흠·왕랑·신비·가후·유이·유엽·진교·진군·환계 등 일반 문무 관원 40여 명과 함께 내전으로 들어가 헌제(獻帝)에게 황제의 자리를 조비에게 넘기도록 주청했다.

이야말로:

위나라 사직이 이제 창건되려 하니　　魏家社稷今將建
한나라 강산은 이미 벌써 옮겨가네　　漢代江山忽已移

헌제가 어찌 대답할지 궁금하거든 다음 회를 기대하시라.

제 80 회

조비는 헌제를 폐위하여 왕조 찬탈하고
한중왕은 황제에 즉위하여 대통을 잇다

曹丕廢帝篡炎劉

漢王正位續大統

내전으로 들어간 화흠 등 문무 관원들이 황제를 뵈었다.

화흠이 아뢰기를: "엎드려 생각건대, 위왕께서 왕위에 오르신 이래로 그 덕이 사방에 퍼지고 그 인자하심은 만물에 미치고 있으니 고금을 초월하여 비록 요순(堯舜) 임금이라 하더라도 이보다 더하지는 못했을 것입니다. 이에 여러 신하들이 모여 의논한 끝에 한조(漢朝)의 천수(天壽)는 이미 끝났으니 폐하께서는 요순 임금의 도를 본받아 산천과 사직을 위왕에게 물려주시는 것이 위로는 천심(天心)에 부합하고 아래로는 민의(民意)에 따르는 길입니다. 또 그렇게 하셔야 폐하께서도 깨끗하면서도 여유로운 복을 안전하게 누리실 수 있을 것이며 조종(祖宗)과 백성들에게도 심히 다행일 것입니다. 신 등은 이미 이렇게 논의를 마쳤기에 특별히 주청드리옵니다."

그 말은 들은 헌제는 깜짝 놀라 한동안 말문을 열지 못하다가 백관들을 쳐다보며 울면서 말하기를: "짐이 생각해보니 짐의 고조(高祖)께서 삼척검(三尺劍)으로 흰 뱀을 베어 의병을 일으키시어 진(秦)을 평정하고 초

(楚)를 멸망시키고 한(漢)의 기업(基業)을 창건하시어 대대로 내려온 지 4백 년이 되었다. 짐이 비록 재주는 없지만 별다른 과오나 악행이 없었는데, 어찌 차마 조종의 대업 등을 함부로 버릴 수 있단 말이오. 그대들 모든 백관들은 다시 한 번 공정하게 의논해 보시오."

화흠이 이복과 허지를 데리고 헌제 앞으로 바짝 다가가서 다시 아뢰기를: "폐하께서 만약 제 말을 믿지 못하겠으면 이 두 사람 말을 들어 보십시오."

이복이 아뢰기를: "위왕께서 즉위하신 이래 기린이 태어나고 봉황이 날아왔으며 황룡이 출현하고 가화(嘉禾: 벼)가 무성하게 자라고 감로(甘露)가 내리니, 이들은 하늘이 보여준 상서로운 징조들로 위(魏)가 한(漢)을 대신해야 한다는 징표이옵니다."

또 허지가 아뢰기를: "신들은 천문을 살피는 일을 하는데 밤에 건상(乾象)을 보니 염한기수(炎漢氣數: 한나라의 운명)는 이미 다하여 폐하의 별은 그 빛을 잃어 보이지도 않습니다. 반면에 위국의 건상은 하늘과 땅에 가득 차, 말로는 다 표현을 할 수가 없습니다. 게다가 도참(圖讖)과도 맞아 떨어지는데 도참은 말하기를, '귀(鬼)자가 위(委)의 옆에 연이어 있어 한(漢)을 대신하니 할 말 없구나. 언(言)자는 동이요, 오(午)자는 서라. 두 해(日)가 나란히 빛나며 위아래로 옮겨 가네(鬼在邊 委相連, 當代漢 無可言, 言在東 午在西, 兩日並光 上下移).'라고 했습니다.

이 말에 따르면 폐하께서는 조속히 양위하셔야 합니다. 귀(鬼) 자가 변이 되고 위(委)와 붙어 있으니 이는 곧 '위(魏)' 자를 말한 것이니 위가 즉 한(漢)을 대신한다는 뜻이며, 언(言) 자가 동쪽에 있고 오(午) 자가 서쪽에 있다는 것은 곧 '허(許) 자를 말하며 두 해(日)가 나란히 빛을 내며 위아래로 옮겨간다는 것은 곧 '창(昌)' 자를 말하는 것이니 이는 곧 위가 허창

(許昌)에서 위가 한으로부터 선위(禪位)를 받게 된다는 뜻입니다. 부디 폐하께서는 이를 깊이 살피시옵소서."

헌제 曰: "상서로운 조짐이니 도참이니 하는 것들은 다 허망한 것들이 아니더냐? 어찌 그런 허망한 것들을 가지고 짐에게 조종이 물려준 기업을 버리라고 한단 말이냐?"

왕랑이 다시 아뢰기를: "자고로 흥(興)이 있으면 반드시 폐(廢)가 있고, 성(盛)함이 있으면 반드시 쇠(衰)함이 있으니 망하지 않는 나라가 어디 있으며 쇠퇴하지 않는 집안이 어디 있겠습니까? 한 황실이 전해 내려오기를 어느덧 4백여 년, 이제 폐하의 대에 이르러 그 천수가 다 했으니 마땅히 조속히 물러나 피해야지 망설이며 지체할 때가 아닙니다. 그러시다가는 정말 큰 변을 당하시게 됩니다."

헌제는 통곡을 하며 후전(后殿)으로 들어가 버렸고, 백관들은 그의 뒷모습을 바라보며 비웃으며 물러갔다.

다음 날 백관들은 다시 대전에 몰려와 환관으로 하여금 헌제를 불러오도록 했다. 헌제는 걱정과 두려움에 감히 나가지 못하고 주저하고 있는데 조 황후가 말하기를: "백관들이 폐하께 조회에 참석하시라고 청하는데, 폐하께서는 어찌하여 나가시지 않으십니까?"

헌제가 울면서 말하기를: "그대의 오라비가 나의 자리를 빼앗으려고 백관들을 시켜 나를 협박하기 때문에 나가지 못하는 것이오."

그 말을 들은 조 황후가 크게 화를 내며 말하기를: "내 오라버니가 어찌 그런 역적질을 한단 말입니까?"

말이 채 끝나기도 전에 조홍과 조휴가 칼을 차고 막무가내로 들어와 헌제에게 대전으로 나갈 것을 종용했다.

조 황후가 큰 소리로 꾸짖기를: "이 모든 것이 네놈들 난적(亂賊)들이 부귀영화를 누리기 위해 함께 꾸민 역모(逆謀)였구나! 내 부친께서는 그 공로가 온 세상을 덮고 그 위엄이 천하를 뒤흔들었어도 감히 황제의 자리(神器)만은 넘볼 생각을 하지 않으셨다. 그런데 지금 오라버니는 왕위를 이어받은 지 얼마나 되었다고 벌써부터 한(漢) 나라를 찬탈할 마음을 먹고 있단 말이냐? 진정 하늘이 두렵지도 않느냐?"

조 황후가 통곡을 하며 내전으로 들어가니 좌우에 모시는 시녀 들이 모두 흐느껴 울었다.

그럼에도 조홍과 조휴는 헌제에게 대전으로 나갈 것을 강력히 요청하니 견디다 못한 헌제는 어쩔 수 없이 의복을 갈아입고 대전으로 나갔다.

화흠이 아뢰기를: "폐하께서는 어제 신 등이 의논한 대로 따르셔야 큰 화를 면할 수 있습니다."

황제는 통곡을 하면서 말하기를: "경들은 모두 한(漢)의 국록을 먹은 지 오래이며, 경들 가운데는 한조(漢朝) 공신(功臣)의 자손들도 많은데 어찌하여 신하로서는 차마 해서는 안 될 일을 한단 말인가?"

화흠 曰: "폐하께서 만약 저희들의 뜻을 따르지 않으시면 조만간 조정 내에서 큰 화를 당하시지 않을까 두렵습니다. 저희가 폐하께 불충(不忠)해서가 결코 아닙니다."

헌제 曰: "누가 감히 궁 안에서 짐을 시해한단 말인가?"

화흠이 언성을 높여 날카로운 목소리로 말하기를: "천하 사람들은 모두 폐하를 두고 임금으로서의 복이 없기 때문에 사방에서 대란이 일어난 것으로 알고 있습니다. 만약 조정에 위왕이 계시지 않았다면 폐하를 죽이려는 자가 어디 한두 사람뿐이겠습니까? 그럼에도 폐하께서는 그 은혜를 덕으로 보답하려 하기는커녕 오히려 천하의 온 백성들이 일어나 함께 폐하를 치기를 바라시는 것입니까?"

깜짝 놀란 헌제가 소매를 떨치고 일어서자, 왕랑이 화흠에게 눈짓을 했다. 화흠이 헌제에게 성큼성큼 다가가더니 용포(龍袍) 자락을 나꿔채며 험한 인상을 한 얼굴색으로 확 바꾸면서 윽박지르기를: "허락할지 말지 그 말만 하란 말이오!"

헌제가 벌벌 떨며 대답을 못했다.

조홍과 조휴가 칼을 빼들고 큰 소리로 외치기를: "부보랑(符寶郎)[37]은 어디 있나?"

조필(祖弼)이 즉시 나서며 말하기를: "부보랑 여기 있소이다!"

조홍이 옥새를 내놓으라고 다그치자 조필이 오히려 그를 꾸짖기를: "옥새는 천자의 보배이거늘 그대가 어찌 함부로 내놓으라 하는가!"

조홍은 무사에게 그를 끌어내어 목을 베라고 호령했다. 조필은 끌려가서 죽는 순간까지 그의 입에서는 조홍을 꾸짖는 소리가 그치질 않았다. 후세 사람이 그를 찬탄하여 지은 시가 있으니:

간신들 권세 휘둘러 한 황실 망할 때	奸宄專權漢室亡
선위를 사칭하며 요순임금 흉내 냈지	詐稱禪位效虞唐
조정의 문무백관 다 조비를 받드는데	滿朝百辟皆尊魏
충신은 고작 부보랑 단 한 사람 있네	僅見忠臣符寶郎

헌제가 몸을 부들부들 떨다 문득 계단 아래에 수백여 명이 갑옷을 입고 창을 들고 있는 군사들이 보였는데 전부 위(魏)의 군사들이었다.

헌제는 마침내 울면서 여러 신하들에게 말하기를: "짐이 천하를 위왕에게 넘겨줄 테니, 남은 목숨이나 부지하여 부디 하늘이 정해준 대로 살다 가게 해 주시오!"

37 황제의 옥새를 관리하는 관리. 역자 주.

가후 曰: "위왕께서는 결코 폐하를 저버리지 않을 것이니 속히 조서를 내리시어 백성들을 안심시켜 주십시오."

헌제는 어쩔 수 없이 진군(陳群)에게 선위조서(禪位詔書)를 작성하게 하고 화흠에게 조서와 옥새를 받들고 문무백관을 거느리고 위왕의 궁으로 가서 헌납하게 했다.

조비는 매우 기뻐하며 조서를 낭독하게 하였으니 그 내용은:

"짐이 제위에 오른 지 서른 두 해, 그동안 수차례 천하가 요동을 치고 뒤집힐 뻔했지만 다행히 조종(祖宗)의 영령들이 보우하사 위급한 난리 중에도 보존해 올 수 있었다.

그러나 이제 우러러 천문을 살펴보고 굽어 민심을 헤아려보니 한조(漢祖)의 천수(天壽)는 이미 끝나고 운명의 추이가 조씨(曹氏)에게 있도다. 이는 전왕(前王: 조조)이 이미 신무(神武)의 공을 세웠고 금왕(今王: 조비)이 밝은 덕을 빛냄으로써 하늘과 민심의 기대에 부응하여 제위를 물려주는 것과 천문의 운행이 일치하니 진실로 이를 알 수 있도다.

무릇 '대도(大道)가 행하여지면 천하는 공평해진다(大道之行, 天下爲公)'고 했다. 요임금이 사사로이 그의 자식에게 천하를 넘기지 않아 그의 이름이 무궁하게 전해지고 있음을 짐은 늘 흠모하여 왔노라.

이제 짐은 요임금이 행한 선례를 본받아 승상 위왕에게 왕위를 물려주려 하니 부디 사양하지 말지어다."

다 듣고 난 조비가 조서를 받으려 하자 사마의가 간하기를: "안 됩니다. 비록 조서와 옥새가 내려지긴 했지만 전하께서는 우선 겸손히 사양한다는 뜻의 표문을 올리셔야만 천하 사람들의 비난을 막을 수가 있습니다."

조비는 그의 말에 따라 왕랑(王郎)에게 표문을 작성하도록 했는데 그 내용은 자신은 덕이 엷으니 크게 어진 사람을 구해서 천자의 자리를 잇게 하라는 것이었다.

헌제는 조비의 표문을 보고 몹시 놀라고 의아하게 생각되어 여러 신하에게 말하기를: "위왕이 겸손하여 받지 않겠다고 하니 어찌하면 좋겠는가?"

화흠이 말하기를: "전에 위 무왕(武王: 조조)께서 왕의 작위를 받을 때에도 세 번이나 사양했지만 그때마다 사양을 허락하지 않는다는 조서를 내리신 후에야 받았습니다. 지금 폐하께서 다시 조서를 내리신다면 위왕은 마땅히 따를 것입니다."

헌제는 하는 수 없이 환계에게 다시 조서를 작성하게 하여 이번에는 한 고조 유방의 묘를 관리하는 고묘사(高廟使) 장음(張音)에게 조서와 옥새를 주어 위 왕궁으로 보냈다.

조비가 또 조서를 낭독하게 했는데, 그 내용은:

"아아, 그대 위왕이여! 글을 올려 겸양하였구나. 짐이 생각해보니 한의 운수가 기운지 이미 오래 되었으나 다행히 무왕 조조가 덕을 높이고 천운까지 내려 신무(神武)한 힘을 떨쳐 흉포한 무리를 제거하고 천하를 평정하였도다. 지금의 왕 비(丕)는 선왕의 유업을 계승하여 지극히 덕을 빛내고 명성과 교화가 사해를 덮고 어진 바람이 팔방으로 불었으니 이는 제왕이 될 운명이 그대에게 있음이라.

지난날 순임금이 스무 가지 큰 공을 세우니 방훈(放勳: 요임금의 이름)이 천하를 그에게 물려주었으며, 대우(大禹: 우임금)는 물길을 다스린 업적이 있어 중화(重華: 순임금의 이름)가 제왕의 자리를 그에게 물려주었도다.

한(漢) 나라도 요임금의 운을 이어받았으니 성인의 의를 전하는 것이 마땅하며 게다가 천지신령께 순종하고 하늘의 뜻을 이어가라는 밝은 명령까지 받았으니, 어사대부 장음(張音)으로 하여금 부절과 더불어 황제의 옥새와 인수를 바치게 하니 왕은 이를 받을지어다."

두 번째 조서를 받은 조비는 기쁨을 감추지 못하고 가후에게 말하기를: "비록 두 차례 조서가 있었지만 천하의 후세 사람들로부터 제위를 찬탈했다는 소리를 면할 수는 없을 것 같아 두렵소."

가후 曰: "그야 아주 쉬운 일입니다. 다시 장음에게 옥새와 인수를 가져가게 한 다음 화흠을 통해 황제에게 분부하기를 대(臺)를 하나 쌓게 하고 그 대의 이름을 수선대(受禪臺)라 부르도록 하십시오. 그리고 길일(吉日)을 택해 대소 신료들을 모두 그 대 아래 모아 놓고 그들이 보는 앞에서 황제로 하여금 직접 옥새와 인수를 받들어 천하를 대왕께 바치게 한다면 많은 사람들의 의혹도 풀 수 있고 백성들의 쑥덕거림도 막을 수 있을 것입니다."

그 말을 들은 조비는 매우 흡족해하며 즉시 장음에게 옥새와 인수를 가지고 돌아가도록 하면서 또다시 겸양(謙讓)의 표문을 올렸다.

장음이 돌아가서 헌제에게 그 사실을 고하니 헌제가 여러 신하에게 다시 묻기를: "위왕이 또 사양했는데 그 의도가 무엇이오?"

화흠이 아뢰기를: "폐하께서는 대를 하나 쌓으시되 그 이름을 수선대라 지으시고 문무백관과 백성들이 모두 참석하여 그들이 지켜보는 가운데 직접 선위를 하십시오. 그리 하시면 폐하의 자자손손이 틀림없이 위(魏)의 은혜를 입게 될 것입니다."

헌제는 그의 말을 따를 수밖에 없었다. 즉시 종묘의 제사를 주관하는 태상원(太常院)의 관리를 번양(繁陽)으로 보내 터를 마련하고 3층의 높은 대를 쌓았다. 그리고 10월 경오일(庚午日) 인시(寅時)를 택해 선양하기로 했다.

마침내 그날이 되었다.

헌제는 위왕 조비를 선위를 받도록 수선대 위에 오르도록 청했다. 수선대 아래에는 대소 신료 4백여 명과 어림호분 금군어림호분금군 3십여 만 명이 모여 있었다. 헌제가 친히 옥새를 받들어 조비에게 바치고, 조비는 이를 받았다. 대 아래의 모든 신하들은 무릎을 꿇고 황제의 자리를 선양하는 책봉 문서를 낭독하는 소리를 들었는데, 그 내용은:

"아아, 위왕이시어! 옛날 요 임금은 순 임금에게 제위를 물려주셨고 순 임금 또한 우 임금에게 선위하셨도다. 이처럼 천명(天命)은 고정되어 있는 것이 아니고 오직 덕이 있는 자에게 돌아가는 법이다.

한(漢)의 운세가 쇠하여 세상이 그 질서를 잃더니 짐의 대에 이르러서는 크게 어지럽고 어두워져 흉악한 무리들이 제멋대로 반역을 일으켜 나라를 전복하려 했도다.

하지만 다행히 무왕의 신무(神武)에 힘입어 사방에서 일어나는 난을 평정하고 온 나라를 깨끗이 하고 종묘를 보전했으니, 이 어찌 나 한 사람만의 덕이겠는가, 실은 온 천하가 그 은혜를 입었다 할 것이다.

지금의 왕은 선대의 유업을 이어받아 그 덕을 빛냈으며 문무의 대업을 어루만지고 부친의 공로를 더욱 빛나게 하였도다.

하늘은 상서로운 조짐을 내리시고 사람과 귀신이 그 징조를 알리는 것은 나라와 백성을 위해 짐의 제위를 그대에게 넘겨주라는 것이다.

모두들 말하기를, '그대는 우순(虞舜: 순 임금)에 견줄 만하다' 하니, 나는 요 임금의 예를 본받아 경건한 마음으로 그대에게 제위를 물려주려 하노라.

曹丕廢帝篡炎劉

아아, 하늘의 운수가 그대에게 있으니, 그대는 삼가 대례(大禮)를 받들어 만국(萬國)을 받아 엄숙히 천명을 받도록 하라!"

책봉 문서 낭독을 마치자 위왕 조비는 성대한 선위 대례를 치르고 마침내 제위에 올랐다. 가후는 대소 신료를 모두 거느리고 대 아래에서 새로운 황제를 알현했다.

조비는 연호(年號)를 연강(延康) 원년에서 황초(黃初) 원년으로 바꾸고 국호를 대위(大魏)로 정했다. 그리고 칙명을 내려 천하에 대사면령(大赦令)을 내리고 부친 시호(諡號)를 태조무황제(太祖武皇帝)로 추존했다.

화흠이 아뢰기를: "하늘에 두 해가 없듯이 백성에게 두 임금이 있을 수 없습니다. 한제(漢帝)는 이미 천하를 양도했으니 도리 상 마땅히 번복(藩服)[38]으로 물러나야 합니다. 유씨(劉氏: 헌제)를 어느 땅에 안치시킬 것인지 분명한 교지를 내려주십시오."

말을 마친 화흠은 헌제를 수선대 아래로 끌어내려 꿇어앉히고 조비의 교지를 듣게 했다. 조비는 헌제를 산양공(山陽公)으로 봉하고 그날로 떠나도록 했다.

화흠은 칼을 잡고 헌제를 가리키며 언성을 높여 말하기를: "새 황제를 세우면 이전 황제를 폐하는 것은 예로부터 내려오는 당연한 이치이거늘 금상(今上)께서 인자하시어 차마 죽이지 못하시고 그대를 산양공으로 봉해 주셨다. 오늘 즉시 떠나되 황제께서 들어오라는 명령이 없으면 입조를 불허하노라."

헌제는 눈물을 머금으며 하직 인사를 하고 말에 올라 떠났다.

38 황제가 거주하는 곳에서 가장 멀리 떨어진 곳. 역자 주.

수선대 아래에서 이 모습을 본 군사와 백성들은 모두 슬픔을 이기지 못했다.

조비가 모든 신하에게 말하기를: "순 임금과 우 임금이 제위를 물려받을 때 심정이 어찌했을지 짐도 이제 알 것 같구나!"

이에 모든 신하들이 일제히 '만세'를 외쳤다.

후세 사람이 이 수선대를 보고 시를 지어 탄식했으니:

서한과 동한 다스리기 자못 어렵더니 兩漢經營事頗難
하루아침에 옛 강산을 잃고 말았다네 一朝失却舊江山
조비는 요순을 그대로 배우려 했으나 黃初欲學唐虞事
사마씨가 장차 어찌하는지 두고 보라 司馬將來作樣看

문무백관들이 조비에게 하늘과 땅에 감사드리기를 청했다. 조비가 무릎을 꿇고 막 절을 하려는 순간 갑자기 수선대 앞에서 한바탕 괴이한 바람이 불면서 모래가 날리고 돌멩이가 구르는데 마치 세찬 소나기처럼 쏟아지는데 서로 얼굴을 마주보고도 알아볼 수 없는 지경이어서 제단 위의 촛불들도 모조리 꺼져버리고 말았다.

조비는 너무 놀라 대 위에서 그만 까무러치고 말았다. 백관들이 급히 구해 대 위에서 내려온 조비는 한참만에야 겨우 정신이 들자 옆에서 모시는 근시들이 조비를 부축해 궁 안으로 들어갔다.

며칠 동안이나 앓아누워 조회도 열지 못하던 조비가 겨우 몸을 추스르고 대전으로 나가 여러 신하들의 축하 인사를 받았다. 조비는 자신이 제위에 오르는데 가장 큰 공을 세운 화흠을 사도(司徒)로, 왕랑을 사공(司空)으로 각각 봉하고 그 밖의 대소 관료들에게도 일일이 벼슬을 올려주고 상을 내렸다.

시간이 지나도 병이 좀처럼 낫지 않자 조비는 허도의 궁궐에 요사한 귀신이 많아서 그런 게 아닌가 생각하고 도읍을 허창에서 낙양으로 옮겨 큰 궁전을 짓게 했다.

이러한 사실은 곧 성도에 보고되었다. 조비가 스스로 대위(大魏)의 황제가 되었고 낙양에 커다란 궁전을 짓고 있다는 것이다. 또한 헌제는 이미 살해되었다는 말도 전해졌다.

이 소식을 들은 한중왕은 하루 종일 통곡을 하며 모든 관원들에게 상복을 입도록 하고 멀리 허창을 바라보며 제사를 지냈다. 그리고 죽었다는 헌제에게 '효민황제(孝愍皇帝)'라는 시호를 바쳤다.

현덕은 이 일로 근심을 하다 결국 병을 얻어 정사도 돌볼 수 없게 되어 모든 정무를 공명에게 위임했다.

공명은 태부(太傅) 허정(許靖)과 광록대부(光祿大夫) 초주(譙周)와 상의하기를: "천하에는 하루도 임금이 없어서는 아니 되니, 한중왕을 높여서 황제로 받들고자 하오."

초주 曰: "요사이 상서로운 바람과 경사스런 구름이 이는 등의 좋은 징조가 있고, 성도 서북쪽에 수십 길의 황색 기운이 하늘로 솟구쳐 올라가고 또 황제의 별이 필(畢)·위(胃)·묘(卯) 사이에 나타나 마치 달처럼 환하게 비추었습니다. 이는 바로 한중왕께서 황제의 자리에 오르시어 한조(漢朝)의 대통을 잇게 될 징조이니 더 무엇을 의심하겠습니까?"

이리하여 공명은 허정과 함께 대소 신료들을 거느리고 들어가서 표문을 올리면서 한중왕께 황제의 자리에 오르시기를 청했다.

한중왕이 표문을 보고 깜짝 놀라 말하기를: "경들은 나를 불충(不忠)하고 불의(不義)한 사람으로 만들려 하는가!"

공명이 아뢰기를: "아닙니다. 조비가 한나라를 찬탈하여 스스로 황제

가 되었다 하나 주상께서는 한 황실의 후예이시니 마땅히 대통을 이으시어 한조(漢朝)의 제사를 계속 모셔야만 합니다."

한중왕은 돌연 낯빛까지 변하며 말하기를: "내 어찌 감히 역적들이 하는 짓을 그대로 따라 한단 말인가!"

한중왕은 더 이상 들을 가치도 없다는 듯 소매를 떨치고 일어나 후궁으로 들어가 버렸다. 관원들은 말없이 자리를 떴다.

사흘 후, 공명은 또 관원들을 데리고 조정으로 들어가 한중왕 뵙기를 청했다. 모든 관원들이 그의 앞에 엎드린 가운데 허정이 아뢰기를: "지금 한(漢)의 천자께서는 조비에게 시해를 당하셨는데 주상께서 즉시 제위에 오르시고 군사를 일으키어 역적을 토벌하지 않으신다면 충성스럽고 의롭다 할 수 없습니다. 오늘날 온 천하가 주상께서 제위에 오르시어 효민황제의 원한을 씻어주기를 원치 않은 사람이 없습니다. 만약 주상께서 신들이 의논한 대로 따르지 않으신다면 이는 백성의 소망을 저버리시는 것이 되옵니다."

한중왕 曰: "내 비록 경제(景帝) 각하의 후손이기는 하나 백성들에게 베풀어준 덕이 없는데, 지금 하루아침에 갑자기 황제가 되면 찬탈이나 무엇이 다르겠소."

공명이 몇 번이나 간절히 권했지만 한중왕의 고집을 꺾을 수 없었다. 이에 공명은 한 가지 계교를 생각해 내서 여러 관원들에게 말하기를: "여차여차하시오."

그리고 공명은 병을 핑계로 집 밖을 나오지 않았다.

공명의 병이 위독하다는 말을 들은 한중왕은 몸소 부중으로 찾아가 곧바로 공명의 침상 옆으로 다가가서 묻기를: "군사께선 무슨 병에 걸린 것이오?"

공명이 대답하기를: "근심 걱정으로 가슴이 터질 것 같으니 아무래도

오래 살지 못할 것 같습니다!"

한중왕 曰: "군사는 무슨 일로 그리 걱정을 하시오?"

연거푸 몇 차례나 물었지만 공명은 다만 병이 위중하다는 구실로 눈을 지그시 감고 더 이상 대답하지 않았다.

답답한 한중왕이 거듭 묻자 공명은 그제서야 길게 탄식하며 말하기를: "신이 초려를 나와 대왕을 만난 이래로 지금까지 대왕께선 신의 말이라면 무엇이든 믿고 따라 주셨습니다. 그리하여 다행히 대왕께선 동천과 서천의 땅을 가지게 되셨으니 신이 옛날에 드린 말씀을 저버리지 않으셨습니다. 지금 조비가 황제의 자리를 빼앗아 한의 제사가 끊어지게 되었는데 문무 관원들이 모두 대왕을 받들어 황제로 모시고 위(魏)를 멸하고 유씨(劉氏) 왕조를 다시 일으켜 세워 더불어 공명(功名)을 이루기를 간절히 원하고 있습니다.

그런데 뜻밖에도 대왕께서 고집을 부리시고 따르지 않으시니, 관원들은 모두 원망의 마음이 생겨 머지않아 모조리 흩어져버릴 것입니다. 만약 문무 관원들이 전부 흩어진 뒤에 동오와 위가 쳐들어온다면 동천과 서천은 보전하기 어려울 것이니 신이 어찌 걱정이 되지 않을 수 있겠습니까?"

한중왕 曰: "내가 군사의 청을 거절하는 게 아니라 천하 사람들이 나를 비난할 까 그게 두려울 뿐이오."

공명 曰: "성인께서 이르시기를, '명분이 바르지 않으면 하는 말도 조리에 맞지 않는다(名不正, 則言不順).' 고 하셨습니다. 지금 대왕께서는 명분도 바르시고 그 하시는 말씀도 조리에 맞는데 어찌 비난하겠습니까? 게다가 '하늘이 주는 것을 받지 않으면 오히려 재앙을 입는다(天與弗取, 反受其咎).'는 말도 들어 보시지 못했습니까?"

한중왕 曰: "그 일은 군사의 병이 다 나은 뒤에 행해도 늦지 않을 것이오."

공명은 그 말이 떨어지자마자 침상에서 벌떡 일어나 병풍을 한번 탁 치자 밖에서 대기하고 있던 문무 관원들이 모두 들어와서 땅에 엎드려 절을 하면서 말하기를: "대왕께서 이미 윤허하셨으니 곧 길일을 택하여 대례를 올리도록 하시옵소서."

한중왕이 보니 그들은 태부 허정을 비롯하여 안한장군(安漢將軍) 미축(糜竺)·청의후(青衣侯) 상거(尙擧)·양천후(陽泉侯) 유표(劉豹)·별가(別駕) 조조(趙祚)·치중(治中) 양홍(楊洪)·의조(議曹) 두경(杜瓊)·종사(從事) 장상(張爽)·태상경(太常卿) 뇌공(賴恭)·광록경(光祿卿) 황권(黃權)·좨주(祭酒) 하증(何曾)·학사(學士) 윤묵(尹默)·사업(司業) 초주(譙周)·대사마(大司馬) 은순(殷純)·편장군(偏將軍) 장예(張裔)·소부(少府) 왕모(王謀)·소문박사(昭文博士) 이적(伊籍)·종사랑(從事郎) 진복(秦宓) 등이었다.

깜짝 놀란 한중왕이 말하기를: "나를 불의에 빠뜨리는 것은 모두 경들이오!"

공명 曰: "주상께서 이미 윤허하셨으니 속히 제단을 쌓고 길일을 택해 대례를 올리기를 청합니다."

공명은 즉시 한중왕을 배웅하여 환궁하시도록 하는 한편, 박사(博士) 허자(許慈)와 간의랑(諫議郎) 맹광(孟光)에게 대례를 주관하도록 하고, 성도 무담(武擔) 남쪽에 제단을 쌓게 했다. 즉위에 필요한 모든 준비를 마치자 여러 관원들은 난가(鑾駕: 황제가 타는 수레)에 한중왕을 모시고 제단 위로 올라가서 제를 지내도록 했다. 초주가 제단 위에서 큰 소리로 제문을 낭독하는데:

"건안(建安) 26년(서기 221년) 4월 병오일(丙午日), 황제 비(備)는 감히 황천후토(皇天后土: 하늘과 땅의 신)에게 고하나이다. 천하를 얻은 한(漢)은 천수(天數)가 무궁하여 지난날 왕망(王莽)이 황제 자리를 훔쳤을 때 광무황제께서 진노하시어 그를 베어 죽이시고 사직을 다시 보존하였나이다. 이제 조조가 자신의 군사를 믿고 잔인하게 황후를 시해하여 그의 죄악이 하늘에 사무쳤는데 그의 아들 조비가 제멋대로 흉악한 짓을 하여 황제의 자리까지 빼앗아 버렸습니다.

이에 수많은 장수와 선비들은 한나라의 종묘사직이 끊어짐을 탄식하며 이 비가 마땅히 그것을 이어야 하며 고조(高祖)와 광무(光武) 두 선조의 위업을 이어받아 하늘을 대신하여 역적에게 천벌을 내려야 한다고 생각하고 있나이다.

비는 덕이 부족하여 황제의 자리를 차지하기가 두려워 많은 백성들과 멀리 변방에 있는 군장(君長)들에게 물은 바 모두 말하기를, '천명은 받아드리지 않으면 아니 되고 조상의 대업을 오래 비워두어서도 아니 되며 사해(四海)는 그 주인이 없어서도 아니 된다.'고 하였나이다. 온 천하 사람들의 바람과 희망이 이 비 한 몸에 쏠려있나이다.

이에 비는 하늘의 지엄한 명령이 두렵고, 또 고조와 광무제의 사업이 땅에 떨어질까 두려워, 삼가 길일을 택해 단 위에 올라 제를 올리며 고하나니, 유비가 황제의 옥새와 인수를 받아 천하의 백성들을 어루만져 다스리고자 하나이다.

부디 신령님들께서는 한 황실의 제물을 잡수시고 복을 내리시어 길이 평안하게 굽어살피소서."

제문 낭독이 끝나자 공명이 관원들을 거느리고 공손히 옥새를 받들어 올렸다. 한중왕은 옥새를 받아 두 손으로 받들어 단 위에 올려놓고 거듭 사양하며 말하기를: "이 유비는 재주와 덕이 부족하니 부디 재주와

덕이 있는 사람을 골라 이 옥새를 받게 하시오."

공명이 아뢰기를: "주상께서는 사해를 평정하셨고 공적이 천하에 뚜렷할 뿐만 아니라 게다가 황실의 후예이시니 마땅히 황제의 자리에 오르셔야 합니다. 이미 천신께 제사까지 지내며 고했는데 어찌하여 또 사양하십니까?"

그 말을 마치기 무섭게 모든 신하들이 일제히 '만세!' 소리를 외쳤다. 이어서 모두들 엎드려 절을 올리고 춤을 추며 마침내 대례 의식을 마쳤다. 그리고 연호를 장무(章武) 원년(서기 221년)으로 고쳤다.

왕비 오씨(吳氏)를 황후로 세우고, 장자 유선(劉禪)을 황태자로 세우고 둘째 아들 유영(劉永)은 노왕(魯王)으로, 셋째 아들 유리(劉理)는 양왕(梁王)으로 삼았다. 그리고 제갈량을 승상으로, 허정을 사도로 각각 삼고 대소 관원들의 벼슬을 일일이 올려주고 상을 내렸다. 서천과 동천의 모든 군사와 백성들 가운데 기뻐하지 않은 자가 없었다.

다음 날 처음으로 조회를 열었다. 문무 관원들이 절을 올린 다음 문반과 무반이 양쪽으로 나뉘어 줄을 섰다.

선주(先主: 유비)가 첫 조서를 내리기를: "짐은 도원에서 관우·장비와 결의형제를 맺을 때부터 생사를 함께 하기로 맹세했었다. 불행하게 큰 아우 운장이 동오의 손권에게 해를 입었다. 만약 복수를 하지 않으면 맹세를 저버리는 일이니, 짐은 이제 군사를 일으켜 동오를 치고 역적을 사로잡아 이 한을 풀고자 한다."

말을 마치기가 무섭게 반열에서 한 사람이 나와 계단 아래 엎드려 간하기를: "아니 되옵니다."

선주가 보니 그는 바로 호위장군(虎威將軍) 조운(趙雲)이 아닌가!

이야말로:

漢王正位續大統